金塊文化

板橋
林家

聖旨

金塊文化

板橋林家
葉子◆著
板林
橋家

推薦序

身為板橋林家人，自小到大，經常碰到這樣的問話：「原來妳的祖先就是林本源，那妳一定住過林家花園囉！」我總要費盡唇舌地說：「林平侯是我的台灣祖先，他有五個兒子，分別掌管飲、水、本、思、源五記，其中林國華的『本』記與林國芳的『源』記較為出色，因此大家都說住在板橋的林家為板橋林本源，代表林氏整個家族，事實上並沒有林本源其人。」

而我說我從未住過板橋林家花園，問的人就會很狐疑地看著我，意思是，「妳不是林家大小姐嗎？怎麼會沒住過自家的花園？」小時候去過幾次，看到厝廳及花園色彩剝落，斷垣殘壁，感到既滄桑又神秘，再看到廂房被許多自大陸逃難來台灣的難民所佔住，庭園荒廢及破壞，思古幽情全不見了，只有失望與無奈。

爸爸林衡道教授精通歷史及古代建築，他如數家珍地告訴我，板橋林家花園是他的曾叔公林維源於清光緒十四年（西元一八八八年）動工興建，歷時五年完工，耗費五十萬兩銀子，總面積近五千坪。爸爸講述時總是感嘆，五落新大厝無法與他小時在福州住的宅邸相比，而花園更無法與福州的花園相比，他的評語是「不夠雅氣」。後來因都市計劃，林氏家族出售五落新大厝與四落白花廳，建商改建成公寓大樓，三落舊大厝則留用為祭祀公業所在，而花園則早已捐給政府，變成今日新北市政府民政局的公共造產。

後來，我倒是常常帶外賓去林家花園參觀，簡單的英文解說並無法道出林家在台灣的歷史，而對於研究社會科學的我，總覺得上有老父、下有兒子（林嘉澍，有其外祖父的遺傳因子及古蹟知識真傳），想知道林家歷史，身邊總是有答案，也因此而累積了片片斷斷對久遠家族的知悉。

當我讀到名作家葉子女士的長篇小說《板橋林家》時，深深地被吸引，原來我對祖父林熊祥以上四代祖先的認識實在太淺顯了，他們的個性差異、家族關係、感情糾葛、亦農亦商、事業奮鬥、官商結盟、地方派系、愛國愛鄉情懷等，老祖宗們一個一個活起來，他們的所做所言，如此生動地呈現在我眼前。葉子女士帶我走進過去，會見我的親人，令我驚喜不已。

葉子女士是青年作家，認真用功，跨海到台灣來尋找有關林家的史料及書籍，潛心閱讀整理，自己想必也走入過去，穿越數代時空，與我家先人神交，再運用自己的創作能力與虔誠之心整理出一本二十五萬字的長篇小說，其實就是林家近代史，真的不簡單。

年輕時候喜歡閱讀古典小說，自故事情節中，了解當時的歷史背景、社會文化及價值觀，現在年紀大了，眼睛易累，轉而觀賞四十二吋大螢幕的古裝歷史劇，我喜歡看人物的個性、衣著、對話，尤其是文謅謅的對白及人際間的五倫禮數，當我閱讀《板橋林家》一書時，感覺像是在看一齣精采的古裝連續劇，葉子女士寫作的功力札實，文筆甚佳，用字遣詞潔淨，對於景緻的描寫美麗而典雅，書寫細膩而有真實感，故事情節扣人心弦，非常有趣，一書在手，賞心悅目，欲罷不能。

板橋林家是台灣五大家族之一，由清朝末期至日治時期，一直到戰後時期，對台灣的政治、經濟及社會均有相當的影響力，而《板橋林家》這本書就是一本見證歷史的書，竟能出自於林氏家族的祖先同鄉葉子女士手中，身為普羅閱讀人，我覺得它引人入勝；身為林家後代子孫，我很喜歡這本書，也推薦給大家，一起來閱讀好書。

林蕙瑛　一〇一・二・廿二

（東吳大學心理系兼任副教授、板橋林家第七代傳人）

板橋林家

目錄

定靜堂

板橋林家世系表

林平侯（1766——1844）享年79歲

林國華（1802——1857）享年56歲

林國芳（1820——1862）享年43歲

林維讓（1818——1878）享年61歲

林維源（1838——1905）享年68歲

林爾嘉（1875——1952）享年77歲

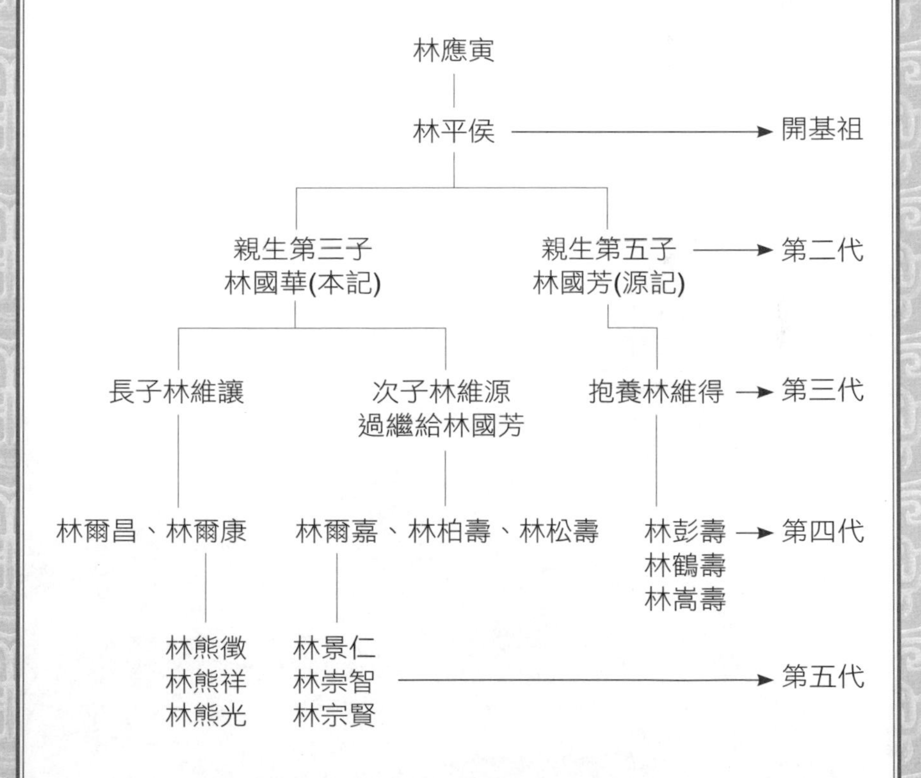

楔子：

一七八一年，一窮二白的福建龍溪少年林平侯沒有想到，他迫於生計渡海去台將締造起一個龐大的商業帝國，直至兩百多年後吸引一個名叫葉子的同鄉女作家用筆追尋他的家族傳奇故事……

第一章 亂雲飛渡

光緒四年六月初三，颱風舞著它尖利的爪牙從海面登陸到臺北，在大地上淫笑著呼嘯而過。樹枝像麵糰一樣被揉過來又推過去，發出被撕裂的慘叫聲，像折斷翅膀的鳥兒一頭栽倒在地上。管事呂世宜來報：林家「斯美」號貨輪覆沒海上，損失慘重，養子林爾嘉稚聲稚氣道：「阿爹！要是我們能提前知道天氣怎樣變幻就好了！這樣我們就能避開颱風天氣，減少損失，阿爹的生意必定越來越紅火，百年興隆！」林家掌門人林維讓病重，林維源被推任新一代掌門人。在林維讓喪禮上，大舅子聽聞「斯美」號沉沒，上門追討寄在「斯美」號上的樟腦。混亂中，四個官差攔住了林維源：「林老爺，你們家的腦丁在砍伐樟木時不慎被倒下的樟木壓死，現腦丁家屬哭哭啼啼報了官，請你前去作主。」林維源被推向風口浪尖。

光緒四年六月初三，颱風舞著它尖利的爪牙從海面登陸到臺北，在大地上淫笑著呼嘯而過。樹枝像麵糰一樣被揉過來又推過去，發出被撕裂的慘叫聲，像折斷翅膀的鳥兒一頭栽倒在地上。有的樹像被雷劈過一樣從中間裂開，有的乾脆連根拔起。街頭的招牌，早已被颳得不見蹤影。雨聲不斷，隨著狂風齊舞，砸向大地氾濫成河。風更大了，雨點砸在後門上的聲響也越來越緊。忽然，「砰」地一聲，後門被吹開了，迎面一陣風蓋到了人臉上，屋頂上瓦片掀動的聲音更加清晰了。臺灣首富板橋林家府裡，下人阿長趕緊去關門，可那門像變成了一堵牆一座山，他使了吃奶的力氣也推不動，劉媽過來幫忙，兩人合力才將後門重新關上了。

林維源憂心忡忡地站在窗前，他聽見雨點砸在窗上，以及連續不斷的呼呼聲，起起落落，彷彿無數的波浪接踵而來，林本源大厝像一艘船，在風雨裡飄搖著。燭火不停地晃動，對面牆上的人影也跟著晃動。外面的世界回盪著狂暴和洶湧的聲音。僕人們急著將一些器具收進屋內，他們把傘傾倒在面前，頂著風，任憑風拉扯著頭髮和衣服，蝸牛一樣一點一點地往回走，走到屋裡時全身還是都濕透了，那雨傘根本就是道具而已。

一時之間，林維源有些恍惚——窗外的世界有點像奔喪隊伍在暴雨中徐行的幻影。

夫人喃喃道：「老爺，這颱風颳得像瘋子一樣，我們的斯美號怎麼就出海了呢？」她像融化的冰塊那樣癱軟下來。

林維源彷彿看到了千里之外的海面上，他那艘新購置的滿載茶葉和樟腦要駛往南洋的「斯美」號海輪，正絕望地掙扎著，突然一陣抽搐，無可避免地往海底沉下去……不！不會這樣的！上天會保佑林本源的產業！林維源在心裡吶喊。

夫人急道：「劉媽，你趕緊給我拿三柱香來，我得求求祖宗保佑我們林家的斯美號！」

這時，阿長失魂落魄地衝了進來：「二爺，不好了，大老爺不行了……」

林維源大驚，衝向大哥的廂房。林維讓奄奄一息，示意夫人將床頭櫃裡的錦盒拿了過來。他顫巍巍地從裡面拿出林本源的大印，放到二弟手裡：「阿源，大哥不行了，從此以後林本源這副重擔就由你來扛……林本源字號是祖父生前一手創辦的，你要繼續把它發揚光大。一定要記住為富當仁、樂善好施、愛國愛鄉的祖訓……還有，五叔的冤屈一定要伸張……記住，心清水濁，山矮人高……」

林維讓藥石無靈躺在病床上已經很長一段時間了，考慮到兒子爾昌、爾康年幼，而二弟維源穩重幹練正當壯年，他當著全府人的面將林本源的大印交到了二弟手裡，林維源緊緊抓住大哥的手，突然，大哥的手無力地鬆開了，他悲痛地叫了聲：「大哥！」似乎想通過這聲呼喊將大哥從死神手裡奪回來。

大堂裡的哭聲潮水一樣奔湧起來。

板橋林家的第三代掌門人林維讓積勞成疾病逝，享年六十一歲。林家上上下下一片縞素。前來弔唁的人絡繹不絕。阿長和阿毛不停地高聲喊報客到，帳房接過商會許副會長的弔唁費一百兩，登記到帳簿上。許副會長瞄了帳簿一眼，看到府台丁大人弔唁費二十兩，縣令陳大人弔唁費五十兩，許副會長想，要是哪天自己身故，府台大人縣令大人也能前來，那真是莫大的榮幸。外邊僕人忙著招待客人，女傭們忙著洗碗，一片嘈雜忙亂。

四十歲的林維源有些呆滯地坐在那把原來屬於父親和大哥的太師椅上，嘴裡喃喃念叨著「心清水濁，山矮人高」。多少年來，他羨慕地看著父親與大哥坐在這把椅子上的威嚴身影，現在真坐在這把椅子上，卻覺得事情千頭萬緒。這幾天他都數不清自己做了多少事，先是宣佈林本源對外停業七天，然後派人到各處報喪，接著派遣專人置辦喪禮所需，報喪、酒席、祭吊、發喪等一大堆事攪得他暈頭轉向。以前覺得自己什麼都會什麼都能，生意經爛熟於胸，為人處事自認不遜大哥，可如今罩在家族上的那雙翅膀不在了，頭頂上驀然空了，自己赤裸裸地暴露在陽光之下，忽然有一種失重的感覺。十五歲的侄子林爾昌和十四歲的侄子林爾康一左一右撲倒在大哥靈柩前痛哭，兩個侄子瘦弱的身軀讓林維源的心一陣陣抽痛：一定要代大哥幫助兩個侄子成家立業。從今以後，輪到自己張開翅膀為林氏家族遮風擋雨了，自己真的有這雙強有力的翅膀嗎？想著想著，林維源雙淚橫流，撲通一聲跪在了大哥遺像面前。往事歷歷在目，大哥生性倜儻瀟灑，常結交一幫名人雅士吟詩作詞，大事均放手給管事，只差將自己的印章掛在號門口，誰要蓋章，誰自己蓋去。每逢林維源急匆匆地到弼益館理事時，大哥就在身後叫他：「阿源，你這樣操心做甚？小心白了頭髮。那些雜事交給管事去辦即可，他們自然會將事情辦得順順溜溜，你不如留下來和我們一起賞讀呂世宜先生的《愛吾廬書課》。」林維讓和林維源都系林國華親生，林國華的五弟林國芳無子嗣，祖父林平侯作主將林維源過繼給林國芳，兄弟倆性格很是不同。

林維源一笑：「大哥，你們好好賞讀呂先生的錦鏽文章吧，我還是去看看弼益館要緊。」雖說手下有得力幹將，林維源還是覺得要時時跟進，否則長期下來，將有被架空的危險。

大哥揮揮手：「去吧，去吧，你就是操心的命，把你強留下來，也是身在曹營心在漢。」

祖父、父親、大哥創下的基業，要守住何其難也！林家的土地有的是開墾來的，有的是買來的，從土地裡挖出了第一桶金。但佃農關係極難處理，搞不好會惹出一場大風波。臺灣再也不能亂了！林爽文、朱一貴、戴潮春等要不是被逼得無路可走，誰敢走這條殺頭的路？所以做生意一定

要留有餘地，留有餘以還朝廷，留有餘以還百姓。目前林家在茶業、米業、鹽業、航運業均熟門熟路，林維源雄心勃勃，想在煤礦業、樟腦業等新領域有所建樹，可要是原有的基業不能紮穩腳跟，向外擴張就失去意義。不斷地擴張又不斷地受擠壓，那是非常危險的。如今霧峰林家在煤礦業、樟腦業早就根深蒂固，要與之競爭是件十分困難的事。況且國運飄搖，法國鬼子、日本鬼子對臺灣虎視眈眈，要打理的關係如一團亂麻。不行，絕對不能讓臺灣任由外國人宰割！若要不任人凌辱，惟有奮起自強，別無他法！

大哥病重的時候，福建巡撫丁日昌到臺灣巡查，邀請大哥到郡城商議，當時大哥已經病得無法起床，慎重地託付林維源代替前往。丁巡撫談起海防經費的艱難，林維源不假思索地說：「丁大人，末商願獻五十萬兩洋銀以助海防。」林維源希望通過捐助海防引起朝廷的重視，好洗刷阿爹的冤屈。

一八七七年，山西、河南大旱，餓殍遍地，饑民無數。林維源心急如焚，他深知只有百姓安居樂業，眾人齊心協力，才有望重振大清國力，他再次捐獻五十四萬兩銀子，奉賞三品卿銜。

一八七八年，林維源再獻海防軍費六十萬兩，被晉升為內閣中書，追贈三代一品封典，賜建「樂善好施」牌坊於新莊。林家兩位老夫人也不甘落後，大哥的生母鄭夫人為晉豫災區捐銀二十萬兩，朝廷賜予「積善餘慶」匾。

一邊是嗷嗷待哺的天下蒼生，一邊是藥石無靈的兒子，鄭夫人跪倒在觀音佛像前：「救苦救難的觀士音菩薩，信女願捐銀二十萬兩給晉豫災區，求菩薩普渡眾生，看在信女一片誠心之上，保佑兒子的病快點好起來，不要讓我這個白髮人來送黑髮人……」

林維源的生母鍾夫人平時無甚積蓄，變賣了一些首飾，悄悄地捐了二萬兩，賜「尚義可風」匾。一時之間，朝廷給予林府極大殊榮。立聖旨碑的那天，板橋鎮萬人空巷，炸開的鞭炮紙鋪了一層又一層，五十個叉角童男，奔跑跳躍擊起了腰鼓。在這些童子中間，還有五十個眉心點著朱砂痣的童女提著花籃，在叉角童子間翩翩起舞。她們的籃子裡盛滿了鮮豔的花瓣，踩著鼓點揮動玉臂盡情拋灑，天空中頓時下起了花瓣雨。

短短兩年內，林家前前後後為國家捐獻近二百萬兩銀子。眼見白花花的銀子嘩啦啦往外流，林維源在祖宗靈牌前自問：「我是個敗家子嗎？不！不是的！國難當頭，這也是沒辦法的事！想我林家祖祖輩輩辦義學、設義渡、修義路，置義倉，我林維源要是於亂世中只顧一己之身，就是林家的不肖子孫！列祖列宗明鑒，維源一顆赤子之心！有國才有家，銀兩捐出去了，林維源會努力振興家族事業！」青煙繚繞中，列祖列宗隱隱露出了一片笑容，林維源鄭重地叩了三個響頭。

如今大哥不幸病逝，救苦救難的觀士音菩薩也回天乏力，鄭夫人已經哭暈了數回。望著眼前一群以淚洗面的大大小小，林維源痛苦地揉了揉太陽穴。

這時，管事呂世宜急匆匆前來稟報：「東家，前來弔唁的人太多，麻衣麻鞋不夠，怎麼辦？」

林維源皺眉道：「我說過，要給大哥厚葬！厚葬！銀子儘管花，把事辦好辦周全便是，至於小細節如何變通，不必一一問我，你自己拿主意就行！」

話音未落，大哥的大舅子登門了，衝林維源嚷道：「慢！這銀子可不能亂花！」

林維源有些惱怒，不知這大舅子何以膽敢說這番話來：銀子是林家的，怎麼花跟他有什麼關係！

大舅子眼睛裡閃爍著一條小蛇，說出了一番驚人的話：「妹夫生前與我合作了一筆樟腦買賣，用斯美號運去南洋，如今斯美號尚未回來，這筆帳可得先算清楚！」

靈堂裡的氣氛一下子被大舅子的話攪亂了。

「我怎麼從未聽說有這回事？」林維源半信半疑，「你那批樟腦數量多少？成本多少兩銀子？」

「共一千擔樟腦，計一萬兩銀子。」大舅子振振有詞。他聽妹夫說香港那邊樟腦一擔二十兩銀子，當時不禁瞪圓了眼睛！樟腦在臺灣賣給洋商，一擔只能賣到十二兩銀子，因此他使勁鼓動妹妹在妹夫耳邊吹枕邊風，讓「斯美」號載這批樟腦到香港出售。三夫人嬌聲在林維讓耳旁道：「誰讓你是他妹夫呢！」三夫人吐氣如蘭，呵得林維讓脖子癢癢的。林維讓禁不起三夫人糾纏，加上大舅子平時為林家跑前跑後沒有功勞也有苦勞，便答應了他。

「口說無憑，現在我大哥已經亡故，你何以證明那批樟腦是你的？」一萬兩銀子是筆大數目，林維源本能地起疑。

見林維源不信，大舅子急得跺腳：「千真萬確！我們張家雖比不上你們林家豪闊，可還不至於上門來詐林家的銀子！你們也太瞧不起人了！」

林維源當然不能一口承認這筆大舅子嘴巴裡飛出來的銀子，要是答應了，大哥有幾個小妾，每個人都學樣說「斯美」號上有一批貨物是她們娘家的，到時「斯美」號出洋所得豈不被瓜分得一乾二淨！

正在扯不清之間，忽聽門外來了一個航運部的長隨，待傳進門來，長隨鞠躬道：「聞聽貴府林老爺逝世，小人不勝哀悼。今天航運部撈得海上浮屍一具，如今停放在滬尾港口，圍觀的老百姓說這個遇難者是貴府的船丁。請貴府新老爺前往辨認處理。」

這個消息就像一滴水掉進油鍋裡，大舅子馬上炸鍋了：「老天哪，你不長眼啊，我的樟腦啊！林大東家，你得賠我那一千擔的樟腦啊！」

林維源心裡焦灼，恨不得生了翅膀趕到滬尾港，大舅子拉拉扯扯的，林維源一把將他甩開，抬腳要往外走。偏偏那做法事的和尚趕上來問：「施主，我們跟陳家已有商議，約定下午趕去陳家做法事，如今貴府有事耽擱了，法事做了一半中途停下，這可如何是好？」

林維源又氣又急：「你們能否派人去陳家商議一下，讓他們另請法師做法事？至於陳家損失的銀子，由我們林府支付。」

法師為難地搖搖頭：「不行啊，我們已經答應了人家。況且，時間如此緊迫，要叫陳家上哪找法師去？」

林維讓的夫人周氏一聽，剛止住的眼淚又掉了下來，她撲到相公靈前哭訴道：「老爺，你好狠心哪，怎麼就拋下我一個人去了呢……」

林維源快刀斬亂麻：「大哥的法事一定要風風光光做完！堅決不能讓法師走！呂先生，你趕緊多派幾個人手去遍尋法師，無論如何也要確保陳家能順順利利辦好喪事！阿長，給我備轎，到滬尾港，要快！」

轎子剛剛抬出大門，四個官差攔住了林維源：「林老爺，你們家的腦丁在砍伐樟木時不慎被倒下的樟木壓死，現腦丁家屬哭哭啼啼報了官，請你前去作主。」

林維源只恨自己分身乏術，人命大於天，腦丁的死比探聽「斯美」號的情況更為要緊，只好心一橫，對官差道：「好吧，我這就與你們前去。」一轉頭吩咐阿長：「你回家告訴二弟維得，叫他代我前往滬尾港探問斯美號情況！

漸次減弱的颱風不時地嗚咽著。

林維源焦急地等待著消息。二弟維得前往航運部辨認屍體時，沒有發現總幫辦阿寶的蹤影。也許阿寶還活著？也許銀票帶在阿寶身上？林維源就這樣一遍遍地用殘存的希望安慰著自己。

颱風過後，天空一角還是有絲絲黑雲。而山的那頭，落日被雲微遮著，地面印著落日的金光，似海市蜃樓的倒影，映在水中。漫天漫地的水堵在門前，林維源十歲的兒子林爾嘉坐在門檻上玩水。他發現了一條小魚，覺得這場颱風真是又新奇又好玩的事兒。遠處巨大的樹枝橫跨在小河上。到汲古書屋上學也是件有趣的事兒，謝先生高高地挽起褲腳抱著他涉過水去。今天功課並不甚緊，先生只是讓他溫習，自己站在汲古書屋門外對著滿目瘡痍歎氣。

林爾嘉一會兒就將功課溫習完了，他搬來一把高高的椅子，站在上面看家裡的藏書，總共有幾千卷，其中不乏宋、元善本。從屋裡往外看可以看到一座造型獨特、別出心裁的雨亭，書屋東側由方形回廊拱圍的是方鑒齋，那是阿爹以前讀書的場所。林爾嘉在心中暗暗發誓今後要刻苦攻讀以成就一番事業超過阿爹。可阿爹將整個林本源家族經營得風風火火，家中經常高朋滿座，阿爹就像一座山，要超越阿爹何其難也！

等林爾嘉下了學，他看見全身濕漉漉上下發出汗鹹味的幫辦阿寶正站在阿爹面前。林維源面色慘白。阿寶帶著哭腔顫聲喊道：「老爺……」

林維源擺擺手，止住了阿寶下面的話。他腦裡那殘存的一絲希望此時像薄冰一樣劈哩啪啦地一點點地開裂、破碎，流成一地的荒涼冰冷。

阿寶屏住氣，不敢再說。好半天林維源發直的眼神慢慢靈活起來，開口問：「船上所有的人除了你以外，都沒有回來嗎？」

阿寶哽咽起來：「是……」

「呂管事，你去幫我準備慰問金，準備登門慰問船上那些遇難的夥計家屬。」林維源吩咐完，又轉過頭來詢問阿寶：「斯美號上所運送的茶葉和樟腦總貨款是多少？」

阿寶連忙答道：「回老爺，共五十萬兩銀子。啟航之前帳冊送給老爺看過的。」

夫人聽了瞪直了眼，好半天說不出話，只覺得一口氣從胸腔裡喘不上來。她被嚇壞了。五十萬兩銀子，沉到海底也該堆成一座小山了！林本源生意鋪得那麼大，虧了這五十萬兩銀子，資金要怎麼周轉？錢莊裡的老闆上門討債怎麼辦？難道要將這花園抵押？她下意識地看了看房子，彷彿債主就要上門將房子貼上封條似的。

所有人都面色如土，屏聲靜氣不敢吭聲。僕人們想到了自己的命運。要是老爺破產了，自己將何去何從？

林維源真希望這場颱風只是一個幻象。然而，這不是幻象，是鐵板釘釘的事實，他不得不面對的是：他那艘新購買的「斯美」號海輪，在第五次滿載貨物出海時遭遇颱風沉到了深不可測的海底……

林維源一時之間無法從這個致命的消息當中解脫出來，他喃喃自語道：「出發前還是豔陽天，

風和日麗，一派祥瑞氣象，我還到祖祠裡祭拜過的……」

林爾嘉正處於懵懵懂懂的年齡，只聽他用清脆的童聲道：「阿爹！要是我們能提前知道天氣怎樣變幻就好了！這樣我們就能避開颱風天氣，減少損失，阿爹的生意必定越來越紅火，百年興隆！」

林維源苦笑：「爾嘉，你這個主意甚好！只是，我們怎麼揣摩得透老天爺的心思呢？老天爺說翻臉就翻臉，古語說得好啊，天地不仁，以萬物為芻狗！」林維源深深歎息。

「阿爹，要提前預知天氣變化，真的不是神話，可以做到的！聽說西洋文化裡就有這門科學。」

林維源第一次聽說能預知天氣變化這等新鮮事兒，詫異道：「你從哪裡道聽塗說的？」

林爾嘉認真答道：「阿爹，不是道聽塗說，我是聽謝館樵老先生說的。」

林維源猛一擊掌：「爾嘉，從明天起你不要再上私塾了，阿爹送你上洋學堂！我早就聽聞劉銘傳大人在大稻埕六館街創設西學堂，聘請洋教習教以外文、算術、測繪、製造之學，並派漢教習於西學餘閒兼課中國經史文學，使內外通貫，培養通曉近代科學、善於對外交涉的人才。怎麼樣，爾嘉，你願不願意？」

林爾嘉歡呼起來，忽然又想到什麼似的，對林維源道：「阿爹，我一直覺得你過於迷信。你看，咱們後園子裡養著猴子和孔雀，猴子說是與「侯」諧音，孔雀說是「有鳳來儀」，合稱「封侯」，這不是迷信嗎？假如養上猴子和孔雀就可以發財封侯，那人人家裡都養上猴子和孔雀，不就人人可以發財封侯了！」

林維源並不急著打斷林爾嘉的話，靜靜聽著他往下說。

「再如咱居住的厝門前，雕著螃蟹，說是能科甲高中；定靜堂門前的石雕，雕上竹子和梅花鹿，說是得樂；畫上松柏，說是萬古長青；連個門框都要弄成半個福字，說是福海無邊……」

張媽聽小少爺越說越離譜，急得頻頻朝他使眼色，示意他趕緊住嘴。

林維源卻微笑著，鼓勵爾嘉繼續說下去。

爾嘉受了鼓舞，一口氣說了下去：「畫上幾隻白鶴，說是田園可以年年豐收；雕個鼎爐，說是可以薪火相傳；連窗櫺都要弄成奇數偶數，說是可以陰陽調和。阿爹，這些孩兒統統不信，孩兒只相信事在人為。」

看著天真爛漫的爾嘉，林維源突然覺得自己老了，思想有些落伍了。他招手讓爾嘉過來倚在自己懷裡，撫摸著他的頭：「孩子，你的話很有道理。但是，咱們宅第裡畫上這些圖案並不是迷信，只是想圖個吉利而已。你現在不明白，等你活到了阿爹這把歲數，你就會明白的。」

林爾嘉似懂非懂地點了點頭。

林維源沉痛地望著大海的方向，彷彿看到浪花在礁石上跌得粉身碎骨。

大海，太可恨了！

可是，又有多少次，他乘著大輪船到天津，再轉道北京，去給太后老佛爺請安，迎回「積慶人家」的牌匾；有多少次，自己結識了李鴻章大人和盛宣懷大人，三人開懷暢飲，在海上架起他們的友誼橋樑；板橋林家花園占地一千多畝，一磚一石一木均從福建船運到臺灣……

林維源理不清自己對這滔滔海浪的感情了。

堤內損失堤外補，「斯美」號覆沒海上，所幸今年米業、鹽業生意興旺，府裡節約開支，連林維源生日都沒有請戲班子，只是簡單做了幾個壽桃。林家暫時度過了危機。腦丁事件已經平息，林維源給了腦丁家屬豐厚的賠償。大哥大舅子的事還在那邊擱著，成了一樁懸案。林維源要求他拿出證據來，大舅子一直拿不出證據，雙方僵持不下，最後折衷補償一半了事。

颱風過後，暴雨成災。有十七個災民淹死了，他們的屍體從溝壑中被沖下來，擱淺在平地上。有成人也有孩童，每個肚皮都脹鼓鼓的，還有的腳上掉了一隻鞋，而那個淹死的孩童面色蒼白慘不忍睹，死亡時的驚懼猶寫在臉上。林維源百忙之中前去參加「牽水𨏶」活動。臺北一直留有牽水𨏶的祭祀習俗，用以告慰那些在天災人禍中罹難的亡魂。農曆六月八日，鄉民們用細長竹蔑編成一個高約一公尺的圓形竹籠，外表糊上一層薄薄的白色紙張。這個直徑大約三十公分左右的器物，頂端插著四面小三角旗，貼著十二尊牛頭馬面的畫像。村民們獻祭的招魂器物，排列於道路兩旁，綿延長達數公里。

起𨏶儀式開始了，道士們先施法將亡魂引到水𨏶下方，兩旁分別放著一個水盆和一雙塑膠鞋，好讓亡魂登岸清洗、穿著。緊接著，道士以龍角吹號引領著亡魂開啟水𨏶，牽水𨏶的活動正式開始。善信民眾依序排列走過每一個水𨏶，用手觸摸器物，牽引起葬身水底的每一個亡魂，讓他們到凡間來享用豐盛的祭品。

牽引亡魂的儀式結束後，隨即進行倒𨏶，由道士手上抱著卷席繞行一圈，並引火將器物燃燒，整個祭典活動，在熊熊火光中圓滿落幕。

林維源望著深遠幽藍的天空喃喃告慰：所有在颱風中不幸罹難的人，你們安息吧！

第二章 士為知己者死

臺灣首任巡撫劉銘傳建設鐵路苦於資金短缺，登門請林維源出山幫他清賦。壟首陳士誠、呂志恆則叫嚷著林維源應該跟他們站在一邊：「林老弟，全臺北誰不知道你財大氣粗？關鍵是人心不足蛇吞象，想著攀上巡撫大人這個高枝，富上加貴，個中奧妙誰不懂？只是做人須留有餘地才好。要是某人拿著大夥兒的賦稅去鋪自個兒的錦繡前程，恐怕要斷子絕孫。」一席話勾起了林維源愛子被綁架撕票的痛苦往事。兵備道劉璈則送了一名絕色女子綠珠給林維源，暗示林維源不要幫劉銘傳清賦。想到愛子的慘死，想到阿爹林國芳蒙冤，經過痛苦思索，林維源毅然決定報效劉銘傳……

今天註定是個不尋常的日子，林維源幾乎不歇氣地接待了三撥客人，這三撥客人將他攪到一個大漩渦中，讓他頭暈目眩。

大清早，管事呂世宜正在向林維源彙報：「東家，今年我們茶葉、輪船業、米業、樟腦業等所

有生意共獲利四十一點一萬兩銀子。」呂世宜是兩朝元老了，自林國芳死後，他就跟隨在林維源身邊。他正欲將帳冊遞上讓東家一一查對，忽聽長隨阿寶提高了聲音報：「巡撫大人來訪。」呂世宜忙不迭地將厚厚一大疊帳冊收起，林維源滿面春風迎了出去：「巡撫大人駕到，有失遠迎，林家真是蓬蓽生輝！」

劉銘傳輕車簡從，穿著黑棗紅緞長衫，頭戴黑色桃疙瘩小帽，「你這還算是蓬蓽，我那巡撫衙門只能算是草寮了！」劉銘傳環視周圍一圈，只見屋脊上的飛龍、人物、花草，不僅內容多樣，而且精雕細琢，生動如活，既繁複又精美。加上紅色的鋪瓦及兩端起翹的燕尾脊式，林家花園真是名不虛傳哪！

林維源連聲道：「豈敢，豈敢。託大人的洪福，臺灣工商業興旺繁榮，末商才能微有盈利。」林維源和劉大人是十幾年的老交情了，一八八四年中法戰爭時，劉銘傳身先士卒抗擊法軍，林維源慷慨捐出二萬兩銀子裝備海防，並帶領族人五百多名趕赴滬尾與法軍廝殺。是的，他們必須擋住侵略者的腳步，不然，他們的財產與女人都會受到侵略者的任意蹂躪。這些族人不懂什麼覆巢之下無完卵、有國才有家的大道理，他們本能地為保護自己的財產和女人孩子而戰鬥。當法軍被臺灣軍民擊退時，林維源也與劉大人建立了深厚的友誼。他們變成了戰友。十幾年來，兩人志趣相投，肝膽相照，林維源的聲望有力地支持了劉銘傳的事業，而林維源也借著劉大人的官威得到了不少生意上的關照。例如辦墾照，別的墾首要在半年之內才能辦得下來，而林家只需三天就能將一應手續悉數辦全，所有關卡一路綠燈。有什麼風吹草動，林家總是在第一時間內得到資訊。這一點一直讓林維源感恩在心。士當為知己者死啊！

林維源引著劉大人到了來青閣。來青閣取「青山綠野入眸來」之意，是林家作為款待高官貴人的下榻處。劉銘傳並不急於落座，他依著二樓的欄杆，青山綠水盡收眼底。劉銘傳指著最遠處問道：「那座四合院做什麼用？」

「回大人，那是定靜堂，取《大學》裡『定而後能靜』之意。我因為事務繁瑣，喜歡到那裡靜心，堂後有古藤一棵，枝幹虬勁，枝繁葉茂，葉子爬滿定靜堂牆壁，煞是讓人歡喜。堂內藏有一些名人字畫和家父林國華公身前收藏的一些古董。大人若不嫌棄，等飯後我們再一同前去觀賞，大人喜歡哪幅儘管拿走。」

「我早就聽聞台南黃裳華進士盛讚『林氏有奇玩，光怪陸離翠色凝，飛戟十二環周際，細花鉤礪如青蠅。』不過，君子怎能奪人所愛？不去不去，我沒那閒功夫。林公過的真是神仙日子啊！在這裡讀書、對弈、撫琴、作畫、吟詩、清談、品茗、小酌、宴飲，甚至打坐，包準能夠長命百歲！」劉銘傳讚不絕口，他盯著梁枋上的彩繪仔細看了一會兒，只見上面繪有如意紋、卷草、蓮花等，色彩豔麗明亮，交錯多姿，富貴祥和之意撲面而來。更絕的是枋、柱之間的雀替裝飾，美麗的鳳凰正凌空飛舞在牡丹花叢中，微微回首兩對開得正豔的牡丹花，姿態優美動人。

林維源追隨著劉大人的目光，介紹道，南邊彩繪畫的是孔融禮讓兄弟的故事，教育兄弟之間要謙讓、友愛，這是家父的一番苦心。

劉銘傳頻頻點頭：「很好！」

林維源發自內心道：「大人過獎了！末商只適合過居家小日子，哪像大人那樣做轟轟烈烈的偉業！風聞大人要在臺灣推行洋務運動，將臺灣建設成大清朝第一強省，建鐵路、開礦務，時甫心嚮往之！」

一提起洋務運動，劉銘傳的雙眼就閃閃發亮：「知我也，時甫公也！我確實是要做一番轟轟烈烈的偉業，在這一點上我是毫不謙讓的！我要將臺灣變成洋務運動的實驗場，而且這場實驗一定要成功！臺灣積貧積弱，當自立自強，這樣西方列國即使對寶島虎視眈眈，也當畏我聲威不敢輕易下手！」劉銘傳興奮得手舞足蹈，「我要建鐵路！」他陶醉在夢想中，「我好像聽到了火車轟隆隆駛過鐵軌的響聲……火車帶來了一列列夢想……時間流逝，我們的後代發生了翻天覆地的改變……」

林維源也激動起來：「劉大人所言極是！臺灣受夠了荷蘭、英國、美國等西方列強的盤剝，特別是我等經商之人深受其苦！大人想想，我們千辛萬苦熬製樟腦，從購買到砍伐及至熬製加工，英國商人強行買賣，我們一擔才賣十七元，可他們一轉手就賣出三十五元的高價，扣掉工錢及運費，純利潤每擔十五元！臺灣大半百姓衣不蔽體，卻任由白花花的銀子流進洋人的腰包裡，實為可恨可歎！」說到義憤處，林維源脖子上的青筋一跳一跳。

「林老弟說得對極，對極！」劉銘傳往桌上用力一拍，桌上的茶杯都跳了起來，「臺灣要富強起來，擺脫洋人盤剝，建鐵路最為關鍵。可是……」說到這裡，劉銘傳的聲音陡然降低了八度，「可是根本沒有建鐵路的經費啊！這修鐵路就是鋪錢、埋錢，哪裡去找大筆銀子來填這個無底洞呢？向太后老佛爺討要，請浙江、福建兄弟省援助、壓縮軍費開支等等，所有的辦法都試過了，藩庫還是捉襟見襯。看來，只剩最後一個辦法了。」

林維源心中咯蹬了一下：莫不是又要我們富紳捐助？我還好說，只是那些富紳們天天發牢騷，說官府的捐贈比牛虱還要多，我都快被他們的口水淹沒了。林維源不動聲色，假裝喝茶，且聽劉大人想出什麼法子來。

丫環送上兩碟花生米和一大壺溫好的米酒，這是劉銘傳的最愛，已成慣例。

劉銘傳原本故意停頓下來，等林維源發問。沒想到林維源來個以靜制動，劉銘傳只好繼續往下說：「我這法子，說出來勢必一大片反對之聲，可我也是黔驢技窮，不得已而為之。」劉銘傳清了清喉嚨，「我要清賦。」劉銘傳決心清賦之事林維源早有耳聞，但今天劉銘傳正式通知他，林維源還是為之一震。

「臺灣田產賦稅積弊甚深，偷稅漏稅情況相當嚴重。若清賦之事得以成功，那建鐵路的經費就完全不愁了。」

林維源道：「清賦等於在鐵公雞身上拔毛。」

劉銘傳本來滿懷心事，聽到這句話忍不住笑了起來：「林老弟這個比方何等幽默風趣，不過你也知道我的作風，為了鐵路經費，即使是銅公雞，我也必須從銅公雞身上拔下幾根毛來！」

嘴裡說著笑話，林維源卻頭皮陣陣發麻。自己生在臺灣，長在臺灣，拿著尺子去丈量各大小租戶的土地，翻動各大小租戶的帳冊，恐怕會被鄉里鄉親戳斷脊樑骨，那可真是萬劫不復！眼見劉大人激情澎湃，沉浸在臺灣自強的遐想之中，林維源又不忍心潑他冷水。

見林維源為難，劉銘傳懇切地說：「林老弟，我也知道，這件事讓你很為難。可真要為臺灣幹一番事業，我們就必須知其不可為而為之！只得委屈林老弟了！放眼臺灣，除了林老弟能幫我清賦，還有誰呢！林老弟要是能說出個人來，我馬上去請他。」

林維源苦笑。他暫且不能馬上答覆劉大人，就轉移話題道：「劉大人，中午就在我府上用膳

吧，我略備薄酒，咱們再好好從長計議。」

劉銘傳道：「我哪裡有這吃魚翅、搿螃蟹的閒工夫？我只恨不得一天變成四十八個時辰，生出個三頭六臂才好。你要是真怕我挨餓，就趕緊給我上兩碗米飯和幾個小菜。」

劉銘傳風捲殘雲地吞下兩碗米飯，拍拍林維源的肩膀：「老弟，明天我等你的好消息。」說著就風風火火地告辭。走至牆下，看到林家花園的牆面漏窗，框形為雙桃，圓圓的桃子帶個小尖，形象煞是可愛。劉銘傳使勁拍了拍林維源的肩膀：「林老弟，這桃子好啊！象徵福壽，大吉大利！相信你我二人鼎力合作，清賦、撫懇之事必定馬到成功！」

林維源看著劉大人的背影感慨萬千：這才是真正想為臺灣幹大事的人呢，可為什麼總有那麼多人反對他？

剛想略事休息，就聽見門下報說兵備道劉璈大人來訪。林維源暗想，這劉璈消息之靈通、動作之神速實在令人匪夷所思。劉大人前腳剛走，他就聞風而動了。只見劉璈把大紅頂戴摘下來，旁邊的長隨身手敏捷地接了過去，另一個長隨忙不迭地再次拭了拭椅子，恭請自家主人坐下。林維源暗暗冷笑，這劉璈也真好本事，網羅了這麼多精明的奴才，個個練得眼睛尖似明鏡，主子身上哪裡癢癢他們都知道，而且在主子面前一個個尾巴夾得忒緊。

劉璈身邊還帶了一個纖細嬌柔如花似玉的少女。此女子濃長睫毛，上挑的鳳眼嫵媚如絲，黑晶晶的眸子潭水般清澈，淡淡的微笑似有還無，腮邊一抹紅暈如桃花綻放，一頭黑髮瀑布般垂了下來，讓人怦然心動。劉璈介紹說此女子名叫綠珠，此後並不多言。林維源迎面撞上綠珠那雙清澈含情的眼神，只覺全身陣陣發熱，定了定神。

趕緊令下人置辦了一桌酒席，請劉大人落座。綠珠也在悄悄打量眼前的全台首富，林老爺身材並不高，相當壯實，走起路來沉穩大方，挺拔的鼻樑，一雙劍眉閃著精光，臉上的笑容讓人生出親切之感。綠珠暗忖：這個林老爺看起來挺容易接近，全無拒人於千里之外的高傲神態。

劉璈手一揮，兩個長隨小心翼翼地抬著一架古琴進來。綠珠婀娜落座，輕拈玉手，抬頭望了林維源一眼，微笑不語，觸動琴弦，一曲《大浪淘沙》流水般傾瀉而出。只見她右手時而托、抹、挑、勾、剔、輪、撮、滾拂；左手時而進複、退複、起，兩隻手配合默契，將一曲《大浪淘沙》演繹得出神入化。

一干人聽得癡了，在旁侍候上菜的丫環也肅然無聲。一曲終了，林維源率先鼓掌：「綠珠小姐琴技好生了得！」

綠珠輕啟朱唇：「不是我彈得好，而是此古琴之功也。此琴內有銘文曰『桐梓合精』，不知林老爺可認得此琴？」

「難道是傳說中司馬相如的綠綺琴？」

「正是。」

劉璈把話題一轉：「林老弟，你這花園絕好風水啊！屋前有潺潺南子溪，左右兩側有觀音山、大屯山、七星山盤踞，氣勢實乃非凡！」他全不像劉銘傳那樣急吼吼的，處事風格與劉銘傳截然相反。林維源也就不動聲色地跟他打起了太極拳，打定主意絕不先開口觸及劉璈所關心的問題。

劉璈與劉銘傳的矛盾由來已久，原本劉璈是劉銘傳來台之前的全台最高長官，劉璈對臺灣巡撫的位置覬覦多時，他認為那個位置原本就是屬於他的，暫時被劉銘傳搶去而已。如今劉銘傳鋒芒畢

露，劉璈只得暫避其鋒芒。劉璈做事思慮再三，而劉銘傳做事想做就做，全不考慮後果，令劉璈十分厭惡。最致命的一點是，劉銘傳的手伸得太長，將臺灣的藩庫掏了個空，全部投之於建省，令劉璈的兵備道衙門捉襟見肘，豈不讓他對劉銘傳怒目相向！因此，劉璈總是與劉銘傳唱對臺戲。林維源料想劉璈必然勸他不要幫助劉銘傳清賦，且聽他如何措詞。

劉璈拐彎抹角：「時甫老弟，你家田產恐怕有幾千甲吧？每年上交的賦稅肯定數目不小。」

「那是，那是。」林維源隨聲附和。

劉璈話鋒一轉：「這賦稅要是數目再翻一倍那可就不得了啦。」

「何以會翻一倍？」林維源裝聾作啞。

劉璈臉上現出不高興的神色：「時甫老弟，這就是你的不對了，明人不說暗話，巡撫大人一大早來府上請你幫他清賦，你何必遮遮掩掩？」

林維源故作驚訝：「我家田產數字明明白白，官府皆備案在冊，何以清賦後林府的賦稅就要加上一倍呢？」

劉璈不打算再與林維源兜圈子，他湊近林維源：「時甫老弟，你是個聰明人。全臺灣恐怕再也找不出比你更精明的人了。你千萬別跟清賦扯上什麼關係，這是個大火坑，你可別睜著眼睛往下跳。自古以來的清賦都是弄得民怨沸騰，你翻開史冊看看，有哪個清賦者能夠全身而退的，弄不好那些鄉紳能活活吃了你。巡撫大人叫你幫他清賦，分明是陷你於不義嘛。他要是真把你當朋友，就不會拉你蹚這渾水了。你看看，你的生意做得風生水起，你就安安樂樂在林府裡當寓公，何必強挑這副千斤重擔呢。」劉璈挾了塊蟹仁茄子羹，突然陰陽怪氣地笑了：「林老闆，我看你是把巡撫大人當團火，想圍著他取暖，我怕你被燙傷呢。」

林維源默然不語。

眼見自己的話擊中了林維源的軟肋，劉璈進一步遊說道：「清賦之事必定攪得全台一片混亂，若是激起民變朝廷震怒，你恐怕要當替罪羊。我猜巡撫大人肯定許你事成之後給你記頭功吧？我看這頭功還是不要的好。」劉璈張狂地活動了一下四肢，就好像他待在自家寢室裡似的。他準備告辭了，但告辭之前說了句更讓林維源目瞪口呆的話：「這位綠珠小姐是我的義女，十幾年來我悉心栽培，琴棋書畫樣樣精通，溫柔賢淑，就讓她待在貴府，陪林老闆事務之餘解解悶。」

林維源嚇了一大跳：「劉大人言重了，末商無福消受。還是請大人將綠珠小姐帶回府上吧。」

劉璈拉下臉來：「難道綠珠小姐配不上服侍你嗎？」

「末商不是這個意思，大人您誤會了。」林維源知道，自己要是不收下綠珠，那就是打劉大人的臉了。

綠珠指著綠綺琴道：「劉老爺，今日綠珠借琴一彈，此琴珍貴，劉老爺要記得帶回，別拉下了。」

「佳人配名琴，這琴還是留下吧。」

林維源何等聰明之人，把手一揮：「呂管家，拿張十萬兩的銀票來。綠綺琴乃琴中絕品，今日購得此琴，實乃三生有幸。有勞劉大人了！」

呂管事拿了銀票過來，狠狠地瞪了綠珠一眼。此妖女，一進府就讓老爺破費了十萬兩銀子！

劉璈也不推辭，命管家收下。此琴乃一次抄家時所得，可謂是無本生意，他對音律不感興趣，

今天無意中做了一筆大買賣，真是喜上眉梢。

送走劉璈，林維源看看綠珠，搓著手不知如何是好。劉璈很明顯地要把綠珠送給他做侍妾，可這綠珠待在劉府十幾年，絕對是劉璈安插在他身邊的一名暗探！看綠珠那雙青蔥似的手指，雖讓人憐愛萬分，林維源哪裡敢動她！動了她，不啻於引狼入室；又不能拿她當丫環使用，無奈何，只好吩咐收拾了一間西廂房給她。

綠珠抬眼看了看這間陌生的西廂房，眼淚無聲地掉了下來。昨天，她還在劉府的時候，劉璈走進房來，綠珠高興地撲上來摟他的脖子。劉璈心一酸，拿出一張一萬兩的銀票：「這個你收著。」

綠珠甚是詫異：「老爺，你突然給我這麼多銀子幹什麼？」

劉璈把嘴別到一邊，心尖顫了顫，想把要說的話嚥下去，但那話已經憋得太久了，不把它吐出來就喘不過氣——綠珠，你以後不用再侍候我了。從明天開始，你去侍候板橋的林老爺去——

綠珠呆了呆，眼睛裡慢慢就蓄滿了一汪水，蓄不住了，左右流動泛著波光，終於溢了出來：「老爺真的不留我嗎？」

劉璈蠕動著嘴唇，不說話。

「我明白了。」綠珠緩緩地把一萬兩銀票遞還給劉璈：「謝謝老爺把我送給一戶好人家。想那林家金山銀山，有享不盡的富貴，這一萬兩銀票老爺還是收著吧。」

劉璈心痛欲裂。一個男人最大的悲哀莫過於心愛的女人不願花他的錢。他媽的該死的劉銘傳！要不是劉麻子拉著林維源清賦，自己何至於把心愛的女人拱手送給他人！日後將劉銘傳打倒時，此辱必將加倍奉還！

林維源安頓了那從天而降的綠珠只覺口乾舌燥，端起阿寶沏好的茶剛喝了兩口，沒想到府門一陣喧嘩，原來全臺北有名的墾首呂志恆、陳瑜、張煌、朱永喜等都到齊了。林維源不得不耐著性子將一大群人迎了進來。他知道這群老虎獅子都是陳士誠引來的，忍不住狠狠地盯了陳士誠一眼。前幾日陳士誠就單獨來過一趟，他老早就聽到了風聲，雖然尚未坐實，但直覺清賦勢在必行，眼看就要被割肉，他哪裡坐得住。顧不上作揖客套，急不可耐地開口了：「林公，你們祖上也是靠墾荒發家的，到你們這一代腿上的泥巴也還沒洗乾淨。要是官府主張清賦，您千萬要站在兄弟這一邊，要是連你都不替我們這些大小租戶說話，我們就慘了！」

林維源覺得一時之間難以將自己的抱負與劉銘傳大人的抱負講與陳士誠明白。這幾十年來，臺灣墾地近一半沒有登記在冊，也就是說，官府損失了近一半的賦稅。究竟是墾首狡猾，還是某些稅官收受了墾首的好處，睜一隻眼閉一隻眼任由國庫損失，其中貓膩真是難以說清。林維源好言開解道：「陳兄，俗話說，河裡找錢河裡用，賺的錢分文不往外掏，這錢是賺不長久的。古書上云，留有餘以還朝廷，留有餘以還百姓，說的是人生至理。」

陳士誠嚷嚷道：「我們哪裡是賺了錢分文不往外掏，明明交了租稅的嘛！」

林維源口氣強硬：「沒錯，你們是掏了錢。不過只掏了該掏的一半。」

陳士誠急了：「這賦稅規矩延用了幾十年都沒變過，劉大人突然要搞什麼清賦，恐怕清出來的賦稅全部落進他一人的腰包之中！」

林維源嚴肅起來：「陳兄此言差矣！劉大人一番經國緯略豈是尋常人所能體會！我大清國內憂外患，法國、日本對臺灣寶島虎視眈眈，若不思自強，日後就只能坐等當亡國奴了！」

陳士誠第一次見到林維源這麼不客氣地說話，被訓得臉上紅一陣白一陣，氣哼哼地告辭了。

陳士誠連夜派人將全臺北幾大墾首請到府裡，通宵商議。大家決議要將林維源拉到他們這一邊來，千萬不能讓他幫著官府清賦。現在這些人擁到林府七嘴八舌地開口說話，陳士誠冷眼旁觀，且看林維源如何抵擋。

呂志恆年紀最大，有些倚老賣老：「林老弟，我與你父親國華公恐怕有幾十年的交情了吧？昔日國華公帶著你到我府上宴飲，你還只是七八歲的孩童呢！那劉大人究竟許了你什麼好處，值得你這樣為他賣力？搞清賦，遲早也得清到你自己頭上！或者，劉大人許你不清自家田賦，恐怕全臺灣的大小租戶都不答應！」

群情洶洶，呂志恆話音未落，一位姓張的墾首就大叫道：「自古官府沒一個好東西！清賦清賦，說得好聽，最終還不是落入他個人腰包！」

「對，貪官純粹是借清賦中飽私囊！」

「林老弟，你千萬不要一時被那劉大人甜言蜜語迷了心竅，到時鄉里的鄉親個個反目成仇，你不好做人，出門後背恐怕要背上個痰罐子！」

林維源耳膜幾乎要被脹破，他努力示意大家安靜下來：「諸位鄉親，說到底，你們就是不放心清出來的賦稅去處。我林某以這張薄面擔保，所得賦稅一分一厘都用在臺灣建設上！你們若不放心，各家墾首可派一人參與監督清賦之事！」

朱永喜是個大嗓門，他用力朝地下「呸」了一聲：「哄三歲小孩啊，誰信這一套？官府那一套誰沒見識過？帳面上做得油光光，嘴巴裡三綱五常，可做出來的儘是拿著公款吃喝玩樂敗壞人倫的醜事！」

眼見一夥人糾纏不清，林維源急了，他拱手道：「各位，你們若有什麼意見，等我晚上回來再長談好嗎？劉大人正在府衙裡等我呢！」

眾人哪裡肯放，只見呂志恆變戲法般從衣袖裡掏出七張銀票：「林老弟，這是我們七人的一片心意。我們就不信，劉大人給你的好處會比我們的多！」

林維源有些惱羞成怒，這幫鋻首多是些大老粗，凡事比拳頭，他們的銀兩上都沾著泥巴，因此他們的銀兩比別人的銀兩分外地貴重，若要跟他們談論家國大事，一時之間哪裡扯得清楚！林維源冷笑道：「各位也太小看我林某了，要是為了官府的區區俸祿，我何必如此冒天下之大不韙！恐怕我的船到南洋一次獲利也比官府十年的俸祿來得多！

呂志恆見林維源敬酒不吃吃罰酒，也惱了，說起話來有些口不擇言：「林老弟，全臺北誰不知道你財大氣粗？關鍵是人心不足蛇吞象，想著攀上巡撫大人這個高枝，富上加貴，個中奧妙誰不懂？只是做人須留有餘地才好。要是某人拿著大夥兒的賦稅去鋪自個兒的錦繡前程，恐怕要斷子絕孫。」

眾鋻首揚長而去。

呂老鄉紳的話像鋼針一樣，紮得林維源的五臟六腑疼得都移了位。林維源一陣暈眩，好像這些銳利的刀子使他身體裡的馬達減速，他的思維遲緩下來乃至於停頓不前。

膝下無子，一直是林維源心中的最痛（爾嘉是過繼來的）。偌大的家業，眼看後繼無人，誰能理解這份四顧茫然的蒼涼！三十八歲時，頭生子林懷訓呱呱墜地，他和夫人樂開了懷，真是捧在手

裡怕掉了，含在嘴裡怕化了。精心呵護到八歲，竟死於見財起義的綁匪手中！

那是一年一度盛大的板橋廟會，家中過得再艱難的人，無論如何也得打扮起來，湊幾個零花錢，到廟會上買個零嘴吃。全鎮的人幾乎都集中到廟會上來了。廟裡拜佛的人山人海，佛像前燭淚盈尺。家家戶戶以花炮競相嬉戲，但見瓊葩四散，一片光明，火樹銀花，觀者如堵。絲竹聲、呼聲、詫聲、鼓掌聲、婦女嬰兒啼笑聲，幾近沸騰，錯雜莫辨。賣冰糖葫蘆的，雜耍的，捏糖人的，煎餅的，賣胭脂水粉的，吆喝聲此起彼伏。人擠著人，肩膀貼著肩膀，腳後跟貼著腳後跟，小懷訓就這樣被蓄謀已久的綁匪楊弄獅綁架了。夫人摧心傷肝數次暈厥，呼天搶地卻還是挽不回愛子幼小的生命。

林維源痛苦地上前將夫人抱住。夫人紮在林維源懷裡失聲痛哭：「老爺，以後一定要抓住楊弄獅那個匪頭，祭奠訓兒的冤魂……」

此後半年裡，夫人天天披頭散髮，衣旌雪白在房裡飄來飄去，好似遊魂，半夜裡望著房裡的一堆白色器物失聲長嚎。大哥林維讓自責沒有保護好侄兒，心病鬱結，病倒在床……

夫人娘家是廈門溪岸陳家。夫人的弟弟陳宗美驚聞侄兒噩耗，千里迢迢渡海來台奔喪。眼見姐姐因喪子之痛整日茶飯不思哀痛欲絕，他勸慰道：「姐姐，人死不能復生，你要節哀！來日方長，你和姐夫再生一個孩兒，林家香火仍可以延續下去……」

夫人瘦得全身只剩一把骨頭，她眼神輕飄飄的，嘴角露出絕望的苦笑：「再生一個？當年我生懷訓時大出血，大夫說我再也不能生育了！」

她的眼神轉向外甥林爾嘉身上，喃喃道：「要是我能有這樣可愛的孩兒就好了！懷訓，懷訓，你等等我，娘馬上就來陪你，娘不會讓你在那邊孤孤單單一人……」

陳宗美被姐姐的眼神嚇壞了，照此下去，姐姐不發瘋才怪！來不及細想，他脫口而出：「姐姐，那就讓爾嘉喊你娘吧！」

夫人眼裡發出驚喜的光：「真的？你不後悔？」她用力抓住弟弟的手，抓得陳宗美都發痛了，生怕他反悔。

陳宗美苦澀地點了點頭。把兒子過繼給姐姐，娘子肯定捨不得兒子，所幸自己有三男五女，況且姐夫在臺灣家財顯赫，應該能給爾嘉一個好前程。

從此，林家又有孩童天真無邪的笑聲了。六歲的林爾嘉正式過繼給林家。這孩子聰明伶俐，讓林維源夫婦大喜過望，將一腔愛子之情全部傾注到林爾嘉身上。林維源總是拿爺爺曾經教導過他的話來教導林爾嘉：「吃人半斤，要還人八兩。」「食果子，拜樹頭；食米飯，敬鋤頭。」

林爾嘉撲閃著他那雙清澈無邪的大眼睛：「阿爹，這個道理我明白。就是做人不能忘了根本，要飲水思源的意思。你想，果子這麼甜，肯定要敬重果樹，沒有果樹，哪有果子？阿爹，你說我說得對嗎？」

林維源欣慰地摸了摸爾嘉的頭，那上面長了一頭烏髮。雖說爾嘉彌補了夫婦倆的缺憾，夫人心頭之痛還是難以復原，她潛心禮佛，不問世事，反復向林維源嘮叨一句話：「老爺，我對不起你，沒能給你留下林家骨血。你就多娶幾房姨太太吧，兒孫滿堂才是福氣，這樣我的罪孽也不至於太深。」

沒想到呂老鄉紳為了清賦之事舊事重提，怎不令人摧心傷肝！林維源公事之餘，全心在姨太

太身上辛勤耕耘，一心期望自己的種子開花結果，可惜世事不如人意，至今還是沒有嫡親的骨血！爾嘉雖可以告慰兩顆傷痕累累的心，畢竟隔了一層。沒有親骨血的遺憾一直盤桓在林維源心頭，這心事他從不願跟人訴說，這不願說的心事，就和他的骨肉長在了一起，他睡，它也睡；他醒，它也醒。有時候他還沒有醒，它就把他喚醒了。他有白天和夜晚，它沒有，它什麼時候都會醒來。它醒來後就掐他咬他，直到他睜開想逃避的雙眼。

蒼天哪！難道你真要我林家後繼無人嗎？林維源仰天長嘯了。多少個夜晚夜不能寐，只能來回徘徊於庭院裡的桂花樹之下，星星淡無，在碧海青天裡點點迷人眼，如夢似幻，令人更加悵然。絲絲縷縷的桂花香繚繞身前身後，夜深人靜，看雲影橫空，月華皎潔，真正天宇空闊，可誰能解他滿腔愁懷！雖身處富貴榮華，常覺危如累卵，如寄蜉蝣。有時還覺出一種淒涼得不能言語的情緒，加上耳邊那令人柔腸的二胡的幽咽，只覺淒美絕倫，哀怨幽憐，殤情無限。

林維源每隔幾個月都會帶上夫人到碧雲寺裡上香，求送子觀音賜給他子嗣。如今被呂老先生觸到痛處，林維源有些疑神疑鬼，難道是家宅不寧，或者是生意場上的對手見林家興旺發達請人下了咒不成？一念到此，他吩咐阿寶：「阿寶，明天你上碧雲寺請了空大師到我們府上看看，再做做法事。」

第二天，了空大師雲遊歸來，即刻與阿寶一起來到林府。只見了空大師身上穿了一襲素樸的灰色袈裟，腳上穿著白布襪，蹬了一雙麻耳草鞋，疏眉淡眼，有一股常人不能企及的仙風道骨。了空大師在林府走了個遍，並無發現什麼大礙，他雙手合十道：「林施主，貴府風水甚佳，你盡可放心。我在送子觀音那裡求了兩張符，你將它貼在夫人的房樑上即可。」

林維源謝過，將那兩張符交給阿寶，心下還是著急：「大師，為何我屢做功德，夫人們卻總不見有喜？」

了空大師道：「造物主講究盈滿則虧，若在錢財上成就了你，那麼在子嗣上總是有所欠缺，自古以來富貴人家大都如此，林施主不必過於焦慮，凡事順其自然為好。林施主是有後福的人，將來必定有男嗣繼承家業。只不過富貴如過眼雲煙，帝王將相，何等榮華了得，終究也難逃一死。可惜天下芸芸眾生為此二字參不透悟不開，忙碌終身，到頭來一場空。」

林維源聽了空大師一番話似有不祥之意，吶吶不敢多言。

林維源慢慢從劉大人描繪的富國強省的興奮中冷靜下來，越來越感到清賦這個擔子過於沉重。清賦對於官府來說是大好事，所得賦稅可用於臺灣建設。多出了這筆白花花的銀子，劉大人辦起事來豈不春風得意馬蹄疾？可在眾鄉紳身上清賦，這個頭不好剃，說不定第一刀就把自己的手紮出血！利益之爭，自古以來不是你死就是我亡。林維源陷入了深深的憂慮當中。自家的田產有三千多甲，可登記在冊的只有兩千多甲，其中的小伎倆大租戶、小租戶個個心知肚明。最常用的手段是將一大片荒地圍在中間，而這一大片荒地是不上冊的，日後悄悄將荒地開墾成良田。可自己要是畏首畏尾，劉大人勢單力孤，愛國夢眼睜睜就要破滅了，能幫助劉大人的，捨我其誰？

左思右想都覺不妥，林維源心煩意亂在後花園裡散步。一不小心，一張撲面而來的蛛網粘得他狼狽不堪。他惱火地將蛛網用力一抹，把整個蛛網撕裂，然後去洗淨手和臉。漫步回來，只見那碩大的蜘蛛主人竟然匆匆地竄了出來，在破碎的蛛網旁轉了一圈，又毫不猶豫地吐出了蛛絲，忙忙碌

碌修修補補，又銷聲匿跡了。林維源仔細看那蛛網，晶瑩剔透，若有若無，簡直就是一個設計得完美無缺的陷阱。他真佩服這隻蜘蛛的美妙手藝和生存技巧，它把特質的蛛絲纏來纏去，竟然纏出一個常勝的戰場來。這時，一隻小蟲終於掉進了圈套裡，大蜘蛛「噌」地一下子衝了出來，窮兇極惡地撲向了獵物。這時候，林維源突然一陣莫名的驚慌，以為那隻蟲子就是他了。在這張蛛網面前，即使是一隻更有力量的蝴蝶，恐怕也在劫難逃。

林維源頭痛欲裂，思前想後，這也不妥，那也不當，感覺自己被逼到了懸崖邊上。直到四更了他才迷迷糊糊入睡。自己正站在懸崖邊，徬徨無路可走，四下裡均是荒涼曠野，忽見一個模糊人影徐徐走來，林維源定睛一看，大喜：這不是自己已去世多年的祖父林平侯公嗎？他驚喜地迎了上去：「爺爺！爺爺！你怎麼會在這裡？」

林平侯並不答話，反問道：「阿源，看你滿臉憂愁之色，到底遇上了什麼煩心事？」

林維源急切地將自己的煩惱倒出來，希望祖父能幫自己拿個主意：「爺爺，臺灣巡撫劉大人請我幫他清賦，我若幫了他，那就得罪了父老鄉親；若不幫他，我又良心有愧，劉大人一心清賦是為了充實國庫富省強兵，不到萬不得已他也不會走這著險棋。我真是左右為難哪。」

「你先聽我說件往事。」林平侯並不急著給孫子答案，而是陷入了悠悠往事的追憶當中。

當年，林平侯赤手空拳在臺灣闖出一片天下，可是各種苛捐雜稅多如牛毛，朝他伸手要錢的如過江之鯽，連一個關卡的小小稅吏也敢刁難他們，要是不滿足這些小人的私欲，他就扣住貨物不放行。生意場上惜時如金，過了這個村就沒了這個店，哪禁得起這樣折騰？只好賠笑臉。

時間一長，林平侯覺得再也不能這樣任人宰割下去，於是捐了四品官，補缺為廣西當州通判，不久補桂林同知，兼管驛鹽。廣西食鹽販賣，原為大商壟斷，零售分銷，未能遍及鄉閭，且有囤積不售、哄抬鹽價之現象。因此鹽梟乘機私售，不納稅金，減少國稅，成為稅賦之一大缺口。「當時有個勢力極大的鹽商欺行壓市，我欲將他捉拿歸案，替被他欺壓的小商販討回公道，不料他逃之夭夭，還跑到上面告狀，不斷找我碴兒，弄得我寢食難安，索性告病還鄉。當時蔣攸括總督大人苦苦慰留我，但我去意已決。」

望著孫兒那雙不解的眼睛，林平侯苦笑道：「地方勢力盤根錯節，君欲自清而難得自清。因我處事風格與前任截然不同，而柳州上下吏員都是前任的部羽，我上午在衙門裡講一句話，到下午所有的吏員都知道了；反過來，一些吏員知道的內情，惟獨我一個不知，事事得不到配合，寸步難行。又因我屢次帶頭捐輸也請眾吏員自拔寒毛，他們更是視我為眼中釘……」

林維源正在揣度其中深意，不料祖父話剛說完就飄然遠去，林維源急喚：「爺爺，你還沒告訴我應該怎麼辦呢？」

林平侯在雲端裡道：「阿源，人一生中被他人誤解是常有的事，關鍵是要努力用行動澄清誤會，而不是怨天尤人。如果問心無愧，那也只好毀譽由人了。」

「爺爺，爺爺……」林維源努力奔跑著，試圖追上雲端裡的人，無奈只是徒勞。這樣一通叫嚷，林維源從睡夢中驚醒過來，臉上冷汗涔涔。

擦了冷汗，林維源決定追隨劉銘傳大人參加清賦活動。爺爺被官府小吏刁難，阿爹蒙冤，懷訓慘死匪徒之手，歸根結底，就是林家只富不貴！若林家是臺灣顯要，哪會發生懷訓慘死的悲劇？阿爹哪會蒙上不白之冤？不行，我要讓林家攀上富貴的巔峰，到時再也沒有人敢任意欺辱林家了！

第三章 春天裡的殺機

林維源的阿爹林國芳十年前蒙冤。漳泉械鬥，林國芳出面主持公道，泉籍墾首陳士誠誣告林國芳聚眾鬧事，於是林國芳被捕，並在押解途中莫名死去，殘陽如血，染紅了整個海面。林家多次申冤未果，漳泉械鬥愈演愈烈，林國華將妹妹林宜雲許配給泉州舉人莊正以平息漳泉兩籍宿怨糾紛。林宜雲本喜歡墾首陳士誠的兒子陳士銀，被迫分手，嫁給了莊正。莊正想像中的洞房花燭夜纏綿而熱烈，誰料到竟是這般尷尬而無奈的情形？他一時問不出個究竟，想著自己今後若柔情對她，即使林宜雲鐵石心腸也應被自己感化。於是忍了心中不滿，默默地鋪好被褥，自己單獨睡了冷衾。

阿爹蒙冤是二十多年前的事了。當時祖父林平侯育有五子，分別賜予飲、水、本、思、源家號，即國棟飲記，國仁水記，國華本記，國英思記，國芳源記，其中老三林國華、老五林國芳最為出色且不分家，合堂號為「林本源」。誰也沒想到厄運會朝老五林國芳迎面撲來。時值乾隆皇帝一聲令下，福建漳州籍泉州籍的人蜂擁至臺灣墾荒，漳籍泉籍人常因土地問題大打出手。酷暑天氣，農人們都在引水。水車像轉輪一樣的蜘蛛網，水流擊打著流進固定在水車輪四周的小竹筒裡，一個竹筒裝滿之後，就會隨著水車輪往上升，直到頂部，流到田裡。竹筒和手臂一樣大，兩個竹筒之間距離有一定尺寸。

林家的佃農阿本忽然發現水斷流了，還以為是哪裡竹筒沒接好，循著路線查看過去，沒想到好不容易從山上接下來的水竟然被引到泉州人田裡去了。阿本差點氣歪了嘴巴，天底下怎會有如此野蠻的人呢？他剛要俯下身子將竹筒裡的水接回自己田裡，不料泉州籍的阿湯從斜刺裡衝出來，嘴裡還乍乍呼呼：「幹啥？幹啥？幹嘛搶我家的水？」

阿本簡直要氣炸了肺：「阿湯，你真是豬八戒倒打一耙，明明是你搶了我家的水，你還好意思睜著眼睛說瞎話？」說著就要動手將竹筒拔下來。

聽見吵嚷聲，周圍的人三三兩兩聚攏過來。阿湯把阿本當胸推了個趔趄：「你讓大家評評理，我的竹筒好好地接在自家田裡，明明是你耍橫！」

阿本氣得說不出話：「那水是我辛辛苦苦從山上引下來的，為了削這些竹筒，我整隻手都被刺得流血！這是我的水！」

「你的意思是山上的水是你家的水嘍？山上的水寫著你的名字嗎？」阿湯故意往水裡看，「我怎麼看不見這水寫著你的名字？」阿湯的話引起身後一片哄笑。

阿本氣急，一拳朝阿湯鬢角打去。阿湯扭住他的手，喊道：「漳州仔打人了！漳州仔打人了！」

這埔里地界一貫是漳州人和泉州人的敏感地帶，阿本和阿湯的糾紛很快升級為雙方的一場惡戰。混戰中，漳州人阿丙被泉州人趁亂捉去。

阿丙娘子哭哭啼啼懇求林國芳：「五爺，您想想辦法救救我家相公吧！我相公落入泉州人手裡，不死也得半條命，現在說不定被他們打死了！這事本與我家相公不相干，只是我相公倒楣，被捉去當了替死鬼！看在我家相公平日裡為林家忠心耿耿的份上，求求五爺出面說句話吧！」林國芳平日裡尚武，人家喜歡詩詞歌賦，他喜歡刀槍棍棒；人家喜歡溫雅端莊，他卻喜歡嬉笑戲謔，總之是恨人之所愛，喜人所不喜，身上頗有俠義風氣，故而漳籍人有事都願意找他出頭。為了這，林平侯每每訓誡林國芳：「老五，漳泉械鬥是一灘大渾水，你千萬別去蹚。到時鬧出事來，天王老子也救不了你。」

林國芳在阿爹面前點頭稱是，每每一轉身遇到漳籍人來求他主持公道，腦袋瓜一熱，就將阿爹的話置之腦後。有時夜深了思來想去也覺得不妥當，他決定在板橋築城牆以防泉州人來襲。銀錢出面，板橋東、西、南、北、小東等五個門在短短時間內建好，高一丈五尺，寬二尺多，望著城牆，林國芳總算心安了些。可他沒有想到，有些災禍是城牆擋也擋不住的。

泉州籍那邊放出話來，要求漳州籍這邊交出罪魁禍首阿本來交換人質阿丙。他們怕漳州人來鬧事，早已糾集了村裡所有泉州籍的男丁嚴陣以待。林國芳揉了揉突突亂跳的太陽穴，吩咐備轎，準備找陳大人商議此事。他剛掀開轎簾，只見滿身泥濘的阿本躲在裡面瑟瑟發抖，滿臉懇求之色。林國芳把喉嚨裡那聲剛要發出的訝異的叫喊硬生生壓了下來，吩咐道：「起轎！」

待一大群泉州籍人被甩在轎後，阿本才顫聲道：「謝謝林老爺救命之恩！」

「你真是捅了大婁子了！那邊的人指名要你抵命呢！」林國芳皺著眉頭歎息。

阿本滿臉驚恐之色：「五爺要把我交給泉州人嗎？我要是落在泉州人手裡，恐怕會死無全屍！」

林國芳道：「你先到我府裡避一避吧，大家再好好商量對策。」

阿本被林國芳帶進林府，不料被阿丙娘子撞了個正著。阿丙娘子叫道：「阿本！好漢做事好漢當，事情因你而起，你不要將烏龜脖子一縮，讓我家阿丙為你受罪！你趕緊去將我家阿丙換回來，求求你不要連累我家阿丙，我一輩子給你燒高香！」

阿本被阿丙娘子這麼一激，拍了拍胸脯：「閉上你娘的臭嘴！我好歹生了根雞巴，現在就去換回你家寶貝阿丙！」

林國芳急得跺腳：「你這是前去送死！」可是勸阻不得，眼睜睜看著阿本隻身走進泉州人的地界裡。

阿丙果然被換回來了。一起回來的還有被打死的阿本。

大家抬回阿本的時候，新莊整個漳州籍地盤的氣氛非常壓抑。所有的男人都集中在村口那棵長鬚垂地的老榕樹下，一起望著主事的族長。族長吸了吸煙袋鍋子，煙火在大夥眼前明滅著。族長抽了一袋煙，又抽了一袋煙，最後把煙袋鍋子在腳底下磕滅了。他說：「泉州人這是在欺負咱們漳州人哩！」

眾人吼道，是啊是啊，欺負我們漳州人呢。

族長又說，這次讓了，還會有下次，讓來讓去，就沒有我們漳州人的立腳之地了。這水原本是

阿本接的，就應該引到阿本家的地裡，你們說說是不是這個理兒？

眾人齊聲回應：當然是這理兒！我們不能讓泉州人爬到我們頭上拉屎拉尿，要是這樣，我們的臉面乾脆放到腳底下讓人踩個稀巴爛得了！

於是當夜漳州人集體出動，把水引到了漳州人的地裡。第二天，泉州人硬生生把竹管裡的水又引到了泉州人的地裡。雙方就有了更大的火氣，操起鋤頭棍棒大打出手。漳州人斷了五條胳膊八條腿，泉州人有兩個腦袋瓜裡流出了白花花的東西，叫喊了三天三夜，死了。這仇就這樣結下了。

林國芳夫人道：「打什麼打，拼了性命才從風浪裡到了臺灣，平平安安過日子最要緊。」一邊給相公擦油。

林國芳前去勸架，混亂中避讓不及以致手臂受傷。他深深歎了口氣：「這幫泉州人，真是可惡，仗著人多就欺負人，也難怪咱們漳州人嚥不下這口氣。」

娘子道：「以後你不要再和泉州人衝突了，械鬥太可怕了，打壞了哪個人都不好。」

剛剛消停了一兩個月，稻子熟了，黃澄澄一片，漳州人都忙著擴建穀倉。這個豐收年，稻穀恐怕要堆得沒處放呢。沒想到，等他們修完了穀倉，到了地裡他們都傻眼了，幾十畝待收割的稻田光禿禿的，稻子竟然被泉州人連夜割走了，這是在為那兩個腦袋瓜流出白糊糊東西而死去的人報仇。

漳州人個個紅了眼，要找泉州人拼命。拼命要有個主事的人，族長年紀大了，林國芳生性喜武虎背熊腰，家中又有財勢，是漳州籍中發展得最好的人，大家都來找林國芳出頭。一群人擁到林府，有的齜牙咧嘴猶如怒目金剛；有的呼天搶地如喪考妣；有的攢眉擰目像是喝了幾斗黃連；有的捶胸頓足看似瘋漢。

林國芳娘子勸道：「冤冤相報，永遠沒個了結。大家散了吧。」

眾人哪裡聽得進去。

林國芳娘子見勸不了大夥兒，轉頭對夫君道：「國芳，我不許你去。」

大夥兒來拽林國芳，國芳連連道：「大家不要太衝動！」他使了力，眾人拽他不動，於是情緒激動的人們乾脆將林國芳連人帶椅搶出門去，獨留下林國芳娘子在後面跺腳。

林國芳被一幫人搶到田地裡頭，原想好好勸解雙方的，不料雙方一見面尚未開口就混戰到了一處。這是一場慘烈的械鬥，所有參加的人都掛了彩，有個婦女被活生生踩死了，好幾個人的腸子流到了肚皮之外，更有甚者，有人被削去了半邊腦袋。打打殺殺的結果是雙方都付出了慘重的代價，兩敗俱傷，誰也沒得到便宜。事後，漳州人在族長的帶領下於交界處挖了一條深深的土溝，並埋了界碑。埋完後，衝溝那邊的泉州人「呸」了一聲，那邊也苦大仇深地「呸」了一聲，雙方轉過頭到各自的田地裡勞作去了。

眼見漳泉械鬥愈演愈烈，村莊上空彌漫著血腥的氣息，林國華真怕五弟深陷其中。思前想後，他決定創辦大觀義學，請泉州舉人莊正為義學主持，以平息漳泉兩籍的宿怨糾紛。林國華派人給莊正送去了八抬厚禮，正午時分，下人又將八抬厚禮原封不動地抬了回來。林國華看了看聘銀上的大紅綢子，鮮紅如初，連揭開都未揭開，想必莊正看也未看一眼。林國華心情頹喪起來，這時，妹妹宜雲的倩影從窗外一閃而過，林國華拍了拍手掌：「有了！」他推開窗戶喊道：「宜雲，你過來，大哥有話對你說！」

宜雲年方十八，正值女孩妙齡芳華。她跑了進來，一張臉因跑動而面帶潮紅，上面還帶著汗

珠。林國華目不轉睛地看著小妹，小妹高挽著髮髻，上身著緊身桃紅短衫，下著寬擺綠色長裙，身材苗條挺秀。小妹真是出落得越發楚楚動人了！

「大哥，什麼事呀？」林宜雲撲閃著一雙快活的大眼睛。

「現在漳泉械鬥愈演愈烈，大哥決定創辦大觀義學，請泉州舉人莊正為義學主持，以平息漳泉兩籍宿怨糾紛。可我派人送給莊正的聘禮被原封不動送了回來，大哥思來想去，唯有拿出誠意才能感動莊正。大哥想將你嫁給莊正，讓漳泉兩籍人結為秦晉之好，你覺得如何？」

一席話說得宜雲花容失色：「大哥，我死也不會嫁給莊正的！我已經有心上人了！」

「是誰？」林國華追問道。

「是隆昌茶莊的大公子陳士銀。」宜雲吞吞吐吐起來。

「小妹，你跟陳士銀斷了吧！你說，你忍心看著漳州人泉州人不停地械鬥下去不停地死人嗎？」

宜雲本能地搖了搖頭，抓住大哥的手懇求道：「難道真的沒有其他法子嗎？大哥，你再想想其他的辦法吧！換個人好嗎？為什麼非要我去不可？」

林國華緩緩地搖了搖頭：「再也沒有比這個辦法更好的法子了！咱們林家就只有你的年齡和身份最合適。小妹，大哥知道讓你為難了，大哥對不起你，可你就為了漳泉兩籍的和平犧牲一下自己吧！這樁婚事辦得越快越好，你要好好準備準備。」

宜雲的眼中漸漸溢滿了淚水。她的心被一片片撕碎了。她癡呆呆地走在雨中，一頭秀髮被雨水淋濕，劉海貼在額頭上，粉紅衣裙也濕漉漉的，彷彿風雨中飄零的花瓣。大哥說一不二，她想去找叔叔、嬸嬸們哭訴，可叔叔、嬸嬸們肯定也無法為她做主。她失魂落魄，無意識地遊蕩到了心上人的家門前。

「什麼？你大哥要你嫁給泉州舉人莊正？」陳士銀愣愣地看著宜雲，夢囈般地喃喃自語，「這可怎麼辦才好？」他望著眼前渾身濕透的宜雲，這個自己朝朝暮暮放在心上的人，臉色蒼白得好像隨時都會暈倒，他的心刀割般地疼痛。此時天上下著瓢潑大雨，翻滾的黑雲中電閃雷鳴交錯，似乎要把天地翻個身。陳士銀真恨不得此刻天崩地裂。自己只是一介商人之子，如何能與舉人相提並論？再說了，林國華主張把小妹嫁與莊正，一片良苦用心，若自己從中阻撓，豈不是為漳泉械鬥火上澆油？

陳士銀轉了幾千個念頭，越想越心灰意冷，他硬著心腸對林宜雲道：「你就聽從你大哥的話嫁給莊正吧。聽說那莊正學富五車，風度翩翩，又是個溫柔多情之人，嫁給他你會很幸福的。」

林宜雲徹底絕望了，她抬起一雙淚眼質問：「士銀，你為什麼這樣懦弱？為什麼不敢爭取自己的幸福和自由？」

陳士銀痛苦地喊道：「我也想爭呀，可我拿什麼和那個舉人爭？你說呀，我拿什麼和那個舉人爭？你走吧！」他違心地把門關上。

林宜雲絕望地擂著門：「阿銀，你把門打開！開門呀，阿銀！」門還是不為所動。門後面，陳士銀稜角分明的臉上掛滿了淚滴。

林宜雲感到胸腔裡空蕩蕩的，她的心已經不在身體裡了，被陳士銀踩在地上碾成了碎片。

陳子仁見兒子神色悲戚，奇怪地關問道：「士銀，你怎麼啦？」

陳士銀連忙掩飾道：「沒怎麼。可能是昨夜受了風寒，因此沒什麼精神。」

「那就趕緊請大夫過來看看。」

「謝謝阿爹。」陳士銀趕緊低頭走了，他不想讓阿爹知道這件事。此事關係到漳泉兩籍人能否言歸於好，陳士銀不想讓阿爹攪進來。萬一阿爹知道了，要替他強出頭，那事情就麻煩了。

陳士銀人是走了，他的長隨阿標卻溜進了廳堂。看著阿標畏畏縮縮的樣子，陳子仁沒好氣道：「阿標，你是不是有事要講？有什麼屁趕緊放！」

阿標還是遲疑：「我為少爺叫屈咧！」

陳子仁原本不在意，現在一聽不禁挺直了腰：「少爺究竟受了什麼委屈？快與我說來！我看阿銀那樣子，就知道他有什麼事瞞著我！」

阿標就把少爺忍痛與林宜雲姑娘分手的事添油加醋說了一遍，陳子仁氣得一拍桌子：「林家也太目中無人了，陳家哪容他如此踐踏？」

陳子仁跑到兵備道府衙裡找劉璈哭訴。劉璈一聽林國芳參與漳泉械鬥其中，不禁摩拳擦掌放聲長笑：「林國芳！這下你死定了！」

那邊，林府吹吹打打將宜雲嫁給了泉州舉人莊正。莊正早就聽說林家的宜雲姑娘才貌雙全，刺繡更是臺北一絕，許多臺北人家辦喜事時均以擁有林宜雲的繡品為榮，莊正滿心歡喜，覺得自己上輩子燒了高香，能娶到林宜雲這樣的妻子。喜宴時，漳籍人泉籍人高朋滿座，雖然雙方彆扭，但在莊舉人的大喜日子裡，誰也不便撕破臉皮，勉強將笑容掛在臉上。林國華坐在首位，將情形一一看在眼裡，他甚是欣慰：妹妹帶去了一份豐厚的嫁妝，但願漳泉兩籍從此太平。他心裡默念：「小妹，大哥對不起你！」

深夜，眾賓朋散去，莊正踏著大步往洞房走來。洞房裡紅燭高照，珠紗帳簷垂著五彩攢金花球，中間綴著手指頭大的紅瑪瑙和尺來長的大紅流蘇穗子。莊正整個人被喜酒燒得熱血沸騰，滿腦子搖晃著新娘子的美麗面容，他幻想著林宜雲被他揭開紅蓋頭時的嬌羞模樣。莊正滿心喜悅地挑開林宜雲的蓋頭，卻詫異地發現她滿臉淚痕，從頭到腳都在哆嗦著。莊正茫然了，遲疑地問道：「娘子，你是覺得嫁給我委屈了嗎？」

林宜雲沒有回答，抽噎得更加厲害了。莊正被弄懵了，也不知其中有什麼彎彎繞，心裡一陣陣刺痛。多少姑娘夢寐以求成為舉人夫人，自己卻迎來了一個滿面梨花帶雨的新娘！想像中的洞房花燭夜纏綿而熱烈，誰料到竟是這般尷尬而無奈的情形？他一時問不出個究竟，想著自己今後若柔情對她，即使林宜雲鐵石心腸也應被自己感化。於是忍了心中不滿，默默地鋪好被褥，自己單獨睡了冷衾。

漳州人和泉州人安靜了沒幾天，又為埔里地界起了爭執。雙方拿著鋤頭、扁擔怒目相視一觸即發。

林宜雲急道：「相公，你趕緊想個法子勸阻才好！」

莊正搖搖頭，依舊讀他的書：「沒辦法勸阻！幾代人的冤仇太深，我實在無能為力！」

林宜雲火起來，對丫環道：「備轎，我要回娘家！」

莊正連忙起身攔住：「阿雲，你何必發這麼大的火？」

林宜雲望著夫君，哽咽起來：「我大哥讓我嫁給你，就是為了讓漳泉兩籍人永修百年之好，如

今漳泉兩籍糾紛又起，你卻不聞不問，那我嫁你何用？實話告訴你罷，嫁你之前，我早已有了心上人——」

莊正妒火中燒，追問道：「你的心上人是誰？」

「我已成為你的娘子，你又何必追問！我最後一次問你，這件事你管還是不管？你要是不管，趁早休了我罷！」

「我管，我管！」莊正一迭聲地保證。縣太爺是他的同門，他們一起秋闈中舉，莊正換了官服，火速到了縣衙門。縣令大人派了五百官兵將漳籍首領李宗和泉籍首領方昌擒了來。

「我問你們，是不是想世世代代這樣械鬥下去？」

李宗翻了個白眼：「誰願意這樣世代械鬥糾纏？」

方昌嚷道：「哪個人不想好好過日子？可我們的人難道這樣白白死了不成？要言和也行，叫漳州人加倍補償我們的損失，還要到我們泉州人宗祠裡三叩九拜，看他們答不答應？」

李宗忍不住朝著方昌叫罵起來：「那我們的人呢？難道你們泉州人的命金貴，我們漳州人的命就賤？你們割走我們的稻穀要你們三倍償還！」

眼看雙方在公堂上對罵起來，劉大人將驚堂木一拍：「肅靜！公堂之上不許吵鬧喧嘩！」坐在一旁的莊正道：「要你們到對方的宗祠去三叩九拜賠罪，我看你們都做不到。不如集資建個廟，一起供奉雙方在械鬥中死去的義士，如何？」

李宗和方昌對看一眼，不做聲，算是答應了。

劉大人道：「往事已矣，再去糾纏誰對誰錯永遠也搞不清。過去的冤仇一筆勾銷，若誰再率先挑釁滋事，定然嚴懲不殆！」

迪穀堂落成，莊正夫婦被奉為嘉賓。陳士銀怨恨地看了林宜雲一眼，林宜雲心痛如鉸，低聲對夫君道：「相公，我身體不舒服，先回去休息。」

莊正明白了陳士銀異樣的眼神：「那好，你先回去休息。」

眼見林宜雲離去，陳士銀起身欲追，莊正從後面喊住他：「陳老闆，儀式開始了，請入座！」陳士銀滿懷怨恨，又有口難言，無奈地落了座。

當天夜裡，林府門口突然來了一隊黑壓壓的穿號衣的衙役，管家正要上前問個究竟，被氣勢洶洶地推了個趔趄，這夥人破門而入，林國芳聽到吵鬧聲，甚是詫異，從廂房裡走了出來：「怎麼回事？」

有個衙役眼尖，叫道：「他就是林國芳！」

為首的胥吏冷笑道：「怎麼回事？等到了衙門，跪在堂上錄口供你就知道怎麼回事了！」說著，一幫如狼似虎的衙役不容分說將枷鎖強行套到林國芳身上。林國芳被扭住雙手，大喊：「冤枉！」

全府的人都嚇傻了，眼睜睜看著五爺被強行逮走。

當時臺灣知府索賄，林國芳偏執勁上來，一個子兒也不給。他說：「對於那些需要救賑的人，我可以一擲千金，眼睛眨都不眨；可是對待貪得無厭的黑手，對不起，我一文錢也沒有。」上堂的時候，林國芳挺直腰板，不肯跪下。

「大膽狂徒，見了本官為何不施禮？」

「林國芳行事頂天立地，受了冤屈，為何要施禮？」臺灣知府惱羞成怒，將林國芳誣為漳籍領頭人蓄意鬧事，閩浙總督慶端、福建巡撫瑞賓受其蒙蔽，上書朝廷革去林國芳鹽運使銜候選郎中一職，押到福州待審。林國芳在押往大陸的海途中，莫名其妙含冤而死，想必是受了官差的虐待，官府卻對外宣稱林國芳暴病而亡。

殘陽如血，染紅了整個海面。

噩耗傳來，冤屈之火一直在林國華心頭灼灼燃燒，燒得他靈也痛肉也痛，全身「滋滋」作響。五弟費盡心力欲促進漳泉和好，卻落得如此下場！五弟被捕冤死，林家精神、名譽、物質大受損失。法之不法，時之乖逆，可悲亦復可恨？林家創痛，從此始矣！林國華總是夢見五弟一身的血痂和一嘴的血泡，眼淚汪汪地站在自己面前。時間一年年過去，福建官府的權勢人物像走馬燈似地不斷更換，每換一次，林家就需要重新去送禮及詳述案情的經過，這給林國華帶來巨大的經濟壓力和精神壓力。但林國華發誓：一定要洗刷五弟的罪名與冤屈！且不說清白的家世是後代子孫登龍門的必要條件，關鍵是林家財富在臺灣名聞遐邇，五弟被降罪革職終究是一世之污點，五弟在九泉之下一定死不瞑目！又有多少商業對手和得罪過的官員，把五弟之死作為茶餘飯後的笑柄來談論！一想到此，林國華就感到刻骨錐心的疼痛。他要為五弟的名譽而戰，更要為整個板橋林家的聲譽而戰！他不能讓林家永遠背負著這個恥辱的印記！名譽高於一切，罪名和污點淤積在林家子孫的心裡是決不容許的！

林老夫人因兒子的冤案氣絕身亡：「名聲毀了，金山銀山又有何用？不如死了好。丟人啊，丟人啊，林家背上這麼個不忠不孝的罪名，祖宗八代的臉都丟盡了……」

可要推翻既成事實的罪名談何容易！最麻煩的是，這事牽扯到原任閩浙總督慶端、福建巡撫瑞賓，若是把此案推翻，他們就會有失察失職的罪名。目前慶端和瑞賓步步高升，身居要職，這讓他們有了更大的權力和影響力，來阻止此案的平反。特別是慶端，因為是八旗子弟，如今漢人臣子越來越多，而稍微能上得了臺面的旗人為數少得可憐，太后老佛爺決不會輕易動慶端一分。林家不死心，把上至京城下至省城至關重要的達官貴人分為幾組努力活動和陳情，只要沾上點邊的人都在林家活動範圍之內。只要有一絲希望，就全力去爭取。

令林國華絕望的是，每次遞到京城的訴狀，無一例外地發回福建原審。重審時，雖然涉及林國芳案子的一些人員和證人受到了傳訊，當時押解林國芳有四個官差，一個已經亡故，一個遷居他鄉不知所終，一個重病在身，一個已七十高齡答非所問。林國芳之死成了一個永遠的謎團再也無法解開，整個案件的進展不容樂觀。

官僚聯盟沒有讓步。

官僚聯盟也不可能讓步。更多的是惱怒的反撲。

更糟糕的是，一些內幕人居然開始互相勾結篡改案情記錄。壞消息接踵而來，林國華深覺前途渺渺。時間的流逝讓林家喪失了許多寶貴的機會，時機似乎永遠地錯過了。到了第二年秋天，所有與林國芳案件有關的官員都離開了他們在福建的職位，這給林國芳的訴訟案帶來了無窮盡的困難與障礙，而現在的官員們對事隔多年的案件根本漠不關心，時局動亂，鴉片戰爭、義和團運動讓他們顧此失彼，烽火連天，亂世中誰會去在意一個幾年前的舊案？

林國華恍惚覺得，一切努力都是白費。

林國華甚至覺得，他現在不單單是在與原先審理五弟案件的官員在作戰，他還在與時間作戰。人怎麼可能打敗時間？

當時的臺灣知府賈善，也已投靠到曾國藩的名下，找到了強硬的靠山。這些對普通人命運翻手為雲覆手為雨的人，與社會各階層有著盤根錯節的關係，形成一個龐大的無形網路。他們認為當時漳泉械鬥浴血聲喧，若不是林國芳從中煽風點火，怎至於弄到難以收拾的局面？

這些人認為，林國芳罪有應得。

林家想翻案，簡直是蚍蜉撼大樹。

有一次，訴狀終於呈給了朝廷，送給了當朝最高的權勢者，但那從上到下的巨大網路足以矇蔽朝廷的眼睛。

正如每一次努力的結局，依然是以林家敗訴而告終。

要洗刷五弟的罪名的確太困難了。

林國華終於病倒了。

病榻中，林國華發誓，這個官司無論打多少次一定要打下去，直到打贏為止。這關係到林家的尊嚴。五弟的罪名不洗刷，林家就永遠不能挺起脊樑骨來說話。一定要讓官府秉公斷案，還林家一個清白，重振林家雄風。林氏家族的意志從來沒有這樣堅定過。林國華臨終前留給整個家族的話是：「一定要為你五叔洗刷冤屈……」他眼睛睜得滾圓，停止了生命中的最後一口呼吸。

第四章 肝膽相隨

清賦過程中，劉璈與呂志恆煽動墾民鬧事，林維源一一化解。劉銘傳氣得拍桌子：「都是劉璈和呂志恆搗的鬼！這兩人真是王八看綠豆，對上眼了！呂志恆頂多是一隻跑進肉店的狗，想叼走一些肉；劉璈就不一樣了，他是一隻闖進磁器店的公牛，所到之處，器物無不破碎遭殃。」清賦成功，聖旨下來：「三品卿銜太常寺少卿林維源於清丈升科事宜倡首襄助，不避嫌怨，民間稱便，克竟全功，著賞二品頂戴。同時調任正四品通政司副使。綠珠與林維源感情日漸深厚。

跟隨巡撫大人清賦最主要的動力是洗清阿爹的冤屈，何況清賦有助於臺灣今後建設，清賦之後修鐵路、設招商局、電報局、鋪海底電纜等一大筆費用才有著落。清賦功在千秋，雖然清賦之事風險巨大！若不參加清賦，自己可以做安樂公，林家現有資產幾輩子都花不完，完全可以太太平平過日子；參加清賦，暗潮湧動，明槍暗箭紛遝前來，阻力重重！林維源帶著滿腔悲壯下定決心參加清

賦活動。林家是商人本色，做生意以和為貴，林維源希望和所有人做朋友。但人這一生肯定會有敵人，不可能一生只有朋友，那就讓敵人來吧。說不定能化敵為友也不可知，或者也有可能今天的朋友變成明天的敵人，也只能慨歎上天冥冥中的安排。人生就是一場賭博，要成就大事必付出超常的代價！

主意打定，林維源抬眼看板橋鎮的燈火，這些昏黃柔媚的燈火，像腰肢柔軟的懶散女人，林維源心裡不禁湧起陣陣柔情。

當林維源把這個重大決定告訴夫人時，夫人失聲道：「老爺，你為何做出如此決定？你瘋了嗎？你這是飛蛾撲火！」

「在這種情勢下，所有的人都瘋了。既然大家都瘋了，我也不得不瘋。」

「老爺，難道你忘記了嗎？咱們的祖父是在官場上跌過大跟斗的！」

「正因為自古以來商人總被視為奸詐贏利之徒，只富不貴，到頭來還是官家手裡的一個玩物，生意場上常受官府掣肘，逢年過節都要點頭彎腰去孝敬各路神仙，時時要受窩囊氣。官府那些傢伙仗著頭上有老黃傘罩著，手伸得越來越長，嘴張得越來越大了！夫人，你難道想一輩子看人臉色嗎！」

夫人搖搖頭：「不想。」

「這就對了，咱們不能因為祖父在官場上栽過大跟斗就一朝被蛇咬，十年怕草繩。惟一的出路就是跟隨巡撫大人清賦，助巡撫大人一臂之力。」

林維源在眾僕人的簇擁下穿過拱門，長廊上停著三頂轎子，最大的那頂是他專用的。廊頂還懸掛著兩個鮮紅奪目的大紅燈籠。走廊外儘是怒放的臘梅，美不勝收。長廊盡頭就是林府的正大門，左右兩邊都有門扇，下面是鐵輪子，到了晚上，門扇滑到一起併攏，還有一個鐵鉤鉤住。林維源一彎腰坐進轎子裡，肅穆閉目沉思，很快來到了巡撫衙門。

巡撫衙門專門闢出兩間西廂房作為清賦之用，清賦局的牌子已經高高掛了起來。林維源一大早就來到清賦辦，不料劉銘傳大人更早，早已在那裡等候。劉銘傳笑吟吟地將手令、印章遞給他：「林老弟，清賦大事事關臺灣建設經費，就拜託你啦！怎麼，眼窩陷得這麼深，昨晚沒睡好嗎？」

林維源趕緊雙手將印章和手令接過，他沒有急著訴苦，而是先闡述了自己清賦的計畫與步驟：「大人，我們應該兵分三路，一路從臺北，一路從台中，一路從台南，這樣三路人馬齊頭並進，既可以節約清賦時間，又可以堵住眾人的嘴，不然鄉紳們會吵鬧不休，臺北的要台南先清賦，台南要臺北先清賦，勢必糾纏不清。」

劉銘傳讚道：「老弟辦事果然雷厲風行，我沒有看走眼啊！」

「只是清賦關係到眾鄉紳切身利益，相當於給老虎摸屁股，大人須多派一些人手給我才好，一方面手段要強硬，一方面我鼓動自己這三寸不爛之舌，想必鄉紳們看在我林某這張薄面上，會領我幾分情。」

「那是當然。不然本大人何須勞動老弟大駕，派手下一群衙役直接去丈量土地不就完了嗎？關鍵是沒有林老弟這張金臉，清賦這件大事恐怕要草草收場，難以大有作為。」

林維源主動請纓：「臺北這邊，就先從我們林家開始清賦吧。」

劉銘傳楞了一下，旋即頻頻點頭：「好！以身作則得以服眾，老弟辦事有氣魄！」

林維源已經豁出去了，既然答應劉大人完成清賦這樁大事，他就不得不先從自己身上開刀。他原想把自家情況跟劉大人交個底，好讓劉大人心中有數，可轉念一想，自己怎會生出如此愚蠢的想法呢？劉大人想必心中像明鏡，對臺灣田產十報五、六的情況早就摸得一清二楚，只要自己掌握一個度，結果不要讓劉大人太難堪，當然也不能讓自己太難堪，這樣就能皆大歡喜。

劉銘傳剛走，林維源火速召集司道分別釐定所有屯租、番租、大小租等參差名目，最終決定屯租為首，大租為次，小租再次之，番租數目最少，因為要體恤生番熟番對稼穡之事不甚明瞭，體現官府寬大為懷，促進漢番團結。

所有事情議定，他吩咐手下全部到場上集合，一一點名應卯，分成三隊，臺北由自己領隊，台中由深得劉大人信任的管帶劉彤恩領隊，台南由衙門的錢師爺和張捕頭領隊，其中台中、台南兩隊若遇上棘手之事飛馬報送他處理。各隊利用一個月時間將丈量土地範圍及各墾首、大租戶、小租戶的名單整理成冊，一個月後即把人馬開到田地裡開始丈量，等土地丈量完成後再計算該戶所應交賦稅額。若這兩日無法完成名冊整理，晚上加班通宵達旦也非完成不可，違命的交由劉大人軍法處置。

三隊人馬各自火燒眉毛地取戶籍查對登記，忙得不可開交。

林維源負責的臺北這條線秩序井然。他總是能在最短的時間內把一些雜亂的殘局收拾得整整齊齊，這是他天生的本領。數月來，林維源櫛風沐雨，不辭辛苦，奔走於鄉邑之間。而負責台南這條線的趙捕頭恰恰相反，再安靜的格局也讓他攪得雞飛狗跳人仰馬翻。這位趙捕頭在衙門裡卑躬屈膝點頭哈腰，一旦到了外面挑頭當差，那股子張狂氣焰，真真是灼草草死，灼樹樹枯。他通知五戶人家於十一日下午在田裡守候清丈土地，這五戶人家直等了一個下午，左等不來，右等不來，太陽已經往山下掉，也不見趙捕頭一行人的蹤影。這些人等得心頭火起，罵罵咧咧：「趙捕頭，我幹你老母！你叫老子下午在這裡等你，老子老老實實等了你一下午，過了下午老子可就不侍候了！八抬大轎來抬老子老子也不來了！」

趙捕頭也不是故意不來，他是被上一戶人家的丈量給耽誤了。這一戶人家胡攪蠻纏，明明量得是十五甲土地，非得爭辯說中間那塊荒地不能算，只能按十三甲算。這戶人家仗著和縣老爺有些麵線親（註：閩南語，意為隔了好幾層關係。），心想，大不了請縣太爺出來說話，難道林捕頭連縣太爺的面子也不給？

趙捕頭威風慣了，見了這等刁民，連頭髮上都冒出騰騰怒氣，三言兩語不和，衙役們和田主這邊的人打得不可開交。

趙捕頭強行在帳冊上填上十五甲字樣，就奔赴下面這五家，豈知到了田裡頭，不見一個人蹤影，所有衙役口乾舌燥，饑腸轆轆，原指望田主們能送上茶水，說些哀求他們的軟話，順便收幾兩田主偷偷塞到他們衣袖裡的碎銀，不料只能在地裡喝西北風，心中有氣，胡亂丈量了一下應付了事，自然還順手誇大了一些數字。

偏偏衙役中有一個與這五戶人家中姓莊的一戶是同五服之內的，晚上悄悄叫娘子送了個信。這一下可炸了窩，這戶人家想上衙門找趙捕頭講理，又怕勢單力薄，自古「官」字兩個口，占不到上風，於是聯合了另外四戶人家，到衙門吵吵嚷嚷來了。

群情憤慨激昂如潮水，姓莊的田主嚷道：「趙捕頭，是你失約在前，你怎麼可以私自丈量土

地，還隨意誇大數位？」

趙捕頭火氣比這些人更大：「我又不是故意失約，前面丈量不完，難道要我棄下不顧，先奔赴你那邊不成？你也不照照鏡子看看你是什麼貨色！」趙捕頭底氣很足。巡撫大人日理萬機，單單一個基隆煤礦到底官辦還是民辦就忙得他焦頭爛額，加上日本人從中搗亂，以及建鐵路碰到百姓祖墳問題，這些都夠劉大人喝幾壺的，他分身乏術，哪裡管得上這些小事？而這些刁民要見上巡撫大人一面，那簡直要等到太陽從西邊出來。即使太陽真的從西邊出來，衙役們和刁民各執一詞，也未見得這些刁民能占到上風。況且他們清丈土地得來的好處都要送給縣太爺一份，縣太爺拿的還是大頭，既然這麼多人跟他們站在同一條戰線上，他們何懼之有？如果人人都靠那麼一個月三兩的差役銀過日子，那還不如回家種蕃薯算了，省得整天在衙門裡兩頭受氣。

這五戶人家一時扳不倒趙捕頭，只好先各自回家。他們老早聽那些已經丈量好土地的人家說過，趙捕頭總是故意先將田產數誇大，等你去給他塞些好處，他才把數字往小裡改，除了那些大戶人家不敢得罪外，其餘的戶戶通吃。

這五戶人家和先前那戶被打的人家越想越不甘心，可又見不到巡撫大人的面，就到林維源府門前守株待兔，有一天終於攔住了林維源的轎子，七嘴八舌添油加醋將那趙捕頭的形狀惡意描繪了一番。

林維源鄭重允諾：「我必定還給你們一個公道。」

這些人才不情願地散去。

這件事大大敗壞了林維源的心情。他一邊喝著佛手茶一邊思忖此事。此佛手茶，千兩銀子一斤，不僅貴，而且稀罕，是林維源惟一的奢侈品，就猶如林家女眷的穿戴，非臺北第一家綢緞莊「飛雲錦」不可。決定不驚動劉大人。照劉大人那眼裡容不得沙的火爆性子，非將趙捕頭一幫衙役們重罰不可，若將趙捕頭那幫衙役統統轟走，衙門裡豈不只剩下劉大人一個光桿司令？自古水至清則無魚，希望天下大清只是一個美好的理想和幻夢。他叫來趙捕頭，用重話敲了敲他，趙捕頭深知劉大人對林維源的器重，嚇得點頭如搗蒜，保證馬上按實際田畝數為那幾戶人家重新丈量。

林維源厲聲喝斥道：「若有重犯，定重罰不饒。」

趙捕頭一迭聲地答應著去了。

林維源歎了口氣，哎，只要趙捕頭他們不要鬧得太出格，別明目張膽地伸手，就由他去吧。至於有老實的百姓自願送上一點孝敬，林維源準備睜一眼閉一眼。天下熙熙，皆為利來，天下攘攘，皆為利往。哎，誰叫這銀錢有這麼大的魔力，總教人生死相許呢？

錢師爺和趙捕頭這一路人馬確實是有所收斂。但呂志恆在劉璈的授意下暗地裡煽風點火，終於激發了曹大春民變。

那天，阿桂娘子阿珠正在家裡做阿桂平日裡喜歡吃的肉丸子，準備送到田裡頭給相公吃，想到相公狼吞虎嚥的樣子，她不禁抿嘴笑了。忽聽門外鄰居阿泉大喊：「阿珠，快來！阿桂快被打死在田裡頭了！」

阿珠大吃一驚，來不及穿鞋子，直奔田裡頭。此時阿桂正受負責清賦的兩個衙役圍攻，他自知沒有活頭，聲嘶力竭叫喊：「阿珠，快來！」其中一個衙役用棍子敲他的頭，阿桂滿頭是血。等阿珠飛奔到自家田裡頭的時候，阿桂已經沒有了呼吸，頭部的血兀自汩汩地流著。阿珠來不及哭天搶

地，只是奮力抱起阿桂的屍體往村裡跑，希望相公有救。只見一百五十幾公分的阿珠抱著一百七十幾公分的阿桂在彎彎曲曲的山路上狂奔，周圍的鄉親們見了無不落淚。突然阿珠腳下絆了一下，她自己摔倒在地，阿桂也「砰」地一聲掉了下來，阿珠撫著相公的臉狂呼：「阿桂！阿桂！」可阿桂卻永遠也不會應她了。

原來，阿桂在呂志恆的授意下帶了一群人蓄意阻攔衙役清賦，兩個衙役一時氣不過，就發生了這樁慘案。

阿桂的家族是一個龐大的家族。這下子可炸了馬蜂窩。以曹大春為首，一百多號人開始武裝對抗官府，殺死了那兩名衙役。劉銘傳先是下令好好撫恤阿桂娘子和兩名衙役的眷屬，然後叫林維源出面調和。然而一百多號人被阿桂的血沖昏了頭腦，任何話都聽不進去。劉銘傳深居廟堂之內，所有人把一腔怒火發洩在林維源身上。

曹大春指著林維源的鼻子罵道：「姓林的，你跟著官府搜刮老百姓的地皮，我挖你家祖墳！」

林維源手下冷笑道：「有膽量你去挖！我把林家老墳位置告訴你，還省得你費心思去打聽！」

這時，一口濃痰「噗」地一聲飛到林維源臉上。所有人都驚呆了，想想林家為朝廷捐獻那麼多賑災銀，朝廷對林家恩寵有加，尤其林維源被朝廷賞戴三品花翎，何等尊貴，這個吐痰的人恐怕要死無葬身之地了！一時間氣氛十分緊張，只要林維源一聲令下，現場就會血流成河。林維源臉上紅一陣白一陣，最終平靜地拿出汗巾將臉上那口痰擦去：「鄉親們，你們的憤怒我林某都可以理解。清賦並不是不讓大家活路，而是為了將那些藏匿的土地清查出來徵收賦稅，以支援臺灣的各項建設。林某向各位保證，清出來的賦稅每一吊銅錢都會用在海防、鐵路、煤礦等建設上！官府人員辦事有貓膩，你們反映上來，可以將那些人撤換。大家也看見林某被吐了一口痰的笑話了，請大家看在林某的薄面上，不要再聚眾鬧事，各自散了回家罷！」

劉銘傳氣得拍桌子：「都是劉璈和呂志恆搗的鬼！這兩人真是王八看綠豆，對上眼了！呂志恆頂多是一隻跑進肉店的狗，想叼走一些肉；劉璈就不一樣了，他是一隻闖進磁器店的公牛，所到之處，器物無不破碎遭殃。」

林維源道：「劉大人，用我們閩南話說，像呂志恆這樣的人叫做不願生雞蛋，反而拉了滿地的雞屎！」

劉銘傳撫掌大笑：「還是老百姓的嘴巴厲害！哎，這次又要林朝棟出馬了。你們兩戶林家，一個在戰場上忠烈英武拼死報國，一個是富可敵國胸懷天下，我劉銘傳有幸得你們輔佐，何愁大事不成！」

林維源就喜歡劉大人這種耿直的性格。他經商多年，與人打交道時滿面春風，內心裡卻謹慎得不能再謹慎，惟恐一著不慎滿盤皆輸。與其他官員打交道，那些官員總是自視甚高，給人感覺高高在上。惟有劉大人是爽快之人，敢於言林維源之不敢言，聽著覺得痛快、解氣之極。自己一生為了家族事業委曲求全，他極為羨慕劉大人做事能夠率性而為！與劉大人在一起，可以歡笑，可以暢談富國富省之理想，身心愉悅放鬆，人生得一知己何其難矣，又何其珍貴矣！

回到府裡，林維源想到劉璈所作所為越想越氣，他怒沖沖地走向綠珠的西廂房，想好好地發洩一番。綠珠巧笑嫣然：「老爺，您回來了，我給老爺彈奏幾曲解解悶。」她擺好綠綺琴，一雙纖手開始上下翻飛撥弄自彈自唱。

林維源聽得癡了，心想，有本事就找劉璈算帳，衝一個弱女子發火算什麼本事？想想這綠珠，也是身不由己，何必苛求於她？這樣想著，一顆心慢慢平靜下來。他對綠珠道：「算了，別彈了，我帶你去定靜堂見識見識林府的收藏。」

在定靜堂裡，綠珠忍不住發出一次又一次的驚呼。最後，她站在顧愷之的《洛神賦圖》前反復摸看愛不釋手：「老爺，這幅《洛神賦圖》是以曹植的《洛神賦》為藍本創作的。此長卷採用連環畫的形式，從開頭描寫平靜的水面上出現飄飄若仙、含情脈脈的洛神，曹植處於可望而不可及的無限惆悵之中，直到洛神在雲間遨遊，最後駕六龍雲車而去，曹植坐舟追尋。此畫用色凝重古樸，具有工筆重彩畫的特色。山水樹石均用線勾勒，而無皴擦，真讓綠珠喜歡。顧愷之畫風細勁柔和，筆墨連綿不綴，他詩文書畫皆能，是綠珠心中極為仰慕的人。」

林維源有些吃醋：「照綠珠姑娘這麼說，你是看不上老夫了？」

綠珠抿嘴笑道：「老爺，難道你還吃一個古人的醋嗎？」

林維源見她巧笑嫣然，也笑了：「我與你開開玩笑罷了。你既然如此喜歡這幅《洛神賦圖》，就借給你臨摹數天，不過要好生保存，儘早歸還定靜堂。」

綠珠深深道了個萬福：「謝謝林老爺！」

聞聽老爺將珍貴的《洛神賦圖》借給綠珠臨摹，夫人憂心忡忡：「老爺，您還是不要跟那綠珠走得太近，她是劉璈的人呢，您千萬別吃她房裡的東西，萬一她在食物中給你下毒那可如何是好？」

林維源擺擺手笑道：「你放心，小魚小蝦掀不起大浪。她一介女流孤身在咱們府中，又能怎的？況且吃食都是府裡的廚子現做好端上來的，夫人不必憂慮。」

眼看林維源將清賦之事搞得轟轟烈烈，劉璈簡直氣歪了嘴巴。兒子劉浤道：「爹，你別生氣了。林維源一頭紮進劉銘傳懷裡，我看他沒有好果子吃。」

下人們見老爺生氣，都不敢站得太近，也不敢站得太遠，站近了怕抵在老爺眼睛裡頭挨罵，站遠了又怕老爺有事的時候沒人支應，真是左右為難。

劉浤端起一碗蓮子羹，殷勤道：「爹，這是娘新燉的蓮子羹，您慢慢吃，消消火。對了，梁大老闆剛剛把年底的分紅送來，您不在，我就幫您老人家先收下了。還有，我明天要向阿爹告一天假，要和梁大公子幾個人一起去打狗港玩。」

「玩歸玩，你一定要管好自己的嘴巴。記住，聰明的狐狸叼到了肉，最明智的做法是悄悄叼回洞裡細嚼慢嚥，而不是高聲叫嚷我叼到肥肉啦，我叼到肥肉啦，這麼一叫嚷，肥肉準被聞聲而來的老虎獅子搶去。」

劉浤心領神會：「阿爹，我知道了。謝謝阿爹教誨。」

那邊，林維源正向劉銘傳稟告清賦結果：「此次清丈，可使臺灣地租每年增收銀二十九點一一萬兩，大人建鐵路首批銀子總算有著落了！」

劉銘傳讚道：「林老弟真是奇才！」

林維源自謙道：「哪比得上劉大人您呢，您築鐵路開煤礦，引風氣之先，真正是雄才偉略，令末商望塵莫及！」

劉銘傳笑道：「我若是脫了這身官服，即使把全家人和院裡所有的雞鴨鵝狗全部發動起來，也

賺不動林老弟你一個零頭兒！」

林維源忍不住被逗得笑了起來，都忘了自謙了。

一八八八年六月十九日劉銘傳上書朝廷：「林維源把持全台清賦一事，查詢保甲戶籍，就田問糧，逐丘丈量，定租納稅，給單升科，事無巨細，無敢遺漏，奏請嘉獎。」

聖旨很快下來了：「三品卿銜太常寺少卿林維源於清丈升科事宜倡首襄助，不避嫌怨，民間稱便，克竟全功，著賞二品頂戴。同時調任正四品通政司副使。」林家隆重祭謝祖宗，朝拜過神龕上穿著補服的歷代祖宗畫像後，開始歡宴慶賀。全臺北官宦鄉紳雲集，賓客嘖嘖稱讚林府飾有纏枝花草和飛禽走獸的大小門窗，屋裡是清麗幽雅的酸枝骨刺繡圍屏，圍屏後是昂貴的紫檀桌椅，到處懸掛著地方名人字畫，博古架和壁爐上稀奇古怪的擺設雜而不亂。一盞燃清油的長明燈懸掛在中梁，其餘繪著五彩斑斕人物的玻璃宮燈將廳堂照得亮如白晝，連地板磚鋪砌的接痕都看得清清楚楚。肴果滿席，精緻鮮豔的西式糕點任人自取，高朋滿座絲管競奏酒香四溢，每張桌子旁各站三個僕人：兩個斟酒，一個上菜，女傭、丫頭在旁邊伺侯。夫子們詩文觴詠，加上從福建請來的著名戲班助興，紅倚翠繞，好一派富貴景象。戲臺就搭建在來青閣的院子裡，旁邊用藍布帷圍出了一塊地方，作戲子的化妝房間還另外在裡面的小廂房裡佈置了兩個專為著名旦角一品紅的化妝室。

禮物潮水似的湧來，在右廂房裡堆得小山一般，單單西洋座鐘就有幾十個，令人目不暇接。劉銘傳舉杯道：「林老弟，咱們乾了這一杯！」

林維源二話沒說，將杯中酒一飲而盡。兩人都沒有說什麼，彼此心中明白，這段日子兩人同舟共濟，清賦總算成功了。林維源看得出巡撫大人是誠心的感謝，劉銘傳也看出林維源是苦盡甘來的歡喜，再多說什麼便是廢話，只需一個眼神，兩人便心心相通，千言萬語都化作那杯酒了。

趁眾人熱鬧著，夫人悄悄拉了拉林維源的衣袖道：「老爺，你這二品頂戴，是用你的白髮和皺紋換來的。」

林維源眼睛一熱，自清賦以來所承受的漫罵、侮辱、傷害和誤解一齊湧上心頭，不禁百感交集。他意識到，經過自己這十幾年的奮鬥，林家在他手下攀向了富貴的高峰。他要感謝林家祖宗敢於從福建龍溪跨越臺灣海峽來到臺灣，才有了他林維源的今天……

第五章 臺灣之夢

林家事業蒸蒸日上，林維源追憶祖父林平侯迫於生計從龍溪角美來台謀生的往事。林平侯投奔鄭記米行，眼見林平侯受老闆重用，幾個老夥計從中搗鬼。老闆千金鄭稻穗鍾情於林平侯，無奈林平侯已有龍溪戀人王勳帥。鄭稻穗失意之下，執意回龍溪，鄭谷將米行盤給林平侯。乾隆五十一年，林爽文起事，王勳帥憂心忡忡：「時逢戰亂，萬一米行遭劫，後果不堪設想。」林平侯安慰道：「自古富貴險中求，總不能因為戰亂就把鋪子關門了事，我們只需小心防護便可。據我估計，時逢戰亂，墾民紛紛加入起事隊伍無暇種地，日後米價必會一路飆升。」林平侯看準時機在米價最高時果斷出售。不久縣令召集各院衙差：「哄抬物價的不法奸商，就地正法！帶頭鬧事、哄搶市面的悍民潑婦，不必關押審訊，逮住即斬，梟首示眾！」而此時林記米行已賺得盆滿缽滿，慢慢獨佔臺灣米業鼇頭。

乾隆四十六年（一七八一年）秋天，閩南龍溪縣白石保吉上社一座茅草屋裡，一身襤褸的林平侯母子二人正相對歎氣。十八歲的林平侯心疼地望著因無錢交稅而一夜間愁得鬢髮全白的阿母，望

了半晌，他堅決地說：「阿母，我要到臺灣去。」

他的阿母驚得睜大了眼睛：「你這死孩子，怎麼跟你阿爹一個德性？你阿爹三年前扔下我們到臺灣討生活，說什麼要給我們賺白閃閃的銀子回來，可現在呢，你看過你阿爹寄回來的銀子嗎？他倒好，拍拍屁股走了，害得我們母子二人獨自抵擋這淒風苦雨。我還想把你爹叫回來咧，一家人團聚才是要緊。」

外面雨聲潺潺，草屋中央開始漏雨，林平侯將一個缺了角的臉盆搬到屋子中間接水，回頭對他阿母說：「阿母，你真要我一輩子守著這間漏雨的破草屋嗎？咱們閩南人多地少，一年到頭三番五次的颱風、水災、旱災，這樣苦熬下去也不是辦法。好在當今皇上號召福建人大批移民到臺灣墾荒，大家都爭著到臺灣淘金。俗話說，輸人不輸陣，輸陣蕃薯面，阿母，你就讓我去碰碰運氣吧。不然，一輩子呆在家鄉做苦工，哪有出頭之日？」

「不行，你爹不在，要是連你也走了，我一個婦道人家淒淒涼涼怎麼過日子？再說了，那麼多人抱著發財夢到臺灣，見到幾個真發財了回來？就像你爹，到臺灣三年了，也只夠填滿自己的一張嘴。再說了，臺灣海峽風大浪高，不要說到臺灣挖金子，能不能留得一條命還難說咧！」阿母斷然回絕。

林平侯努力動員阿母：「阿爹是讀書人，手無縛雞之力，在私塾裡教幾個孩童聊以為生，這不奇怪。我就不同了，孩兒有的是力氣。」說著，他「霍」地舉起自己的臂膀給阿母看，「最重要的是，好男兒志在四方，總窩在鄉下扛鋤頭肯定永無出頭之日！」

整個晚上，林平侯軟磨硬泡，終於讓他阿母鬆了口。阿母歎了口氣，摸了摸林平侯的頭：「阿

平，到了臺灣要記得你阿母啊！要是在那邊立不住腳跟，你就早點回來。」

林平侯使勁點點頭。

他阿母愁完了這個又愁那個：「阿平，咱們窮得叮噹響，上哪湊船費去？」

林平侯興沖沖道：「阿母，你別發愁。我和鄰居的旺根、小順子都商量好了，他們幫我湊船費，等我到臺灣賺了錢，就接他們過臺灣一起闖世界！」

他阿母喃喃道：「你的心野著呢，我知道。跟你爹像同一個模子印出來的。算了，攔也攔不住你，由你去吧。」

林平侯眉飛色舞：「阿母，你等著我派大船來接你過臺灣。」

次日風和日麗，海天雲闊。林平侯告別了依依不捨、淚眼婆娑的母親，他站在大船前頭眺望著遠方。他天生一張國字臉，天庭開闊飽滿，雖然口袋裡空空如也，沒有叮噹作響的銀元，但兩隻眼睛神采奕奕。他隨身攜帶著一個竹藤編織的箱子，裡面有阿母塞進的一小包家鄉的米、泥土和一小瓶水，據說，這對出門遠行的人克服水土不服是很靈驗的。

他所乘坐的大船越往大海裡開，風浪越大，簡直成了一片隨風起舞的樹葉，隨時都有可能被風浪吞噬掉。所幸，他平安地到達了臺灣。船上很多人上吐下瀉，林平侯硬是挺著沒有吐。

林應寅早就伸長了脖子在滬尾碼頭上等候。他憐愛地打量了兒子一眼，兒子身上穿的是打了補丁的衣裳，可以想像兒子在故鄉龍溪跟他阿娘過的是什麼苦日子。一想到林家世世代代的貧窮底子，林應寅不禁仰天長長歎了口氣。

林平侯甫到一個新地方，看什麼都覺得新鮮，他深深地呼吸著海邊特有的海腥味，驚奇地看著攤販上各種各樣的珊瑚和珠貝。聽見阿爹歎氣，他爽朗地安慰道：「阿爹，您不是對孩兒說臺灣是風水寶地，叫我來這裡創一片新天地嗎？您放心，孩兒一定努力打拼，讓您過上錦衣玉食的好日子。」說完，他開始打量這片陌生的土地。展現在他面前的臺灣島，在陽光下閃閃發光，而他即將在這片土地上丈量自己的勇氣和智慧。林平侯興奮起來，迎著山風盡情地扯開嗓子吼起來：「噢……」山風送來回聲，回應著這個十八歲少年的誓言。他的胸中，跳躍著一顆滾燙的心臟。林應寅欣慰地點了點頭。他的落腳地在新莊，此時帶著兒子來到自己聊以為生的私塾裡，林平侯放下包袱，四處打量。林應寅將一碗涼水遞給兒子：「平兒，你來臺灣本是一件好事，只是你是否考慮過以何謀生？哎，都怪我，百無一用是書生，寒窗苦讀，每次都秋闈失利，連累孩兒不能讀書，小小年紀就幫你娘親打短工貼補家用。說來說去都怪爹，要是有財力讓你繼續學業，說不定你能給為父考個秀才舉人回來。」

林平侯趕緊寬慰父親：「阿爹，這不怪你！是我自己對之乎者也不感興趣，孩兒打小捧起線裝書就暈頭轉向，還是打工出力氣來得爽快。不過孩兒可不想打一輩子工，孩兒自小最為羨慕店鋪裡的老闆，吃穿不愁又不必風吹日曬，將家眷保養得個個白白胖胖細皮嫩肉，穿著綾羅綢緞，出門以轎代步。我娘大半輩子吃了那麼多苦，整日漿洗，還要像男人一樣扛著鋤頭下地，孩兒發誓以後要讓娘過上好日子，整天穿著綾羅綢緞坐轎在街上悠遊閒逛。可打短工永遠沒有出頭之日，日子越過越難，孩兒最大的心願是經商。」

林應寅苦笑道：「經商？偷雞還得準備兩把米呢，咱們一日三餐都發愁了，恐怕連塊店鋪板都買不起。」

林平侯眼睛閃閃發亮：「阿爹，您別憂心，慢慢來。咱們靜候時機，孩兒有信心在臺灣闖出一片天下，總有一天，咱也能穿上綾羅坐上轎子。」

聽了兒子一番話，林應寅緊皺的眉頭舒展開來：「好！我孩兒有志氣！爹相信你！不過，」林應寅頓了頓，「自古以來，天子重英豪，文章教爾曹；萬般皆下品，惟有讀書高。你有空還是多讀點書吧。」

林平侯搶白道：「爹，說實話，您的話孩兒不愛聽。您念的詩我耳朵都起繭啦。說什麼少小須勤學，文章可立身；滿朝朱紫貴，儘是讀書人。可您還不是整日要為三餐煩惱？」

林應寅被兒子戳到痛處，臉上一陣青一陣白，勉強笑道：「不是讀書無用，而是為爹我天賦有限不能高中秋闈。」

正議論著，一位樣子精明能幹的老叟帶著個女孩兒帶著酒食前來，女孩子相貌平常，闊臉龐寬嘴巴，但一舉一動卻有賢淑之風。老叟開口道：「應寅兄，這就是你公子吧？相貌堂堂，可喜可賀！今天你們父子團聚，小弟特來恭賀！」說著將酒食放下，命女兒一一打開。

林應寅作揖道：「多謝賢弟！正是犬子。」說著，轉身對著兒子說：「阿平，上前拜見你鄭谷叔叔。鄭谷叔叔在咱們私塾隔壁開一家米店，生意興隆，我常常承蒙他接濟。我們兩人性情相投，常常歡飲傾談及至深夜，毫不倦怠。」

林平侯上前拜見鄭谷。

林應寅又引見：「這是鄭谷叔叔的千金，鄭稻穗小姐，你且跟她見過。」

林平侯又作揖，鄭稻穗趕緊還禮。因為林平侯相貌長得英俊瀟灑，鼻樑高挺，一雙大眼炯炯有神，鄭稻穗不禁多看了他兩眼。

林應寅倒了酒，與鄭谷開始暢談，林平侯和鄭稻穗陪坐。聊了些故鄉龍溪的近況，林平侯道：「故鄉龍溪地處偏僻，世代窮困。當今聖上招徠漳泉移民對臺灣進行大規模開墾，所以晚輩也湊了船資前來，才有緣得與鄭谷叔叔相見。」

鄭谷眼見林平侯性情開朗，舉止落落大方，說話得體，極力讚賞：「應寅兄，我看賢侄將來前程定是無可限量！」

林應寅發愁道：「我這孩兒生性勤勉，這一點甚感自慰。只是初來乍到，人生地不熟，張嘴就要吃飯，而我這私塾只勉強能夠填飽肚子，情急之間也不知道要去何處找點事做？」

林平侯一聽父親這麼說，也露出憂慮之色。

鄭谷捋鬚道：「要是賢侄不嫌棄，就先到我鄭記米行做一名夥計，我鋪裡正缺人手。」

林應寅大喜過望，一揖到底：「謝謝賢弟，來，我敬你！」

兩人乾過一大碗公，林平侯又上前敬鄭谷叔叔，鄭稻穗在旁邊掩了嘴暗樂：「天賜良機，能跟平侯哥一起做事，不知道有多快活呢。」林平侯無意間瞥見鄭稻穗小姐那含情脈脈的眼睛，趕緊慌亂地將眼睛移開。

次日，一輪大好太陽從海上升起，林平侯一身精幹打扮來到鄭記米行，鄭谷將鋪裡五個夥計召集起來，向大家介紹：「這是新來的夥計林平侯。」

林平侯向大家抱拳：「請各位兄弟多多關照。」

五個夥計顯得有些冷淡。其中王夥計年齡最大，右臉上長著一塊雞蛋大小的墨青色胎記，他冷

冷地瞥了林平侯一眼。鄭記米行的規模並不大，多一個夥計就多一個人撈碗裡的吃食，搞不好被擠掉辭退也不一定。招呼過後，大家很快散去，各做各的事。林平侯天性勤快，將櫃檯上的少許灰塵擦了又擦，直擦得油光滑亮。正擦得起勁，一夥計從外面跑進來高喊：「鄭老闆，從桃園進來的那批大米到碼頭了！」於是店裡只留下一個夥計，其餘四個夥計都到海邊碼頭卸貨。

夏日流火爍金，烤得大地冒煙，鹹濕的海風帶著熱氣一陣陣撲面而來。趕馬車相對來說是個輕鬆活兒，老資格的王大夥計一下子跳上馬車。李粱嘟囔道：「哎，這種天氣卸貨，簡直就是烤鹹魚！」林平侯新來乍到，一心想好好表現，他膀大腰圓，紮個馬步將米袋穩穩壓在肩膀上，吆喝一聲挺起身來，在船板和碼頭之間健步如飛，不一會兒就汗如雨下。約略卸了一個時辰，其他三個夥計都嚷著累，躲到碼頭旁邊那棵老榕樹的樹蔭下歇息，惟有林平侯還在毒太陽下一趟趟往返。李粱怪叫道：「喲，小平子你不歇會兒嗎？你這麼突出表現是想叫我們捲鋪蓋走人嗎？」

林平侯一楞，他不知道自己多幹活也會招人怨，趕緊賠笑道：「大哥，我給你們買幾杯涼茶去。」

遠遠地，鄭谷坐著轎子過來看貨卸得怎麼樣了，闊嘴阿新他們三個夥計眼尖，趕緊一骨碌站起來往甲板上衝去。待鄭谷走到碼頭，林平侯正興沖沖帶著一葫蘆涼茶前來，鄭谷皺著眉頭道：「你不去幫忙運貨，還好意思跑去買涼茶！怎麼年紀輕輕的就學會偷懶耍滑！你看闊嘴他們，一個一個比你賣力氣！」

林平侯張嘴想辯解，看了看李粱他們，硬生生把喉嚨裡的話收了回來，他憨厚地朝鄭谷笑了笑，趕緊把涼茶放下，快步跑到甲板上扛米袋。他盡力而為，一心想彌補剛才給鄭谷留下的不良印象，雖然汗如雨下嗓子眼直冒煙，卻不敢歇息。

等到月暈朦朧，星光微爍的時候，所有米袋終於全部進倉。夜風吹得船帆嘩啦作響，鹹濕的海風一陣陣吹過，林平侯精疲力竭，拖著沉重的步子回到家裡。他的褲子在扛米的時候無意中被碼頭上的鐵板劃拉了一個大口子，走起路來像迎風招展的破旗幟。今天可真累啊，幹活時沒覺得什麼，到現在才發現全身骨頭都散了架，手腳好像不是自己的，原以為當個店夥計好歹算個生意人，腿肚子上可以不沾泥巴，沒料到當個店夥計比當農夫還累。農夫在地裡鋤草，起碼可以停下來抽口煙望望天，而當個店夥計連歇口氣都不行。

林平侯回到家，剛從茶壺裡倒了一碗涼水要喝，只聽背後鄭稻穗銀鈴般的笑聲：「平侯哥，你看我給你送什麼來啦。」說著，放下兩碟香氣撲鼻、熱氣騰騰的鹵雞腿和鹵雞爪，外加一壺老酒。

林平侯慌了，手足無措道：「稻穗妹子，無功不受祿，你這樣我可擔當不起！」

鄭稻穗撇了撇嘴，抖開隨身帶來的小包袱，變戲法般地拿出一套新布衣裳：「你試試，看合不合身，我昨天看你身上穿的衣裳打著補丁，特意給你趕做的。如果不合身，我再改改。」

林平侯一疊聲推辭：「謝謝稻穗妹子，這套衣衫要多少銀子，我這就給你。」

鄭稻穗嬌嗔一聲，林應寅在旁看了，眉開眼笑喝斥兒子：「平兒，你快穿上試試，不要負了鄭小姐一番心意。」

眼看父親從中攪和，林平侯心裡暗暗叫苦，又不敢太拂女孩兒面子，無奈只好將新布衫穿上。林應寅贊道：「鄭小姐真是好手藝！沒量過身板，倒好像是貼著肉量身訂做似的！俗話說得真沒錯，人靠衣裳馬靠鞍，平兒，你穿上這身新布衫比平時精神了十倍！」

鄭稻穗高高興興回家了。林平侯睡不著，在硬床板上烙煎餅。他長長歎了口氣，索性坐起來，從隨身包袱裡摸出一塊玉佩，細細撫摸著上面的花紋，一個少女的倩影浮現在他眼前。她是故鄉龍溪鄉紳王天臺的女兒王勳帥，林平侯給她家做過長工，王小姐喜歡這個勤快英俊的小夥子，她經常癡癡望著林平侯在她家院子裡忙裡忙外。閩南的日頭很亮，從窗戶裡投下一個雪白的光斑，有一些金色的飛塵在那個斜長的光斑裡慵懶地飛舞，兒女情愫就這樣慢慢滋生。兩人眉目傳情，早已私訂下終身，只是一直瞞著她父親王天臺。林平侯來臺灣創業，主要目的就是為了打拼出一份家業好迎娶王小姐。父親不明就裡，以為兒子能和鄭谷千金結成姻緣是天大的好事。這下子可如何是好？前途茫茫，能否在臺灣打拼出一片天地實在難說，況且他和勳帥小姐一片海濤相隔，王小姐能否繼續癡心等他？林平侯越想心越亂，就這樣胡思亂想，不知不覺天已濛濛亮。

第二天，店裡來了個大主顧，開口要一萬石大米，明早就要裝船。鄭谷抱歉道：「店裡只有五千石存貨。」客人很失望，正待離去，林平侯叫道：「客官請慢，您先交了訂金，我保證明早一萬石大米準時讓你裝船。」

主顧半信半疑：「真的？要是明早湊不齊一萬石大米，你還我三倍訂金如何？」

鄭谷急了：「小林子，你不要口氣比力氣大，這事玩笑不得。」鄭谷年紀大了，對生意上的事有些淡，賺不來的錢不打算強求。如果倉促間向同行購買，同行必然吊高價，那還不如讓客人直接去向別人購買。

林平侯一拍胸脯：「這事包在我身上，明早若湊不齊大米，由我來賠三倍的訂金。」

原來後倉庫裡正躺著七千石未去殼的稻穀，關鍵是如何打礱去皮。若挑去礱坊，那三天三夜也完工不了。林平侯請鄭谷出面去各礱坊將木礱借來，發動夥計家裡的七大姑八大姨前來幫助連夜碾米，著實忙了一整夜，天亮時果然大功告成。

交易完成，鄭谷拍著林平侯的肩膀讚許道：「小林子，你可真是林大膽！年輕就是好哇，我這老頭子比不得你嘍！」

日久見人心，鄭谷也看出林平侯這個人做事精明謹慎，為人忠實可靠，自己年紀漸漸大了，很多事力不從心，有意重用林平侯，又不甚放心，就想了個法子考驗考驗他。這天鄭谷故意託詞沒來店裡。兩駕馬車隨著「得得」的馬蹄聲停在鄭記米行門前。杜老闆從車上跳下來：「夥計，這是你們鄭老闆吩咐的五十袋糯米。冬至快到了，家家戶戶要磨湯圓，包管你們幾天內賣光。怎麼，你們鄭老闆不在？不在也沒關係，老客戶了，你們趕緊把米搬進去，結了銀錢給我。」

林平侯疑惑道：「鄭老闆並沒有交代呀，難道他忘了？」他攔下正要把糯米搬進米倉裡的夥計，「慢點搬，我們驗一下貨。」林平侯平日裡處處留心，早就掌握了觀察米色的技巧。正常的米應是潔白透明，腹白色澤正常。米最易變為黃色，發黃的米，其香味、口感、黏性都較差。二要注意新陳。時久的米，色澤暗淡，香味寡淡，表面有白道間紋甚至出現灰粉狀，灰粉越多，時間越長。當然，有黴味的或是有蛀蟲的更可能是陳米了。

杜老闆很不高興：「我說你這夥計怎麼這樣？信不過我咋的？我跟你們鄭老闆幾十年的交情了，每次運貨過來，有哪次要驗貨的？還不是每次都直接搬進米倉！」

林平侯堅持道：「對不起，杜老闆，我這也是按照店裡的規矩來。要是壞了規矩，鄭老闆回來後是要責罰我們的，還是驗一驗吧。」

杜老闆氣得幾乎要吹鬍子瞪眼睛了：「我說你這夥計，做事不要這麼三角行不行？照你這種態度，主顧恐怕都要跑到別家米行去了。」

林平侯一邊賠罪，一邊還是堅持驗貨。杜老闆沒辦法，叫夥計扛了一袋過來，罵罵咧咧道：「驗吧，你驗吧，看你要驗出什麼名堂來。」這袋糯米確實新鮮得很，而且粒粒飽滿，杜老闆大手一揮：「這下你滿意了吧？搬進去！」

林平侯卻道：「慢著！」他又隨意挑了一袋，吩咐夥計打開，杜老闆此時冷汗開始慢慢流下來了。林平侯扒拉開上面一層，從中間掏出一把糯米，只見上面帶著灰絲，中間還有一隻米蟲在緩緩爬動。「杜老闆，你看……」

這五十袋糯米確實有很大一部分是隔年舊米，杜老闆摻雜了一部分新米混在表層。

鄭谷不知從哪裡笑吟吟冒了出來，「平侯，今天表現不錯！」

林平侯如夢初醒，方知老闆在考驗他。鄭谷將林平侯叫到跟前，把一個用得已脫了漆的舊算盤和鋪裡的帳簿遞給他：「平侯，你是個值得信賴的人。我年紀大了，打算慢慢隱退，我又沒有兒子來繼承米行，你就好好幫我把持吧。」

林平侯知道，被聘為米店帳簿會計，也就意味著老闆把他當作自己人了，這是一份極大的信任。他趕緊雙手接過，深鞠一躬：「謝謝鄭老闆，平侯自當竭力搞好米店生計。」

鄭稻穗在旁歡呼雀躍道：「太好了！太好了！」鄭谷微笑：「真是女生外向啊！」

鄭稻穗羞紅了臉，跑了。林平侯心中暗暗著急。

眼見林平侯後來居上，被老闆任命為帳簿會計，其他夥計都妒忌得眼裡出了血。歇工吃飯的時候，老王、闊嘴、小安子、李梁抱成一團在那裡又說又笑，等林平侯湊過來，他們的笑聲就嘎然而止，自動散開。林平侯見自己被當作瘟神一般，心裡十分懊喪。他端著碗，望著碗中的飯發呆——不知為什麼，自己的飯中永遠有數不清的沙粒。他當然知道這是李梁他們故意整他，不過他不願與他們鬧翻，因此每次都強忍著。

老王、闊嘴、小安子、李梁又湊在了一起，老王從鼻子裡哼了一聲：「不就是仗著稻穗小姐對他有意思嗎？我看那隻癩蛤蟆也不見得能吃得到天鵝肉。」四個人擠著坐在同一張木板上，那木板顫悠悠的，很有幾分折斷的危險。小安子乾脆一屁股坐到地板磚上。老王搓著身上的泥丸子，闊嘴伸長了手努力往背後抓癢。李梁從牙縫裡揪出一片韭菜絲來，隨手抹在了木板邊沿，對闊嘴吆喝道：「嗨，你那臭腳丫子往旁邊挪一挪好不好？我都快被你熏死了！你去熏姓林的那個馬屁精去！」

小安子鄙夷地撇了撇嘴：「我最看不慣他那副討好老闆的德行，一張臉天天笑得像向日葵，天天傻樂。哼，說不定哪天馬屁拍到馬腿上，叫馬腿狠狠蹬一腳，那才叫痛咧。」

李梁做了個怪臉：「昨天鄭老闆責罵我，他在旁邊為我開脫，我最不愛他宋公明假仁假義那一套。」

四人會心地笑了。

有時碰上鄭谷不在店裡，吩咐林平侯主事，顧客來時，忙著撥算盤的林平侯喊：「阿新，幫忙從米倉裡扛兩袋大米過來，客人等得急咧！」闊嘴像耳聾似地，就是沒聽見。林平侯沒辦法，只好鎖了帳簿，親自到米倉裡扛米。林平侯有時會將牢騷對父親說說，在鄭老闆面前卻隻字未提。

那日米行打烊後，林平侯在家突然覺得有個帳目越想越不對，上次進了五千石大米，扣去失重、黴變等，實際賣出的起碼應該有四千九百石，可一結帳，只有四千六百多石，他疑心自己哪裡算錯，等不及明日到米行再查看，趁夜裡大踏步往米行走來，不料撞見管米倉的李梁正扛著半袋米準備回家。李梁臉漲得像豬肝一樣通紅，訕訕道：「我下了工回到家裡，老娘說沒米下鍋了，街上米店都關了，我想先到鋪裡拿幾斤米，明日再跟掌櫃結帳。」

林平侯心知李梁扯謊，也不說破，只道：「那你趕緊背米回家下鍋吧，明日再跟掌櫃的結帳就是。」他明白了帳目不對原來是李梁從中搗鬼。

聽了這話，李梁丟了米袋，「撲通」一聲跪在了掉有些許碎米的地上，扯住林平侯的衣襟：「小林子，你千萬不要跟掌櫃的提起這件事，免得我丟了差事，家中老母妻兒都靠我養活呢，明天我把銀子拿來墊上就是。」

林平侯用力點點頭。

從此，李梁見了林平侯總要討好地微笑，自己把柄被人家捏著，心中存了三分畏懼。

眨眼間兩年時間飛逝而過，林平侯口袋裡已有數百積蓄。他因做了米店帳簿，無需再流汗搬米做苦力，衣著也乾淨得體起來，雖未穿上綾羅綢緞，但一身布衣永遠嶄新挺括。鄭稻穗小姐看著意中人，越看越滿意。她心靈手巧，整日裡尋思給林平侯做新衣裳，要是林平侯不受，她就發火。林平侯無奈，穿上新布裳，越發的年輕英俊氣宇軒昂。

日子正過得順暢，突然一個晴天霹靂傳來：「母親大人在龍溪故鄉病危！林平侯和林應寅父子二人心急如焚，因兩岸通信不便，想必母親在家中已經病了數日；況且以母親心性，若非迫不得已絕不會給兒子添麻煩。兩人急匆匆收拾了行李回家探望。

遠遠看見自己家那扇熟悉的破舊大門，親戚們震天的哭聲從裡面傳來，老母親已經一動不動地躺在喪板上，等著夫君和孩子回家看最後一眼，一雙眼睛睜得圓圓的，然而身體已經僵硬。林平侯搶上前去「撲通」一聲跪倒在母親身前哭訴道：「阿母，你怎麼不等等孩兒？孩兒叫你一起赴台，你又捨不得離開故鄉；孩兒走了，叫你不要掛念孩兒，你卻整晚整晚思念孩兒無法入睡；阿母，你的命好苦啊，你為什麼不等等孩兒？孩兒發過誓，要在臺灣混出一個人樣，讓您老人家晚年過上舒心的日子。娘啊，娘……」林平侯撫屍痛哭。

人群中，有個身著白衣的俏麗姑娘，顯得那樣地鶴立雞群，她，就是林平侯的心上人王勳帥。鄭稻穗與平侯哥一別近二十天，聞說平侯哥已經回來，歡天喜地地跑進了私塾，歡快地喊道：「平侯哥！」

林平侯和王勳帥聞聲一起走了出來，鄭稻穗瞅見一身喜氣、花容月貌的王勳帥，楞住了，顫聲問道：「平侯哥，她是誰？」

林平侯明知實話實說會像刀割鄭稻穗的心一樣，長痛不如短痛，索性橫下心來如實答道：「這是我在故鄉龍溪的新婚娘子王勳帥。」閩南的習俗，家裡有喪事，要麼立刻沖喜，要麼就得守孝三年，他們當機立斷成了親。

鄭稻穗一腔癡情如寒冬裡當頭被潑了一大盆冷水，哭著跑回了家。

王勳帥看著鄭稻穗的背影，眼圈也紅了，她推了推林平侯的胳膊：「夫君，不然你到稻穗妹子家裡勸慰她一下吧。」

林平侯知道娘子表面上如此寬宏大量，但真的在新婚之際前去勸慰別的女孩兒，必定掀起娘子醋海狂波，只好強捺住心頭的不安道：「算了，我要是去勸慰她，倒是會讓她誤會我有情於她呢。君子當斷則斷，我們歇息吧。」

次日，林平侯忐忑不安地來到米行。只見鄭叔叔眼窩深陷，神情枯槁，可見一個晚上沒睡好。林平侯吶吶地喊了聲鄭叔叔，鄭谷「嗯」了一聲，林平侯心裡如十五個吊桶七上八下的。

鄭谷並沒有像往日一樣忙著開張，而是吩咐林平侯燒水準備泡茶。水在茶壺裡「咕咚咚」地響，只見鄭谷嘴角邊兩道豎紋抖抖地顫動著，良久開口道：「我那女孩子的心事你和我都是知道的。」

林平侯尷尬地點點頭。

鄭谷繼續道：「我當初聘你當夥計，繼而聘你當米店帳簿會計，並不是圖著你日後報恩，再說了，年輕人感情的事不能強求。」

林平侯長長鬆了一口氣。

「我問我那女孩兒，既然你那麼喜歡平侯哥，不如你給平侯哥當二房，怎麼樣？沒想到我這女孩兒也是有志氣的，一口咬定說『不，打死我也不給平侯哥當二房』。」

林平侯又緊張起來，不知道鄭叔叔葫蘆裡賣的是什麼藥。

「事已至此，你除了給平侯哥當二房，還能有什麼辦法？難不成叫你平侯哥立刻休了新婚的娘子來迎娶你不成？我家女孩兒聽了此話又大哭起來，整個晚上不吐一字，我真的是被她愁壞了。」

林平侯咬了咬嘴唇。

「今天一大早，我家女孩兒眼淚汪汪跟我說，爹，咱們回龍溪吧，我再也不想看見平侯哥一眼，我要離開這個傷心的地方。我真是左右為難啊，說實話，我捨不得離開鄭記米行，這是我辛辛苦苦在臺灣創下的一點家業，怎麼能說走就走呢。」

林平侯嚇了一大跳，自己給鄭氏父女出了這麼一大道難題：「鄭叔叔，你們就留下吧，稻穗妹子這幾天看著我彆扭，過一陣子就好了，要不然，我不要來鄭記米行了，另外找個活計吧。」

鄭谷無奈地搖了搖頭：「我家女孩兒的強脾氣你不瞭解，決定了的事九頭牛也拉不回來。」

林平侯一時無語。

良久，鄭谷開口了：「這樣吧，我把鄭記米行盤給你，你看著給個價錢。」

林平侯大驚：「鄭叔叔千萬不可！鄭記米行是您辛辛苦苦創下的基業，平侯不敢掠人之美！再說了，兩年來我只有三百兩銀子的積蓄，根本不敢有自己開店的奢望！」

鄭谷長長歎了口氣：「我是個是非分明的人，絕不會因為我女孩兒的事遷怒於你。自古姻緣天註定，既然我無緣做你的丈人，女孩兒吵著要回家鄉，我年紀也大了，索性一起告老還家。我也知道你目前尚無能力盤下我的店，這樣吧，你力所能及看能給老夫多少，過後你經營起色後再歸還於我。」

林平侯被這天上掉下來的餡餅砸懵了，不知如何是好，只知一味苦勸鄭叔叔留下，並一再自責。

鄭谷擺擺手：「你不必再說，老夫心意已決。老夫昨夜也是徹夜未眠，今日的決定並非心血來潮，而是深思熟慮過後所作出的決定，斷不會後悔。」

林平侯長跪在地：「謝謝鄭叔叔恩情！鄭叔叔對我有再造之恩，往後若有出頭之日定當重謝！這米行價值有五千兩銀子，而晚輩僅有三百兩積蓄，等一下回家拿來雙手奉上，剩下的四千七百兩銀子晚輩立刻給您寫上字據。」

鄭谷苦笑：「免了，免了，咱們這兩年幾乎日日廝守，老夫還不瞭解你的為人？你是個一諾千金的人，因此才沒有想著把店盤給別人。」

林平侯不容分說，將寫好的字據塞進鄭叔叔手裡，又飛身回家取那三百兩積蓄。王勳帥正在做針線，驚詫道：「你急著去投胎不成？」

林平侯擺擺手：「天大的好事，等會兒我回來再跟你細說。」說著懷揣三百兩銀子飛奔著去了，留下勳帥在他身後叫道：「你究竟搗什麼鬼！不要教人騙了！銀子沒有了我們可就得喝西北風去了！」

林平侯將三百兩銀子恭恭敬敬奉上。這時夥計們三三兩兩都到齊了。鄭谷宣佈道：「老夫要回故鄉龍溪養老了，這間店鋪盤給我的賢侄林平侯。往後你們就要稱呼他林老闆了。」

事出突然，夥計們一點兒心理準備也沒有，竊竊私語。老王因平時仗著資格老，給了林平侯不少苦頭吃，鄭老闆突然宣佈的消息對他打擊最大，他嘟囔道：「死了張屠夫，不吃混毛豬，老子大不了捲舖蓋走人。」他以為自己平時得罪林平侯最多，林平侯這會兒肯定要脅私報復。其他的夥計也惴惴不安，因為平時自己如何偷懶耍滑都被林平侯看在眼裡，沒想到這小子走了狗屎運，一飛衝天，搖身一變竟成了他們的老闆。

林平侯清了清嗓子：「眾位兄弟，在下承蒙鄭叔叔錯愛，將米店盤給我。我懇請兄弟們繼續在米行做下去，各位都是有經驗的老夥計，請各位多多支持。當然了，如果兄弟們有機會另謀高就，在下絕不阻攔。」

林平侯一番寬宏大量的話讓幾個夥計又驚又喜，老王當即抱拳道：「謝謝林老闆大人有大量，我們以後定當盡力，有什麼活兒儘管吩咐。林老闆心胸非常人可比，相信林老闆日後定會財源滾滾！」

林平侯回到家，將此事一說，王勳帥歡喜得抱著夫君直跳。高興了一會兒，她不禁內疚道：「都是因為我，害得稻穗妹子傷心，鄭叔叔也跟著傷懷。我們應該好好為鄭叔叔餞行。」

碼頭上，林平侯與鄭谷依依惜別。鄭稻穗板著一張臉，看都不看林平侯一眼。

林平侯夫婦帶著複雜的心情回到米行，此時米行已換上嶄新的幌子，「林記米行」四個大字迎風招展分外醒目。林記米行生意興隆，臺北人都知道林平侯過斛時極為公正，從不做手腳。不像其他米行，斛的容量隨意升縮，一石之中，上下三、四升不足為奇。別的米行經常在過斛時發生爭執，惟有林平侯經常告誡斛工不要營私舞弊：「你若為我營私，表面上是幫我，實際上是害我。」林記米行信譽日上，加上林平侯潛心研究季節變動及稻米產地、市場供求等情況，米行業績著實驕人。

林平侯躊躇滿志：「娘子，以後你就拭目以待吧！米業是一個好行業，民以食為天，況且我仔細研究過了，當今皇上詔曰：臺灣地隔重洋，一方孤寄，實為數省藩籬，最為緊要，雖素稱產米之區，邇來生齒倍繁，土不加辟，偶因雨澤愆期，米價即便昂貴。蓋緣撥運四府及各營兵餉之外，內地採買既多，並商船所帶，每年不下四五十萬。從皇上的話看來，臺灣米業可容夫君我有一番大作

為。」

勳帥無限幸福地點了點頭。

林記米行經營到第三年，營業額翻了數番。乾隆五十一年，林爽文起事，勳帥憂心忡忡：「時逢戰亂，萬一米行遭劫，後果不堪設想。」

林平侯安慰道：「自古富貴險中求，總不能因為戰亂就把鋪子關門了事，我們只需小心防護便可。據我估計，時逢戰亂，墾民紛紛加入起事隊伍無暇種地，日後米價必會一路飆升。」

果不其然，乾隆五十一年秋，林爽文起事被官府平定，那些命大的義軍回到自己的田園裡都傻了眼：田裡的荒草長得比人還高，都可以藏虎了。沒辦法，只好重新打點，奮力將荒草除去，補種上稻苗。稻苗天天侍侯著，今天去看，這麼矮；明天再去看，還是那麼矮，需要耐心等候它們長高灌漿，可人的肚子卻是天底下最沒有耐心的東西，你一餐不吃，兩餐不吃，它就分分秒秒鍥而不捨地叫喚，叫喚得人手腳發軟，兩眼發黑。

米價漲到了每斗五錢銀子。勳帥興奮地對夫君說：「這下我們發財了！可以賺到三倍的利潤。」

林平侯呷了口茶，朝夫人擺擺手，將手中剛寫好墨汁未乾的告示遞與夫人：「你去叫夥計趕緊將這告示貼在咱林記米店門口！」

夫人接過告示一看：「倉庫已經清空，無米可售，歇業一天，須等從福建進的米到貨，第二天才能繼續營業。」

勳帥驚愕地望著夫君：「你瘋了！咱們倉庫裡的大米還堆積如山，有些已長了米蟲，再不趁大好時機出售，恐怕咱們要血本無歸！」

林平侯微笑了一下：「夫人，你別急，咱們的財氣到了，我估計這米價會飆升到十幾倍不止，要是現在以每斗五錢的價格出售，過幾天保證你悔青了腸子。快，你快去吩咐夥計貼告示。」

勳帥將信將疑地走了。過了一會兒，勳帥從米店裡回來，尚未落座，林平侯又吩咐道：「夫人，你快去準備一個大錢櫃，用厚實的木板釘牢了，上面只封一半口就好。」

夫人猶自不相信，嘟囔道：「方才我出門去，別的米行都賣瘋了，惟獨咱們林記米行關門歇業冷冷清清，到時米賣不出去沒人要，咱們就慘了。」

林平侯神態從容：「夫人，你相信我，過幾天我讓你數錢都數不過來，你就抱著錢睡覺好了。」

勳帥一向是信任夫君的，她看夫君似有十成把握的樣子，於是茶也顧不得喝，風風火火操辦錢櫃去了。

次日辰牌時分，林氏米行的門打開了，不一會兒功夫，又貼出一張鮮紅的告示：「新進大米，進貨有限，每斗一兩紋銀，欲購從速，售完為止。」

「林氏米行」的幌子下面，人越聚越多，有人瞪著告示看，有人焦慮地打聽傳聞，人們蜂擁前來，整個米行人山人海水洩不通。

老私塾孔先生站在櫃檯前，搖頭晃腦歎氣：「哎，洛陽米貴，吃米比吃人肉還貴啊！」

大鄉紳王聚賢的管家張富吆喝道：「讓開讓開，買不起就讓開！林老闆，給我來五石！我們家老爺吩咐的！」

林平侯應了一聲：「好咧！夥計們，把米袋扛到張總管的馬車上！」

顧客們開始心急火燎地搶購，林平侯帶領夥計快手快腳地量米收銀，動帥這時已有七個月身孕，她挺著大肚子也加入了幫忙賣米的行列。林平侯忙亂中朝她擺擺手：「你回家休息去！」

動帥笑一笑：「沒事，我挺得住。」

這時被派去外面打探消息的小安子回來了，進不了店裡去，只好在外面向林平侯高喊：「老闆，王記米行的米價漲到斗米二兩紋銀啦！」

林平侯遂大聲宣佈：「斗米二兩紋銀！」

民眾響起一片哀歎聲，然而外面好多拿著空米袋的人繼續朝林記米行湧來，米行外人頭鑽動。無數雙手遞過銀子和空米袋，米行裡的夥計手不暇接，動帥備下的大錢櫃派上了用場，銀子迅速小山一樣堆了起來，要是事先沒有備下這個大錢櫃，恐怕銀子都得堆在地上。

「先給我量一斗米！」眾多的聲音都急如星火，好像世界末日來臨了一樣。有的顧客剛走到距林記米行一百公尺的地方，那時米價尚是每斗二兩紋銀，等他跑到米行時，米價已經高抬到每斗三兩紋銀。

林平侯眼見眾人哄搶心切，生怕隊伍一時失控把米行夷為平地搶劫一空，急令眾夥計把店鋪門關得只留下一條縫隙，他站在內櫃的板凳上，叫道：「大家排好隊，準備好銀子！」

有的民眾到這家米行走走，嫌貴，到另一家米行去，沒想到，更貴，再走回來原來的那家米行，沒想到這家米價業已飆升，無從下手，只好眼睜睜看著大米被搶購一空。

糧倉裡的米袋在瞬間從高山夷成了平地。

突然，混亂的人群中傳來動帥尖利的呼聲，只見她面色慘白，扶著牆根慢慢倒了下去。人群霎時間驚呆了，不自覺地安靜下來，騷亂的隊伍讓出了一條路。林平侯衝過去，只見娘子手捂住高高隆起的肚皮，正躺在地上大聲呻吟，團團鮮血洇紅了衣裙。

林平侯扶住痛苦不堪的娘子，急叫：「閤嘴，趕緊去叫前街的朱產婆！」隊伍中三四個婦女自發地將動帥抬往米倉稻草上，產婆滿臉大汗趕到，俯下身子檢查了一番，一邊咋咋呼呼：「倒掛蓮花啊，危險啊，很可能兩條命都撿不回來！」

林平侯絕望了，用拳頭使勁捶打牆壁。

眾人一陣忙亂，所幸朱產婆技高動帥命大，折騰了大半宿生下一男嬰。林平侯大喜，將嬰兒捧在懷中端詳來端詳去愛不釋手。夥計們紛紛恭喜老闆：「一方面喜得貴子，一方面財源廣進，實在是雙喜臨門啊！」

林平侯將動帥母嬰二人護送回家，暮色沉沉星月高掛。夥計們個個累得東倒西歪，張媽早已做了一大桌噴噴香的好飯菜，將米酒一碗碗端到夥計面前。眾夥計一咕咚喝乾，拍著大腿連呼痛快，有的扯雞腿，有的大口啃雞翅，有的嚼豬頭皮。

林平侯端著酒站在院子中央，朗聲道：「兄弟們，辛苦了！我林平侯今天發了財，絕不會忘記大夥的功勞！今後，你們跟著我，相信會有更多財源滾滾而來，到時，我林平侯吃香的，就絕不會忘記讓大夥一起喝辣的！如果大家齊心，就把手頭這碗酒乾了！」

眾漢子豪氣干雲，人人大吼一聲：「乾！」酒碗鏗鏘碰撞，酒香四溢，眾人一醉方休。

等夥計們轟然散去，林平侯關在房門裡清點銀子，虛弱的勳帥躺在床上，旁邊睡著他們的兒子。林平侯搬得滿頭是汗：天哪，總共有八千七百五十一兩！他樂瘋了，跑到床前低下頭親了娘子一口又一口。勳帥滿足地歎道：「夫君，你真是當今諸葛亮啊！」

林平侯雙目透亮閃閃發光：「娘子，以後我會賺更多的錢，我要成為臺灣首富，你信不信？」

勳帥笑道：「我信，我信，你說你能當上臺灣巡撫我都信。」

林平侯忍不住笑了：「你別做夢了，夫君我沒讀過多少書，治國安邦之策斷不如那些寒窗苦讀的士子。不過，我有信心讓你過上錦衣玉食的好日子，也長長你的臉，向你爹娘證明當初你堅持嫁給我沒有錯！」

勳帥臉上蕩漾著幸福的笑容：「我的眼光真的沒有錯！這輩子，我跟定你了！不過，你發家之後，難免三妻四妾，但你一定要把我放在心上，你可別忘了，你的結髮妻為了幫你起家勞累得都早產了！」

「那當然！」林平侯面色凝重地舉手起誓：「蒼天在上，我林平侯一輩子敬我疼我的娘子，若有違背，天打雷劈！」

勳帥趕緊捂住他的嘴：「別說了，我信。」

次日，林平侯起床已日過三竿。他用過早茶，責令老王帶上四個平時信得過的夥計一起將銀子裝上馬車送到錢莊換成銀票，自己則換上一件新做的青綢衣裳和闊嘴阿新一起前往米行。剛進米行大街，只見到處亂哄哄的，林平侯逮住個神色匆匆的夥計打聽，夥計嚷道：「今天米價飆升到每斗五兩，顏記米行和錢記米行遭搶啦！那些民眾瘋了一樣，他們拼命砸門，不一會兒『砰』的一聲巨響，鋪門應聲倒下，搶米的人潮水一樣湧進來，扛起米就往外奔。太多民眾混水摸魚，我們幾個夥計都吃了不少老拳頭，顏老闆最慘啦，被搶米的人打斷了三根肋骨！」只見顏記米行的夥計們抬著呻吟不止的顏老闆直往赤腳醫生蘇老醫那裡奔去，顏老闆一邊呻吟，一邊戳著天破口大罵：「強盜！土匪！」

回到家裡，林平侯將見聞一說，勳帥聽了嚇得臉色煞白。林平侯道：「夫人，做事都要掌握一個分寸，我們掌握的時機剛剛好，要是貪得無厭，下場就跟這顏老闆一樣了！」

勳帥讚道：「夫君好見識！」她甜甜地將頭斜靠在夫君的胸脯上。

下午，縣令就召集各院衙差：「哄抬物價的不法奸商，就地正法！帶頭鬧事、哄搶市面的悍民潑婦，不必關押審訊，逮住即斬，梟首示眾！」

此令一出，哄搶大米風潮才漸漸平息，米價又慢慢回降到每斗五錢。

第六章 土地，土地

林平侯開荒埔里，與高山族人發生衝突，林平侯忍讓。阿財夫婦墾地被霸佔，投奔林平侯旗下，眾人紛紛效仿阿財，爭做林平侯的佃戶，林平侯一夜之間發現，自己已經成了擁有萬畝良田的大財主。龍溪故鄉又有五個人投奔林平侯來了。他們帶來的消息令林平侯憂心：故鄉大饑荒，所有人都在饑餓中掙扎，林平侯決定回故鄉建林氏義莊賑災。

當年米價飆升只是一時，林平侯賺了第一桶金。他做的第一件事就是報恩：連本帶利將六千兩銀子送到鄭谷叔叔手裡。鄭谷叔叔搖著葵扇：「阿平，你真是好樣的！我沒有看錯你！我那女孩兒不能嫁給你真是可惜了！這樣吧，你幫我置辦些田產，餘下的現錢還是拿去做本金，不必急著還我。」

林平侯感激地一揖到底：「謝謝鄭叔叔，鄭叔叔真是平侯的貴人。」

平日裡賺取大米差價只是薄利，林平侯反復琢磨乾隆爺的那封詔令：「臺灣地隔重洋，一方孤寄，實為數省藩籬，最為緊要，雖素稱產米之區，邇來生齒倍繁，土不加辟，偶因雨澤愆期，米價即便昂貴。蓋緣撥運四府及各營兵餉之外，內地採買既多，並商船所帶，每年不下四五十萬。」林平侯從鄭谷叔叔身上得到了一些啟發，他撚著剛蓄上的鬍鬚笑著對夫人道：「娘子，我看當今聖上為解決臺灣米貴問題，一定會詔令墾民大規模墾荒，我們除了經營米業，一定要組織人手多加墾荒，這樣方能搶佔先機。」

已是兩個孩子母親的勳帥微笑道：「夫君見識過人，你的話多半應驗，這一點是我最為佩服的。」

這時，七歲的兒子國仁騎著竹馬跑了過來，十二歲的養子國棟跟在後面追。林平侯疼愛地將他抱起，刮他的小鼻子。勳帥想起往事不勝感慨：「我們成親一年多我一直不能生養，愧對夫君。那年在大街上看到可憐的小國棟無家可歸，哭哭啼啼喊爹娘，我們把他抱養回家，希望國棟能引來一個弟弟。過後，我果真懷上了，米價瘋長那年我生下了國仁，雖是早產，所幸是個帶把的，可以傳接香火，一眨眼國仁都七歲了。公公也已經仙逝五年多了。」

林平侯摸了摸娘子再次微微隆起的肚皮：「放心，你肯定會給我生養一大串孩子。娘子，你好好準備生養，我叫李梁和老王過來商量墾荒的事。還有，記得給阿爹靈牌上柱香。」

李梁和老王這五年來一直待在林記米行裡做事，林平侯處事寬厚，三人一起經歷風風雨雨，李梁和老王已成為林平侯的鐵杆子，對林記米行死心塌地。

老王噴著煙卷道：「我看埔里山腳土地肥厚，有十成的墾荒價值。」

李梁反駁道：「埔里山腳土地雖肥厚，但埔里山上的生番卻是招惹不得。生番黥面紋身像煞魔

鬼，殺人如麻，以人頭作飲器，實在令人畏懼。」

林平侯沉思了一會兒，開口道：「李梁的顧忌不無道理。但別的地區已有外姓墾民開墾，我們若現在插上一手，更容易引起糾紛。況且埔里山腳土地確實肥厚，老王在這方面最有經驗，煉就火眼金睛，瘦土肥土一看便知。我明日起就去辦墾照，應該很快可以辦下來。記住，我們只開墾山腳荒地，不越過山腰界限，與生番坦誠相對，諒生番也不敢過界騷擾。況且，土地乃當今天子所有，並非生番所有，如今皇上降恩於墾民，大詔天下墾地歸墾荒者所有，我們墾荒乃理直氣壯、天經地義之舉，不過各位切記以和為貴，儘量不與生番衝突。」

墾照下來後，由李梁、老王分頭召集五十名壯丁，浩浩蕩蕩扛著鋤頭、鐮刀（以備砍斫荒草灌木）等物，開往埔里山腳。老王輕輕瞄了幾眼，大手一揮：「就從西南角那個地方開始墾起！」眾人奔過去，鋤頭聲、鐮刀聲響成一片，高大的灌木應聲而倒，有山雞從灌木叢裡跳出來撲楞著翅膀飛遠了。老王將印有「林」字的鮮紅大旗插在山崗高處最顯眼的地方，五十響大鞭炮高高挑在竹篙上，三杯薄酒灑在地上，算是敬過地基主，準備燃炮開工。突然，遠處一個打扮怪異的生番從山上往下探頭探腦，幾個壯丁大吼道：「看什麼看！沒見過大爺我嗎！地又不是你家的，是當今皇上叫我們開荒的！」那生番大概是湊巧路過，加上語言不通，看到一大堆漢人氣勢洶洶地指著他，急忙像破籃裡的泥鰍一樣溜走了。

老王心知生番必來搗亂，趕緊提前打招呼：「兄弟們，等一下要是生番再來，我們絕不能軟蛋！要是我們軟了蛋，這些地就要姓別人的了，先下手為強再說！」

眾人紛紛響應，舉起鋤頭、鐮刀奮力開墾。待到開出十畝地大小之時，山上草木一陣喧嘩，只見一大群身上刺著奇形怪狀五顏六色鳥獸花紋、臉上刺字面目怪異的生番手持刀劍長戟朝山下撲來，有些生番還持有盾牌，他們上身大都赤裸，露出有些猙獰的山豬、百步蛇、野鹿、人頭花紋，下身僅有幾片類似於裙子的布片遮羞。生番嘰哩呱啦一通，老王雖然聽不懂他們在說什麼，但猜得出他們的意思，他上前朝那個身材魁梧氣勢威嚴、看起來是番頭的人作了個長揖：「尊貴的酋長，我們並不想冒犯你們。我們漢民奉當今皇上之命開墾荒地，以山腳為界，不會侵犯到你們的生活，你們儘管在山上過神仙日子。」

酋長絲毫不領情：「我們世世代代居住在埔里山，這是我們的地界。你們漢民貪得無厭，要來侵犯我們的地界。我看你們還是乖乖地滾回你們的地界去，別來騷擾我們。」

雙方言語不和，生番生性衝動，睜著紅眼睛就將長戟戳過來，李梁他們奮起應戰，霎時混戰成一片，有的被刺倒在灌木叢裡，屁股上紮滿荊刺，痛得哇哇直叫。生番人多勢眾且生性驍勇，老王見勢不妙，大喊一聲：「撤！」四五十個小夥子落荒而逃。

林平侯聽老王一番添油加醋的描述，心裡歎道，唉，這土地是人立根之本，古往今來的人不知為土地惹出多少禍事，但願林家不要因土地飛來橫禍才好。他冷靜道：「要是如李梁所說加派人手與生番幹硬仗，那萬萬不可。將心比心，倘若生番來我們世世代代居住的地界墾荒，我們也會起戒心。」

李梁不服：「生番不受教化，不知官府宣導我們開荒種糧，我們理直氣壯，根本不用怕他們。」

林平侯擺擺手：「冤家宜解不宜結。這樣吧，我修書一封送給高山族酋長。」當下拿起羊毫

毛筆一揮而就，將書信裝入信封，卻不急著封口，吩咐勳帥道：「你去拿一把剪刀和一面小圓鏡來。」勳帥莫名其妙不知其意，納悶地將剪刀和小圓鏡拿來。林平侯操起剪刀對著鏡子剪下一縷髮辮：「自古髮膚受之父母，我剪髮輸誠，希望生番能感受到我林某一番誠意。」

酋長接到修誠書，打開信封，一縷頭髮先掉了出來，酋長皺了皺眉頭：「這漢人搗的什麼鬼？送一縷破頭髮來是什麼意思？」他順便將掉在地上的頭髮踩了幾踩，將修誠書囫圇吞棗讀了一遍，其中有些字看不懂，連矇帶猜。酋長將信擲於地上，怒道：「我們世世代代居住在埔里山上，這些漢人竟然來挖我們的牆腳，實在可恨！山神永遠也不會寬恕這些貪婪的漢人！」

圍在酋長旁邊的生番七嘴八舌道：「對呀，前天他們把灌木叢裡的野雞都嚇跑了，再這樣下去，還不把我們的山神給驚動了！」

眾番群情激憤，揮臂喊道：「誓死保衛我們的埔里山！」

次日，老王和李粱帶了一百多名壯丁前來開墾，因上次人少勢單吃了虧，這次他們有備而來，多帶了人手，嚴防生番再來搗亂。一百多號人一字排開，有的除草，有的砍荊棘，有的將草抱成一堆準備焚燒，老把式進行土地平整工作。幹得正歡，一群生番怒吼著潮水一樣撲來，只聽鐵器砍在一起鏗鏘作響，怒罵聲、吼叫聲糾結在一起，雙方各有勝負，有的不慎被砍中，哎喲叫痛，燃起更大的怒火，再次投入到混戰中去。漸漸地，生番由於人丁較少居了下風，酋長見勢不妙，揮手喊了聲「撤」，所有生番像受驚的野兔一樣動作俐落地竄入葳蕤茂盛的灌木叢中。

老王和李粱打了勝仗，開荒回來，眾人歡天喜地喝酒慶賀。唯有林平侯憂心忡忡，生番吃了敗仗心有不甘，勢必再度尋機挑釁，長此以往陷入惡性循環，雙方永無安寧之日。其實，漢人在埔里山腳開荒，並沒有侵吞生番地界的野心，也不想打擾生番的生活，那地荒著也是荒著，開出來養活臺灣嗷嗷待哺的百姓該有多好！可是雙方長期雞犬相聞老死不相往來，語言不通，山上的生番看山下的漢人好似妖怪，山下的漢人看山上的生番也好似妖怪，彼此互視為妖怪，怎能不心生敵視？那些生番安安靜靜地在山上生活了那麼多年，突然有那麼多漢人逼近他們的地界開荒，也難怪他們心生不安與敵視，看來以後有必要設立學校教化番童，這樣雙方才能友好相處彼此瞭解。目前這只是林平侯一廂情願的想法，要達到雙方和平相處的境界，時間還遙遙無期，眼下雙方彼此敵視，才是最棘手的難題。

果不出林平侯所料，半夜裡，黥面紋身的生番趁夜黑風高，一把火點燃了漢人的住所。窮苦漢人有的只是搭建草棚，有的以梁木構建，加上冬日乾燥，一眨眼間火龍蜿蜒，熊熊大火映紅了黑夜裡的半面天空，火舌肆意舔著每一個角落。

李梁驚慌失措地大喊：「起火啦！起火啦！大家快來救火呀！」

眾人從睡夢中醒來，只覺熱浪逼人，燒垮的房梁嗶剝作響，轟然倒塌。受驚的孩子哭喊起來，只聽一個婦人銳聲叫道：「娘啊，你在哪裡？你趕緊逃出來呀！」失去了理智的婦人一頭要撞進熊熊大火裡，被她男人一把死死抓住，婦人掙扎著，一瞬間整座茅房轟然倒塌夷為平地，煙塵四漫，婦人絕望地長嚎一聲癱倒在地。男人此時顧不上婦人，抓起水桶飛奔著加入救火的行列。林平侯坐鎮指揮眾人到溪邊取水，以接龍的方式加快滅火進程。黎明時分，大火終於撲滅了。所有人披頭散髮，臉上熏得烏黑，褲腳一邊高一邊低，很多人跑丟了一隻鞋子，累得呼哧哧直喘氣。一統計，共被燒毀了房屋一百二十七間，兩個老人當場被壓死，有五十一人燒傷，身上火燒火燎地疼痛。

李梁咬牙切齒地說：「肯定是那生番幹的，我們衝上山去跟他們拼了！」

面對眾多失去了理智的鄉親，林平侯高聲呼喊：「鄉親們，別衝動！跟他們拼了，結果只能是兩敗俱傷！林某願獻出五千兩銀子幫鄉親們重建家園！此事須從長計議慢慢打算！」

人們瘋了一樣不分白天黑夜地開墾荒地，荒地就像被拋在荒山野嶺裡的金子一樣任人拾撿，你撿到了就是你的。荒野裡星星點點密佈著一個個骨骼粗壯、皮膚黝黑、衣衫上綴滿了補丁的墾民。他們在大草地上找一個乾燥、向陽、背風的地方，用現成的灌木和荒草蓋起了一座座草房。他們吃住在荒野裡，所有的家當就是幾把鋤頭、鐮刀、籮筐、水桶和一床爛被子。墾荒雖然艱苦，然而望著自己開墾出來的大片田地，嗅著草屋裡葦草散發出來的陣陣芳香，想到自己擁有這麼些田產，要是換了在家鄉龍溪，簡直就是一個讓人羨煞的大財主，墾民們抱著香甜的夢想進入了夢鄉。生番因放了火理虧，眼見漢人並沒有採取進一步的報復行為，也就按兵不動。

由於怕各自辛辛苦苦開墾出來的荒地互相混淆，墾民們都在地頭插上標有自己姓名的旗幟作為標誌。這天，阿財夫婦照常扛著鋤頭來到地裡開荒，一看就覺得哪裡不對勁兒，仔細一瞧，那面寫有自己名字「阿財」的小紅旗不見了，代之以「吳漢三」三個大字的藍旗。阿財所有的火「騰」地一下冒了起來，好你個吳漢三，不就仗著你家兄弟多個個滿臉橫肉就欺侮人嗎，自己好吃懶做，想出這樣的餿主意，以為插上了你的旗幟那地就變成你家的？天下哪有這樣的便宜事？阿財怒從心裡來，上前用力拔那面藍旗，沒想到藍旗插得深，兀自巋然不動。阿財「嗨」了一聲使出全身的力氣從下往上拔，還是無法撼動。阿財怒火攻心，舉起手中的鋤頭就砍。

這時，吳漢三兄弟五人出現了。吳漢三皮笑肉不笑地說：「阿財，你怎麼搞的？跑到我地裡頭撒野？你神經線是不是搭錯了？識相一點的趕緊讓開，今天老子要下種，別在這裡礙老子的事兒。」

阿財氣得嗷嗷亂叫，控制不住地全身發抖。他伸出中指怒戳吳漢三：「姓吳的，你別欺人太甚！別人怕你，我可不怕你！明明是我開的荒地，你不要睜著眼睛說瞎話！這塊地我開了十幾天了，連菜畦都平整好了，左鄰右舍都可以作證！」阿財對著西面正在開荒的李梁喊道：「李梁，你過來！你幫我作個證，看這塊地是我開的還是那姓吳的惡霸開的！」

不知是風大還是怎的，李梁似乎沒聽見，不一會兒，李梁竟然扛著鋤頭消失了。阿財恨恨地往地上啐了一口：「狗娘養的！」

吳漢三陰森森地笑了：「阿財，你不是說李梁可以幫你證明這塊地是你開的嗎？李梁可真有良心，這塊地是老子的就是老子的，他才不會幫你做假證呢！」說罷得意地哈哈大笑，大手一揮：「兄弟們，開始下種！」

阿財急紅了眼，聲嘶力竭地上前阻攔：「不能下！這塊地是我開的，憑什麼在我的地裡下種？」

阿財娘子一頭朝吳漢三身上撞過去，那吳漢三身材高大，只是一個趔趄。他立刻站穩了身子，將阿財娘子老鷹拎小雞一樣拎了起來，趁勢在阿財娘子胸前摸了一把。阿財娘子哭喊起來：「殺千刀的，你欺負人！」

阿財眼見娘子被欺侮，揮著一把鋤頭到處亂砍。吳漢三兄弟五人個個身強力壯，阿財的鋤頭很快被搶走，五個兄弟如狼似虎，雨點般的拳頭直往阿財身上落。阿財全無還擊之力，開始還能抱著

腦袋在地上滾來滾去躲避拳頭，慢慢地不動了，昏了過去。

吳漢三大哥道：「算了，別打了，出人命就麻煩了，今天給他個教訓，讓他識相點就好。」五兄弟揚長而去。阿財娘子哭喊著撲過來：「阿財！阿財！」她努力拍阿財的臉，阿財就是不醒。阿財娘子哭哭啼啼地回家找大伯前來，兩人急匆匆上氣不接下氣來到地裡，阿財已經醒了，靠在一棵芭樂樹的樹幹上呻吟。他大哥想扶他站起來，阿財痛苦地哎喲亂叫：「不行，我的肋骨估計斷了好幾根，站不起來！」沒辦法，他大哥回去叫了幾個幫手紮了個擔架來，阿財娘子弄了點涼水給阿財喝，一邊哭一邊叫罵，眾人七手八腳將阿財扛回他的茅舍，請了跌打郎中過來為阿財接骨。

折騰了半天，阿財有氣無力地對娘子說：「娘子，吳漢三那狗娘養的兄弟多，咱們再怎麼樣也鬥不過他們，看來要想個轍子。」

阿財娘子愁眉苦臉：「能有什麼法子？只恨你爹當時不給你多生幾個兄弟。」

阿財眼睛亮晶晶的：「我仔細想過了，咱們這一帶惟有林平侯老爺最有威望，以後我們開荒乾脆在地頭插上寫有林老爺名諱的旗子，這樣再也沒有人敢在太歲爺頭上動土了。」

阿財娘子道：「辦法好是好，可旗上要是寫上林老爺的名諱，以後這地豈不是變成林老爺的？」

阿財胸有成竹：「這一點我早就想到了，我去跟林老爺說，我願意做他的佃戶，土地掛上他的名字，交些田租給他，這樣總比辛辛苦苦開出來的地被人搶走了強！」

主意議定，阿財娘子就上林平侯家哭訴了一遍遭遇，然後將夫婦倆的想法說了出來。

林平侯慷慨地揮揮手：「你儘管在地頭插上寫有我名字的旗子！看吳漢三那下三濫的還敢不敢

動粗！」

阿財娘子千恩萬謝地走了。

平日裡墾民也常常因為開出來的荒地地界發生糾紛，而且類似吳漢三這樣占人便宜的惡霸也不少，一時之間阿財家的做法蔚然成風，許多人自願在自己開出的荒地插上寫有「林平侯」三字的旗子。

林平侯一夜之間發現，自己已經成了擁有千畝良田的大財主。

向林平侯租賃土地的農民越來越多，林字號的租館在大溪、新莊、桃園各地應運而生，一年可以收到糧食十幾萬石。租館今天開張了這家，明天開張了那家，直忙個不亦樂乎。今年秋收糧食豐產，林平侯忙得大病了一場，脊椎痛得直不起腰來，胃口不開，偶爾勉強喝一口水，也覺得滿嘴發苦，嘴唇邊起滿了火泡泡。勳帥扔下外面的租館事務，專門在夫君床前侍候湯湯水水。林平侯對她道：「娘子你還是到租館裡看看吧，雖然租館裡有老王、李梁在那裡主事，可他們畢竟處事毛躁，讓人放心不下。」

勳帥嗔道：「你都病成這樣了，還操心啥租館的事？趕緊安心養病。」

林平侯臉上露出虛弱的笑容：「不要緊的，我這是累壞的。不過，咱們老倆口平時為了多掙些銀子整日忙忙碌碌，趁現在生病了，正好可以廝守幾天。」

勳帥被他逗笑了：「你這老不正經的。」

林本源生意蒸蒸日上，這天，龍溪故鄉又有五個人投奔林平侯來了。他們帶來的消息令林平侯憂心：故鄉大饑荒，所有人都在饑餓中掙扎……

林平侯迫不及待想回到家鄉。往事不曾消逝，童年時那粗糙的飯菜，身上打補丁的衣裳，在九龍江邊赤足追逐的快樂，它們樹葉一樣，一片又一片地翻動著。是的，他現在富有起來了，可同樣富有起來的是煩惱。這時，思鄉之情就一直漂泊在波濤之上。他隨意抽一口煙，煙圈飄散的間隙裡淹沒了一大段歲月。想當初，他剛來臺灣的時候，還是個血氣方剛的黃毛小夥子，如今一眨眼五個兒子已經人高馬大，成了他這棵老樹身上長出的五個枝椏。最近，他頻繁地做思鄉夢。夢中，故鄉龍溪的水仙花穿著一身綠羅裙，燦爛的笑容裡嵌滿了黃金；夢中，阿嬤故事裡的美人魚唱著薌戲……

林平侯決定回鄉看看。頻繁的家鄉夢說明故鄉在呼喚他。回到故鄉後，眼前的一切讓他心生悲涼：孩童們面黃肌瘦，眼神呆滯；婦女們衣不蔽體，男丁稀少……

林平侯風塵僕僕去拜見老族長，沒想到老族長重病在床。老族長從床上伸出一隻乾枯的顫巍巍的手：「阿平啊，聽說你在臺灣出息了！這下你回來可好了，咱們族裡有救了！」說著，眼角淌出兩行老淚。

林平侯緊緊握住老族長的手：「族長，你別急，慢慢說，為什麼咱們過井社的鄉親日子過得這般艱難？」

老族長長歎了口氣：「窮鄉僻壤命當如此。咱們百姓靠天吃飯，要是天氣好，還可以混上個溫飽，要是碰上個災年，餓死個把人不稀奇……」

林平侯激動起來：「族長，你放心！沒有過井社，就沒有我林平侯的今天！我林平侯不會坐視不管的！我一定不會再讓咱們族餓死一個人！族長，我有個打算，我要在咱們過井社設立「永澤堂林氏義莊」。想當年，范仲淹范大官人模仿佛教組織創辦了范氏義莊，對家族內部的貧困成員進行救助，這個制度成了後世家族互相救助的典範。如今我東施效顰，也模仿范大官人來建個林氏義莊，每年專門撥款救助咱們林氏族人。」

族長高興得從病床上顫巍巍爬起，對林平侯長揖到底：「那我就代表族人謝謝你了！祖宗保佑啊！保佑我們林氏家族出了你這樣的大商家！」

林平侯慌忙扶住族長：「族長不必行此大禮，平侯不敢當！不敢當！」

從故鄉龍溪回到臺灣家中尚未喘一口氣，林平侯馬上吩咐帳房：「陳先生，你立刻提十萬兩銀子在我祖厝原址建造永澤堂，然後撥出淡水五百畝良田的年租每年分賑給我族人。記住了，林氏子孫不得視之為祖產。為了杜絕後患，我會請淡水地方官為該義田另立永澤堂作為戶名，登記註冊。義田設兩名管理人員，均要舉族中有德有才，或殷實可託的人士擔任。一名在淡水，專管收租及匯銀到內地等事宜；一名在過井社，管買米、給米、置業等事宜，每月月初發給他們工資。義莊的帳目要登載清楚，接受族人查核，監督。」

帳房正要領命而去，夫人出現了：「慢著。」帳房只好止步，垂手恭立。勳師與夫君商量道：「老爺，這十萬兩銀子不是要拿去投資煤礦的嗎？昨天煤礦上的人還來催這筆銀子，你現在拿銀子建了林氏義莊，那煤礦的股份豈不是要泡湯？煤礦業極有前途，機會寶貴，老爺是不是可以緩些建造林氏義莊，待煤礦獲利回收後再作打算？」

林平侯雙目炯炯：「夫人此言差矣。我這十萬兩銀子是救人於水火。子曰，積善之家，必有餘慶；積不善之家，必有餘殃。以義取利，德興財昌。善事須雷厲風行，若總是要等到有餘裕之時才

行善事，那不知要殆誤多少蒼生百姓。」

夫人舉雙手投降：「你總是有理。就按你說的行事吧。」

林平侯請人看了吉日，於嘉慶二十四年（一八一九年）開始在白石保過井社興建林氏義莊，經兩年落成。義莊坐西北朝東南，占地十五畝多，是典型閩南風格的莊園。三座並排兩進大厝，前面一片磚埕，中座之後建一座二層樓房，右座之後建一列倉廩，配合東西數列對向護厝，熱烈的紅磚紅瓦；主屋與護厝縱橫排列，沉穩大方；燕尾脊作勢欲飛，又添了一種靈動之美。莊門左右側開，埕前臨池護欄和護莊矮牆圍拱全莊，看上去既整齊寬敞又古雅大方。莊前有魚池，池塘邊有石欄杆，然後是一個巨大的石埕院，正好用來曬穀子。

鞭炮聲轟隆大作，炮煙彌漫。老族長喜氣洋洋，高聲宣佈了林氏義莊的辦莊宗旨和贍賑條規：「林大官人將在臺灣淡水五百畝良田充為原籍本族義田，年收佃租除完供耗穀外，實收穀一千六百石，按年寄回內地龍溪縣白石保吉上村，贍給同宗族人貧乏之用。林氏族親，凡貧乏之家，逐房計口給米，成丁每日給糙米一升，於每月初一日永澤堂內發給；每年冬至日，男給棉布三丈，每年春分日，女給棉花三斤，令其親自紡織。五服之親者，娶婦給銀二十兩嫁女給銀十兩；尊長有喪支銀七兩，次長有喪支銀五兩，未婚娶者支銀四兩等等。贍給有定額，男女無遺漏。」

族人饑渴的眼睛裡頓時射出期盼的光芒。

賑濟之事順利進行，林平侯晚年花團錦簇，含笑九泉，享年七十九歲。

第七章
鹽務硝煙

又一個商機來了：官府傳出話來欲找合適代理商統領全台鹽務，所有商家像虎狼聽到山羊叫一樣撲上前去，大買辦康顯榮是林家強有力的競爭對手。林維源打聽到在一次宴會中，知縣夫人因項上的一串寶石大出風頭，竟然反客為主壓過了知府夫人，讓知府夫人耿耿於懷，知府夫人四處派人在珠寶店走訪，一心想尋得一顆稀世寶石。林維源派管事呂世宜送了一顆稀世寶石給知府夫人，不料卻被知府大人退回……

又一個商機來了：官府傳出話來欲找合適代理商統領全台鹽務，消息傳遍了大街小巷。林維源召集眾人議事，管事呂世宜坐在次座，還有弟弟林維得、侄子林爾昌、林爾康等人。林國芳無子嗣，過繼了林維源後，又抱養了林維得。林維源坐在紅色的梨花木太師椅上，呷了一口茶，用深邃的目光掃視了大家一眼：「鹽巴為百姓生計不可缺，千秋萬代不愁其銷路。內陸南方很多私鹽分子都以販鹽起家，賺得渾身上下流油。如今官府要選代理商統領全台鹽務，這是個肥缺，

所有人都會像虎狼聽到山羊叫一樣撲上來，競爭非常激烈，可以預見將會有一場肉搏戰。你們每個人都說說，怎麼辦才好。」

林爾昌性子最急，他急不可耐地說：「當然是一馬當先衝上去搶啦！咱們林本源財大氣粗，整個臺灣能與我們抗衡的寥寥無幾，官府當然要首先考慮我們啦！」他皮膚粉嫩粉嫩的，大眼睛深眼窩，長睫毛高鼻樑，有些西洋人的模樣，光看外表容易給人不成熟的感覺。

林爾康白了大哥一眼：「大哥你自我感覺怎麼這樣良好？說話像三歲小孩一樣天真。雖然咱們家族生意鋪得大，但競爭對手還是不少，官府肯定不會輕易把這個肥缺給我們。況且你這麼急著衝上去，不被後面蜂擁前來的人踩死才怪！」

林爾昌不服氣，悻悻道：「康弟，你倒是說說，你的意思是等人家都前去搶奪，你慢悠悠走在最後一個，等著人家把肥肉剩下來給你嗎？」

呂管事插嘴制止：「爾康少爺的話有道理，我們先靜觀其變，看看人家出什麼價碼，才不會急中生亂。我聽說大買辦康顯榮早有統領全台鹽務的野心，況且他與知府大人是兒女親家，說不定公開選取代理商只是一個幌子，官府早已內定，我們躥上躥下，很可能白忙一場，還貼進去不少開路銀。」呂世宜的話給眾人當頭潑了一盆冷水，大家都知道他常年在外奔波交遊廣闊，消息十有八九靈驗。

林爾昌頗為失望：「那我們還跟人家爭什麼爭？硬拿雞蛋碰石頭，最後蛋白蛋黃流得滿地，徒讓自己難堪。」他的一番話逗得大家笑起來。

林維源輕咳了一聲：「爾昌這個性子得好好改改。一會兒豪情沖天，一會兒垂頭喪氣，心性不定，是經商大忌。生意人應該大風大浪面不改色，才能在商海遊刃有餘。我們都知道統理全台鹽務難度很大，但放棄這麼一大宗生意實在可惜。大家都出出主意，要怎麼行動才能得到官府的信任。別看康顯榮來勢洶洶，說不定他只是拉著虎皮當大旗唬唬人而已。」

林爾昌撇撇嘴：「要怎麼才能得到官府的信任？官府最信任銀子了，銀子鋪路最合適。」

爾康反駁：「單單拿銀子不頂事，好像只咱們家有銀子，別人家就沒有銀子？要知道，康顯榮是我們最有力的競爭對手，他跟知府大人是兒女親家，難不成知府大人會拿著肥肉送給外人，倒不留給自己的親家？所謂肥水不流外人田嘛。那康顯榮賺了銀子，就相當於知府大人賺了銀子。」

爾昌皺起眉頭：「照這樣說，那我們幾乎沒有勝算啦？」他雙手一攤，「情形很不妙啊，我們想與康顯榮競爭全台鹽務，簡直是與虎謀皮，難於上青天。」

林維源批評道：「剛才說你心性不定，現在又來了。整天張著一張烏鴉嘴，沒一句好話。」

林爾昌漲紅了臉，頂撞道：「我這是實話實說。」

林爾康見大哥這樣沒禮數，走過去扯了扯大哥的袖子。眼見兄弟倆針尖對麥芒，林維源擺擺手：「兄弟倆實話實說沒必要鬥氣。大家都動動腦筋，看怎麼來打這麼一場仗，活人總不能被尿憋死吧？」

現場沉寂下來，呂世宜苦苦思索，忽然一拍大腿：「我們不能老在官府這一塊動腦筋，可以考慮從康顯榮身上下手。全台鹽務所需資金非同小可，恐怕康顯榮一口氣也吞不下這塊大肥肉。我們不妨找康顯榮商量商量，兩家聯手，獲利五五分成。這樣皆大歡喜。」

林維源眼睛一亮，喜上心頭：「這個主意好。有多大的肚子吃多少的飯，有多少的本領幹多大

的事。退一步海闊天空，全台鹽務獲利要是五五分成，也仍然讓人眼紅，恐怕連知府大人都會得紅眼病。」

林爾昌眼見呂管事主意得到叔叔賞識，心裡很是妒忌，諷刺道：「知府大人腦袋瓜進了水不成？他不會跟康顯榮五五分成，反而把這五成拿來送給我們？」

呂世宜笑道：「爾昌少爺你這就不懂了，知府大人事務繁忙，哪有精力經商？再說了，知府大人腰包裡恐怕也掏不出幾兩銀子來。況且官大一級壓死人，你們說說，康顯榮是樂意跟讓他戰戰兢兢的知府大人合作呢，還是樂意跟我們林本源合作？」

林爾昌不甘示弱：「話雖這麼說，但全台鹽務這麼大宗的生意知府大人是不會輕易讓外人染指的。」

林維源一錘定音：「大家各抒己見，群策群力，很好。我先投帖子去拜會知府大人，探探口風，爾後再去拜見康顯榮，看看雙方有沒有合作的希望。」

林維源思來想去，精選了一顆藍寶石投石問路。他打聽到，在一次宴會中，知縣夫人因項上的一串寶石大出風頭，竟然反客為主壓過了知府夫人，讓知府夫人耿耿於懷，她四處派人在珠寶店走訪，一心想尋得一顆稀世寶石。這天晚上，知府大人處理好公務，在後花園裡陪夫人乘涼聊天。夫人提起陳氏珠寶行的那顆稀世寶石，埋怨道：「老爺，你身為知府，可笑俸祿微薄，連顆寶石都買不起。我行頭寒磣，你臉上也風光不到哪裡去。」

面對夫人的奚落，許知府訕笑道：「夫人，自古富貴難以雙全，你貴為第一夫人，也就不必有所嗟歎。」

夫人噘起嘴：「正因為貴為第一夫人，連一顆心儀的藍寶石都買不起，這才可悲可歎。」

夫婦倆正理論著，門子忽報林維源來拜，夫人眼睛閃閃發亮：「林維源是響噹噹的臺北大戶，這條大魚身上膘厚肉多，有錢可真好。」

許知府瞪了夫人一眼：「人家的錢財關你什麼事。」

林維源特地選了晚上來，猜想此時知府夫人應該陪伴在知府大人身邊，果然如此。他進得前來，恭恭敬敬將珠寶盒雙手遞給夫人：「賤內仰慕夫人，特備了一份區區薄禮，還望夫人笑納。」夫人見那盒子印著陳氏珠寶行的字樣，一顆心怦怦亂跳，打開一看，竟是那顆朝思暮想的藍寶石。她將信將疑地舉起藍寶石看了又看，那顆寶石流轉出七彩寶光，夫人高興得幾乎要跳起來，臉上強作鎮定不露聲色。哪知許知府陰沉著臉將珠寶盒奪了過去，遞還到林維源手中：「林老闆，本府一向清廉，你不要毀了我一世英名。」

林維源賠笑道：「大人言重了，區區一顆普通珠子而已。」說著試圖將珠寶盒遞給夫人，夫人抬頭看夫君板著一張臉，不敢接珠寶盒，嘴裡勉強說著場面話：「林老闆你太客氣了，有事儘管與我相公商量，我先告退了。」轉過身氣咻咻地回房去了。

許知府問：「不知林老闆所為何事？」

林維源直奔主題：「官府公告要招攬代理商統領全台鹽務，我們林本源家族也非常願意做這件關乎民生的大好事。」

許知府一副公事公辦的口氣：「那很好啊。十月初七那天，你們前來競標就是。」

林維源想宛轉打探一下標底，都被許知府巧妙地擋了回去。接著，許知府打了個誇張的呵欠，

林維源急忙知趣告退：「大人日理萬機，小民不便再打擾。」

林維源捧著那個珠寶盒無功而返。家裡大大小小都在翹首以待老爺的消息，待林維源走進來，夫人著急地問：「老爺，怎麼樣？」

林維源努了努嘴：「你看看阿寶手裡什麼東西？」

阿寶揚起珠寶盒朝大家亮了亮，夫人不禁頓足道：「沒想到知府大人是這麼清廉的人，油鹽不進。」

林爾昌取笑道：「嬸子，你見識也真短，不是知府大人清廉，是他心裡藏著自己的如意小九九。」

全家人唉聲歎氣，林維源握了握拳頭：「不到黃河心不死。我明天再去康顯榮那裡看看有沒有雙方合作的可能。」

眾人散去，林維源獨獨將呂世宜招過來：「呂管事，你想個法子將這個珠寶盒送到知府夫人手裡，切記，一定要繞開知府大人。」

呂世宜將珠寶盒小心翼翼地接過來：「我明白了，東家。」

林維源坐著轎子來到康顯榮府上，只見康府中西合璧，廊橋流水，到處雕樑畫棟，其闊氣比起林府有過之而無不及。林維源暗暗驚歎：這位兄台家底之殷實委實令人不容小覷！

康顯榮原本正在欣賞一個歌仔女伶的輕歌曼舞，他面前一個透明的玻璃酒杯裡裝滿了紅豔豔的葡萄酒，聽到高興處就端起酒杯輕輕呷一口。聞聽林維源到訪，他笑容滿面迎了出來：「林大老闆，什麼風把你吹來了！」

林維源抱拳笑道：「是鹽務風把我吹來了！」林維源暗暗觀察康顯榮，他氣定神閒，一副勝券在握的神情，心中不禁暗叫不妙。

雙方分賓主落座，林維源道：「林本源這幾年經營米業及墾地開荒略有資產，如今風聞官府招攬代理商統領全台鹽務，十分心動啊。」

康顯榮心中暗驚，這林維源是個強有力的競爭對手，若他一攪局，事情就糟了。他開始給林維源灌迷魂湯：「林大老闆這幾年生意做得風生水起，賺了個盆滿缽滿，成為臺灣商業龍頭，特別是林老闆擁有萬甲良田，林老闆的米行打個噴嚏，全臺灣的稻米市場就會感冒傷風。林老闆這樣的人選要是官府相不中那真是天理不容！」

林維源不動聲色：「康老闆過獎了。聽說康老闆也有意競標，康老闆才真正是實力雄厚。瞧瞧康府這上上下下皆是雍容華貴之物，林某實在是自愧不如。」

康顯榮聽林維源口風倒有些自知之明，心頭舒服了些，但不知林維源葫蘆裡賣的是什麼藥，笑道：「這次統領全台鹽務是大事，競標那天不知要有多少人打破腦袋。」

林維源試探道：「不知康老闆估計這次標底需要花費多少銀兩？」

康顯榮沉吟了一會兒：「大概要二十二萬兩銀子左右。」

康顯榮報出的這個數字倒也符合行情，與林維源預估的不相上下。林維源沒料到康顯榮胸懷如此坦蕩，沒有遮遮掩掩，甚感意外。他道：「這次競爭如此激烈，鄙人有一個主意。」

「說來聽聽。」

林維源從容道：「鄙人想與康老闆聯手統領全台鹽務。」

康顯榮驚得差點被一口茶水噎住，好你個老謀深算的林維源啊，你也想在老夫這裡分一杯羹，如意算盤可真打得不錯。臥榻之側豈容他人酣睡？康顯榮微笑著擊掌：「林老闆這個主意好。不過此事是官府拿主意，不是我們說了算。這個提議康某要仔細考慮考慮，回頭跟幾個犬子商量商量才好。」

林維源聽出這是推託之詞，也不氣惱，拱手道：「這是大事，確實要好好考慮。」當下遊覽了康顯榮的後花園，還品嘗了林家的特色糕點，黃昏時才返回府上。

林爾昌第一個跑了過來：「阿叔，康顯榮那隻老狐狸答應了沒有？」

林維源苦笑，反問道：「要是一樁你有十成把握穩賺的生意，別人要與你合作，你願不願意？」

林爾昌一楞：「當然不願意啦。照這麼說，康顯榮拒絕了？」

「拒絕倒是沒有，不過人家也沒答應，只是說要和犬子商量商量，這一商量就不知要商量到猴年馬月了。」

恰好呂世宜這時也進了門，林維源問道：「事情辦得怎麼樣了？」

呂世宜眉開眼笑：「事情辦得很好，很順利。」

林爾昌聽得雲裡霧裡莫名其妙，追問道：「什麼事？你們打啞語似的，讓人聽不明白。」

林維源和呂世宜均微笑搪塞不答。

林爾昌嘟囔著：「好啊，你們老是把我當小孩子看，以後家裡的事我再也不跟著瞎操心了，我遛我的鳥去。」說罷氣哼哼地離開。

林維源搖頭：「這孩子讓他娘寵壞了，心性不定，還須歷練歷練。呂管事，你要好好點撥點撥他。」

再說許知府下得公堂回到內房來，見夫人喜滋滋的，詫異道：「夫人這麼高興，難道撿了金元寶不成？」

夫人得意道：「夫君猜對了，妾身今天就是撿到了金元寶。」

許知府問：「金元寶在哪裡？」

夫人炫耀地伸出右手食指：「在這裡，夫君請看。」

許知府認出那顆前晚他當場退還給林維源的藍寶石，不禁怒形於色：「混帳，你吃了豹子膽了，竟敢背著我做出這等事來，你壞我的大事了！」

夫人不以為然地撇撇嘴：「人家說了，這只是一顆普普通通的玻璃珠子。」

許知府還是怒氣沖沖：「你不要自欺欺人了！自古以來吃人的嘴軟，拿人的手短，你收了人家寶石，還不得為人家辦事！」

夫人抱住許知府撒嬌：「辦事就辦事嘛，他們平頭百姓天大的難事，夫君你大筆一揮不就輕而易舉解決了？你就幫幫人家嘛。妾身真的很喜歡這顆藍寶石。為了這顆藍寶石，妾身好幾天都睡不著覺了。」

許知府滿肚子怒氣都快炸了，伸手要把藍寶石從夫人手指上捋下來：「還給人家！」

夫人大哭起來：「你在外面跟別人橫，回家來不要跟我橫！欺負婦道人家算什麼男人？有本事，你去給我買一顆藍寶石回來！」

夫人哭得梨花帶雨，頭上釵橫散亂。許知府歎了口氣，走到堂外喝悶酒。他心裡是有苦說不出，有關官場奧秘跟夫人說不得，夫人是個大嘴巴，嘴裡沒上鎖，一件小事不一會兒嚷嚷得各個縣官夫人都知道。你不能說出不收藍寶石的原因，又變不出一顆藍寶石來將夫人打扮得珠光寶氣，那只能怨自己這個當男人的。想想夫人也是可憐，雖然頭上珠圍翠繞，卻找不出一件值錢的東西來。現在要讓夫人把藍寶石送回去，那簡直比登天還難，她會跟你拼命。許知府焦頭爛額，越想越氣悶。一隻貓聞到桌上的魚腥味跑過來，「喵喵」地蹭知府大人的腿，他氣惱地用力一踹：「滾！想吃腥，沒門！」那隻貓委屈地跑遠了。

第八章 茶海風雲

離農曆十月初七正式競標全台鹽務還有七天，林維源卻無法專心奔波這事，他的心另一半兒在茶業身上。林本源家族產業不斷擴大，二弟林維得喜歡喝茶，是個一等一的品茶高手，他不願意插手大哥的米業，想自己單做茶葉生意，獨闖出一片天地來。林維得利用懂英語的優勢，從茶葉大腕陳士銀那裡搶來一大筆洋生意，陳士銀將市面茶葉買空，導致林維得無法按時交貨。林維得弄來陳士銀夢寐以求的頂極佛手茶送給陳士銀，陳士銀答應幫林維得解燃眉之急。之後，眼見林家「建祥」號壯大，陳士銀知道養虎成患，與林家打起價格戰。此時，阿里山上的萬畝茶園上一任承包已到期，下一任承包即將開始，林維得與陳士銀又開始了新一輪激烈的爭奪。

離農曆十月初七正式競標全台鹽務還有七天，林維源卻無法專心奔波這事，他的心另一半兒在茶業身上。林本源家族產業不斷擴大，二弟林維得喜歡喝茶，是個一等一的品茶高手，他不願意插手大哥的米業，想自己單做茶葉生意，獨闖出一片天地來。他鄭重其事地與林維源商量：「大哥，

你給我十萬兩銀子的本錢，我開間茶莊，保證一年之內賺回一萬兩銀子給你。」

不等林維源開口，侄子林爾康率先反對：「阿叔，萬萬不可把銀子給二叔。其一，咱林家的生意面已經鋪得太大，米業和航運業就夠我們忙得四腳朝天了，哪裡還有精力闖進茶業去？其二，茶業大腕陳士銀在茶業界摸打滾爬幾十年，根深蒂固，哪有我們插足的餘地？其三，二叔性格太衝動，再說了，他公子哥兒的名聲在外，保不準幾萬兩銀子就落進哪家風流女子的腰包裡。依我看，這十萬兩銀子寧願讓它躺在咱家的錢櫃裡，也不能讓二叔揣著它到外面溜達。」

林維得生氣地嚷嚷起來：「爾康，會花錢不等於不會賺錢，你別弄錯了！」

林維源微微一笑：「爾康，我給你講個故事吧，聽完故事你再說說你的想法。」

爾康不敢造次，靜靜聽阿叔開口：「從前，有個很有錢的富翁，他把家裡所有的黃金都埋在一個大洞裡，隔三差五的，他就會到森林裡埋黃金的地方看一看摸一摸這袋心愛的黃金。有一天，一位歹徒尾隨著這個有錢人來到森林裡，偷走了這袋黃金。富翁非常傷心，正巧森林裡有一位長者經過，他對這位富翁說：我有辦法幫你把黃金找回來。說完後，長者拿起金色的顏料，把埋藏黃金的這顆大石頭塗成金黃色，然後在上面寫下一千兩黃金的字樣。寫完後，長者告訴富翁：從今天起，你又可以天天來這裡看你的黃金了，而且再也不必擔心這塊大黃金被人偷走……」

林維得哈哈大笑，對侄兒擠眉弄眼：「爾康，我怎麼覺得這個有錢人跟你很像啊。」

林維源問侄兒：「爾康，你有什麼想法？」

爾康面紅耳赤：「阿叔是要告訴侄兒，如果金銀財寶不拿出來用，那麼藏在洞穴裡的一千兩黃金，跟塗成黃金樣的大石頭沒什麼兩樣。」

林維源滿意地點了點頭：「爾康還是有悟性的。你現在還反對我把十萬兩銀子交給你二叔開拓茶葉生意嗎？」

爾康窘迫地搖搖頭。

林維源道：「二弟你莫得意，大哥也有一個故事送你。從前，有個窮人救了一條小蛇，晚上，窮人夢見一個白衣少年對他說，我是被你放生的小蛇，為了報答你，我給你一個盆，盆裡有一枚金幣，你可以去盆裡拿金幣，拿出一個還有一個，金幣不斷地出現，總也拿不完。窮人高興極了，他不停地拿啊，拿啊，金幣越來越多，足夠他用的了，但他還是不願意停下來。金幣已經堆得很高，他依然沒有住手，他又累又餓，虛弱得快不行了。可是他想，我不能停下，金幣還在源源不斷地出來啊。最後他實在堅持不住了，想扶著堆得高高的金幣站起來，沒想到一個沒站穩，身子一歪靠在金幣上，一大堆金幣稀哩嘩啦倒下來，把他砸死了。」

爾康樂不可支地拍掌高叫道：「二叔，我怎麼覺得這個貪心的農夫跟你有點像呢！」

林維得白了侄兒一眼，急不可耐地從帳房裡支了十萬兩銀子，興沖沖籌備茶莊去了。他對自己的茶葉店充滿了信心，因為他對茶葉情有獨鍾，自認是茶的知己。不管是安徽的徽茶還是福建的鐵觀音、春茶、明前茶等各色茶種，只需聞聞香氣，他都能一一辨識出來。廳堂上掛著「品茗齋」三個大字，龍飛鳳舞，是他自己最得意的墨寶，他生平一看到四書五經就要打呵欠，卻天生寫得一手好字，自成一格。平日裡喚上三五個茶友品茗鬥茗，在茶香中或切磋茶藝，或鑽研些書法，或品評臺灣哪個漂亮才女，心滿意足之際撤去茶几擺上酒案，豪氣干雲，幾百兩一桌的酒錢眉頭不皺半下。一時之間，林二公子聲名遠播，附庸風雅之輩蜂擁而至。八月十一那天，林維得在大哥那裡蹭

得佛手茶二兩，這佛手茶可不是尋常銀錢就可買得，它長在武夷餘脈一懸崖處，主人訓練了一隻猴子採摘春天生發出的茶葉，是朝廷待客貢品。主人禁不住林家天價誘惑，從中勻了一些給林家。此茶岩骨花香，如仙醪，高興得林維得把大腿都拍疼了。林維得是個藏不住寶的人，一心炫耀，下了五張帖子分送給臺灣茶界品茶高手朱丁山老先生、本店的製茶師傅張炳燦、交好傅飛雷、茶業大腕陳士銀及書法家葉世谷。這葉世谷在書法上極有造詣，而林維得癡迷書法，為了能日夜切磋，索性將葉世谷聘為自己這一房的管事。陳士銀呢，當年與林維得的堂姐林宜雲一段真情被強行拆散，一直耿耿於懷，可他是個茶癡，哪肯放過品嘗絕世茶珍的機會？陳士銀對於林國芳一案其實是心懷內疚的，阿爹那麼做真是太過份了，竟然鬧出了人命。林國芳的冤死，對林家來說是一個前所未有的災難和浩劫，陳士銀一直希望借個機會與林家重歸於好。

這五人一聽有好茶，想必不是凡品，若是凡品不值得林五公子如此興師動眾，紛紛急不可耐欲一品而後快。本來林維得下的帖子約定的是未時，可未時未到，五人前後腳都到了。朱丁山老先生留一部大鬍子，鬚髮皆白，儼然一副仙風道骨：「二爺，聽說你得了稀世好茶，趕緊拿出來讓大家品品！」

林維得大笑：「老先生何必心急如此？今天維得必讓老先生不虛此行！」說罷慢悠悠地煮水燙杯。四五個人紛紛叫嚷著快些，林維得拿出一小匙茶葉，觀之粒粒小巧玲瓏如小家碧玉。只見林維得懸壺高沖，陣陣茶香沖天而起，一股炭火的味道彌漫開來。茶湯呈琥珀色，蕩漾著古典情懷，讓人既感到暖意，又心存寧靜。陳士銀用鼻子聞了一聞，送入口中，只覺味道渾厚綿長，入口便有香醇甘甜遊走舌尖，那綿密雄渾的味道一波高過一波。陳士銀笑道：「二公子，這老樅水仙確是不錯，只不過你見識也實在太淺，竟把這老樅水仙視若至寶！我家藏有十幾斤老樅水仙，可以奉送兩斤給老弟品嘗！」

林維得卻不著急，從容道：「陳老闆此言差矣！自古以來，品茶講究漸入佳境，這老樅水仙只是序曲而已。」

陳士銀原以為林維得在鬧笑話，有心取笑他一番，沒料到被搶白了一頓，臉上紅一陣白一陣，訕訕道：「林公子品茶如品詩，還講究漸入佳境，那我等就靜候仙茗了。」

林維得將第一道茶連蠱帶壺一併撤下。第二道茶端上，由另一套壺具沖泡。品茶高手極講究杯壺潔淨，不同的茶容不得絲毫摻混，哪怕是蠱裡一丁點兒殘汁。這回只聽得一陣聚精會神的嘖嘬聲，連陳士銀嘴角那絲偷偷暗笑都消失不見了。

朱丁山老先生率先讚道：「這是極品鐵觀音！一杯入口，青山綠水都在心裡活開了！」

此語一出，眾人都擊節叫好，傅飛雷撫掌道：「可歎我與維得老弟一年到頭吟詩作詞，竟不如老先生用語之神妙，堪稱詩家啊，佩服佩服！」

張炳燦師傅是個不通文墨的大粗人，夾雜在一群文人雅士中間，連歎道：「今日老漢能參加這次品茶，開了天眼，老漢實在三生有幸！」

葉世谷搖了搖扇子：「二爺，想必這就是你前日所得的佳茗吧？」

林維得見眾人胃口被吊得老高，得意一笑：「非也，非也。好戲在後頭呢。」

第三道茶終於千呼萬喚始出來。端起小壺倒茶時，陳士銀的手竟然在打顫。這些人都是品茶的精鬼，眼見那豔亮的茶湯，加上已經嗅到的那股隱隱蕩起的殊香，一個個眼睛全都瞪著那往下抖

落的茶湯。朱丁山老先生小心翼翼捧起茶杯，生怕潑灑了，還用另一隻手輕輕撫襯著杯底。先觀其色，二聞其香，茶杯舉到面前，那陣真香已經在鼻端飄旋。朱丁山老先生徐徐將茶杯移到鼻前，又慢慢地拿遠，讓那真香由遠而近款款襲來。周而復始，幾遍來回。

林維得掃視大家，一個個凝神蹙目的樣子，嘖嘖嘬嘬地慢慢飲下，忽然都換成驚異詫然的神色，面面相覷。張炳燦老師傅突然「哇」地一聲哭了出來：「老漢要是這一輩子能研製出此等茶葉，這一輩子也值了！」張師傅是個茶癡，他有一手絕活，即掌握烘茶的火候拿捏得恰到好處。別人烘茶有時烘得太久或火力不夠會發生惡臭，或者烘的時間過短，茶葉不僅不香且會留下濕氣，導致變質。而張師傅身體裡似乎有一架準確的刻鐘，他無需看沙漏，只憑感覺，每次烘出來的茶均芳香甜美，贏得眾人交口稱讚。如今見有人製出比他優秀百倍的茶，他竟著急得哭出聲來！

林維得連忙安撫道：「張師傅，你別急，到時我送你一泡就是了，任你慢慢研究！」張炳燦大喜過望，兀自抽噎不止。

傅飛雷呷著茶，凝神思索，總覺這飄忽不定的茶韻難以捕獲，猶豫了老半天，結結巴巴道：「以我之見，這茶當借『銀燭秋光冷畫屏，輕羅小扇撲流螢』之句，方能敘其淡雅幽香之韻！」

朱老先生將茶杯放下，興奮地連連拍起桌子：「稀世奇茶！稀世奇茶！甘爽濃烈，回味深長，其韻致當用『春潮帶雨晚來急，野渡無人舟自橫』來形容了！」

葉世谷飽讀詩書，一番深思熟慮後出口更是驚人：「春潮野渡未免過於蕪雜了！雖然此句能描述其幽曠、凜冽的野韻，但我以為尚不及辛稼軒那『眾裡尋他千百度，驀然回首，那人卻在燈火闌珊處』為妙。」

眾人紛紛叫好：「還是葉管事品評得貼切啊！」惟有陳士銀瞠目結舌，還未從驚豔中緩過勁來，一股濃濃的妒意從心中騰然而起。

林維得嘿嘿笑著，朱老先生叫道：「二爺，我看得意忘形莫過於你這種形狀了！你莫楞神，趕緊再為我等多泡幾杯來！」

林維得聞言，忙不迭地再泡第二遍茶。眾人細酌慢品，談天說地，眨眼到了黃昏，客人辭別，陳士銀有心討要一泡佛手茶，又礙於面子說不出口，心想，林維得是揮金如土慷慨之人，要是可送的東西，他必定眉頭不皺一下，可這佛手茶他藏得甚緊，連朱丁山老先生都未得饋贈，自己還是不要自討沒趣的好。眾人道謝不止，惟有陳士銀在心中盤算無論如何要研製出這極品佛手茶來。

這日，林維得逛到大哥這邊大堂裡，一進門便抽了抽鼻子：「大哥，怎麼有股香味？應該是福建失傳已久的極品鐵觀音茶！這香味若有若無，似佳人體香撩人心魄，如那煙雨濛濛處令人驀然回首，是難得的佳品！好哇，大哥，你把這麼個好東西藏著掖著，也不送些給我品品，大哥你真是小氣！」

林維源笑道：「你這個狗鼻子，我真算是服了你了！這是康顯榮剛剛著人送給我的，你的腳倒是長，聞香就到！」

林維得涎著臉笑道：「阿母自小就說我是最有福氣的人，難道大哥不這麼認為嗎？」

林維源笑罵道：「真拿你沒辦法！找我有什麼事？你這肯定是無事不登三寶殿，平時除了上鋪子，整天遛鳥聽戲忙得不見人影。」

林維得不再嬉皮笑臉，正色道：「是這樣的，我剛才在戲園子裡無意中聽到英國茶商湯姆要購

買兩萬斤茶葉，正在跟茶業大腕陳士銀商談，聽說後天就準備簽合約，我也想做這單生意。」

林維源一下子收斂了笑容：「怎麼，你想橫插一槓？你這人，最愛惹是生非！」

林維得為自己辯護道：「這是公平競爭，怎麼能叫橫插一槓？做生意要是老守著謙謙君子之風，禮讓三先，那還不等著喝西北風去？」

林維源喝斥道：「你少攪渾水。」

林維得又恢復了嬉皮笑臉：「我做事最有分寸，又不勞動大哥你。只需大哥提供給我一個資訊就好。聽說陳士銀的管家陳老五是你介紹過去的？」

「是又怎樣？你到底打什麼主意？」林維源狐疑地看著這個天資聰穎又整日嬉皮笑臉的弟弟，「唉，都是娘把你寵壞了。」

林維得笑道：「是就好。我會讓大哥刮目相看的。」笑著，人已到了院子外。林維源隔著院子喊道：「你可別給我闖禍！」那邊林維得卻自顧自去了，沒有回音。

林維得做事心眼多，他臨時學了幾句「固摸寧」（早上好）、「買個」（我的天啊），因為大哥一再告誡他做生意時不管客商是黑頭髮還是黃頭髮，黑眼睛還是藍眼睛，首先要找到一個打動對方的絕門法子，這「固摸寧」、「買個」應該是飽受思鄉之苦的湯姆的殺手鐧。林維得約湯姆在「一品梅」食府見面，湯姆剛露面，林維得張口就來了個「固摸甯」，湯姆雖然是個中國通，但乍聽鄉音，頓時對林維得生出無限好感。再者，林維得已花銀子從陳老五嘴裡套得了陳士銀的大致底價，他開口就比陳士銀一斤茶葉少要了一錢，湯姆心中一樂：兩萬斤的茶葉成本馬上降低了兩千兩銀子，這是何等好事？他心中暗喜，表面上不動聲色：「林公子，一斤再少半錢吧，你開的價跟陳大老闆的價旗鼓相當，我跟陳老闆是老朋友了，如果你出的價錢跟陳大老闆一樣，那我肯定要照顧陳老闆的生意，跟他合作。」

林維得暗罵湯姆是隻老狐狸，但他心中有數，因此死咬住不鬆口：「尊敬的湯姆先生，我初入茶葉行業，一門心思要做成這筆大生意來提高在同行中的影響，我是很有誠意跟您做朋友的。剛才我報的價已經是底線，如果再少半錢，那我就虧本了。商人利字當頭，蝕本生意誰做？明知蝕本，我還不如在大街上遛鳥。」

湯姆「噗哧」一聲笑了：「林公子真是幽默啊，本人欣賞你的態度。既然你如此堅決，你我二人又如此投緣，這筆買賣就成交了。下午我們就簽約。」

林維得惟恐夜長夢多，哪裡肯放湯姆走？他早將合同擬好，只留下數量與價錢兩處空格立刻填寫，還命下人隨身帶了筆墨紙硯和印泥，當下將合同攤開，湯姆仔細審閱兩遍，現場填上數量和價錢，簽了名摁了手印，眨眼間大功告成。彼此心情愉快，當即在一品梅裡置了酒菜暢飲起來。

消息早已長了翅膀飛到陳府，陳士銀氣了個一佛出竅二佛升天：「好你個小子，你既然敢來虎口奪食，那我就給你來一個釜底抽薪！」

就在林維得酒酣耳熱回家一覺睡到天亮之際，陳家茶行整套人馬傾巢出動，將臺灣市面上的大批茶葉一口吞下。待林維得從勝利中清醒過來，吩咐下人開始收購茶葉為湯姆準備貨源時，他才沮喪地發現市面上的茶葉竟已被陳士銀一掃而空，只剩下小攤小販每人手裡的二三十斤現成茶葉！林維得這一驚非同小可，冷汗涔涔而下，他親自帶著一大幫茶行夥計出面收購，與一個個小攤販周旋，一天下來才湊齊了一千四百斤茶葉。林維得絕望了，雙腿發軟。合約上寫得明明白白，若不能

按時交貨，要罰銀一萬兩！陳士銀這一招真是毒啊，怪只怪自己急功好利，打無準備的仗，只急著搶生意，卻沒想到須預先庫存，以免遭人暗算！

林維得焦頭爛額，無法可想。高山上茶葉鬱鬱青青，現採現炒來不及。即使到大陸調貨，也趕不上合約期限，眼看就要被陳士銀一條繩子勒死，他急得像熱鍋上的螞蟻團團轉。林維得有心去請教大哥，畢竟大哥大風大浪裡過來，加上大哥臉面大，或許有回天之力，然而一想到侄兒譏笑自己，大哥鼎力相助給了自己銀子做本錢，如今辜負了大哥的一番期望，豈不是拿自己的手去打大哥的嘴巴？因此躊躇著不敢前去向大哥討主意。他又急又愁，索性命下人拿了兩壇好酒來，喝了個酩酊大醉。

正醉意朦朧間，林維得突覺臉上火辣辣的疼痛，睜開醉眼，原來是大哥怒沖沖站在眼前。林維得酒嚇醒了大半，結結巴巴道：「大哥，你來啦。」

林維源怒斥道：「混小子，做砸了生意不去想法子補救，卻躲在這裡灌黃湯！我的臉都被你丟盡了，市面上都在風傳林二公子被陳士銀當猴耍咧。看來你侄兒說得對，你就是那個被金幣壓死的農夫！」

林維得滿臉愧色：「小弟無能，請大哥責罰。」

「責罰有什麼用？罰了你還不是我幫你出銀子！關鍵是你得趕緊拿出應對的法子來！」

林維得無語，傻傻地看著大哥。

林維源有些不忍，放緩了語氣：「你倒說說，是誰將你推到困境之中？」

林維得道：「有兩人。一是陳士銀，他給我來了個釜底抽薪，若是奢望他雪中送炭，那是癡心妄想。二是湯姆，若他能寬限些時日也好，我可以從福建調度，可他苦苦相逼，為的是那一萬兩罰銀，這可比他做一趟茶葉生意獲利更多。」

「那你準備從何入手？」

林維得無奈長歎：「兩邊都無從入手，只能坐以待斃。」

林維源話鋒一轉：「二弟，你可知陳士銀祖籍何處？」

林維得詫異道：「陳士銀祖籍廣東。麻煩當前，大哥怎麼有閒情逸致來追祖溯源？」

林維源卻不回答，繼續問林維得：「我常教誨你做生意要察言觀色，平日裡要你留心各個省域的經商風格，你可曾注意到廣東商人一二？」

林維得懵懵懂懂：「廣東人敢闖敢幹，最善於借雞下蛋。」林維得說到這裡更加頹喪了：「那陳士銀還不趁此機會看我笑話？待我交了罰銀，他再與湯姆續約，既打擊了對手，又鼓了自己腰包，這陣子他肯定躺在被窩裡偷笑呢！」

林維源恨鐵不成鋼地搖搖頭：「你怎麼專長別人志氣，滅自己威風？你可知道，廣東人有一特點，他做生意時總是以最能顯示自己實力的一面與人接觸？他的服裝一定是最上等的絲綢，隨身攜帶的帖子一定要最精美最昂貴的，懷錶一定要西洋進口的。」

林維得還是丈二金剛摸不著頭腦：「大哥，你怎麼越扯越遠了？」

林維源狡黠地眨了眨眼睛：「你手頭不是有名貴的佛手茶嗎？聽說陳士銀對佛手茶朝思暮想，只是一直弄不到佛手的種子來種植，自己炒製更無從談起，你何不忍痛割愛，或許還有幾分勝算？」

林維得用力一拍腦門：「大哥真是一語驚醒夢中人啊！可你送我的佛手茶都泡完了，還請大哥再贈一些給我！」

林維源板起臉：「沒有了！一片也沒有！」

「沒有了？真的沒有了？」林維得臉色灰了下來，他哀求道：「大哥，你一定要幫幫我！」他情急之下幾乎要給大哥跪下了。

林維源禁不住小弟軟磨硬泡，長歎一聲：「但願你長點記性，記住此次教訓！」說罷轉身到臥室裡取出半小袋佛手茶來，約莫有三兩重，「就剩這些了，你拿了去，我就沒得喝了。」

林維得大喜：「謝謝大哥！只是大哥又要有一陣子喝不上佛手茶了，小弟真是歉疚得很！」他記得去年佛手茶泡完，因唐山那邊季節稍晚，拖了十幾天才將佛手茶送來，大哥在這十幾天裡坐立不安，渾身不自在，每日睜眼第一句便問唐山那邊送茶來了沒有？如今大哥慷慨相贈，讓林維得感動不已。

林維得將那三兩佛手茶揣在身上直奔陳府。

林維源衝著小弟的背影喊道：「維得，廣東人做生意很迷信，你不妨在這上面動動腦筋……」

見了陳士銀，林維得閉口不談燃眉之急，只對陳士銀笑道：「陳大老闆，那日眾高手品評我這佛手茶，承蒙錯愛。今日咱們兩人再好好品品這佛手茶。」

陳士銀不知林維得葫蘆裡賣的什麼藥，但他一直對佛手茶魂牽夢繞念念不忘，且將林維得葫蘆裡的藥撇在一邊，興奮地拿出茶具。他曾在祖宗靈牌前許願一定要弄到佛手茶，否則誓不為人。沒想到林維得今日主動送上門來了。只見拳頭大小的紫砂茶壺，配著四只胡桃大小的茶盅，被一只巴掌大的盤碟托著，顯得小巧玲瓏，透出一股閒逸的情調。他一邊烹煮茶具一邊不忘揶揄林維得：「林公子，想必這幾日你夜裡失眠，急火上心了吧？咱們煮茶吟詩，也好讓林公子消消火。」

林維得只裝不知，任由陳士銀譏諷，他拿出一隻雕花竹筒，拔下筒蓋，倒出數十顆精細規整的茶葉來，顆顆如田螺姑娘的腰身一樣婀娜多姿。

陳士銀笑道：「錮《茶經》云，泡茶之水，用山水上，江水中，井水下。我這水取自山泉，配你這佛手好茶，也不至茶毒了它！」

林維得連連稱是：「那當然，那當然。」

片刻，茶湯汩汩從壺裡傾出，一陣清幽芳香在房裡飄蕩，令人銷魂。陳士銀將茶盅端近前，濃郁的真香撲鼻而來，再輕呷一口茶，甘冽清爽，一俟隨之吸氣，唇舌口腔不覺一陣悠長的回香，芬芳久久不散，陳士銀如醉了一般。

林維得見火候已到，趁機道：「陳老闆，你若喜歡，我將手頭僅剩的三兩佛手茶悉數送你。據說，這佛手茶與佛有深緣，有幸得此茶者，生意興隆，家世昌盛。」

陳士銀大喜：「真的？」轉而又頹喪道：「林公子何必戲弄我？就像戲耍癡情女子，騙她說心上人就要前來赴約，沒想到左等右等，等來空歡喜一場。」

林維得正色道：「我雖然年輕孟浪，說話倒也算數。只是，陳老闆是聰明人，林維得此番忍痛割愛，必有所求，陳老闆心裡如明鏡一般。」

陳士銀知道林維得求他將手頭的存貨賣給他以解燃眉之急，可一想到林維得搶了他的生意，憤恨之情便湧上心頭，堅決搖頭：「算了，這佛手好茶與我無緣，林公子請回罷。」

林維得碰了硬釘子並不頹喪，侃侃而談：「維得誠心要將佛手好茶送給陳老闆，這一點陳老闆不會懷疑罷？好茶贈知己，正如美人配君子，剛好成為一段佳話，這是其一。其二，我大哥常教誨我做生意要百家齊進，這樣生意方可興隆，我一時財迷心竅，懇請陳老闆諒解。若陳老闆肯收下這佛手茶，將手中幾萬斤茶葉存貨賣給我以解燃眉之急，維得願將湯姆這樁生意利潤與陳老闆平分。」

陳士銀見林維得在他面前做小伏低，心中火氣早已去了大半，再聽林維得願將湯姆這樁生意利潤與他平分，不禁怦然心動。他是老江湖了，深知得饒人處且饒人，何況林家財大氣粗，損失一萬兩銀子算得了什麼？牛身上拔一根毛罷了！不順著臺階下，以後反多了林家這樣一個大敵，如今夢寐以求的佛手茶到手，又能得到湯姆生意的一半利潤，何樂而不為？這樣想著，他心中早就應允了，只是臉上還擺出一副躊躇的模樣：「我那些茶葉都盤給別人了，你找別人想想辦法罷，我確實是愛莫能助。」

林維得苦笑：「陳老闆，你也不用繞彎子了，我跑遍全臺灣茶號，知道那些茶葉尚在您手裡。您大人有大量，高抬貴手，維得會銘謝在心。」

一番話說得陳士銀十分受用，一時之間沉默不語。

林維得心知事情成了七八分，見他擺譜，也不點破，靜靜喝茶。良久，陳士銀開口道：「也罷，林公子一番誠意，我就給你個方便。明天你來我茶行提貨罷。」

林維得大喜，長揖到底。陳士銀還不忘口頭上討些便宜：「林公子，做生意當不失足於人，不失色於人，不失口於人，這些古訓想必林老爺教誨過你罷？」

林維得怕橫生枝節，索性裝孫子到底：「晚輩慚愧，初涉茶葉一行便失口於人，失色於人，慚愧，慚愧。」

陳士銀哈哈大笑。

林家「建祥號」就這樣躲過了第一劫，迅速紅火起來。陳士銀很是坐臥不安，他非常後悔當初一時心軟放了林維得一馬，以至養虎為患。林本源實力雄厚，幹什麼成什麼，不能眼睜睜看著建祥號壯大起來，必須把建祥號扼殺在搖籃裡。

「隆昌號開店十周年大回饋，上等烏龍凍頂茶一斤才賣一兩銀子，快來買呀！數量有限，欲購從速！」隆昌號的夥計喊得喉嚨都快嘶啞了，顧客一窩蜂地往隆昌號湧來，人頭鑽動，因為上等烏龍凍頂茶平時一斤要二兩銀子，這天大的便宜實在不容錯過。

望著鑽動的人頭，陳士銀捋了捋他的短鬚，露出滿意的笑容。

林維得若有所思地望著對面的隆昌號，詢問葉世谷：「葉管事，不知你有何良策？」

葉世谷淡然一笑：「我有一計，只不過東家可能不同意。」

「說來聽聽。」

「隆昌號跟我們打的是價格戰，從道理上來說，我們跟他硬拼下去，贏的肯定是我們。陳士銀資力再雄厚，也敵不過林本源。二爺您說是不是？這一招看似很笨，卻是最有效。倘若我們建祥號一出道就能吃掉臺北茶葉店的老字號，必定名聲大振，這是最好的廣告效應。所以我覺得，隆昌號既然出招了，我們就一定要接招，而且一定要把招式耍得漂亮。」

林維得手指輕叩著桌面：「打不打價格戰，晚上我仔細考慮考慮，明天再答覆你。」

林維得思來想去，似乎沒有更好的法子，最終打定主意，跟陳士銀繼續在價格上耗力氣。心中抱定主意，他乾脆去欣賞了一場歌仔戲才回家美美地睡了一覺。

眼見建祥號價格降得更低，而且有打持久戰的架勢，陳士銀的臉都綠了。掌櫃的拿著帳簿走到他跟前：「老爺，我們已經虧了八千兩銀子了。要不要繼續降價，還是把價格升回正常價位？」

陳士銀牙齒咬得咯咯響：「繼續降價。我就不信鬥不過一個毛頭小子。他奶奶的，原以為林維得只是個熱衷於吟詩作畫的軟貨，沒想到給我來這麼一手。那就鬥下去，看到底誰的底子硬！」

兩家就這麼耗上了，只喜得臺北那些嗜茶的老茶客眉開眼笑，若聽聞今天建祥號的價錢更便宜，就上建祥號，將大袋大袋的茶葉往家裡拎；若聽得明日隆昌號價格更低，便直奔隆昌號而去。

林維得問葉世谷：「目前我們虧了多少銀子了？」

「五萬兩。」

林維得哈哈大笑：「五萬兩銀子對林本源算個什麼！繼續跟隆昌號拼下去！我看那隆昌號可能虧得要脫褲子上吊了！」

那邊，陳士銀氣急攻心，已經病倒在床上兩天了。兩天前，掌櫃的拿著帳簿給他看時，他看到那八萬多兩的虧欠數字，突然眼前金星亂舞，一陣眩暈襲來，軟綿綿地癱倒在地，慌得眾人亂成一團，有的扶他到椅子上坐下，有的跑去請郎中。

掌櫃的站在陳士銀的病榻前：「東家，您看下一步怎麼走？」

陳士銀面色蠟黃，滿臉病容，有氣無力道：「容我再想幾天。」

要不要到錢莊借貸繼續與建祥號打鬥下去？陳士銀是個倔脾氣，若在年輕時，他必定與建祥號幹到底。可現在，他有點輸不起了。萬一負債累累，自己大半生積蓄毀於一旦，還要連累妻兒衣食無著，他不敢想像那樣的情景。權衡再三，只好鳴金收兵了！以前，他就像森林裡的一隻老虎，獨霸一方，如今跑來了一隻小虎，他竟然沒有力氣把這隻小虎趕跑，還眼睜睜地看著這隻小虎迅速長成了一隻大虎！罷了，罷了，就將地盤讓出一半罷！

看著隆昌號打出了正常價位，林維得臉上露出勝利的微笑，舉店歡慶。他踱到隆昌店問掌櫃：「這幾日怎麼不見陳老闆的蹤影？」

掌櫃的一肚子沒好氣，勉強答道：「我們老爺這幾日氣血鬱積，在府上臥床休養。」

林維得鼻頭有些發酸，怪不得大哥總是說商場如戰場，自己雖然打贏了這場商戰，卻也虧了六萬多兩銀子，與陳士銀可謂是兩敗俱傷。他吩咐葉世谷備些禮品上門探望陳士銀，不料葉世谷狼狽地回來了：「陳大老闆把禮品統統扔到我臉上，大聲叫嚷我貓哭耗子假慈悲。哎，他肝火旺得很，這陣子頭髮白了一大半，誰叫他要與我們打鬥呢。」

林維得歎了口氣：「陳老闆的心情我很理解，過些時日等他氣消了些我再前去探望吧。你也要切記，做人千萬不可得意忘形。哎，得意不忘形，失意不失志，說起來容易，做起來何其難也！」

林維得漸漸在茶葉一行如魚得水，只苦於總要買別人炒好的茶葉，利潤減少了幾分。聽聞阿里山上的萬畝茶園上一任承包已到期，下一任承包即將開始，林維得怦然心動。這萬畝茶園簡直是金礦，茶樹上會生出源源不斷的金子。

離決定萬畝茶園承包權的日子越來越近了，還有一個月時間。上一任承包者陳士銀看起來虎視眈眈，志在必得。這邊林維得和管事葉世谷及建祥號的幾個負責人在緊張地商討著對策，這一次他

們又與陳士銀狹路相逢了。陳士銀在府裡咆哮：「豆醬盤借給他沾，如今連盤子都要端走，這個林維得手也伸得太長了！誰敢來搶我的盤子，我就砍誰的手！」

決定權在知縣大人劉春手上。劉春的師爺矮矮胖胖的，笑起來時眼睛會瞇成一條線。呂世宜登門求見時，錢師爺笑瞇瞇地伸出了兩個手指頭。

聽葉世谷轉達了劉春的意思，林維得說：「花了錢如果能順利把事辦成，當然沒問題，但這老頭，五十九歲了，萬一拿到銀子太興奮，突然一口氣喘不上來死在銀箱旁，或者他突然回福建任職，這二萬兩銀子不成肉包子打狗了嗎？不過，捨不得孩子套不得狼，看來只好答應他再說。」

林維得要葉世谷先去打探一下劉春的情況。聽說劉春正在四處活動調回福建安溪縣任職，這就更懸了，他很可能在臨走之前狠狠撈一筆，將他所轄的這潭水裡的魚啊蝦啊統統撈得一乾二淨。不做這生意太可惜，做這生意又太冒險，就像一塊剛出鍋的香噴噴的紅燒肉，想吃，又怕燙著了喉嚨。

林維得用煙斗有一下沒一下地敲打著桌子，臉上肌肉繃得老緊，眼睛一會兒停在博古架的某一個點上，一會兒又失神地望著渺茫的空氣。他屁股下那張嶄新的籐椅，發出吱吱的響聲。

「怎麼辦？」林維得突然嚴肅地蹦出了三個字。他平時嬉皮笑臉慣了，突然嚴肅起來，在場的幾個人都不敢隨便說話。因為誰都不敢拿主意，這時候如果惹林維得生氣，猶如招惹雷公一般。

沉默了幾分鐘，葉世谷壯著膽子說：「乾脆跟劉春挑明了，事成之後再給錢。不怕一萬，只怕萬一，到時他真的拍拍屁股走人了，那我們哭都來不及。」

陳昭和說：「銀子可以給他，但在承包權到手之前，天天派人盯著他，這樣他插翅難飛。」

林維得很不高興：「這是什麼餿主意？哪有這樣做事的？如果劉春知道我們跟蹤他，翻起臉來，萬畝茶園承包權就泡湯了，」林維得最後拍板：「還是給錢吧，世道如此，哪有先辦事再給錢的道理？不過，我們一定要密切注意劉春的動向。而且注意劉春動向的事一定要保密。記住了沒有？保密！」

「保密！」

幾個人十萬火急分頭行動去了。

林維得留了一手。他只給了劉春一張一萬兩的銀票，並請錢師爺轉告劉春，這幾天流動的銀根較緊，剛好碰到林家「駕時」號販運貨物到南洋去了，等「駕時」號回臺灣，一定把餘款如數奉上。

葉世谷正在佩服二爺這塊生薑越來越老辣的時候，麻煩來了。錢師爺傳話說，萬畝茶園承包權這事有麻煩，他一直做陳士銀的工作，但陳士銀堅持要參加競爭承包。陳士銀和許知府是麵線親，有許知府撐腰，底氣比如來佛的手掌還要硬，誰也不敢得罪他。劉春表示要把一萬兩銀票退回來。昨晚，陳士銀那邊送的是兩萬兩銀票，錢師爺嘴上推辭，陳士銀道：「錢師爺，這是我們隆昌號孝敬劉大人的。即使事情黃了，買賣不成仁義在。」錢師爺心裡要的就是這句話，他逮住陳士銀的話柄兒：「那好，我就收下了。若辦得成，是你陳老闆的運氣；辦不成，你也別怪我們。」

林維得一聽葉世谷打探來的消息，氣得臉上發黑，寬大的手掌往椅子右邊的扶手一拍：「劉春這老頭腦袋瓜不正常了！我們林家也不是好惹的，他要是得寸進尺，我讓他回不了福建！」

看來，劉春是打算左右通吃。

林維得沒有心思吃飯，馬上叫建祥號的五個主要負責人過來商量對策。林維得說，一山不容二虎，要麼建祥號退出，要麼陳士銀退出，否則到時競爭起來承包價無法獲利兩敗俱傷，而劉春卻坐山觀虎鬥，兩邊贏利。只能想辦法迫使劉春選擇林家。

最後，五人討論出兩條對策，一硬一軟。軟的是由葉世谷出面再給劉春一張一萬二千兩的銀票，硬的是讓林維得穿上因捐獻而被賞賜的四品官服到劉春宅第閒侃與官場的交情。

林維得打心眼裡鄙視劉春，可現在他不得不去與劉春周旋，他只好在心裡先鄙視一下自己。

送走林維得後，劉春抖著手裡的那張銀票跳腳破口大罵。

以後再去找劉春，得到的答案要麼是「公務繁忙」，要麼是「貴體不適」。葉世谷足足在劉府外等了一個多時辰，等得尿急，又不敢離開，雙腳交叉著在原地跳躍，後來實在忍不住了，掉頭尋個茅廁方便一下，又回來守候，還是不見劉春蹤影，大概是趁著他方便的功夫閃開了。

林維得心知自己莽撞，惹得劉春生氣，只好一切重頭再來。由林維得、葉世谷、製茶大師傅張炳燦及建祥號兩個負責人組成的萬畝茶園承包攻關組每天晚上都在大廳裡商討承包策略，所論之事無非是如何多方奔走門路，疏通關節。

劉春已被接到玉樓春別墅小住，飲食起居被侍候得像皇帝那樣舒適，台南臺北的各樣精美菜肴都被搜集前來，每日花樣翻新。各類古董擺在劉春面前任意挑選。四抬大轎隨時準備抬著知縣大人到處遊山玩水，加以鶯聲燕語陪伴。

至於疏通工作，由錢師爺全權代表。錢師爺與林府人員講斤論兩，討價還價，傳遞資訊。錢師爺道：「陳士銀與許知府有麵線親，他緊抱住許知府大腿不放，還在許知府面前說了一大籮筐我們知縣大人與你們林家的壞話。我們知縣大人有心幫你們，但難度實在太大。」錢師爺入幕多年，哄、嚇、騙各種手段早煉得爐火純青。

林維得明白錢師爺的意思，疏通許知府的難度越大，給知縣大人和錢師爺的酬勞就必須越多。因此每晚籌議給各方的「辛苦錢」討價還價就特別激烈，上至許知府的管家、師爺、幕僚，下至門敬、伙夫，各有各的價錢。經過錢師爺多方索要和林家的折衷磋商，最後議定價碼。錢師爺說：「這一回上上下下都要銀子來打點，絕不能再少一文了。」沒有辦法，林家只得如數認了。

第一次交付「辛苦錢」，為了掩人耳目，由林維得夫人和錢師爺的太太假裝到寺廟上香，林夫人將一個大食盒遞給錢師爺的太太。

「好了，這份賠罪的見面禮總算送出去了。」葉世谷長長吁出了一口氣。

據說，陳家那邊放出話來，說陳家也不是好惹的，誰敢做初一，陳家就敢做十五。

再過五天就要決定那萬畝茶園的命運了，這塊肥肉，林家為之焦灼並努力了這麼久，能否順利得到，還是個未知數。

眼見局勢緊張，劉春派人給葉世谷傳話了，說現在林家和陳家都志在必得，兩虎相鬥必有一傷，你們就不要爭來爭去了，和氣生財嘛。這樣吧，如果陳家退出，你們支付五萬兩損失費給他們；或者你們退出，我負責給陳家做思想工作，讓他們支付一萬兩損失費給你們，這樣公平吧？」

葉世谷不敢自作主張，表示要請示東家。

傳話的人說，沒時間再磨蹭了，你們明天早上就要答覆我們大人，否則，吃虧的是你們，真的，大人是為了你們兩家好，才勉為其難出來幫你們說話的。

林維得原本在茶葉加工廠監督，馬上從茶葉加工廠趕回來，滿腹牢騷無從發洩：「劉春什麼玩意兒，講個話還要派人在中間傳來傳去的，他象棋倒是下得好啊，自古將不見帥。」

葉世谷幾人，肚子餓得咕嘟響，都不敢走開，等著東家做最後的決策。在等待林維得之際，幾個人初步形成一個意見，就是找中間人壓價，將給予陳家的損失費壓到最低，也許能解決問題。

林維得表示贊成：「我看這樣很好。但價碼要壓到什麼程度呢？該死的陳家，腳趾頭動都不用動，就可以吞掉一大筆錢。可我們已經努力了這麼久，要我們退出，實在不甘心。」

葉世谷見東家不願意讓陳家敲骨吸髓，說：「給陳家三萬兩銀子就不錯了，他們太囂張了，不理他們。」

林維得皺著眉頭說：「陳家的胃口絕對不會這麼小，我看五萬兩銀子也未必餵得飽他們。」

大家面面相覷，不敢吱聲。

林維得見手下幾個人都把目光投向自己，突然間就火了：「如果什麼事都要我拿主意，我叫你們來幹什麼？」

葉世谷壯起膽子說：「給中間人一萬兩，給陳家四萬兩，這樣會好一些。中間人得了好處，自然會為我們說話；如果把所有的銀子都給了陳家，反而沒有好結果，陳家會堅持漫天要價。」

林維得道，好，就這樣辦。不過你傳話的時候，就說這是你自己拿的主意，不要說是我們建祥號商量的。

各路齊頭並進，在臨招標前幾天，錢師爺和林府討價還價十分激烈，時常談到三更半夜。這次數額巨大，議定之後，錢師爺道：「二爺，我這也是盡力而為，成與不成，要看老天爺高興不高興及貴府的運氣，你知道，陳家也在積極行動。我告訴你，你在上交標底的時候，用左手摁一下你的額頭，如果劉大人將眼鏡向上微掀，就表示事成。若劉大人毫無動作，就說明陳家成功了，咱們的見面禮打了水漂，那只能怨天。」

林維得道：「錢師爺，這個道理我明白。願賭服輸，天下沒有包掙錢的買賣。你放心好了。」

第九章 鹿死誰手

大買辦康顯榮在競標會上用不正當手段爭取到了統領全台鹽務，不料資金周轉困難，萬般無奈之下只好找林維源合作。

那邊萬畝茶園承包的事還亂著，統領全台鹽務競標的日子卻到了。知府衙門大院裡人滿為患，絲綢業的大掌櫃錢先隆老闆、茶葉大王陳士銀老闆、樟腦業龍頭老大蔡南生老闆等商業巨鱷均在座，滿面春風互相抱拳致意，彼此詢問近況：「兄台，最近在哪裡發財呀？」

錢老闆面如彌勒方面闊耳，一身綢衫嶄新炫目。他壓低聲音湊近林維源的耳朵：「林老闆，你看今日究竟鹿死誰手呀？」

林維源忙道：「本人不敢妄斷，在座都是臺灣腰纏萬貫之輩，鹿死誰手實在難以預料。不過我看錢老闆財大氣粗，精明能幹，實在很有勝出的希望。」

錢老闆哈哈大笑：「林老闆，你一張嘴比抹了蜜還甜，雖然你這句話狡猾得很，但老夫愛聽。」

精瘦的康顯榮坐在右首，他有些緊張地掃視著在座的同仁，估摸著哪一個人會成為自己最強大的對手，一邊想著親家透露給自己的標底要加上多少才有勝算。

大院裡人聲鼎沸，忽聽一聲報：「知府大人到！」大院裡頓時安靜下來，許知府沉穩地走到主位就座。他今天穿了一件新的補服，頭上的紅頂子鮮豔奪目，不怒自威。

「鹽務關係民生大計，由於私鹽猖獗，官府決定招攬代理商統領全台鹽務。承蒙各位熱心前來捧場，本府本著公平公正公開的原則，當堂競標開標，看誰每年上交官府的稅銀多，誰就獲勝。現在競標開始，給你們兩刻鐘時間寫上你們的名字與標底，兩刻鐘後當堂開標。」

氣氛霎時緊張起來，眾商各就各位，執起筆來眉頭緊鎖宛若筆下千斤。有的塗塗抹抹，塗了再抹，抹了再塗；有的與親信交頭接耳竊竊私語；有的伸長脖頸試圖想看些什麼，一遇上許知府威嚴的目光趕緊把脖頸放短；有的一會兒坐下一會兒站起坐立不安。

林維源估計康顯榮志在必得可能會填上一個令人可望而不可及的天文數字，他咬咬牙，揮筆填上二十七萬兩，其實這個數字已經無甚利潤可圖，他想了想，塗掉，換成二十五萬兩。抬起頭，正迎上康顯榮的目光也正往他這邊掃來，一雙眼睛深不可測。林維源心裡打鼓，覺得二十五萬實在不保險，一橫心，又將數字改回二十七萬兩。主意已定，索性將紙團起來，決心不再更改。再放眼望去，同仁還是抓耳撓腮冥思苦想。是呀，這麼一大宗買賣，誰不想盡力將蛋糕一舉捧回家裡？

此時師爺大聲唱道：「時間到，請各位交上標底。」

衙役將眾商標底用一個大紅盤子一一收齊。所有人的心臟都咚咚亂跳，好似鼓槌敲鼓一般，不知究竟鹿死誰手。

師爺唱道：「朱百燦老闆，二十一萬兩。」

眾人屏息凝神。

師爺又唱：「錢先隆老闆，二十六萬兩。」此數字之高，眾人一片喧嘩。有人神經質地雙手合十默念：「菩薩保佑，菩薩保佑……」

師爺再唱：「陳士銀老闆，十八萬兩。」眾人一片笑聲，陳士銀漲紅了臉，辯解道：「諸位莫笑，你們標價那麼高，即使贏得這宗大買賣，恐怕也獲利無幾。」

許知府不悅道：「肅靜。」

師爺繼續拖長了腔唱道：「……」

唱了十一個，林維源的心一直提在嗓子眼那邊，他聽到了自己的名字：「林維源老闆，二十七萬兩。」眾人沸騰起來，均以為此次競標當是林維源贏得，歎息之聲羨慕之聲皆有之。林維源悄悄地瞥了康顯榮一眼，只見康顯榮面不改色，端著茶杯正在從容品茶。林維源心一沉：「糟糕，壞事了。」

果不其然，師爺最後高聲唱道：「康顯榮老闆。」師爺故意頓了頓，所有人的胃口都被吊了起來，急切地想知道後面的答案。師爺瞟了標紙一眼，上面寫著二十五萬兩，他清了清喉嚨：「康老闆，二十七萬零一百兩。」旁邊監督唱標的新莊縣太爺眼皮一跳，心想這師爺好大膽，眾目睽睽之下竟敢當眾作弊，轉念一想，一個師爺何來這麼大的膽量？師爺敢這麼做，必定是經過知府大人的默許。張縣官含笑看了看知府大人，再次強調：「康老闆，二十七萬零一百兩！」

眾人先是驚呆了，隨後叫好之聲不絕：「高啊！康老闆如諸葛再世，神機妙算！只比第二標超出一百兩，又拔得頭籌，妙哉！妙哉！」祝賀之聲不絕於耳。

康顯榮興奮得滿面紅光：「承讓，承讓！改日鄙人做東，敬請各位賞臉！」

接下來當場簽訂與官府的協議。眼見康顯榮拿著朱紅大筆簽下名字，林維源站在偏僻一隅，臉上一片失意惆悵之色。這時許知府趁亂走了過來，壓低聲音對林維源道：「林老闆，內人很喜歡你送給她的玻璃彩珠，託我向你說一聲謝謝，本官改日設宴請你。」

林維源連忙強打笑臉：「區區玻璃彩珠，何足掛齒。大人您太客氣了。」

許知府打著哈哈走了。站在一旁的呂世宜氣憤填膺：「玻璃彩珠？虧他說得出口。沒想到許知府這麼黑，三萬兩銀子的寶石照單全收還面不改色，真是吃人不吐骨頭！」

林維源喝斥道：「你瞎嚷嚷什麼？給我小聲點！玻璃彩珠可是我們自己說的，你能怪人家什麼？肉包子打狗有去無回，咱們只能打落牙齒往下吞，你還想怎樣？」

呂世宜憋紅了一張臉：「東家，我就是嚥不下這口氣。你看，輪到最後一個才唱康顯榮的標底，這裡面肯定有貓膩。」

林維源苦笑：「就你看得出怎麼回事嗎？可惜啊，誰叫我們跟知府大人不是兒女親家。」

回府路上，林維源一路告誡：「呂管事，忍字心頭一把刀，你心裡怎麼想沒關係，但一定要把想法爛在肚子裡，千萬不要到處風言風語亂說什麼。你如果亂嚼舌頭，最終倒楣的是自己。記住，病人從不要跟郎中打鬥，你還指望郎中給你下藥呢，你惹惱了郎中，還能有什麼好藥吃？」

呂世宜還是不服氣，回到自己房裡喝悶酒，指葫蘆罵冬瓜，喝了半個時辰罵了半個時辰，直罵得舌頭發麻。他娘子王氏將他弄到床上，脫下他那雙臭哄哄的鞋子，掩鼻嗔道：「到底是誰惹夫君如此不痛快，值得你罵他半個時辰！」次日呂世宜醒來，娘子道：「以後給我少喝酒罷。酒這東

西，過量則傷脾胃，亂性情。看看你，面紅目赤，嘴巴發臭，連小便都是刺鼻的酒精味，罵起人來不知天高地厚。」

呂世宜酒醉過後全身酸軟無力，他貧嘴道：「娘子此言差矣，酒這東西可活血脈，暖身體，壯精神，況且一醉解千愁，我真願長醉不醒了。」

那邊，康顯榮帶了一箱碼得整整齊齊的銀子上張縣太爺府上答謝：「張大人，末商此次競標能拔得頭籌，全賴大人鼎力相助，」他將那箱銀子往前推了推：「區區三千兩銀子不成敬意，請笑納。」

張縣官不滿地瞟了瞟箱子，皮笑肉不笑地開口道：「我出手助你，是看在知府大人的面上。不過，統領全台鹽務，一年獲利不知要有幾千金，三千兩銀子豈不是九牛一毛？」

康顯榮倒吸了一口冷氣，沒想到自己碰到了一隻貪得無厭的黑手，他賠笑道：「末商真心感謝張大人。只是全台鹽務稅賦高達二十七萬一百兩，末商實在是心有餘而力不足！」

張縣官冷笑一聲：「早知如此，還不如讓林維源來統領全台鹽務好些！」

康顯榮急得冒出了一身冷汗：「大人出手相助，末商永遠銘記在心，每年鹽務結帳，末商必定前來感謝大人。」

張縣官哼了一聲，不置可否。

從張縣官府上出來，原本興沖沖的康顯榮彷彿掉進了冰窖裡。縣官老爺獅子大開口，明擺著是一個填不完的無底洞，這可如何是好。他吩咐轎夫拐進知府府裡，一見親家的面就訴苦：「親家大人，那張縣官是個刺頭兒，不好剃頭啊。送給他三千兩銀子，人家根本沒放在眼裡。他如果開口要我鹽務獲利的一成，我也難以回絕。我剛從他府上坐了冷板凳回來。」

許知府不悅道：「力所能及的事我都替你做了，你還要我怎的？要怪就怪你自己，你要是有真本事，靠自己競標成功，也不至於讓他鑽了空子。」

康顯榮見親家不悅，急忙檢討：「是，是，都怪我自己不爭氣。這次康家能競標成功，全仰仗親家大人。今天已經晚了，明日我宴請親家大人。往後每年我會將鹽務獲利的兩成送過來。」

許知府擺擺手：「親家這樣說就見外了，我不會收納的。不過，要是臺灣碰上天災，如地震雨澇什麼的，那就非親家帶頭捐輸不可。」

康顯榮心中暗暗叫苦。

轉眼到了年底，康顯榮經營了三個月，拿著管事給的帳本一看：「怎麼，總獲利才七萬兩銀子？」康顯榮怒氣沖沖地把帳本擲在地上：「到底怎麼回事？人家都說我搶到了一塊大肥肉，見了我都紅著眼，恨不得撲上來咬一口。這下倒好，按三個月獲利七萬兩的速度，一年淨賺二十八萬兩剛好只夠交賦稅，我拿什麼來墊付工人的工錢？我拿什麼去餵張縣官的那張大嘴？我要怎麼跟親家交代？」

管事誠惶誠恐：「老爺，其實搞鹽務是完全能夠獲利的。只不過，我們流動資金不足，加上經營面太廣，人手不足，因此給私鹽販子可乘之機，生意起碼讓私鹽販子搶走了三分之一。要是我們手頭有足夠的流動資金，把生意從私鹽販子手中搶回來，那我敢保證年底交完標銀後獲利十萬兩銀子不成問題。」

康顯榮眉頭緊鎖：「能用上的流動資金我已全部用上了，還要我怎樣？」

管事大著膽子將自己的想法說了出來：「老爺，以前林維源老闆不是曾經建議由兩家來統領全台鹽務嗎？這是個很好的主意。請老爺定奪。」

康顯榮怒斥道：「狗嘴裡吐不出象牙！到嘴的肥肉還要吐出來分給別人，真是豬腦袋！我寧願上錢莊借高利貸，也不會與林維源聯手，便宜了那老傢伙！」

管事悻悻地不敢再做聲。這位老夫子生性唯唯諾諾，一片樹葉掉下來都怕打破腦袋。

年關了，到處喜氣洋洋張燈結綵。康顯榮滿腹心事，他一直不敢前去張縣官府裡拜早年，可又不得不去拜他，要是對張縣官說他做鹽務全無獲利，張縣官斷然不信，會認為他在哭窮。可要是拿出像樣的禮銀來，對他實在如剜肉之痛。康顯榮左思右想，想不出一個囫圇主意來辦妥這事，有時心一橫想上錢莊貸款，回頭一算起那剜人肉的利息，康顯榮就嚇得雙腿直打擺子。

農曆二十八晚上，康顯榮硬著頭皮來到張縣官府上，獻上了五千兩銀子。張縣官猶自不滿意，他輕飄飄地吹了吹浮在茶杯上的茶末：「康老闆，你發了大財，這五千兩銀子恐怕是你身上拔下來的一根寒毛吧！」

康顯榮哭喪著臉申辯道：「大人明察。末商實在已經盡力。待來年生意稍有起色，定當多加孝敬。」

張縣官冷笑一聲：「我說康老闆，你別像老寡婦死了兒子，整天哭喪著一張老臉。我還想看張笑臉圖個吉利呢。希望康老闆明年能發大財。送客！」

康顯榮像隻落水狗一樣被攆了出來，心裡實在不是滋味。一路上很多人家都滅了油燈，參差不齊的房子黑濛濛的像怪獸聳立。康顯榮強打精神拜訪了親家，許知府一見他的面，興沖沖地拉著他的手：「親家，你來得正好，今年冬旱，開春過後百姓無錢播種，你來捐輸個萬兒八千的！」

康顯榮一聽頭「嗡」地一聲大了，吶吶地說不出話來。

康顯榮回到家裡看什麼都不順眼，指東罵西，踢貓打狗，之後一頭紮到床上，用被子矇住臉。夫人聞聽老爺回家後莫名其妙地大發脾氣，趕緊過來看看究竟。她問長隨阿闊：「大過年的，老爺為什麼不高興？」

阿闊委屈道：「還不是各路神仙都伸手朝老爺要銀子？老爺心情不好，奴才也跟著倒楣，咱剛才勸老爺起來洗把臉吃點東西，挨了老爺兩記窩心腳。」

夫人過去搖了搖康顯榮的胳膊：「老爺，你起來吃點吧！沒有過不去的坎，咱先把這個年歡歡喜喜地過了再說！」

康顯榮霍地坐了起來：「你說得倒輕巧！誰都要朝我伸手，老子上哪兒弄銀子去？我借高利貸的心都有！」

夫人嚇得面無血色：「老爺，萬萬不可！高利貸是隻吸血鬼，咱們好不容易積攢起這些家業，千萬不要敗在自己手上！」

康顯榮嚷道：「不借高利貸還能怎的？我們流動資金不足，私鹽販子趁虛而入，生意起碼讓私鹽販子搶走了三分之一，獲利僅夠交足賦稅，哪來的銀子孝敬各路神仙？」

夫人勸道：「師爺不是早就給你指了一條路嗎？是你自己心胸狹窄，既不想讓別人分一杯羹，又擱不下臉面，害怕人家笑話。你要是想通了，跟林老闆一說，他哪有不樂意的？事情不是很容易就解決了嗎？我看你哪，完全是自尋煩惱。」

康顯榮被夫人這麼一說，有些下不了臺階，他揮了揮手：「去去去，女人家懂什麼！」這個年康顯榮不好過。到底是到錢莊借高利貸，還是找林維源聯手，兩個主意從早到晚整日在他腦袋瓜裡爭鬥，攪得他頭痛欲裂。他推掉了許多應酬，連新春商會的宴會也推辭了，躲在家裡喝悶酒。夫人為了寬他的心，好菜堆了滿滿一桌：薑蔥蟹黃、白灼響螺片、蠔油淋蝦仁、煲仔魚丸、人蔘黃芪鮑魚湯等等不一而足，都是他平時愛吃的海味。康顯榮伸出筷子欲夾，突然眉頭一皺，又將筷子縮回來。夫人關切地問道：「老爺，這些都是你最愛吃的，為何不動筷子？」

康顯榮長歎道：「李白說得好啊，停杯投箸不能食，拔劍四顧心茫然啊。這種心境，你們女人家哪裡能懂？」

初六，康顯榮整了一副簇新的行頭，前去拜見從事絲綢業的錢老闆。

錢老闆取笑道：「顯榮兄身體不適嗎？怎麼連商會的新春宴請都沒參加？」

康顯榮乾笑：「鄙人身體倒是健壯，只是統領全台鹽務資金周轉不靈，所以愁得過不好年。今日冒昧開口，不知錢老闆能否借給我十萬兩銀子周轉周轉？」

錢老闆哈哈大笑：「我是個粗人，說話不會拐彎抹角，請你見諒。大家都知道生意人有一兩銀子都要用在生意上，你要是真想借銀子，何不上我的錢莊借去？每月二文錢利息計算，已經給兄台最大優惠，別人來借均是每月三文錢利息。」

康顯榮碰了釘子，皺了皺眉頭。

錢老闆見狀，嬉皮笑臉地開了口：「你要是嫌利息重，那咱們兩人合夥幹怎麼樣？我投一半資金，咱們五五分成。」

康顯榮搪塞道：「事關重大，容老夫回家和幾個犬子商量商量。」說心裡話，康顯榮絕不願與錢老闆合作。錢老闆為人霸氣，鐵算盤打得精刮響，要真找個人合作，還不如找林維源，林維源為人大度，是最理想的合作夥伴。令康顯榮不甘的是，林維源發家之猛本已讓人又妒又羨，若招他同領全台鹽務豈不是讓他如虎添翼？不行，不能讓他撿這個大便宜。那全台鹽務這麼大的攤子，誰有能力來幫忙料理呢？

這日，康家父子再次議起這件頭痛之事，康禮成說：「爹，不然招柯人初一起做吧，他家財力雄厚，可以撐我們一把。」

康顯榮連連擺手：「不行，柯人初是個好好先生，不適合做生意，你等著看好了，他的家業遲早會被人騙光。」

「那朱智敬怎麼樣？」

「朱智敬為人精明，好是好，可他拿得出這麼多銀子嗎？」

康禮成一連推了七八個人選，都被阿爹一一否定。有一個名字徘徊在康禮成舌尖上很久了，他不敢貿然說出，怕惹得阿爹勃然大怒，上次管事提到林維源，阿爹目露凶光，劍一般地逼視了管事許久，嚇得管事忙道：「老爺，算我沒說。」其實康禮成知道阿爹心頭也繞不過這個人，只是於心不甘而已——那就是林維源。

就這樣拖了數月，康顯榮實在無力獨撐危局，他的頭髮兩個月內已白了一大半。

康禮成小心翼翼道：「爹，我看咱們真的該找個合作夥伴了。」

康顯榮問道：「你物色到新的人選嗎？」

康禮成躊躇了半晌，鼓起勇氣道：「林維源。」

康顯榮沉默了。

康禮成心頭大喜，比起阿爹幾個月前的暴怒，現在的沉默就意味著阿爹妥協了。他試探道：「那我叫管事去投帖，找林老闆商量一下這件事？」

康顯榮有氣無力地揮了揮手：「去吧。」

康禮成招手叫管事過來：「把老爺的名帖投到林維源府上，我阿爹要上林府一趟。」

管事喜出望外：「少爺，老爺想通了？」

康顯榮瞪了他一眼：「叫你去你就去，哪來這麼多廢話？」

管事樂顛顛地去了。

康顯榮來到林維源府上，只見林府場地開闊，主屋是綠釉琉璃瓦，側屋有長廊相連，長廊兩側是西洋風格的雕欄，廊頂繪有精美的幾何圖案。整個林府曲徑通幽，處處可見高大的闊葉或扇葉林木，蟹爪菊蝴蝶蘭爭奇鬥豔，香氣襲人。樹上還掛著紅燈籠，猶自沉浸在過年的喜慶裡。

林維源聞聽康顯榮來訪，不動聲色對爾嘉道：「你看，不出阿爹所料，康顯榮果然來了！」他整了整衣衫快步迎出：「貴客貴客！什麼風把顯榮兄吹來了！」一面命人往花梨石面五足圓花几上擺糕點。只見那花几腿足和几面為雙劈料仿竹製，几面下部由一變體「五合如意」透雕飾件與外撇的五足相連，康顯榮一眼認出這是花几中精品。

康顯榮一屁股坐到太師椅上，將腳蹺到紫檀琺瑯面腳踏上，他留心到腳踏面心鑲著掐絲琺瑯銅板，是「拐子」形腿足，上面有變體如意紋樣。他苦笑道：「還是林老闆日子過得舒心啊。實不相瞞，我欲找林老闆助一臂之力呀。」當下把資金周轉不靈讓私鹽販子搶走三分之一生意的窘況娓娓道來。

林維源早有耳聞，不動聲色地聽著。康顯榮繼續道：「林老闆，我現在總算明白有多大胃口就吃多少飯的道理。思來想去，還是你我二人聯手來統領鹽務，年終獲利三七分成，你三我七，你看如何？」

林維源爽快地答應了：「好！承蒙顯榮兄看得起林某，具體事務我們明天再辦，先叫上帳房核實帳簿，然後再商量我該支出多少銀子。來，今天我們坐下來痛痛快快喝幾杯，預祝我們合作愉快，新年新氣象！」

康顯榮一顆石頭落地，笑容如秋後菊花，開懷暢飲。

待康顯榮走後，林爾嘉埋怨道：「阿爹，你怎麼答應得這麼爽快？康顯榮這個人情送得未免遲了些！想當初他是怎麼糊弄我們的？要是我，我要痛打落水狗，先羞辱他一番再說！」

林維源擺擺手：「你不要小孩子見識。所謂和氣生財，這樣以後才能合作愉快。你現在要是逞一時之快羞辱他，他心懷怨懟，說不定橫生枝節，好事又要泡湯；或者他以後存心在帳面上做手腳，你防不勝防。咱們坦誠相見，他必感激在心，以後萬事必定一帆風順。況且，康顯榮不去找別人合作，只找上我們，對我們來說，已經是一張紙畫個鼻子，天大的臉面了。做人要懂得知足。」

一番話說得林爾嘉嘆服不已連連點頭：「阿爹，你的胸襟實在非孩兒能比，孩兒慚愧！」

林維源笑道：「難得你說出一句服軟的話來。阿叔只不過是經歷的風浪比你們多，想得比你們長遠一些，因此懂得心平氣和待人。記住，為人切不可心浮氣躁，那樣生意遲早會敗在自己手

中。」

此時喜訊已傳遍林府上下，全府歡騰，惟有林維得為了那萬畝茶園承包的事吊著一顆心。

第十章 一場豪賭

林維得競標萬畝茶園成功，氣急敗壞的陳士銀路遇林宜雲，仇舊新恨一起湧上心頭，怒氣沖沖走了過來：「莊夫人，好久不見，你好啊！」

林宜雲甚是尷尬，低了頭道：「士銀，我對不起你，可我也是身不由己，你要原諒我！」

陳士銀淒然一笑：「我哪有原諒你的資格？我只不過是一個任人宰割的角色罷了，心上人被人搶走，茶園也被人搶走，什麼也保不住！」

林維得望見陳士銀滿臉怒容盯著他，林維得不想生事，低聲吩咐：「速速起轎。」陳士銀卻追了過來，用手壓住轎杠，挑釁地望著林維得，高聲叫道：「二公子，我們來一場豪賭如何？」

陳士銀賭輸，林維得大度地放過了陳士銀。林維源甚是欣慰：沒想到一眨眼間，昔日頑皮的弟弟今日也能獨當一面了！

林維得還是擔心陳家收了損失費後不守信用出來搗鬼，在競標那一天特意留了個心眼，叫人在接近衙門的路上把守，如果陳家人出現，就趕緊設法攔住他們以拖延時間。

劉春宣佈競標開始。陳家的人還沒有出現，林維得心上的那塊大石頭終於落了下來。

競標會上，十幾個不知深淺的茶商也在那裡跟林家競爭，林維得暗笑。雖是如此，林維得交上標底時手不免微微顫抖，一想到努力多日謎底即將揭曉，他忐忑不安地抬起左手摁了摁自己的額頭。只見劉大人此時把眼鏡微微往上抬了一抬。林維得狂喜，心知見面禮發生了效力沒有打水漂。

正宣佈林家得標時，陳士銀大汗淋漓闖了進來，林維得一顆心頓時高高揪起，氣氛緊張起來，劉大人微笑道：「陳老闆，你來遲了！」眼見木已成舟，陳士銀對著林維得破口大罵：「姓林的，我們走著瞧！」

就在林家準備狂歡慶祝時，錢師爺滿臉晦氣走了進來，埋怨道：「壞事了。縣丞生事，捅到兵備道劉璈大人那裡了。這個縣丞，是劉璈的路線，聞聽林家上下打點，卻沒有打點到他頭上，他一吃醋，就使了一絆子，劉璈大人過問了此事，可能還會重新招標。」

全府人被迎頭澆了一盆冷水。葉世谷埋怨道：「我們託你辦事，你怎麼遺漏了這樣一位關鍵人物？」

錢師爺臉一黑：「這個縣丞，平日裡不顯山不露水，誰知道他是劉大人那一線的？說到底還不是你們小氣，每次跟你們商議給各位人物的辛苦錢，你們都要大砍一筆，死命捂住腰包，要是當初慷慨一點，府衙裡人人一份辛苦錢，何至於今日半路殺出個程咬金？」錢師爺其實心裡也後悔自己太貪，林家給他的份額足以讓他撥出小小的一份來擺平這個縣丞，原想也送這個縣丞一份的，但他想著小小一個縣丞哪能翻出什麼大浪？因此不送。沒想到真的出事了，搞不好先前吞下去的還要全部吐出來。但現在怎能承認自己的失誤？他一味把責任往林家身上推。

林爾昌嚷道，難不成林家的錢是搶來的，要漫天揮灑不成？

林爾康抱怨道：「這個縣丞也真是小人，事前不說，他若說了，我們林家也不是小氣的；如今等到事後才來使絆子，實在可恨。」

眼看天突然破了這麼一個大窟窿，林維得心知現在不是埋怨的時候，他雖然著急，卻不甚慌張，銀錢這東西，能殺人也能活人，自古以來錢是人的膽，他有的是膽。當務之急的是如何著手補救。一定要阻止重新競標的事發生，否則前功盡棄，一切得重頭再來，一張皮被反復揭個三番五次，最終就要揭到血淋淋的肉。目前只有一個法子，就是轉移劉璈的注意力，就好像一個獵人見了一頭肥牛就會暫時忘記了小羊一樣。正急得沒法子，天遂人願，彰化生番作亂，劉璈前去坐鎮，交代手下過問茶園一事。林維得大喜，只要不是面對劉璈本人，那事情就好辦些。

很快地，林維得看著數千個女工在茶園裡巧手翻飛採茶，他臉上露出了滿意的微笑。而劉春，捂著鼓鼓囊囊的口袋回福建安溪任職去了。

林維得帶著管事一干人馬從茶園出來，瞧見一頂轎子，轎夫看著眼熟，原來是堂姐林宜雲回娘家。姐弟二人正在寒喧，陳士銀新仇舊恨一起湧上心頭，怒氣沖沖走了過來：「莊夫人，好久不見，你好啊！」

林宜雲甚是尷尬，低了頭道：「士銀，我對不起你，可我也是身不由己，你要原諒我！」

陳士銀淒然一笑：「我哪有原諒你的資格？我只不過是一個任人宰割的角色罷了，心上人被人搶走，茶園也被人搶走，什麼也保不住！」

林維得望見陳士銀滿臉怒容盯著他，林維得不想生事，低聲吩咐：「速速起轎。」陳士銀卻追

了過來，用手壓住轎杠，挑釁地望著林維得，高聲叫道：「二公子，我們來一場豪賭如何？」

林維得只得問道：「如何個賭法？」

「咱們擲骰子，每人有三次機會，以點子數最大者為贏。若我贏了，你姐姐就離開那姓莊的來嫁我，再將這萬畝茶園承包權還給我；若我輸了，我將隆昌老字號總店盤給你，我陳士銀從此在茶界金盆洗手，你看如何？」陳士銀經營茶葉之餘，生平最大嗜好就是賭博，骰子在他手裡猶如棋子任他拿捏，他自信此賭必贏。管家急得扯他的袖子：「老爺三思，萬萬不可孤注一擲，萬一輸了，後果不堪設想！此次競標輸與林家那小子，日後想辦法慢慢與他鬥便是了！」

陳士銀惱怒地一拂衣袖，低聲喝斥道：「無需你多嘴！」管家委屈地閉上了嘴巴。

林宜雲連道：「荒謬之極！維得，你莫理他，此舉萬萬不可！」

林維得觀那陳士銀，兩眼圈滿血絲，猶如一個輸紅了眼的賭徒。正沉吟間，陳士銀嘲諷道：「敢情林二公子沒有這樣的膽量了？」說罷放肆地大笑起來。

林維得從容道：「你不必用激將法，我與你賭便是。不要說萬畝茶園承包權，十萬畝茶園的承包權我也輸得起。有何不敢與你賭的？」林維得下此決心並非一時意氣用事。他也曾涉足賭場，輸過幾次便戒了。那些擲骰子的，在賭場裡吆五喝六，輸錢的在那裡喚字叫背，有那輸紅了眼的，脫衣典裳，褫巾剝襪，也要去翻本，廢了事業，忘了寢食。那贏的，意氣揚揚，東擺西搖，南闖北踅的尋桌再賭，身邊便袋裡，搭膊裡，衣袖裡，都是銀錢。到後捉本算帳，原來贏的並不多，贏的都被把梢的、放囊的，拈了大頭去。可見賭博實在不是好東西。林維得觀那賭徒，之所以越賭越輸，全是因為輸了錢亂了心性的緣故。賭博講究個氣場，自己剛贏得那萬畝茶園承包權，正是吉星高照之際，手氣正旺，怕這陳士銀做甚？拼了一口氣，也不能在場面上被陳士銀鎮住。

站在一旁的葉世谷低聲道：「二爺，不可賭。咱們費了老大的勁兒才爭取到這萬畝茶園承包權，萬一賭輸了，正中陳士銀的圈套。二爺，切切不可賭。」

林維得笑道：「謝謝先生提醒。先生一生謹慎，我林維得卻性喜冒險，大起大落是人生一大快事。再說了，你瞧那陳士銀的神色，我不賭能行嗎？好罷，準備開賭！」

林宜雲羞氣交加：「你們要賭就賭，別把我扯進來！」她一甩袖子回林府去了。

雙方隨從都為主家捏了一把汗，又想看看這八輩子難得一見的豪賭場面，於是各擁著主家到了賭館。

賭館老闆見來了大戶，連忙將館中那副最精緻的碧玉骰子從錦盒中小心翼翼取了出來。

陳士銀挑了南邊坐下，以他經驗，自己坐在南邊十賭九贏。林維得隨意在陳士銀對面坐了，「誰先搖？」

「你年紀輕，我讓你一把，你先。」陳士銀道。

林維得也不謙讓，拿起筒子上下左右一番搖晃，終於搖定了放到桌面，掀開一看，是十九點。這個成績中等偏上，林府家丁一陣喝彩。

陳士銀閉氣凝神搖後掀開：二十點。陳家的家丁把手掌都拍痛了。葉世谷不安地看了二爺一眼，林維得安慰他道：「不必著急。不是有三次機會嗎？」

林維得第二次搖出了個二十八點！眾看客眼睛瞪得滾圓，這個數字接近天牌！

陳士銀的手有些發抖，腦門上沁出豆大汗珠。他的嘴唇一點點慘白起來：哼，這個東西！我玩

了幾十年了，還能難倒我不成！」

旁邊的看客正同賭場上的兩人一樣，閃著緊張的目光，盯著兩人手中的骰子，隨著場上兩人的忽喜忽悲，激動著自己的心情，時而失聲地歎氣，時而得意地叫好。

陳士銀突然聳聳鼻管，彷彿嗅到了有誰散發出異味的模樣，手中遲遲不落定，眾人的心被懸久了，想催促快呀快呀，又不敢聲張。陳士銀的骰子終於落定：也是二十八點！陳家家丁爆發出一陣歡呼。陳士銀浮腫的眼睛霎時放大了，這時，他額上的汗成串地滴了下來。

葉世谷一陣暈眩。第一局陳老闆贏，第二局打成平手，二爺幾乎沒有贏的勝算。他本想強撐下去看看結果，心臟卻一陣猛烈抽動，雙腿發軟，只好叫一個家丁扶著他到後室休息。林維得感到皮膚有些發麻，彷彿有一道無形的柵欄將自己夾緊。他抬頭看了一眼陳士銀，陳士銀正洋洋得意地微笑著，食指和中指輕輕夾著一根煙，彷彿對手在劫難逃的模樣。

第三局開始，場上氣氛越發緊張起來，只覺連呼吸都有些困難。林維得定了定神，環視一眼眾人，只見個個把眼睛瞪得比銅鈴還大，有一個家丁臉上落了隻蒼蠅也不曉得趕。林維得有些不安起來，勝敗在天，只能靠上天保佑自己手氣旺些。他拿起骰筒用力搖了幾搖，落定，揭開一看，他身後的人都倒吸了一口涼氣：只有八點！林家家丁個個滿臉沮喪，而對面陳士銀那夥人則一個個露出幸災樂禍的神情。

陳士銀的管家眉開眼笑：「老爺！你隨便搖一個，都能贏過他！」身後家丁齊聲吼道：「老爺包準贏！」陳士銀深不可測地笑了笑，他朝手心吐了口唾沫，雙手搓了搓，心中默念道：「菩薩保佑！菩薩保佑！今日若勝了此局，必給菩薩重塑金身，常年供奉香火不斷！他恭敬地雙手拿起骰筒，搖了許久，總感覺不對，不肯輕易放下；再搖了數次，心想，就是這樣了，成敗在此一舉，慢慢將骰筒落定在桌上，清脆的骰子聲倏然而止。只見他緩緩揭開一條縫，臉色突然變得慘白，整個人呆若木雞：只有六點！原來這骰子雖無知覺，卻極有靈通，最是跟著人意興走的。陳士銀在競標場上輸與林維得，一團銳氣已自餒了十分，更見那林維得雄赳赳意氣風發，陳士銀氣勢被他壓了去，心裡忙亂，因此一擲大敗。

旁邊陳士銀的管家眼尖，看了個真切，趁骰筒尚未完全揭開，突然朝蹲在自己腳下的那隻肥胖花貓尾巴上狠命踩了一下，花貓陡然受痛，「喵嗚」銳叫一聲弓起身子猛地躥到賭桌上，將骰筒一把掃翻，六只骰子骨碌碌滾了一地。賭館老闆心疼得如割肉一般，趴在地上撅著屁股一陣好找。

林府家丁齊叫道：「耍賴！抽老千！明明是你們輸了！」

陳家那邊應道：「你們血口噴人！明明是意外，把骰子撿起來再搖一回！」

林家那邊哪肯答應？吵嚷之間眼看就要動起手來。忽聽陳士銀仰天發出一陣類似野獸受傷後的狂嘯：「不要吵了！是我輸了，我只搖了六點！」

眾人都呆住了，未料到陳士銀如此梗直，不由對他生發出敬重之情。管家急道：「老爺，你剛才明明搖的是十五點……」他不停地朝老爺眨眼示意。

陳士銀並不理會，擺擺手讓管家住口，只見他淒然一笑：「連老天都要幫林家，我陳某只能甘拜下風了，」他朝林維得拱拱手，「二公子，明天你就帶人來隆昌號盤店吧。」

事出突然，林維得也未料到場面峰迴路轉變成這番狀況，想不到陳士銀竟是條漢子！他急忙作揖還禮道：「陳老前輩，你搖的骰子被花貓掃翻了，我看這是天意，天意不贊成我們豪賭，我看咱

們今日就此作罷，你看如何？」

陳士銀剛才逞一時意氣，頗有些後悔，見林維得如此大度，深為感動。感激的話尚未說出口，他的管家搶著道：「天意，天意，不賭了，不賭了，回家去……」

眾人頗有些意猶未盡，只好散了。陳士銀回到家裡，想起剛才那驚心動魄的一幕，不禁手撫胸口直喘粗氣。唉，自古英雄出少年，自己一個老朽何必自不量力螳臂擋車呢。還是以和為貴，一起發財罷！想到林維得如此胸懷，真是令人肅然起敬。陳士銀又是感激又是慚愧：自己的家產，林維得完全可以奪走；現在完好無損，全拜林維得所賜……

林維得回到府中，林維源熱切地迎了上來：「二弟，聽說你今天做了件轟轟烈烈的大事！」林維得詫異道：「咦，你怎麼知道？這消息長了腳不成？我人還未進門，它倒先進門了呢！」

「你和陳士銀豪賭的事已傳遍整個板橋，板橋人人都說你是個豪俠呢！」林宜雲長長地鬆了口氣。造化弄人，情勢逼得她嫁給了莊正，所幸莊正對她百依百順，她即使對陳士銀心懷愧疚，也無力回天了，只能嫁雞隨雞，嫁狗隨狗。

林維源滿臉嘉許之色。調皮的二弟能有今日之成就實屬不易。林維得一直被罩在林維源的影子下，少年時總是發牢騷：我知道你們都對我不待見，一件事，我說往左是錯的，說往右也是錯的，左右都是錯，反正我做什麼你們橫豎都看不上！我沒用，只有大哥有用！大哥說什麼都是對的，做什麼都是對的！林維得牢騷歸牢騷，十幾年來暗自努力，林維源甚是欣慰：沒想到一眨間，昔日頑皮的弟弟今日也能獨當一面了！

第十一章 女人的戰爭

林維源的龍溪老友林錦壽的女兒阿巧進林府當了丫環，專門服侍綠珠。林維源的侄子林爾康喜歡上了阿巧。劉璈密令綠珠監視林維源，此時綠珠已完全被林維源折服。綠珠噘起小嘴向林維源剖白心跡：「反正我兩頭不是人，左邊負了劉大人，右邊把心掏出來餵你，你還嫌腥臭。」說著，淚珠滾滾而落。林維源苦心編織一張巨大的人際關係網，以防萬一從深淵跌下去的時候可以平安著陸，不至於摔得粉身碎骨。他為侄子尋了一門親事，是當今太傅陳寶琛的妹妹陳芷芳。林爾康不情願，林維源聽到「阿叔，你不要把什麼事都當成做生意做買賣」這句話特別傷心，爾康母親朱夫人聞訊，差人把林爾康叫來，怒斥道：「你十幾年讀的經書都讀到哪裡去了？孝字當頭，你置整個林府於不顧，只想著自己的兒女私情，你這是不忠不孝！你給我跪下！」

陳芷芳嫁到林家之後，發現夫君喜歡阿巧，不禁妒火中燒。

林維源相識滿天下，他做一次壽，宴席從客廳擺到花園還是容納不下，最後只好擺到了板橋街上。他平日與康顯榮、劉銘傳大人來往最多，可他真正愛去找的朋友是龍溪老鄉林錦壽那裡。林錦

壽少年時與林維源玩在一起，可惜際遇一般，靠著墾出來的十幾畝地度日，一直沒有進展。他的地裡種著林維源愛吃的芋頭地瓜，心是紫色的，香甜而又鬆軟。大凡地瓜，有的雖然香甜可口，但吃起來水水的；另一種則反過來，鬆鬆的，一點都不水，但淡而無味，只有這種芋頭地瓜最合林維源心意。因為芋頭地瓜產量低，而且不適合臺灣的氣候，在臺灣基本無人栽種。只有林錦壽因為林維源愛吃，總為他留著五分地。

青布鞋踩在淡水鎮的石板路上，從臉上吹過的晨風已經不再那麼有稜角。魚販子坐在扁擔上，敞開兩個籮筐叫賣，綿長的吆喝聲聽起來像一首歌。林維源一身輕便來到林錦壽位於淡水河邊的草寮裡，盤腿坐著與林錦壽閒聊兒時的趣事，講他們在淡水河岸邊的洞裡如何掏出了一條蛇，那種驚險還歷歷在目。林錦壽責備道：「都是你太狡詐，自己不敢去掏，還慫恿我去掏，到現在我還起雞皮疙瘩……」林維源哈哈大笑：「我向你賠罪還不成！」兩人話著舊事，一邊欣賞清波粼粼的淡水河，河岸邊密匝匝長滿了婀娜垂柳，庭院裡青藤上結滿了葫蘆瓜，比起車水馬龍的臺北城，這一段四五里長的河流，委實是一處難得的野逸蕭曠之處。不一會兒功夫，林錦壽娘子端著一盆熱氣騰騰的芋頭地瓜上了桌。掰開那紫色的心，一股香甜直鑽林維源肺腑，他陶醉地閉上了眼睛：「真不想回去了，我就在這裡住一宿吧。這裡多自在，不用平整衣冠，不用迎來送往討好巴結……」

林錦壽靦腆道：「我看你還是回去吧，這裡蚊子多，一咬就是一大包，明天起來你會發現自己變成了一只大肉包……」

林維源歎息一聲，他也知道任性不得，府裡隨時有事需要他處理，他只能片刻偷歡。他悄悄將幾錠銀子放在草席下，對林錦壽笑道：「留些芋頭地瓜給我吃，你可別將它吃光了！」

林錦壽笑道：「你放心，一年到頭你隨時來，保證你隨時吃到它！」

林維源回到府裡，意外地發現那幾錠銀子又悄無聲息地回到了兜裡。他笑著搖搖頭，這年頭，心清如水對他無所求的朋友，恐怕只剩下林錦壽一人了。

今年地裡收成好，租收得快，林家要宴請一些佃戶表示感謝。林錦壽也受到了邀請。林錦壽的女兒阿巧纏著阿爸：「阿爸，聽說林本源花園美得像神仙住的地方，你就帶我去開開眼吧！去看看林家花園，我這輩子也就值了！」

林錦壽被阿巧纏不過，只好答應了。一路上不斷囑咐：「到了林家，千萬別亂說話，不要太沒眼色，惹人家笑話。」阿巧自然是滿口答應。

到了林府後門，只見人來人往都是客，阿巧吐了吐舌頭：「平時這門都沒見它開過呢，好像裡頭盡關著富貴和神秘似的！」

進得園來，阿巧眼都看花了看直了，舌頭老半天伸不回來。這裡沒有濕泥，沒有母雞拉出來的黃綠的惡屎，沒有兩雞相鬥飛到半空的雞毛，沒有豬餓極了的聲嘶力竭的嚎叫；有的是雕樑畫棟，有的是整整齊齊的桂花牆和濃郁的芳香。她自言自語道：「這輩子要是能嫁給林本源族裡的人，做牛做馬也是心甘！」

林錦壽聽了沉下臉來，用煙斗敲了敲女兒的腦袋：「你也真是不害臊，這樣的話也說得出口！」

整個宴席上，阿巧一直像在雲端裡飄著。

林錦壽怕阿巧出醜，酒席尚未結束，就急急將阿巧趕了回來。

阿巧回到家，癡癡坐在窗前，想著仙境似的林家花園，傻笑起來：這輩子不嫁了！跟林本源相比，任哪一家都是豬圈！

好不容易盼到阿爸回來了，阿巧急忙迎上去：「阿爸，我想到林本源家當婢女！阿爸，你就求林老爺吧！」

林錦壽氣得想找掃把打人：「你這賤骨頭！家裡缺你吃食嗎？幹嘛要跑去別人家看別人的臉色！」

眼見阿爸執意不幫自己，阿巧瞅了個空，敲開林府家的後門。家丁阿寶她是認識的，阿寶也認識她阿爸，知道她阿爸是林老爺的同鄉。她熱切地將自己想當林家婢女的願望說了，阿寶笑道：「你也來得真是時候！劉媽她要回龍溪養老去了，綠珠姑娘房裡剛好缺了人，你的腿怎麼這樣長！」

阿巧歡天喜地地進了林府，派在綠珠房裡。所有的粗活兒她都得心應手，綠珠也很喜歡這位手腳麻利的勤快姑娘。她阿爸也拿她無可奈何：女大不由爹娘，那就由她去吧。

林維源對林錦壽道：「既然你女孩子進了府，你在家中獨自一人，這樣吧，林家熬樟腦正缺人手，你又喜歡在樹林裡鑽來鑽去，你就長駐在腦寮裡如何？這樣我也好對熬腦一事放心一些。」林錦壽高興地答應了。

家中已有八房太太，林維源都是衝著豐乳肥臀的標準去的，一心想讓這些豐乳肥臀的姨太太們為他開枝散葉。也許是上天捉弄他，這八房太太並沒有為他生下一兒半女來。現在來了一個綠珠，纖細的腰肢如弱柳扶風一掐即斷，林維源早把豐乳肥臀的標準拋之腦後，兩隻腳不由自主地往綠珠房裡跑。這綠珠生性落落大方，不像別的女人，有時不小心撞見林維源的目光，嚇得立刻垂下眼瞼，光會盯著自己的腳丫子發窘。

綠珠房裡有一股淡淡的檀香味，特別清新特別好聞，林維源陶醉地深深吸一口氣。這綠珠一雙巧手也不知如何調弄的，別的小妾房中檀香味要麼太濃，濃得讓人咳嗽；要麼就是太淡，淡得無絲毫感覺。難道綠珠的味覺和自己一模一樣？想到這裡，林維源又覺得一陣欣喜。明知綠珠身世飄零，連自己親身父母是誰都不知道，照道理應該同情憐憫她，可看她才色雙絕，臉上並不憂傷愁苦，令人敬重不敢輕侮。再者，林維源一直提醒自己綠珠是劉璈送來的，這是一條美女蛇，說不定什麼時候就咬他一口，因此林維源還是不敢對綠珠太過親近。

房裡擺著普通的屏風、梳妝檯、圓桌、圓凳、八腳床，與眾不同的是，牆壁上掛著的山水字畫，為房間增添了濃濃的雅致。綠珠穿著淡綠色的大襟衫衣褲，領子立得高高的，煞是好看。她取出綠綺琴，調適了琴弦，接著，優美的曲調緩緩地流洩而出，讓林維源聽著聽著，心情也跟著柔軟起來。

聽了一會兒曲子，綠珠侍候林維源吃飯，她表面上與林維源談笑風生，內心卻一片迷亂。林維源問她：「你真的記不得自己家在哪裡了？」

綠珠淡淡一笑：「老爺，我被送到劉大人府裡剛剛三歲，人事不知，如果我記得自己的家在哪裡，那我就是神童了，我也考科舉去。」

林維源被她逗笑了：「你父母也真狠心，這麼一個標緻美人兒，竟也捨得送人。」

綠珠還是淡淡地笑：「老爺，你以為人人都像林本源這樣財大氣粗嗎？鄉下很多窮人養不起

孩子，他們只盼著生個男嬰傳宗接代，如果生的是女嬰，往往立刻溺死，習以為常。綠珠沒有被溺死，得以養活到三歲送人，綠珠已經感恩不盡了。」

林維源被深深觸動：「不行，這世上要是沒有了女孩兒，豈不是只有綠葉沒有紅花？我要設育嬰堂，專門代為撫育那些被父母丟棄的孩童！」

綠珠眼裡射出一束驚喜，淚光盈盈款款下拜：「綠珠代那些跟綠珠一樣苦命的孩子謝謝老爺！」

林維源伸手扶她，只覺小手柔軟，身上如觸電一般，想放開，捨不得，終究理智占了上風，回到座位上飲茶。

林維源離去後，綠珠臉上的笑容立刻消失了，她倚著窗戶發呆，兩行淚珠沿著臉頰緩緩滑落。她在十二歲那年，早被劉璈破身。劉大人物資上待她不薄，卻從來沒想過給她一個名份，視她為玩偶。綠珠早已認命，她勸慰自己要知足，比起那些青樓女子，一天要強顏歡笑接待無數客人，自己能夠得以專門侍奉一人，相比之下已是萬幸。不料劉大人竟然絲毫不顧惜情份，將她轉手送給林老爺，讓她萬念俱灰。可劉大人對她有恩情，她不能知恩不報。於是她努力討林維源的歡心，並將林維源與劉銘傳大人的動向一一報告給了劉璈。這段時間的接觸，她發現林老爺是一個謙謙君子，特別是林老爺作出設育嬰堂的決定，讓她的心受到了極大的震動！她怨恨命運，為什麼不當初一開始就遇到林老爺，而是遇到劉大人；或者，既然遇上了劉大人，就不要再讓她遇上林老爺！她痛苦地發現，她喜歡上林老爺了。可是，劉璈大人有恩於她，如今她反而要幫著林老爺與劉大人做對，這讓她痛苦萬分。更可悲的是，林老爺從來不親近她！是嫌棄她的不潔之身嗎？不，從他的眼神看得出來，他喜歡她；可他為什麼不願意親近她呢？當然不能親近她了，她是劉璈大人的人，林老爺怎麼會傻到找一根鋼針紮在自己的心臟裡呢？

綠珠越想越傷心，自己兩邊不是人，她伏到床上直哭了個肝腸寸斷，又不敢放聲大哭，怕驚動了林家的人，只好用棉被捂住腦袋，哽咽得幾乎喘不過氣來。

到了晚飯時間，夫人派人來問她，怎麼沒有吃飯，要不要另外做些點心來。綠珠的心一熱，林夫人寬厚仁慈，好歹給她那顆破碎的心一絲安慰；至於其他姨太太那些不屑的眼神，她只能默默接受。她知道那些姨太太心裡想的是什麼：「哼，被人玩過的爛貨，還有臉待在林家！」綠珠心如刀割，人家想的沒錯呀，自己確實是不潔之身，她應該待在劉府，可命運的捉弄讓她來到了林府，她只能默默承受。大夫人出自官宦人家，二夫人和三夫人是大戶人家，前面三房不能為老爺生下一兒半女，林維源索性娶了個牛高馬大的四房，一米七二的個子，比他本人還高出半個頭來，結果仍然是個不抱蛋的母雞。接下來，林維源娶了個會尋醫問診的五夫人，又納了個會吊嗓子的六夫人，七夫人做得一手臺北好菜，各有各的趣味，綠珠花了近一年的功夫才認清了八位夫人。

劉銘傳再次來到了林府，他是來與林維源商議彈劾劉璈的摺子的。此等機密大事，原本應在巡撫衙門裡頭進行，劉銘傳怕衙門裡頭有劉璈的耳目，於是虛晃一槍，直奔林府。兩人摒退下人秘密商議了幾個時辰。綠珠在自己房裡乾著急，明知巡撫大人正和老爺商量大事，內容卻不得而知。她打發阿巧前去打探，阿巧無功而返：「姑娘，老爺吩咐過了，他要和巡撫大人議事，任何人不得打擾，擅入者絕不輕饒。我哪敢進去？」

綠珠皺了皺眉頭：「傻丫頭，我沒有叫你強行進去呀。你再去那邊候著，說不定能瞅個什麼機

會。記住了，眼睛放亮些，耳朵放尖些。」

阿巧又來到回廊，忽聽老爺走到門口喊：「劉媽，水喝完了，你再給我提一壺開水來。」阿巧趕到廚房，劉媽正哎喲連聲，原來是被開水燙著了，右手鑽心地疼痛，顫抖不止。阿巧忙道：「劉媽，你去找大夫拿些膏藥，我幫你送水。這邊我幫你照應著。」

劉媽實在痛得不行，謝過阿巧，捂著傷處直奔診所。阿巧便提著水壺前去。

「我不是喊劉媽嗎？怎麼是你？」林維源有些意外。

「劉媽剛被開水燙著了，奴婢正好到廚房裡給綠珠姑娘拿點心，怕老爺急著用水，就趕著送過來了。」

阿巧幫老爺泡茶之際，瞥見桌上一份攤開的奏摺，她有心細看，又怕老爺起疑心，強按住心頭的好奇。林維源意識到有些不妥，將那份奏摺收了起來。阿巧泡完茶出去，依稀聽到屋裡說道：「這摺子遞上去，那劉璈離末日就不遠了。」

阿巧有些心慌，她不敢再逗留，急忙回到綠珠房裡，將這惟一聽得的一句話學說了一遍。

綠珠心往下一沉，劉璈老爺自收養她以來及至將她破瓜，自始至終都對她挺好，只有一件事對不起她，就是將她送給林老爺。雖然如此，她還是不願意自己的恩人被朝廷加罪瀕臨險境。

她匆匆寫了一封信交給阿巧：「你假裝上街買菜，將這封信送到兵備道劉大人府裡。」

阿巧挎著菜籃子準備出府，呂管事像從地下冒出來似的突然出現了，他陰沉著臉喊道：「且慢。五夫人房裡剛剛丟了一支金釵，任何人出府都要搜查。」張媽上上下下將阿巧的口袋掏了個遍，菜籃子裡面空空如也，呂管事心裡納悶：「張媽，你可要檢查仔細了，出了事你吃罪不起。」

張媽再次檢查了一遍，還是沒有。呂管事只好讓阿巧出了門。

阿巧一顆心怦怦直跳，幸好自己留了個心眼，沒把那封信帶在身上。剛才她覺得老爺可能起疑，因此不敢冒險。買了菜回來，碰巧劉媽也回來了：「阿巧，謝謝你，你這丫頭心眼可真好。」

阿巧突然忸怩起來：「劉媽，你幫我送封信給我表哥好嗎？綠珠姑娘叫我做事，我現在脫不開身。」阿巧急中生智扯了個謊。

劉媽取笑她：「是你的心上人吧？那我就做一回好事。你表哥住在哪裡？」她並不知道阿巧愛慕少爺的心事。

「他在兵備道劉大人府裡當門子，你只需把信放進劉府大門門縫裡就可。」阿巧很放心把信交給劉媽，因為劉媽大字不識一個。

劉璈接到信後，心亂如麻：這劉銘傳終於下手了！既然擋不住劉麻子上奏摺，他無法回避劉麻子當面劈過來的利劍，唯一的出路只能迎劍而上。他命綠珠想法子前來與他相見。劉璈的目光，從綠珠十根修長的手指往上滑，沿著那節粉藕似的手臂節節攀升，白皙的脖頸處下面一片無限旖旎的風景引人無限遐思。一雙合併得嚴嚴實實的雙腿，被淺綠色的裙擺蒙上了一層神秘色彩。

綠珠被劉璈看得渾身顫慄，好像身上爬了千萬隻螞蟻抖也抖不落。此時，劉璈的一雙毛手朝綠珠身上摸來，綠珠側身一躲，跪到地上：「大人，您對綠珠有養育之恩，有什麼事儘管吩咐，綠珠粉身碎骨在所不辭。只是，綠珠已被送給林老爺，男女之事恕難從命，若大人強行逼迫，綠珠只好一死了之。」

劉璈掃興地收回手，悻悻道：「看不出你還是個貞節烈女。」他突然起身走到門邊，輕輕地拉

開房門朝四周看了看，再把門閂上，從懷裡取出一只青瓷小瓶子放到綠珠手裡，壓低了聲音道，你把這瓶裡的東西倒進林維源的酒裡，這東西無色無味，你儘管放心。記住，這事除了你我之外，不能讓別人知道。劉璈臉上帶了陰毒的笑意。

綠珠顫抖著雙手默默將小瓶子接了過來。

綠珠很快就得到了機會，當晚，林維源像往常一樣準時出現在綠珠房裡。綠珠早已準備了一桌精緻小菜，旁邊放著一把精緻的鶴嘴酒壺。林維源抖了抖鼻子：「真香啊！」

「老爺既然喜歡，那就多飲幾杯，來個一醉方休。」綠珠殷勤勸酒。

林維源右手握定酒杯，一雙閱人無數的眼睛炯炯盯住綠珠，彷彿要把綠珠的臉看出一個洞來。綠珠驚慌地垂下頭去。

林維源心知綠珠剛出門了一趟，他一反溫和常態，逼視著綠珠那雙清澈的大眼睛：「綠珠，你說，我對你如何？」

綠珠眼裡慢慢含了淚，強作鎮靜道：「老爺對我極好。」

林維源點點頭，舉起酒杯一飲而盡。突然，他捂著肚子哀叫起來：「肚子疼！肚子疼！綠珠，你老實說，酒裡究竟放了什麼？」他臉色蒼白，額頭上沁出豆大的汗珠。

綠珠嚇得要大哭，又不敢放聲，她渾身哆嗦，一邊努力把林維源扶到床鋪上，一邊急急辯道：「老爺，酒裡什麼也沒有，真的，什麼也沒放。今天劉璈大人交給我一個青瓷小瓶，要我把裡面的東西放進您的酒水裡，可我沒放。不信您看。」說著，她從兜裡掏出那只小青瓷瓶放到林維源手裡，「老爺，您可以檢查看看，我沒有動過它，封口是完好的。」

林維源突然哈哈大笑，從床上一躍而起：「算你還有良心，剛才我那肚子痛是裝的，嚇唬嚇唬你。」

綠珠破涕為笑，用一雙粉拳捶打起林維源：「老爺，你真壞。」

林維源抓住她的手，笑她：「我知道，你的心現在在我這裡。」

綠珠嬌羞地一咬嘴唇，將臉紮進林維源懷裡：「你怎麼知道劉大人要我對你不利？」「我要是連這點警覺都沒有，怎麼能成為板橋林家的掌門人？」

綠珠噘起小嘴：「反正我兩頭不是人，左邊負了劉大人，右邊把心掏出來餵你，你還嫌腥臭。」說著，淚珠又要滾落下來。

林維源不再嬉皮笑臉，肅容道：「綠珠，今天你即使在酒裡放了毒藥，我也會毫不猶豫地喝下去，你信不信？即使付出性命，我也要讓你知道，我是真心愛你。」

綠珠死命地點頭，眼淚像掉了線的珠子。林維源兀自道：「綠珠，你不知道，你剛來林府時，一想起你曾經是劉璈的人，我是多麼的心痛。」他抓起綠珠的手放在自己胸口：「就是這兒痛，整夜整夜地痛，你不知道。」

綠珠哽咽得說不出話來，她吻住了林維源，堵住他的嘴巴不再讓他說下去。

侄兒林爾康轉眼長成了翩翩少年。自大哥去世後，林維源對侄兒更加百倍關愛，他的婚事被林維源擺上了頭等議程。林維源由於商業關係一年到頭常在福建走動，平日與福建官員交遊，聽說當今太傅陳寶琛是福州人，老太君與一幫女眷都留在福州，並未隨陳寶琛上京去。林維源蓄意接近陳

府中人，專等陳太傅回福州省親時登門拜見。他認準的事，極捨得下血本投資，陳寶琛也願意與當今臺灣首富周旋。林維源曾聽得陳太傅隨口提起自己的妹妹陳芷芳尚未婚配，不知林老闆有沒有合適的人選舉薦一下。林維源大喜：「我的侄兒爾康也正當婚配之齡，是臺北公認的翩翩美少年。而且，爾康生性仁厚，當時新莊各地瘟疫橫行，只有良醫，沒有良藥，亡者日增。見此情形，爾康差人渡海購買膏丹，在六館設施醫所及施藥所，活人無數。不僅如此，爾康工於書法，喜作漢隸，」說到這，林維源打開自己手中的那把泥金摺扇，「太傅請過目，這就是我侄兒的字。」

陳太傅接過，仔細看了一番，大加讚賞：「端莊沉穩，有大將之風。」

從福州回來，林維源興沖沖向侄兒報喜：「爾康，你大喜了！我替你定下一門親事，是當今太傅的妹妹，這多少人夢寐以求的美事竟然落到了你頭上！」林維源喜孜孜的，為林家能夠與當今太傅結親感到高興。自從他掌管林家以後，他苦心編織一張巨大的人際關係網，以防萬一從深淵跌下去的時候可以平安著陸，不至於摔得粉身碎骨。要知道商場如戰場，連睡覺都得睜著一隻眼睛，搞不好得罪了某個官員，只要當官的動一根小指頭，商家就會血本無歸。如今林家能夠與陳太傅結為兒女親家，大樹底下好乘涼，他由衷地感到欣慰。

不料，林爾康惱怒地對林維源道：「阿叔，這不行。我喜歡綠珠姑娘房裡的阿巧。我要娶她做正房夫人。」

林維源呆了一呆，道：「你喜歡阿巧沒關係呀，可以收她做二房。阿巧有什麼好，臉上還長了一大塊斑……」

「不行，我已經向阿巧承諾過了，一定要娶她做正房夫人。」林爾康的態度斬釘截鐵。

「哎，你這孩子，怎麼這樣不懂事呢？一個貴為當今太傅的妹妹，一個是做粗活的丫頭，一個天上，一個地下，有如雲泥之別，我看你是豬油蒙了心竅了！」

林爾康頂嘴道：「阿叔，你不要把什麼事都當成做生意做買賣，阿巧又溫柔又體貼又勤快，笑起來時我的心都沒了。阿叔，你不懂的！」可能是緣份吧，爾康覺得阿巧說的話總是剛好碰在他的心坎上，像初生嬰兒的胖手指碰到癢癢肉上，有那麼一點兒癢癢，又是那麼舒坦。這種感覺別人是無法明白的。阿巧自進了林府，免去風吹日曬，皮膚白了許多，綠珠又幫她打扮打扮，頗討人喜歡。

林維源聽到「阿叔，你不要把什麼事都當成做生意做買賣」這句話特別傷心，炎炎七月裡他打起了冷顫，無力地朝侄兒擺擺手：「你自己的事情自己做主。去吧。去吧。我這是鹹吃蘿蔔淡操心。」

爾康母親朱夫人聞訊，差人把林爾康叫來，怒斥道：「你十幾年讀的經書都讀到哪裡去了？孝字當頭，你置整個林府於不顧，只想著自己的兒女私情，你這是不忠不孝！你給我跪下！」

一席話罵得林爾康低頭不語。

朱夫人繼續道：「你沒看見你阿叔為了整個林府，每天都要陪著笑臉與官府上的人周旋！比起你阿叔，你這點小小的犧牲算得了什麼！再說了，又不是不許你娶阿巧，你既然喜歡她，就把她收為二房就是了。本來，堂堂板橋林家，多少大戶人家的女兒打破了腦袋想嫁進來，哪至於娶一個丫環！你放眼瞧瞧，臺北上上下下的大家族再也沒有咱們家這樣通融的了！」

朱夫人帶著爾康向林維源陪不是。林爾康垂頭喪氣跟在母親後面，等母親落了座，爾康向阿叔

做了個揖，低聲道：「阿叔，原諒侄兒不懂事。」

「快別這麼說，你能想通，這樣最好。你也有你的委屈。阿叔知道。」

聽著阿叔這樣說，林爾康不禁紅了眼圈。

一聽大哥要將自己許配給臺灣板橋林家，陳芷芳老大不情願：「大哥，憑你的地位，福建大小官員哪一個不爭相巴結？小妹只願嫁福州正經科舉出身的人家，不願遠嫁臺灣。況且林家那二品頂戴只是捐獻所得，金山銀山並不長久，人說富不過三代，哪敵得過權力在手？」

看著小妹愁苦的模樣，陳寶琛樂了：「小妹此言差矣。你一介女流，怎知官場險惡？今日榮華富貴，明日轉眼成為階下囚者比比皆是。尊貴如當今皇上，還不是照樣為八國聯軍大傷腦筋？史書你讀過吧？多爾袞、年羹堯生前權勢熏天富貴驕人，到頭來還不是落得被鞭屍的下場？倒不如銀錢在手，清靜又逍遙。小妹，你就聽大哥的話，嫁到林家，包準林家眾星拱月般待你。」

一席話說得陳芷芳似懂非懂，似乎大哥所說不無道理，可是嫁給一個捐獻出身的人又有失臉面，沒容她想明白，她已經被蓋上紅蓋頭吹吹打打嫁到了林家。

陳芷芳遠嫁臺灣的親事轟動一時。初到林家，堂弟林爾嘉處處西洋作派，將女子視為與男子同等地位，受林爾嘉影響，林家倒不像別的大戶人家那樣多規矩，這一點最合陳芷芳心意。眼見叔叔回府後有時為官場之事長歎，陳芷芳忍不住對叔叔道：「叔叔，承蒙劉大人看得起，這是您建功立業的大好機會，您一定不要錯過。過了這個村沒了這個店，咱們林家雖然富甲一方，卻如菟絲藤一定要找棵大樹攀附，務必不能遠離官府：權力可以開山蹈海！」

林維源聽著侄兒媳婦的話，微笑著不說話。陳芷芳突然醒悟過來，羞紅了臉：叔叔何等聰明之人，什麼世面沒有見過，他怎會不明白這個道理？自己真是班門弄斧！叔叔只是在考慮做一件事情成功的可能性有多大，選擇哪一條路對林家更有利一些。醒悟過來後，陳芷芳朝林維源施了個萬福：「阿叔見笑了！」急急忙忙逃回了自己房裡。

陳芷芳過門之後，日子原本應該過得很順心才對，她畢竟是大家閨秀，林府上上下下的人都很尊敬她。可她很快就察覺到林爾康一顆心全在阿巧身上，眼見夫君一雙眼睛總是跟著阿巧的身影走，阿巧走到哪裡，夫君的眼睛就落到哪裡，陳芷芳氣不打一處來。她弄明白了事情的原委，照道理，她應該生爾康的氣才對，可她愛著夫君，反而把一腔怨氣發洩到林維源身上：「你明知爾康喜歡的是別人，又何苦拉著我進你的家門！」

阿巧很想找到少爺訴說一番自己的心事，她時時刻刻等待著機會，可少奶奶盯得緊，連跟少爺說一句話的針腳縫隙都未曾留下。她心裡很苦，有時見少奶奶拉著眾人聽戲談笑，自己卻被摒棄在另一個世界裡，眼淚只能往肚子裡嚥。

陳芷芳心裡既存了芥蒂，冷眼旁觀林府，見上上下下一應事情都由林維源做主，她便攛掇著夫君分家：「爾康，自古樹大分枝，天經地義。你和阿叔分了家單過，凡事自己拿主意，這樣多快活自在！何必如此事事受制於人！」這句話她一直含在嘴裡，她過門開始含到現在，話已經含成了石頭含成了鐵，再不說出來她就要憋死了。

林爾康雖然沒有真心喜歡過夫人，但他一向對夫人恭敬，因為夫人畢竟是當今太傅的妹妹。如今見她說出這種話來，不禁橫眉冷對：「我太爺爺早就說過，林家世代不分家，打虎親兄弟，上陣父子兵，多少年都這樣過來了。林家的家事，輪不到你一個女人說三道四！」

陳芷芳受了夫君這麼一番教訓，躲到房裡嚶嚶哭了一場。哭過後百無聊賴，翻檢屋裡首飾，無意中看見自己大婚時送給爾康的翡翠麒麟腰掛竟靜悄悄躺在盒子裡。她不禁一怔：奇怪，前幾日不是見到爾康佩掛在腰間嗎，難道今日換衣服時忘了掛上？這冤家，也真是個忘性大的人。她埋怨著，拿起腰掛去找爾康。見爾康正一個人站在後花園裡看著滿園桂花發怔，陳芷芳正待開口叫他，目光落在夫君腰上，竟是一個普通的琺瑯掛件兒，上面畫著鴛鴦戲水。陳芷芳不禁妒火中燒，上前托起爾康腰間那琺瑯掛件兒，冷冷問道：「這是阿巧送給你的嗎？」爾康吶吶不知如何言說，只見陳芷芳將手中的翡翠麒麟腰掛使命朝地上砸去，爾康忙不迭地撿起來，那翡翠麒麟腰掛卻已被青石板磕破了一個角。

陳芷芳越想越不甘心，便要生事。她叫來阿巧，將一個包袱扔到阿巧腳下：「桌上這五十兩銀子你拿著。馬上給我走人！」

爾康哀求道：「夫人……」

陳芷芳眉毛一挑：「怎麼，我是這個家的少奶奶，難道連一個丫環的去留我都做不了主嗎？」陳芷芳說這話時語調極冷，一張臉上像下了霜，心中醋波翻滾，只是礙著名門千金的身份，才克制著不撒潑。

林維源聞訊趕來：「我說侄媳婦，你就讓一步吧。阿巧已經尋過一回短見了，幸虧救了下來。要是執意把她攆出府去，到時出了人命，外人都要編排我們林府的不是，說我們林家人刻薄。」

陳芷芳見林維源發話，不敢違背，冷笑道：「是呀，林家的名聲要緊得很，我的感受不要緊，有人天天拿刺往我眼睛裡紮，我眼瞎了也沒人心疼。」

林維源真是左右為難，總不能叫林錦壽前來把女兒領回去吧？果真如此，多年交情必定剎那間灰飛煙滅。阿巧倒不哭了，紅腫著一雙眼睛道：「老爺，你放心，我這就回去，我知道自己的命。」

陳芷芳在林維源面前不敢放肆，只得違心道：「阿巧，你就別裝出一副可憐相了。你厲害，我鬥不過你。罷了，你還是留在府裡罷，不然大家都要說我不容人。」事情雖然了了，但爾康、陳芷芳見了叔父都是怨恨的眼神，爾康怨叔父不讓他迎娶阿巧，陳芷芳怨恨叔父不維護她這個侄媳婦反而去維護一個丫環。她悲悲戚戚提筆給大哥寫信：「大哥見字如唔，小妹自嫁入林家，夫君心另有所屬，叔父卻不維護小妹，小妹日日以淚洗面……」

陳寶琛自接信後，心中惱怒林維源所為，提筆回信一封：「小妹稍安勿躁。國家逢多事之秋，大哥國務繁忙，日後若見你叔父，定當面向他問個明白……」

陳芷芳明白大哥身在北京鞭長莫及，只得暫且忍耐。

林維源仰天長歎：「天啊，我林維源此心可鑒，卻蒙侄子侄媳婦怨恨，恐怕要稍假時日，侄子侄媳婦才能明白我的苦心哪！」

陳芷芳帶著貼身丫環憐兒來到綠珠房間。她那種大家閨秀的氣派無形中震懾著在場的每一個人。綠珠心中一凜，慌忙迎了上去。陳芷芳毫不客氣地落了座，眼睛利劍一般射向綠珠身後的阿巧。綠珠暗想，壞了，難不成少奶奶認為我在袒護阿巧？如果這樣，她不把我恨到骨子裡才怪。綠珠遞了個眼色給阿巧：「快點兒拜見大奶奶！」阿巧心中一萬個不情願，卻不得不跪下去磕了個響頭：「拜見大奶奶。」

憐兒哼了一聲：「嘴巴裡喊著大奶奶，心裡想當二奶奶想瘋了吧！」

阿巧漲紅了臉，又是羞愧又是憤恨，一時之間無地自容不知該說什麼才好。陳芷芳喝斥了一聲：「憐兒，你不說話沒人當你是啞巴。」她轉頭堆滿笑容對綠珠道：「姑娘，我初來乍到，不知水深水淺，你多教教我，免得我年輕不曉得處事被人看輕了去。」

綠珠眼見陳芷芳句句話裡藏著刀鋒，只覺芒刺在背，她不自然地笑了笑：「少奶奶說笑了。你出身名門，一舉手一投足都讓人敬重。哪像我從小父母雙亡賣身為奴不懂得禮教呢？倒是我今後要多多向你學習才是。」

陳芷芳長笑一聲：「哦？綠珠姑娘從小父母雙亡賣身為奴？我這倒是第一次聽說。我不知底細，請姑娘多擔待。我見姑娘深得老爺寵愛，極為羨慕，想向姑娘討教幾招，也好讓爾康收收心。」

此話一出，綠珠更加如坐針氈，少奶奶是在笑她狐媚子迷住了老爺嗎？她極為尷尬，還是強作歡顏：「少奶奶取笑了，老爺只是可憐我，不忍心棄我而去罷了。」

綠珠原只是為自己開脫，不料陳芷芳臉色大變。陳芷芳有心病，深知爾康喜歡的是阿巧，表面上尊敬自己，完全是看在大哥陳寶琛面上的緣故。她以為綠珠暗諷她受爾康冷落，心中被戳到痛處，極力忍著不發作。綠珠見勢不妙，趕緊把話岔開。二人又聊了些家長里短，憐兒催促道：「小姐，我們該回房去了，免得少爺回來找不到我們。」陳芷芳這才告辭去了。

阿巧一直跪在地上，陳芷芳沒有叫她起來她不敢起來。綠珠見陳芷芳轉過牆角，趕緊把阿巧拉起來，阿巧雙腿酸麻，有些站立不穩。綠珠歎道：「阿巧，我看你麻煩大了。本來嘛，男女之事，兩情相悅就可。可你碰到的對手是當今太傅的妹妹，哪還有你容身的地方？我看你還是趁早打消念頭吧，省得一片癡心付流水。咱們是窮人家的女兒，只有做妾的命，有時連做妾都不得。」

阿巧咬著嘴唇眼淚汪汪：「姑娘，你放心，阿巧一人做事一人當，絕不會連累姑娘。」阿巧也看出來了，今日陳芷芳前來，就是給綠珠姑娘來一個下馬威的，提醒姑娘不要袒護丫環。綠珠怔住了，她有心保護阿巧，自己卻也懼陳芷芳三分，唉，豪門深似海，一葉扁舟只能隨波飄蕩了。

林維源吩咐呂世宜請林爾康到書房裡見他。林爾康頭皮一緊，他向來喜歡吟詩作畫，雖在鹽號掛了個名頭，卻難得一見他在鹽號的身影；鹽號事務被掌櫃的整得井井有條，他只需監督帳目即可，但他一見到鹽號的帳簿就頭疼，而夫人陳芷芳偏偏最喜這類商務，因此林爾康樂得做個甩手先生，將一堆帳簿抱回家交給夫人查驗。陳芷芳雖說對夫君有些失望，但轉念一想，要是夫君太強，自己也沒有插手鹽號的餘地，因此心情甚是矛盾。林爾康磨磨蹭蹭到了書房，猜測著叔叔請他到書房，難道是要考問鹽號的事？他偷偷觀察了一下叔叔的臉色，見叔叔臉上並沒有烏雲，這才放下心來。

林維源心裡亂得很，他直覺侄兒媳婦是一個極有主見極能幹的人，以維得之率性、爾嘉之瀟灑、爾康之儒雅，全不是侄兒媳婦的對手。只怕自己百年以後，林家掌門的位置要落入外人之手。那日，侄兒向他提出要轉到茶號做事，林維源就感到有些奇怪：「爾康，你一向在鹽號做得好好的，何以突然想到茶號做事？」

林爾康道：「如今鹽務漸漸式微，而茶葉屬新興產業，利潤空間極大，因此侄兒想到建祥號開闊眼界。」

林維源答應侄兒這事可以考慮考慮。當時他還讚歎侄兒眼光敏銳，如今看著侄兒媳婦的身影，林維源突然恍然大悟，爾康哪有可能短時間內脫胎換骨？他一門心思在書畫身上，根本沒有工夫去考慮商業之事。這主意定是侄兒媳婦出的，然後假借侄兒之口說出來。不行，還是讓爾康待在鹽號吧，若讓爾康到了茶號，那就等於侄兒媳婦到了茶號，到時侄兒媳婦手越伸越長，不知會生出什麼事來。

林維源將茶盅裡的茶喝盡，緩緩開了口：「爾康，你要對你夫人好些。她身份尊貴，想來從未受過半點委屈，這一點無需我提醒你，你自己要牢牢記住。你要是惹她生了氣，她隨隨便便一句話就可以斷送我們林家。再者，聽說你將帳簿全部交給她核算，這樣很不好。堂堂男子正事不做，往後讓你夫人看輕了你。」

林爾康心裡鬱悶：迎娶陳芷芳非他所願，這下可好，娶回一尊菩薩讓他日日供奉，再找不到從前快樂的日子。人各有志，難道林家人個個都得變成官蠹錢蠹？他雖然心下不服氣，卻不敢表露出來。

「你叔爺蒙冤的事，我已經奔走了十幾年，依然毫無成效。這事還得仰仗侄兒媳婦出力，讓她在她大哥面前多多陳情周旋。」

聽了此話，林爾康只覺心頭壓了一塊大磐石。他回到房裡，見憐兒正在幫夫人對鏡梳妝，他從果盤裡拿了一只桃子，殷勤遞給夫人：「夫人請吃桃子。」陳芷芳見夫君有討好的意思，不禁抿嘴一笑：「你沒見我正在梳頭嗎？你呀，拍馬屁都不會。我看你是無事獻殷勤，說說，有什麼事求我？」

林爾康一點小伎倆被挑破，訕訕道：「夫人真是聰明，那我就直說了，我五叔爺含冤而死的事你也知道，還望夫人在你大哥面前多多陳情，求你大哥在當今皇上面前美言幾句。」

陳芷芳見夫君因有求於她而做小伏低，心中不免得意，秀眉一挑道：「你碰上麻煩事找我做什麼？你找你的阿巧去，讓她幫你。」

林爾康被刺了這麼一句，忍氣吞聲道：「夫人說笑了，她一個丫環縫縫補補的事也許能做，若論做大事嘛，非夫人這樣的巾幗英雄不可！其實夫人何必對阿巧耿耿於懷呢？全府上下都認你這個響噹噹的大奶奶，一個丫環哪是你的對手？我喜歡她那是成親前的事，現在已跟你成親了，守著你這如花似玉的美人兒，我早就忘記什麼阿靈阿巧的了。」

陳芷芳聽了，只覺五臟六腑無一處不暢快：「我核對帳目老半天，肩膀酸痛得要命，你幫我揉揉。」

陳芷芳一邊享受著夫君的揉捏，一邊沉吟道：「這事很麻煩，不是一句兩句一朝一夕可以解決的。你先說說，事情要是辦成了，你要怎麼謝我？」

林爾康完成任務心切，胡亂敷衍道：「若五叔爺沉冤昭雪，我做你的小跟班就是，夫人愛怎麼差遣就怎麼差遣。」

陳芷芳笑了：「你記住今天的話便是。」

晚上，陳芷芳在床上輾轉反側思量五叔爺的冤情。當今皇上和太后不知，此事歸根到底要太后老佛爺說了算。大哥雖是太傅，說得動皇上，卻說不動太后。這可怎麼辦才好呢？中堂大人李鴻章是太后老佛爺跟前的紅人，若能搭上中堂大人這趟直通車那是最好。可惜中堂大人和大哥是死對

頭，大哥一向清流議國，譴責李鴻章賣國求榮，兩人勢同水火。陳芷芳腦筋轉了半天，太陽穴隱隱作痛，突然眼前一亮：盛宣懷大人是中堂大人跟前的紅人，這個盛宣懷是個騎牆黨，與大哥關係也不錯，何不從盛宣懷這裡著手？想到這裡，她再也睡不著，索性起床披衣給大哥寫信。爾康不敢怠慢，也披衣起來陪坐。陳芷芳是個快手，半個時辰便將信寫就，爾康強忍呵欠：「夫人辛苦了！」

第二天，陳芷芳欲將此信交給管事，由呂管事送往京師大哥府中。忽聽花牆另一頭傳來爾康的聲音：「我夫人出面說情，這下五叔爺的冤情可有指望了！」陳芷芳微微一笑，不知夫君在向誰表她的功呢。哪知接下來竟傳來阿巧的聲音：「事情要是辦成了，大老爺定會對你刮目相看呢！大老爺做不成的事，你卻能做成！」

陳芷芳不禁大怒，自己辛辛苦苦為林家做事，把心肝全掏給夫君，他卻在後花園與丫環卿卿我我打情罵俏！她重重咳嗽了一聲，也不去找呂管事了，拐回自己房裡，將那封信撕得粉碎。

林爾康聽到咳嗽聲嚇了一大跳，小跑著繞過回廊往園門這邊一看，看到夫人的背影，不禁頓足，壞了，事情恐怕有變。他急急追過來，到了房裡，看到那封信被撕成一個個小碎片，白蝴蝶般躺在地上。林爾康賠笑道：「夫人切勿生氣，今早我正要上鹽號，碰到阿巧在天井裡洗衣服，你也知道，我心裡藏不住事，就跟她說了幾句，你別誤會。」

陳芷芳撇撇嘴冷笑道：「是呀，這麼巧？我怎麼就沒有這樣的好緣分，一早出門就能碰上個情郎什麼的。」

林爾康備了筆墨，小心翼翼勸道：「夫人，你就別生氣了，五叔爺的冤情要緊，你就重寫一封信吧！」

陳芷芳一把搶過毛筆擲到地上：「這事我橫豎是不管了！要寫你自己寫。別再惹我！」

林爾康沒料到事情突生波折，後悔自己又去找阿巧，可現在後悔也來不及了。只好苦著一張臉前去回覆：「叔叔，我娘子說五叔爺的事要太后老佛爺說了算，她大哥雖說是太傅，可在太后跟前使不上勁兒，實在是無能為力得很。」

林維源臉一黑，暗恨侄兒媳婦不肯幫忙，一腔怒火轉發到侄兒身上：「話雖這麼說，總歸有法子的。關鍵的問題是做與不做，我看是你得罪了你娘子，你娘子才不肯幫忙罷。堂堂一個男子漢，怎麼連內室都搞不定？」

林爾康不敢還嘴，只是在心裡嘀咕，你厲害，那你直接找你侄媳婦說呀。他也知道自己夫人畢竟姓陳，且娘家權勢炙手可熱，叔叔不便直接命令侄媳婦辦事，無奈自己就是搞不定夫人，一見到夫人頭就大了三分。

兩頭受氣，林爾康竟病倒了。陳芷芳一開始還在生氣，並不睬他，後來見夫君漸漸病得重了，這才有些著慌，開始衣不解帶地服侍起夫君，她可不想一過門就當個寡婦。爾康兀自暈睡，陳芷芳摸摸爾康的額頭，還是滾燙，不禁心急如焚。待到爾康醒轉了些，陳芷芳急道：「冤家，你快點給我好起來罷！我馬上給大哥寫信，求大哥幫忙昭雪五叔爺的冤情。這樣老爺就不會再逼迫你了，你就是林家的功臣！」

她提筆寫信，寫了一半忽又停下來，林爾康一顆心停在半空中：「夫人，為什麼又不寫了？」

陳芷芳笑道：「自我嫁到臺灣以來，還沒回過大陸呢。不如趁這個機會回福州娘家走一趟。你陪我回去吧。」

兩人前去稟報，林維源撚鬚沉吟：「侄兒媳婦如此出力最好，你辛苦了。照理我也應該一起前去，趁熱打鐵，看能不能一舉昭雪你們五叔爺的冤情。只是撫墾局事務繁忙，不如你們先行一步，我將撫墾局事務告一段落，隨後就到。」

小夫妻倆備了臺灣的名產，乘船前往福州碼頭。陳芷芳的打算是，先回家探望一下母親，由母親親自給大哥去信，母親的份量比自己這個當小妹的份量重，相信大哥會極力辦成此事。福州大街上熙熙攘攘，比起臺灣來又別有一番風味。陳芷芳猶如飛鳥回故林，特別雀躍。她索性從馬車上跳下來步行，林爾康被一塊粉紅色絲綢吸引住了，忍不住攤開來左看右看，心想，要是阿巧穿上這塊粉紅絲綢裁成的衣裙要多俏就有多俏。陳芷芳湊過來一看，讚道：「夫君好眼力，這塊絲綢裁起來肯定很漂亮！」

林爾康眼見布案上只剩下這麼一塊粉紅色絲綢，僅夠一人剪裁，他存著私心，搪塞道：「夫人，你已有多件粉紅色衣裙，不要再買了，重色不好看，我們再挑些其他顏色。」

偏偏陳芷芳道：「我雖有多件粉紅色衣裙，但顏色深深淺淺，每一件自有其妙處。女人家哪有嫌衣服多的道理？況且咱們也不缺這個錢。」正要吩咐老闆將這塊絲綢包了，林爾康心內發急，挑剔道：「你瞧，這個地方勾了一下，起絲了，咱們不要罷。」

陳芷芳笑道：「不妨礙。在這邊繡朵花就遮掩過去了。」

林爾康還欲繼續阻攔，陳芷芳突然起了疑心，再仔細一想，冷笑道：「恐怕是你心懷鬼胎罷，是不是想著買了這塊布回去送給某人？」

林爾康被挑破心中所想，有些狼狽，吶吶道：「夫人，你又多心了。既然你這麼喜歡，就將這塊布買下吧。」

陳芷芳將絲綢往布案上一擲，賭氣道：「不買了。我哪敢奪人所愛？還是留著讓你去獻寶，去討好某人罷。」自顧自上車去了。夫人如此說話，林爾康哪敢再買那塊絲綢？他趕緊追了上去。那老闆眼見到手的生意又飛了，氣得乾瞪眼。

回到娘家後，陳芷芳且將怒氣藏起與母親等人相見，母女二人自然分外親熱，陳芷芳向母親一一介紹臺灣風物。轉眼過了兩三天，陳芷芳就是絕口不提林國芳冤情一事，急得林爾康飯也吃不香，覺也睡不安穩，只恨自己說話做事太不小心，平白無故又惹出這麼一段公案。夫人現在動不動就打翻醋瓶子，他實在是無能為力得很，只能加倍討好。陳芷芳在外滿面春風，回到房裡臉便冷下來。林爾康很是無趣，三番五次想開口，話到了嘴邊，一見夫人臉色，又硬生生嚥回肚子裡。如此賠了幾日小心，陳芷芳氣慢慢消了，有時心軟，想向母親提及五叔爺之事，可一想起阿巧，憤恨之情忍不住又湧上心頭，如此反反覆覆，幾天內不知變了多少次主意，真是柔腸百轉。

眼看日子一天天過去，陳芷芳冷靜下來，覺得還是向母親提及五叔爺之事為好，免得讓林家上上下下的人笑話她陳家大小姐心胸氣量如此狹窄。老夫人一聽，極爽快地答應了，既是親家的大事，哪有袖手旁觀之理，當下命人研墨準備動筆給兒子寫信。此時，一個丫環慌里慌張地跑進來稟報：「老夫人，京師的陳管家回來了。」

老夫人詫異道：「琛兒在京為官，難得回家一次，怎麼這一次無緣無故回來了？」

陳芷芳高興地拍手：「這下太好了！我可以當面跟陳管家說一說爾康五叔爺的事！」

陳管家進來給老夫人請安。老夫人見他神色悲戚，不禁有些起疑：「陳管家，你因何回來？太

傅呢？」

陳管家「撲通」一聲跪到地上：「老夫人，太傅這幾年一再奏本勸諫太后，雖獲得清流美譽，最終得罪了太后，被連降五級。太傅心灰意冷，就此退隱還鄉，令小的先行一步通報一聲。」說完忍不住嚎啕大哭起來。

老夫人已上了年紀，忽聞惡訊，一陣天旋地轉，人直挺挺地往後倒下去。慌得眾人蜂擁上去扶住。好不容易待母親醒來，安頓好母親，陳芷芳失魂落魄回到房來，眼淚忍不住撲簌簌往下流。自己往日仗著大哥是當今太傅，在夫家難免有些驕嬌之色，如今大哥被連貶五級，落毛的鳳凰不如雞，不知有多少人恥笑。她又是羞慚又是氣急。

這時，一隻手落在她肩膀上溫柔地拍了拍以示撫慰。陳芷芳抬起一雙淚眼，見是夫君，不禁緊緊抱住夫君痛哭起來。想起自己之前在夫君面前吊高價，夫君低三下四求她，她置之不理，如今倒好，她肯幫忙也沒用了，回天無力。

林爾康溫柔勸慰道：「夫人不必傷心。俗話說，瘦死的駱駝比馬大，大舅子雖被連貶五級，福建官員見了大舅子還是不敢得罪，太傅餘威猶存。陳家衣食無憂，仍可以過幾十年富貴日子。」陳芷芳無言地抹了抹淚。

第十二章 通向朝廷的梯子

林維源原本欲借侄媳婦陳芷芳大哥陳寶琛的力量為阿爹林國芳洗刷冤情，不料陳寶琛被貶。林維源只得另闢蹊徑，借郵傳部盛宣懷之手報效北洋海軍二百萬兩銀子，慈禧太后因此開恩，林家冤情終於得以昭雪。

阿爹林國芳的冤屈一直是林維源心中那個隱隱作痛的傷口。多年來，林維源的所作所為均在為洗清阿爹的冤屈而努力。

林維源的習慣是，每天清晨洗刷之後都要到祖廳裡叩拜一下列祖列宗，燒上三支清香，再來用早膳。列祖列宗的遺訓：「愛鄉愛土，為富當仁，樂善好施」十二個字早已深深地印在他的腦海裡。上天降恩於林家，讓林家富甲一方。多年來，林家已將閩、粵、台、浙的陸路水路關卡打通，形成一個良好的關係網。只是林維源絕不敢忘了那些在溫飽線上掙扎的百姓，他一直覺得舉頭三尺有神明，人的一舉一動上天都看在眼裡。自己住在像圖畫一樣的園林裡，而老百姓的矮屋前常常有爛菜葉、牛大糞、脫了幫的破鞋子，有時還有死老鼠。每次天災，不管是颱風還是水災、大旱，林家都要在板橋街設置賑災棚，看著嗷嗷待哺的百姓喝著熱氣騰騰的白米粥，林維源心裡特別欣慰。

林家是從唐山渡海來台的幸運者，其他很多偷渡來台的人，擠在偷渡船上，人頭像密密麻麻的西瓜，這些西瓜稍有不慎隨時都會滾落。臺灣海峽白浪滔天，隨時船翻人亡，葬身魚腹。若遇海盜搶劫殺戮生靈，更是冤死海底。真正到了臺灣，四目無親，饑寒困苦茫然無路，有時遇上賊寇連衫褲都被剝去，真真叫天天不應，叫地地不靈。一年到頭惟有靠給人打短工勉強度日，受盡打罵，半月未到工資已用盡，一時氣忿走上賊路，鄉保一經探知，草出門戶，終日愁苦致病，無人照顧。命危旦夕，拖出草埔，雨浸日曝，二目吐吐。舌青耳烏，哀聲叫苦，死無棺木，骨骸暴露。豬狗爭食，並無墳墓。加上生番剽悍，出草殺人，互相拼鬥，難免有無辜斃命者。墾荒中野獸毒蛇出沒傷人，動輒死於非命。叢林裡瘴癘薰蒸，瘟疫橫行，水土不服不幸罹病無處求醫而殞命者，更是不計其數。相比之下，林家幸運多了。因此，林家近百年來都在竭盡全力幫助窮苦人，力創養濟院以恤窮黎。到了林維源這裡，他總覺得自己做得太少太少，有時他經過淡水河邊，會聽見窮苦漁民的淒涼歌聲：

一年一年又一年／寬寬大海沒有邊／年年抓魚在海上／巨風大浪命危險。
一年一年又一年／雙目凹入臉皮黑／一日只顧三頓飯／風吹雨澆無人管。
一年一年又一年／十八年來一隻船／十八年來一張網／十八年來一雙槳。

看到淡水河兩岸百姓生活不便，林維源慨然設了義渡，讓百姓少走了許多冤枉路。長隨阿寶的孩子上不起私塾，他讓阿寶的三個孩子都跟著爾嘉一起受謝先生的教誨。臺北城要建立了，林維源頭有些大，偌大一個臺北城，他一個人確實力不從心！可全臺北的人都睜著眼睛看他的一舉一動，一咬牙，他認捐了小南門。林維源所做的一切，就是為了向臺灣百姓證明：林家是仁義的！阿爹是冤枉的！

林國芳的案件引起了郵傳部大人盛宣懷的同情。他認為，林國芳可能有一定的過失，但他罪不至死，確實死得蹊蹺，死得冤屈。盛大人的同情，讓林維源看到了黑暗中的一絲光亮。

賈善悄悄地通過各種關係說服林家，動員林家撤銷上訴：「人都死了那麼久了，現在再來糾纏這個案件又有什麼意義？」

林維源不為所動，他抱著魚死網破的決心，要和這個巨大的聯盟一決高低。

在盛宣懷的幫助下，都察院終於同意將林國芳的案子調往北京讓朝廷親自裁決。

林維源滿以為這次案子轉往北京，朝廷能有個清白的審理，解除一直壓在林家頭上的冤屈和恥辱。林家上上下下無不歡欣鼓舞。

可是，林維源的夢想又一次破滅了。

也許朝廷對林國芳並沒有不好的看法，也許都察院對林國芳深表同情，但他們犯不著去得罪慶端和瑞賓，特別是臺灣和福州這兩個敏感地區的官員。假如同意洗刷林國芳的罪名，那等於全盤否定了以前案子定下的結論，這個誰也不願意做。

因此，雖然朝廷對此案進行了關注，他們審核了案宗，結論還是維持原來的審判結果。

林維源幾乎崩潰。可他的身上有著驚人的韌性。痛定思痛，他再次反觀了全局，林家世代經商，官職均是捐輸得來，別無他法，在所有的努力徒勞失效之後，他目前所能做的就是盡力感動現任福建巡撫丁日昌，這也是盛大人給他指引的一條明路。他希望開始新一輪的溝通與協商，希望通

過盛宣懷與福州和臺灣官府進行陳情，找到一個所有人都能接受的辦法。

林維源一口氣為大清海防捐贈了六十萬兩銀子，眉頭皺也不皺一下。六十萬兩銀子遠遠超出林家的承受能力，做生意很多資金不能套現，而且要追加成本，舉目世上，沒有誰可以一口氣拿出六十萬兩銀子來。林家上上下下開源節流，決心分三次繳清這筆驚人的捐款。

當親家陳太傅被連貶五級的事傳到臺灣時，林維源本來將撫墾局事務處理告一階段後欲動身前往大陸，如今看來，太傅本身自顧不暇心情苦悶，自己還是不要去打擾親家的好。看來還是得從巡撫劉銘傳大人身上下功夫。劉大人深得中堂大人賞識，若他能在中堂大人面前替林家進言，中堂大人再在太后面前替林家進言，那阿爹冤情不難昭雪。唉，其中不知又要多少奔波，只恨林家無路直達天聽，只得一環扣一環順藤摸瓜。此番巡撫大人要進京覆旨，於自己正是一大好機會，正好可以跟隨前往。一路上舟車飲食等事務，皆由林維源安排得井井有條。劉銘傳喜歡淮菜風味，林維源還特地帶了一名廚子專門侍候巡撫大人。到了京城，劉銘傳身上明顯胖了一圈。他照了照鏡子，望著臉上多出來的肉，對身後的林維源道：「時甫老弟，你放心，令尊之事我定會在中堂大人面前言明。」

林維源懷裡揣著一張二十萬兩的銀票。管事呂世宜堅決反對拿去捐獻海防：「老爺，現在當務之急的是重新購置一艘大船，預計資金二十萬兩。」

林維源無奈地搖了搖頭：「呂先生有所不知，現在當務之急的是繳清那六十萬兩海防經費以求太后恩典，為我阿爹洗清冤屈。」

呂世宜急得瞪大了眼睛：「要是不緊急重購大船，不僅僅斷了一條重要財路，關鍵是生意被別人搶了去，以後很難再重新建立經營脈絡。老爺若將這二十萬兩再拿去捐獻，你會後悔的！」

林維源苦笑：「我焉不知其中的利害關係？只是國難當頭，海防設備如此落後，讓人看了實在痛心。再說了，不把這六十萬兩捐清，太后老佛爺怎會點頭幫我阿爹洗清冤屈？」

呂世宜性格很強，他頭一擰：「我不同意。」因為林維源平日裡很尊重他，而且東家對別的下人也總是給予平等待遇，讓他們痛痛快快地發表自己的見解，所以呂世宜敢這樣梗著脖子說話。林維源之所以總是給下人平等待遇，是因為他曾經受過深深的刺激。有一次劉銘傳大人邀他到縣太爺家一起歡宴，剛落座，縣太爺吩咐上茶，林維源眼尖，當劉大人揭開茶蓋的時候，他一眼就看出劉大人的茶葉粒粒飽滿珠圓玉潤，是頂級的鐵觀音。而自己的茶葉呢，頂多是一兩銀子一斤的烏龍茶，一下子把他的心情敗壞得無以復加。如今林家既富且貴，他經常提醒自己不要犯這樣的錯誤。

最終，呂世宜屈服了。

林維源心裡盤算只要再將這二十萬兩銀子上交，那麼六十萬兩的海防捐助就全部繳清了。他一心盼望著這六十萬兩銀子能夠全部用在鞏固海防上，多鑄幾門像樣的大炮，大清的臉面多少可以立得昂然一些。一想到邊防官兵們能用上嶄新大炮，射程直達五十米威力無敵，林維源就感到一陣陣興奮。

北京的春天海棠初紅，柳絮紛飛。然而，林維源的心情並沒有隨著春天的來臨舒暢起來，阿爹能否洗清冤屈，成敗在此一舉。三月初七早晨，太陽從東方升起，億萬光線猶如給萬物披上一匹金色的綢緞，一切是那樣靜謐。林維源早早起了床，穿上官服，端端正正地坐著，等待那個決定阿爹命運時刻的來臨。

熬到辰時，林維源隨劉大人進入了李大人的府第。林維源一顆心如兔子怦怦亂跳施行大禮：「末商拜見李大人。末商早就仰慕李大人雄才偉略，先後設立江南製造局、輪船招商局、開平煤礦、上海機器織布局等企業。特別是您一手建立的北洋海軍是我們大清朝廷抵禦外敵的中流砥柱！劉大人一心一意效仿您在臺灣開展洋務運動，目前已得初步成效。大清有您這樣的大臣，乃朝廷之幸！萬民之幸！」

李鴻章略抬了抬手：「大清國要是多幾個像林老闆這樣既重利又重義的大商人才好咧！老佛爺這次鳳顏大展，要晉封你為內閣中書，追贈三代二品封典，賜建『樂善好施』牌坊於新莊。」趁李鴻章說話的時候，林維源細細打量了李大人一番，李大人也老了，鬚髮皆白，他忍辱負重，支撐著風雨飄搖的大清國，可世人多半不理解他，民間唾沫如大海，想到此，林維源心中一陣陣難過。一聽到「追贈三代一品封典」，林維源來了精神，連忙道：「謝太后，謝李大人。時甫為國盡力，理所當然，只是有一件事還望太后格外開恩。」講到這，林維源淚如泉湧，雙膝跪了下來：「李大人，我阿爹林國芳公蒙冤去世，抱憾終身，還望大人還他一個清白，這樣他老人家九泉之下也好瞑目。」

「林老闆請起，坐下來說。」

林維源顫聲道：「我阿爹生前正值臺灣漳籍泉籍械鬥最為激烈的時候，他兩邊奔波勸和，不料臺灣知府聽信泉籍人讒言，說我阿爹暗中為漳籍人出頭，索賄二萬兩銀子，我阿爹性情耿直，堅決不從，自信這是莫須有的罪名，身正不怕影歪，公堂上自會還他清白。他與眾詩友飲酒時，憤慨之下說出被勒索之事。眾詩友聯名為我阿爹證明清白，不料知府大人惱羞成怒，將我阿爹拘捕，革去頂戴花翎，準備從臺灣押到福建侯審。我阿爹在茫茫大海上蹊蹺而死。這幾年來，我阿爹夜夜入我夢鄉哭訴，定要我幫他找回清白。可案子已經定案，加上主審官員已經調遷，我投訴無門，我阿母日夜為阿爹啼哭，可憐竟哭瞎了一隻眼睛。因我阿爹之案，許多生意上的對手拍手稱快，令林家上上下下蒙羞。大人，求您在太后面前為我林家陳訴冤情，請太后格外開恩！若此心結不去，林某永世寢食難安！」

李鴻章沉吟了半晌，問道：「你手頭可有當時審案的一些書面憑證？」

「稟大人，在下手頭沒有任何審案的書面憑證。當時審案的賈大人一心置我阿爹死地而後快，故而整個案件過程密不透風。」

「這樣吧，我令我的門生邵友濂將當時的審案材料全部調來，面呈太后過目。」

林維源的心揪了起來：「從京城到福建一來一回不知又要耗費多少光陰？我已離開臺灣近一個月，臺灣有一堆俗務等著我回去處理。再說了，事隔多年，要是下面的官員推託材料丟失，或者篡改造假也不是沒有可能。只怕事情再這樣拖下去，我阿爹的冤情永無出頭之日了！」

李鴻章道：「林老闆，我理解你的心情，只不過此事老夫也不能定奪，唯有請太后示下。你且忍耐一番，我明日面見太后的時候再向太后陳情，至於太后如何定奪，那就看你們林家的造化了。」

整個晚上，林維源輾轉反側，直盼天明，回想阿爹乃性情中人，尤精於書法行體，排闔縱橫，瘦硬通神，類其風骨，兼善畫，寫竹猶入妙。豈料蒙冤而逝，含恨九泉！

林維源越想越睡不著，乾脆坐起來，從行李中掏出隨身攜帶的阿爹遺墨拓本「春發其華秋結其

實，業精於勤行成於思」反復揣看，一夜枯坐。

清早，李鴻章進宮拜見太后，林維源眼巴巴地看著李大人的身影漸漸遠去。

東方晨曦透明，天街打掃得纖塵不染。清亮的曙色中，乾清門前一派莊重肅穆。等候入朝的文武百官望著巍峨的太和殿，只見兩丈高的殿基，十一楹寬五楹深的殿堂，無形當中震懾人心令人戰慄不安。年輕的光緒皇帝端坐龍椅，慈禧太后端坐於簾子後。李鴻章叩首道：「林國芳一事已過多年，兩造已物故，又訪無實跡，找不到林國芳蓄意鬧事之證據。且看這林維源有志顯揚，樂輸鉅款，亦足見其情殷。臣奏請恢復林國芳的原銜。」

慈禧太后這幾年屢為軍費所苦，林維源此舉不啻於雪中送炭，況且定案的臺灣知府已經亡故，可以把誤判的罪名推在他身上，這樣又能維護大清朝廷的臉面，她輕描淡寫道：「李大人，我看這林維源甚為乖巧，知道我六十大壽在即，為我送來這麼一份厚禮，就著你重審此案，若確系冤情，你可直接為林國芳翻案。」

李鴻章聽了大駭，林維源那二十萬兩銀子明明是用來捐助海防的，怎麼眨眼間變成了太后的壽禮。但他已將太后那句「誰讓我一時不痛快，我就讓他一輩子不痛快」的話深記腦海，不敢多言，退了出來。

一聽太后格外開恩，林維源高興得雙淚長流。

西太后認為無足輕重的小事，對於林家來說卻是一件翻天覆地的大喜事！這意味著板橋林家從此從恥辱架上走下來了！林維源當下立即盛宴宴請李鴻章大人、劉銘傳大人歡飲。酒闌人散，林維源興奮得睡不著覺，心潮澎湃在花園裡疾走。他仰望天上那輪皎皎明月，眼淚忍不住又湧了出來。

忽聽西廂房有嘔吐的聲音，原來劉大人也喝醉了，林維源急忙敲門進去問候，劉大人睜著一雙醉眼指著他罵道：「林時甫，你那二十萬兩銀子花得值啊，送給太后這麼一份壽禮，太后怎會不還你阿爹清白？」

林維源大驚，辯道：「劉大人，你冤枉我了，我那二十萬兩銀子是去捐助海防的，絕不是送給太后當壽禮的！」

劉銘傳吐過後清醒了些，忽然意識到酒後失言，趕緊假裝醉酒未醒，又胡言亂語了幾句，睡下了。

林維源只得告辭出來，心中熊熊熱血突遭三九天一大盆冷水從頭到腳澆灌而下，只覺悲憤滿腔，又無從發洩。真是匪夷所思的事情，端坐在紫禁城中央的那個女人，那麼多豺狼虎豹虎視眈眈隨時準備撲上來撕咬大清的血肉之軀，她卻不拿銀子去添獵槍，只因為管獵槍的人叫李鴻章，不是旗人，這樣她不放心，所以她寧願把銀子拿去修建頤和園，這個園子才是她的。

來北京的路上，林維源曾經在歇腳的茶寮裡聽一個赤著腳、腰中別著柴刀的年輕樵夫說：「一個老太婆，就做了皇上的主，做了大清國的主，換是我，乾脆雇個人殺了她，叫她給皇上讓路……」

當時林維源一顆心怦怦亂跳，裝作沒聽見。如今他簡直也有了那年輕樵夫的想法了！對於太后，他又是怨恨又是感激，不管如何，阿爹的冤情畢竟昭雪了！

自從阿爹冤情得以昭雪，林維源只覺天地陡然清朗起來，天比以前高，地比以前闊，可謂是春風得意馬蹄疾，一夜看盡長安花。他並未打算直接回臺灣，想順道到蘇州拜謁郵傳部盛宣懷大人。若論中堂大人、劉銘傳巡撫大人，他們之地位是可望而不可及；而這位盛大人，則是自己可以努力

靠近的榜樣，盛大人是洋務運動幹將，也是外商眼中最難對付的勁敵，林維源渴望也成為盛大人這樣為國出力的欽商。盛大人歷任湖北開採煤鐵督辦、輪船招商局督辦、上海華盛紡織總廠督辦、中國鐵路總公司督辦，授郵傳部尚書，加太子太保銜，著賞頭品頂戴，大清國土任他叱吒風雲縱橫馳騁，輝煌至極。

林維源拿著劉銘傳的薦表來到蘇州，只見蘇州大街上《申報》賣得極為火爆。林維源命阿寶也去買了一份來，上面赫然印著天津電報局及各地分局股票牛氣沖天的新聞，民眾爭相購買，唯恐落後，以致票面額一百兩的股票在市場上居然上升到一百五十兩。林維源粗算了一下，那些投資的股東如盛宣懷、鄭觀應等人一夜之間賺了十幾萬兩銀子，股票這東西威力著實嚇人，可以讓人一夜暴富。

盛宣懷大人是李鴻章大人的義子，林維源給盛大人帶來了一棵臺灣罕見的玉珊瑚樹做為見面禮。

「林老闆，令尊沉冤昭雪，實在可喜可賀。」盛宣懷早就聽說了林維源的聲名與來歷，所以他雖然富貴之極，並沒有怠慢林維源。

「謝謝大人關心。大人電報總局的股票價格直線飆升，更是可喜可賀。」

盛宣懷喝了一口茶，坦言道：「今日之天下，做官者收名利而人盡趨之，辦事者受讒謗而人盡戒之。自我創辦煤礦以來，國人的妒忌，洋人的覬覦，以及運輸不便、釐捐太重造成一大堆難題。我所做之事都屬創始之舉無經驗可循，猶如無米之炊，總之一個難字了得。今日之成就，實屬不易。林老闆是做大事的人，想必其中甘苦也知一二。」

一席話讓林維源引為知音，他助劉銘傳清賦，巡撫大人功德圓滿，他卻受盡鄉人的怨恨與誹謗，盛大人實是他的榜樣。他原本想著入股天津電報總局，現在電報總局股票如此看好，賺個萬把兩銀子易如反掌。可仔細一想，好花不常開，好景不常在，如今股票價格已達頂峰，若以後洋人從中作梗，那時股票價格必一路狂跌，下場不堪設想。不如自己也來想個法子發行股票上市，勝過撿別人的殘羹。當然，股票是新生事物，自己不熟悉不容易上手，還需多加學習。

第十三章 平地起風雷

西洋茶葉暢銷，青茶成本一日日高漲起來，連農肥價錢都翻了一倍。更別說採茶女工的工錢一路水漲船高，包括製茶工人的工錢全翻了一番。不料製成熟茶後，唐山那邊製茶技術與包裝日臻圓熟，對臺灣茶葉造成強力衝擊，一時之間，青茶貴熟茶賤，加上為了競爭萬畝茶園上上下下打點所花的費用，林維得山窮水盡，臉上愁雲慘霧。林維得險中求勝，向大哥林維源借銀大肆收購低價茶葉，並聘請大師傅嚴把品質關，終於打了翻身仗。不料建祥號又被誣陷出售劣質茶葉……

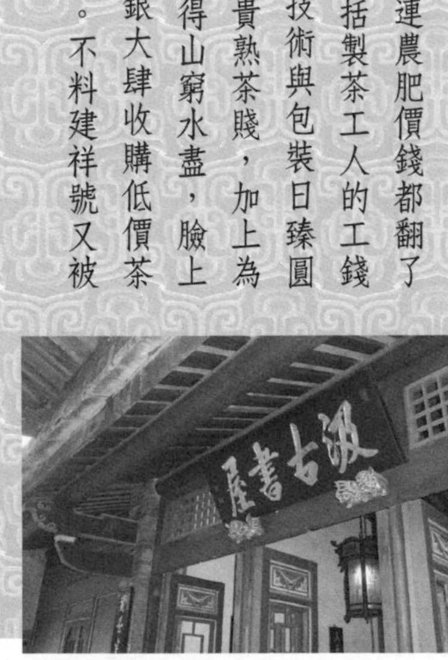

建祥號是老招牌了，跟媽振館（媽振館是英文merchant的諧音）已形成一張熟絡的關係網。茶農經常走林維得的路子以取得媽振館的茶業貸款。可有時經常出現壞帳現象，茶農一身赤貧，要是遇上天氣不好或者茶葉出口滯銷，往往無力償還債務；媽振館為了高利盤剝又不得不貸款給茶農，否則就收不到新茶葉，如此惡性循環，常有衝突發生。林維得居中調停，一年到頭忙得暈頭轉向。

最讓他頭痛的是打理人際關係，有些人，想伸手要錢又不直接說，弄了個中間人，中間人說話也遮遮掩掩的，讓人不放心，林維得是個直腸子，很惱火這樣的行徑，你要多少錢乾脆直說得了，既要做醜事，就大方一些，非得弄個遮羞布，萬一中間人拿了銀子沒有悉數交給對方，自己豈不是要吃兩個人的虧？可他有時莽撞地繞過中間人，卻碰了一鼻子灰，連門都摸不著，心裡想著哪天一定找大哥好好討教討教這類難題。

西洋茶葉暢銷，青茶成本一日日高漲起來，連農肥價錢都翻了一倍。更別說採茶女工的工錢，一路水漲船高，包括製茶工人的工錢，全翻了一番。不料製成熟茶後，唐山那邊製茶技術與包裝日臻圓熟，對臺灣茶葉造成強有力衝擊，一時之間，青茶貴熟茶賤，加上為了競爭萬畝茶園上上下下打點所花的費用，林維得山窮水盡，臉上愁雲慘霧。茶園投資全是從錢莊上借得，原期望賣個好價錢，不料市價急轉直下，現在連工人的工錢都發不出來，眼看著堆積如山的茶葉，加上連日陰雨天氣，若再不脫手，茶葉就要發黴，全年心血就要毀於一旦。

雪上加霜的是，農曆十月晚突下暴雨，山洪如狂龍一瀉千里，西南倉庫裡的茶葉悉數被淹，苦無大太陽曝曬，茶葉裡黴斑瘋長。

深夜，守在茶行裡的管事章全忽聽到後面倉庫裡傳來一陣哭聲，他連忙趕過去看看。

「二爺，你……」

「我想不通，老天爺為什麼要這樣對我？費盡心機搶過來的茶園卻讓我血本無歸……」林維得哭得眼淚鼻涕糊了一臉，見章全來了，原想掩飾一番用袖子將眼淚擦乾，發現徒勞，索性讓淚水縱橫流淌。

「再想想別的辦法吧，事情總會好起來的。」

「沒辦法了。過不了幾天，全臺灣的人都會知道林本源家的二爺一文不值了。」林維得墜入了絕望的深谷。

章全好不容易勸慰二爺在值夜的床鋪上勉強躺下：「二爺，這裡簡陋，你將就一下。」剛剛瞇了一會兒眼，製茶大師傅就背著褡褳走了進來：「二爺，小的準備辭職回家了，家中老母突然病重，我得趕回去伺候。」

章全怒道：「你這畜生，二爺待你不薄，你怎能幹這等釜底抽薪之事？你沒瞧見倉庫裡一大堆茶葉要重新過爐嗎？你一走，底下幫工還不得一哄而散？什麼老母突然病重，虧你也說得出口，讓你老娘聽見了，還不撕爛你的嘴！」

大師傅臉上陣陣發青，欲要爭辯，章全氣得握拳就要揍人，林維得止住了章全：「他要走就讓他走吧。天要下雨，娘要嫁人，章全你給大師傅結算工錢，再另送他五兩銀子，大師傅是為咱們建祥號出了力的。所謂路遙知馬力，日久見人心，哪個要走哪個留下悉聽尊便。」

章全老大不情願地將銀子擲給大師傅，大師傅撿了，張了張嘴，終於沒說話，離開了，林維得頹然倒在太師椅上。

這時，菜園街汪老闆走了進來，朝林維得作了個揖：「林老闆，您的庫房租期已滿，如今洋商看中了這庫房，我欲租給洋商，煩請林老闆清空庫房。」

夥計們面面相覷，林維得的嘴唇抖了幾抖，勉強擠出一絲笑容：「能否寬限幾日呢？」

庫房老闆抱歉地攤了攤手：「林老闆，實在對不起，頂多再拖延三天時間。」

隔日，章全從外面打探回來，林維得急切地問：「怎麼樣，找到合適的庫房了嗎？」

「咱們茶葉數量太大了，金盛號王老闆的庫房倒合適，但那傢伙一口咬定要現錢。」

無奈何，林維得硬著頭皮來到林本源錢莊。他原本發過誓，要憑自己本事創一番事業，絕不朝自家錢莊伸手借錢，豈知造化弄人，不得不腆著臉兒開口相求：「馬掌櫃，開給我一萬兩銀子，我等著急用。」

馬掌櫃一臉為難：「照理說，二爺之難就是我馬運成之難，只是大東家說過，不管是誰，錢莊借貸都得有抵押物，特別是林本源內部的人前來借貸，一律要經過大東家許可。」

林維得碰了個軟釘子，他欲強行挪用，偏偏馬掌櫃是個認死理的人，任他怎麼磨纏都不答應。無奈，林維得只得焦躁地對章全說：「趕緊去找我大哥！」

章全提醒道：「大爺到福建去了，少說也得月底才能回來。」

晚上，林維得焦躁地在大堂裡踱步，他眼睛裡佈滿血絲，閃爍著困獸一樣的光芒，一副想吃人的模樣。

養母丁氏邁著金蓮小腳來到他身邊：「阿得，這是我陪嫁的玉觀音，價值在萬兩以上，你去押給當鋪，籌個五千兩銀子應該不成問題。」

林維得「撲通」一聲跪倒在阿母腳下：「孩兒無能，而立之年還要阿母操心，禍及阿母陪嫁之物，孩兒真是無地自容！」

「快起來，你是我兒，阿母不幫你誰來幫你？」

林維得重重叩了叩頭：「孩兒日後定將玉觀音贖回，若不打個翻身仗，誓不為人！」

有了這五千兩救急銀子，茶葉總算找到了新的存放之處。

此時市面上所有茶行都開始用極低廉的價格瘋狂拋售，惟恐手中茶葉變得一文不值。

「這下如何是好？我們是不是也低價拋售？」林維得和章全商議著。

「不行，低價拋售，你們就永遠翻不了身了。你們最好再大量買進。」陳士銀不知何時走了進來，高聲說道。自林維得不計較他賭輸一事後，陳士銀一心想找個機會報答林維得。

林維得吃驚地瞪大了眼睛：「你瘋了？這種時候還敢買進？哪來的錢？這是什麼臭棋？你存心害死我不成？」

陳士銀微笑道：「不是臭棋，是險棋。你們放出風聲說要大量買進茶葉，二爺依計行事即可。」

正說著，金盛號的王老闆來了：「維得兄，怎麼樣，財源滾滾吧？」

林維得聽出他話裡的譏誚之意，反擊道：「虧老大了，市場上的行情王老闆是知道的，不過林本源底氣足，有我大哥在，建祥號要翻身還不容易？」

王老闆笑道：「是啊，有你那二品官銜的大哥在，建祥號無憂。」

林維得聽他話裡話外帶刺，抬高了大哥，意在貶損他林維得頂多就是老母雞翅膀下的一隻雛雞，很是惱怒，拉下臉來，擺出要逐客的模樣。

王老闆擺擺手：「維得兄，王某今天是來談正事的。不知維得兄是否有意出售建祥號，價錢好商量。」建祥號聲名在外，店鋪地理位置極佳，擁有一大批熟練工人，王老闆早已覬覦多時。

一聽價錢好商量，林維得有些心動，正欲開口，章全道：「王老闆，你誤會了，建祥號目前雖不景氣，但我們還準備大量買進茶葉呢。」

此話讓王老闆甚是驚訝，卻不得不悻悻離去。

王老闆前腳剛走，林維得就埋怨道：「老章，王老闆現在腰包鼓漲，建祥號若真能盤給他，馬上可以兌現白花花的銀子，你怎麼壞我好事？」

「我的二爺，你沒看出那姓王的是在趁火打劫嗎？建祥號現在的確困難，咬咬牙說不定就挺過去了。可是真把建祥號賣了，重新立一個招牌恐怕百年也不易呢！」

陳士銀見縫插針：「二公子，你好好考慮一下我的建議。」

林維得驚疑地望著眼前這個昔日的對手今日的朋友，他看到了一雙真誠的眼睛。他心煩意亂，一方面他不甘心世人總認為他林維得是因了大哥的庇護才有今日的成就，另一方面又惱怒自己在大風大浪面前竟是如此力不從心。現在聽陳士銀娓娓道來，雖是有些驚疑，但他實在不甘心就此滿盤皆輸，於是決定賭一把。

聽聞建祥號有意收購熟茶，各茶行老闆蜂擁而來。林維得卻統統回絕：「不要不要。這時節誰敢碰這燙手的山芋。」

如此反復幾次，茶行老闆都不得要領。

富泰茶行金老闆跑來向章全打探風聲。章全道：「茶葉我們是要的，建祥號多年來有很好的銷售管道，洋商那邊都認我們的牌子，現在價錢走低，所以我們不僅不賣，還要趁這情形大量買進。只不過現在年關，我們二爺要做面子，既要給股東分紅，又要結算工錢，主張過年再進，那時茶葉任我們挑選，恐怕輪不到你們了。」

「那依你看，我們該如何是好？」金老闆問。

「如果你們願意接受三個月以後才兌現的銀票，那我們二爺興許可以考慮考慮。」

這樣，富泰茶行首先接受了三個月以後才兌現的銀票，各行陸續效仿。林維得沒有花費一兩銀子，基本上掌握了臺北的優質茶源。這時林維得派去大陸學習先進包裝的人員業已回來，精挑了一批茶葉佐以優質包裝賣給洋商，此番買賣大概將成本拿了回來，剩下的茶葉賤價處理，如此倒騰了一番，還算小有盈餘。

林維得素知章全愛喝花酒，便請章全和陳士銀到「一枝花」酒樓慶賀一番。酒樓有二層，佈置得花團錦簇上面一張牌匾，龍飛鳳舞的刻著三個字——一枝花，門外有不少衣著暴露的女子嬌笑著搖晃手絹招呼客人，裡面的，男人衣著光鮮，女人個個妖妖調調，肥臀豐胸，瘦腰玉手，白花花的一片，該大的大，該圓的圓，不時可以聽到嬌笑與絲竹琴樂之聲。

酒過三巡，林維得道：「這招棋真的太險了，我的心足足吊在嗓子眼吊了三個月。」

「二爺如此辛苦，晚上更應該盡興才是。」章全壞笑道。

這個晚上，林維得留宿在「一枝花」。

第二天辰時，林維得打著呵欠回到府上，夫人早已認定他一夜風流去了，呵斥道：「外頭那些流鶯野燕身上的東西都是別人用過的，髒都髒死了，你還敢用？」林維得沒有應嘴，他不想與夫人糾纏，直往房裡走，他還想補上一覺。夫人急得跺腳道：「茶郊一大早來請你過去，好像是急事！候了你一個時辰了！」林維得以為是年終團敘，雖是疲倦，還是整了整衣冠趕緊去了。

茶郊門口大匾額鑲著亮藍底色鎏金大字，是林維得阿爹林國芳公的手筆。林維得興沖沖登上臺階，穿過翠竹環繞的甬道，邁進正門大廳。一進大廳，林維得就發現氣氛不對頭，他猛地一怔，木偶似地站住了。本來興奮的神情，瞬間凝固在臉上。只見華麗軒敞的正廳內，十幾把紫檀高背椅上分坐著茶郊理事，每個人表情都肅穆至極不苟言笑，毫無平日輕鬆喧嘩的氣氛。大哥林維源黑著一張臉坐在太師椅上，其他人都寂然無聲，只有買辦龍輝朝林維得不自然地笑了一笑。

林維得莫名其妙，問道：「阿哥，叫我來有什麼事嗎？」

林維源陰沉著臉不吭氣。龍輝忙道：「林老闆，是這樣的，我們茶郊在建祥號的出口茶葉上檢查出一批以次充好的劣質茶葉。照茶郊規定，如此不誠信手段，需以一罰十。」

王老闆是茶郊的副會長，他開口說話了：「這件事剛傳到我耳朵裡時，我根本不相信，再三說過不可能，無奈林會長執意再查個分明，我不得不秉公行事，也好，建祥號正好可以借這個機會辯個清白。」王老闆嘴上說得滑溜漂亮，心裡卻有說不出的快意，只盼著建祥號因此事倒了招牌才好。

林維源冷冷道：「阿輝，你把那些劣質茶葉拿出來給他看看。」

一個苦力把一箱茶葉抱來打開，林維得上前，只見上面是精品烏龍茶，再翻到下面捧起一撮仔細查看，果然俱是粗梗細末。再看看箱子，建祥號的紅色印章顯得分外刺眼。

林維得大呼冤枉：「不可能！建祥號一貫以誠信為本，且走的是精品路線，斷斷不會發生這類事情！這其中肯定有什麼誤會，要嘛就是別的茶行栽贓陷害！」

林維源絲毫不給弟弟爭辯的餘地，一錘定音：「不管其中有什麼曲折，你自去調查。目前物證俱在，自當以一罰十，茶郊共查出建祥號的六百箱劣質茶，共罰三千兩銀子，限你五日內交清。」

說完拂袖而去。

林維得氣得發蒙。別人常說，打虎還得親兄弟，大哥倒好，對別人寬厚有加，對自己弟弟卻是百般苛責，這到底是何道理？一想到這，滿腹氣憤牢騷無從發洩。他氣沖沖地回到建祥號追查此事，這筆生意由阿全負責，阿全連呼冤枉，說裝的都是精品烏龍，何時被調包，實在不知。把負責裝箱的工人一個個叫來問詢，每個人口口聲聲都大呼冤枉。還有另一種可能，就是這些茶葉在碼頭上被人調包，如果是這樣，那就不是內鬼，而是外賊，很明顯有人故意栽贓陷害。這是極有可能的事情，建祥號一直紅紅火火，營業額遙遙領先，有的茶店好不容易招徠了顧客，顧客品了茶之後，搖搖頭，說：「我還是到建祥號去買吧，那裡的烏龍茶才是真正上品。」弄得那些茶店既白費了工夫，又賠了試喝的茶葉，一肚子忌恨與惱火。只是猜測歸猜測，碼頭那麼大，又不是自己的管轄範圍，要調查誰從中搗鬼談何容易？

事情茫無頭緒，林維得心不甘情不願交了罰款。

回到家裡喝悶酒，丫環道：「二爺，大爺來了。」

林維得沒有好聲氣：「跟他說我不在。」

林維源笑呵呵地走了進來：「維得，怎麼了，生大哥的氣了，是嗎？你還有賭氣的閒功夫，我是忙得連賭氣的功夫都沒有。」

林維得氣呼呼地瞪了大哥一眼，一昂首將杯中酒一飲而盡。

「維得，你不曉得大哥的難處。大哥有心護短，可是，在眾目睽睽之下我要是公然護短，能服眾嗎？」

林維得嗆了大哥一句：「你總是想著你自己，撕我的臉去襯你的臉。」

林維源歎息了一聲：「你要這麼想，我也沒辦法。說實在的，建祥號一口氣罰了三千兩銀子，我也心痛，說到底，建祥號也是咱們林本源的產業之一，罰建祥號，等於罰我自己。你以為大哥心裡好受嗎？」

林維得哼了一聲：「反正咱們林本源有的是銀子，不差這區區三千兩。」

林維源見弟弟跟自己嘔氣，懇切道：「維得，你調查清楚了沒有，到底哪個環節出了問題？」

「夥計們都說肯定是在碼頭上被調包了，可碼頭那麼大，我要從何查起？」林維得沒有好聲氣。

「這樣吧，我幫你暗中查查。」

林維得馬上轉陰為晴：「真的，大哥？」

林維源笑咪咪地點點頭。

雨過天晴，林維得喜道：「大哥，晚上有空嗎，晚上我請你到春喜樓看戲。」

「你這是負荊請罪嗎？」林維源調侃道。林維得不好意思地撓撓頭。

自己標下茶山後茶價就大降，林維得愁眉不展。這時，青雲號趙老闆上門了：「林老闆，我們茶莊急需一批茶葉，聽說你手裡有一大筆存貨，能否救救急，價錢好商量。」

林維得大喜：這不是撞上門來的兔子嗎?那批劣質茶葉正好可以轉嫁到趙老闆身上。他滿口答應。林維得依葫蘆畫瓢，將上好的茶葉讓趙老闆看了，價錢談妥，馬上取貨。夥計們正在搬運之際，林維源聞訊趕來，大喝一聲：「停！」

眾人皆驚愕不已。林維得趕緊上前捅了捅大哥的胳膊：「大哥，這裡都是汗臭味，你到裡面喝杯茶吧！」

趙老闆不知林維源何意，以為林維源覺得價錢不夠高，還想吊他胃口往上提提價，不悅道：「林大東家，我與你二弟已經協議好了，這批茶葉我非要不可。不知林大東家何以前來阻撓？」

林維源不語，隨手指了指中間最裡面的一袋茶葉命令夥計：「把那袋茶葉搬出來。」

林維得面如土色：「大哥，你究竟想幹什麼？」

夥計正遲疑著，不知到底搬好呢還是不搬好。林維源厲聲對那夥計道：「我叫你把這袋茶葉搬出來，你沒聽見嗎？」

夥計嚇一跳，只好將那袋茶葉扛了出來。

「打開。倒出來。」

茶葉倒了出來，趙老闆叫起來：「維得兄，建祥號一向以品質著稱，你這樣做手腳會砸了建祥號的牌子！」

眼見林維得臉上紅一陣白一陣，林維源為二弟解圍道：「趙老闆，今天我前來，就是為了保住建祥號信譽的。」

當下命令夥計將做過手腳的茶葉袋一一打開，重新翻檢，包裝了一百袋上等烏龍賣與趙老闆。趙老闆一口一個謝謝，感激不盡。

林維得看著滿地的劣質茶葉發呆，林維源厲聲道：「把這些茶葉全部賤價處理！」

晚上，林維得心虛，挨到很遲才回到府中，只見客廳黑壓壓站了一幫人，他不禁頭皮陣陣發麻。林維源陰沉著臉：「二弟，你跪下！拿家法來！貪、散、懈為生意場上三戒，你犯了第一戒！今天不讓你長長記性，林家的信譽早晚會讓你敗光！」

眾人見東家動怒，無人敢勸。

那家法是用老藤條做的，上了油，烏黑滑亮。林維源把鞭子對準維得的後背高高舉起來。

「啪！」

「啪啪！！」

「啪啪啪！！！」

第一鞭下去的時候，維得反射地昂起頭來；第二鞭，第三鞭……

夫人驚叫起來：「流血了！」只見血跡蚯蚓似的流了下來，將長衫染得紅彤彤一片。女眷們閉上眼睛，不忍再看這慘景。

「三十一，三十二……」

「四十七，四十八……」

鞭子上都帶了血。

每一鞭，都像打在眾人的心窩上。忽聽「咚」的一聲，維得終於扛不住，栽倒在地。那些閉著的眼睛突然睜開，一窩蜂地上前救人。

維得足足在家養了半個月的傷不能出門。躺在床上，他越想越氣，準備一輩子不搭理大哥。他暗下決心：至死也不與大哥再搭一句話！

這日，林維源走進房來，林維得翻過身，將後背撂給大哥，心裡嘀咕著大哥笑咪咪的不知何

意。只聽大哥道：「二弟，告訴你一個好消息。這段日子我囑咐碼頭把總暗中調查，終於查出了事情的原委。原來是恆春號派了幾個夥計從中調包故意栽贓陷害。茶郊已經決定：恆春號除了賠償建祥號的損失外，還要被重罰一筆銀子。

林維得驚喜得一骨碌從床上爬起來：「真的？」

林維源笑咪咪地點點頭。

林維得不得不服氣大哥，確實是個有大手腕大氣魄的人。

第十四章

謠言如風

大買辦康顯榮與林維源聯手在淡水河東岸鴨子寮一帶建造洋街出租給外商。劉璈授意阿生終日帶了一批地痞惡棍來工地搗亂，並四處放風，說洋街建造會破壞老祖宗風水，林維源為了賺銀子不惜用童男童女祭拜等等。恰好有位工人施工受傷，阿生等人更是大放厥詞，說什麼洋街鬧鬼，林維源力挽狂瀾。經營過程中，康顯榮私自讓洋商免費入住，與林維源產生裂痕。劉銘傳聽說林維源寵愛劉璈所送的絕色女子綠珠，心中猜忌。林爾嘉出洋日本，受日本人欺辱。

這日，林維源難得清閒，在家中與綠珠飲酒作樂。忽聽管事呂世宜報：「康顯榮大老闆來訪。」這康顯榮全台大買辦的位置堅如磐石，林康兩家在生意上打了十幾年的交道了。

林維源對呂世宜道：「快請他進來！」爾後轉頭對綠珠道：「康顯榮今日登門，必有天大的事！」

綠珠嬌笑道：「何以見得？你整天想著生意經，難道人家登門非得跟你談生意，就不許人家到咱家裡散散心嗎？」

林維源撫了撫綠珠的秀髮：「商人利字當頭，整日價為了錢財東奔西走，哪像你們婦道人家有閒情逸致到處閒逛，今天到這個姐妹家裡看繡的鴛鴦，明日到那個姐妹家看她新買進的西洋時鐘？」

綠珠嗔道：「老爺，咱們打個賭吧，要是康老闆只是到咱們府裡與你飲酒消遣，那你就算輸了，以後你可得對我百依百順。」

林維源拍拍綠珠的肩膀：「賭就賭，老爺我還怕你不成？要是我贏了，那康顯榮是到咱家談生意的，那你以後可得天天為我打洗腳水。」

說話間康顯榮已到，只見他風度翩翩，一把扇子從不離手，戴著副眼鏡，乍看之下有些女人氣。康顯榮見了林維源與綠珠兩人，取笑道：「林老闆，佳人在側，美酒在唇，過的是逍遙日子啊！」

林維源道：「忙裡偷閒罷了！還不是每天忙得團團轉？來來來，咱們共飲一杯！」

待下人多添了一付碗筷上來，康顯榮一口飲乾那杯女兒紅，讚道：「好酒，好酒！」一邊掂起一片魚乾丟進嘴裡：「林兄，我發現了一個大好商機。」

一聽此言，林維源忍不住撫掌大笑，綠珠嘟起小嘴：「你贏了，有什麼得意的？」扭著身子入內去了，弄得康顯榮莫名其妙。

林維源對康顯榮解釋道：「剛才我與她打賭，說你上門來必談生意經，她說不是，果然她輸了，我罰她以後天天給我打洗腳水。」

康顯榮也笑了：「那林兄應該感謝我才對，要不是我給林兄提供了打賭的機會，林兄哪能輕易折服佳人？」

林維源向康顯榮舉起酒杯：「那是，那是，林某要感謝康老闆。對了，剛才你提到的大好商機何在？」

康顯榮來勁了，放下酒杯：「林兄有沒有發現來臺灣經營茶葉、樟腦的外商日益增多？」

「外商與日俱增不足為奇，我們寶島臺灣遍地黃金，怎能不吸引各國淘金者紛遝前來？外商多如蝗蟲理所當然。康老弟為何大驚小怪？又不是沒見過洋人。」

康顯榮擺擺手：「非也，非也。林兄你再想想，這麼多外商，他們住在何處？」

林維源眼睛驀地一亮：「這些外商散住在一些小經紀人家裡，那些小經紀人為外商提供吃食住行，一年到頭也能有不少的收入。康老弟的意思是——」

康顯榮笑了：「林兄真是聰明人，一點就通。我的意思是不如咱們兩人合資建造洋樓，出租給外商，這樣洋人住在一起議事方便，而且他鄉遇故知想必另有一番親切感，相信洋樓造起來以後生意必定紅紅火火。我看中了淡水河東岸鴨子寮一帶，那裡地勢平坦，交通也方便，只是有一些土地的購買工作還非得林兄出面不可。林兄的金面可是生意場上的開路旗。」

林維源拱手道：「不敢當！康老弟過獎了。你這個主意甚好。不如咱們現在就往淡水河東岸鴨子寮一帶去瞧瞧如何？」

當下兩人乘著酒興興沖沖坐著轎子到了淡水河東岸鴨子寮一帶。康顯榮比劃著他心目中所構想

的大致範圍，看來他已經深思熟慮許久來過這一帶多次了。林維源不斷點頭讚許，一邊提出自己的建議：「我覺得來日建造洋樓時地基一律升高三尺為好，這樣雖然多耗費一些石材，但可以防備夏季、秋季洪水氾濫。由街入戶，循著臺階進門，別有一番東方風味，那洋商必定讚不絕口，可謂是一舉兩得。」

康顯榮朝林維源伸出了大拇指：「此舉堪稱萬無一失！久聞林兄慮事之深遠，今朝真是百聞不如一見，佩服，佩服！」

土地購買工作如火如荼展開。有一個名喚三寶的潑辣女人獅子大開口，一畝多的蕃薯地，開口要二百兩銀子。康顯榮怒目圓睜：「你想銀子想瘋了不成？搶錢莊也沒來得這樣便利。」

三寶有恃無恐，嘴一撇：「你們不要那就算了。你們可得想好了，是你們求我賣地，不是我求你們買地的。」氣得康顯榮吹鬍子瞪眼睛。短短一個多月時間裡，五十幾戶的土地徵購順利完成，就剩下三寶這塊硬骨頭啃不下來，她一口咬定二百兩銀子的價，康顯榮的護院阿丁氣不過，上前推了三寶一把：「天底下怎麼會有你這樣不講理的潑辣女人！」

三寶趁勢往地下一躺，哭嚎起來：「打人啦！打人啦！大男人打弱女子啦！大老闆縱容家奴行兇強買土地啦！」

康顯榮聽了怒從心起，心想，這婆娘也真是欠人收拾，他一聲不響離開了。手下一幫人心領神會，上前一把將三寶從地上揪起來：「我問你，這地到底多少兩銀子才賣？」

「二百兩。」三寶硬是不鬆口。

阿丁劈哩啪啦給了三寶一頓大耳刮子，湊近三寶面前獰笑：「三十兩買斷，算是倒一碗飯給狗吃！」

三寶被摑得眼冒金星，臉頰兩邊腫得像豬八戒，心中正是千仇萬恨，趁阿丁湊到跟前，拼盡全力惡狠狠咬了阿丁一口，阿丁痛得哎喲直叫，蹦天蹦地，吆喝道：「夥計們，上啊！好好收拾這娘們！」

一夥人正是年輕氣盛的時候，一頓亂拳如雨點般落下，渾以為多打一拳就是多占一點便宜，只打得三寶有出的氣沒有進的氣。大家見勢不妙，一哄而散。

眼見娘子被打死，三寶的丈夫阿生哭哭啼啼來到縣衙門口擊鼓告狀。

林維源聞聽此事，埋怨康顯榮道：「康老闆何故做事如此魯莽？咱們何必跟那無見識的鄉野女子一般見識，如今出了人命如何是好？還不如當初給了那二百兩銀子痛痛快快了事！」

康顯榮辯道：「並非看重那二百兩銀子，你想想，要是真給了三寶二百兩銀子，傳到外面讓人聽了，前面那些賣地的人不擠破咱們的門檻朝我們伸手要錢？哼，一畝蕃薯地要價二百兩，那不是明擺著癡人說夢嗎？她還以為我們的錢是從天上掉下來的呢！」

林維源很是惱火：「你雖說得有理，但人命關天，還是要慎重行事。你手下惹出來的人命官司，你自己去擦屁股。」

當下康顯榮去縣衙上下打點自不必說，賠償了三寶丈夫阿生五百兩銀子了事。阿生是個老實包，那群潑皮朝他一瞪眼，他就雙腿亂戰，也不敢求縣太爺將那些潑皮判個一命抵一命，如今得了些銀子，好歹也算有個交代，於是含羞忍恨埋葬了娘子，到桃源縣投奔兄弟去了。

林維源與康顯榮又找朱長智合建洋街。此人原是釐金局局長，因官司落職，現住在臺北，雖過

著養尊處優的生活，心裡卻感到空虛和失意，正愁沒事幹，如今林維源找上門來，他正中下懷，欣然同意。三人集資四十萬兩銀子，朱長智出二十萬兩，林維源十二萬兩，康顯榮八萬兩，其他部分招股。朱長智任老闆，乘官場人事之便，負責辦理房契及經營證等事宜；林維源負責籌畫基建；康顯榮負責招商。

原以為三寶之事了結後從此一帆風順，洋街已經鳴炮奠基開始建造，不料三寶丈夫阿生竟又跑到巡撫衙門喊起冤來。待一幫如狼似虎的衙役將那康顯榮押走，康家人還如在夢中，康顯榮一邊被人拖拽著一邊急得回頭大喊：「快叫時甫公救我！」

林維源聽康夫人哭哭啼啼訴說一番才聽明白康顯榮被押走了，心知不好，急忙四處打聽，原來又是劉璈派手下暗中唆使阿生：「有我為你出頭，你儘管去巡撫衙門擂鼓鳴冤！難道你娘子的命就值那麼點銀子嗎！」那阿生原是個沒有主意的糊塗人，被劉璈木偶似的牽著走。自有了劉大人在背後撐腰，阿生終日帶了一批地痞惡棍來工地搗亂，並四處放風，說洋街建造會破壞老祖宗風水，林維源為了賺銀子不惜用童男童女祭拜等等。恰好有位工人施工受傷，阿生等人更是大放厥詞。

就這樣，洋街工程不得不停下來打官司，眼看著剛熱鬧了幾天的工地又冷清下來，林維源心急如焚，又逢近日連降大雨，河道水位上漲，工地淹水，成為一片澤國。林維源既要忙於訴訟，又要涉水到工地巡視，人瘦了整整一圈。

康顯榮終因劉銘傳的庇護被放了出來，雖了卻了官司，卻又花了五千兩銀子補償阿生，還到三寶墓前披麻帶孝哭了一回，大大丟了臉面。旁人見阿生得了如此好處，紛紛前來提出要雙倍的土地補償金。為了息事寧人免得再節外生枝，只好一一照辦。加上打官司上下打點的費用，足足又比先前多耗了十萬兩銀子。

眼見洋街就要完工，周圍茶樓上的茶客卻整日嘰嘰喳喳，說什麼洋街鬧鬼，那是三寶冤魂不散整日在洋街遊遊蕩蕩：「我那晚從洋街經過，只覺有一隻手拍我的肩膀，回頭一看，活脫脫是三寶，我大駭，欲拂開她的手，哪知那手竟如薄紙一般，嚇得我連滾帶爬方回了家門……」說的人繪聲繪色有鼻子有眼。

一時間臺北人都繞洋街而走，原先預訂的幾家風聞鬧鬼之事竟然紛紛退訂。朱長智見洋街建造多時而無大利可圖，心中大失所望，也就無心思做實業，心生動搖。他對林維源道：「此洋街與我前途似難發展，做慣了大差使，終日在這冷冷清清的洋街上，實覺乏味。」言辭之間都是退出之意。

到了年底，原來的同僚來信說，厘金局的現任局長調走，如今職位又有空缺。朱長智大喜，從此一心奔波如何重返釐金局。他對林維源坦言：「洋街的事我想交予你處理，我的股份出讓。」遂拆股退卻，赴釐金局肥缺。

朱長智一走，洋街面臨散股的威脅。費盡千辛萬苦剛剛起色的事業，眼看就要毀於一旦。怡和洋行買辦祝心航得知這個消息，有意收購洋街，獨資經營。林維源一口回絕。他對康顯榮說：「康老弟，現在看你的了，洋人不像我們臺灣人這樣迷信，我們先多多招攬洋商入住，等洋街人氣旺了，謠言自然不攻自破。」

康顯榮果然發揮神通，終日操著英語與洋商交談，以至有一次見到林維源竟不由自主地說起英語來，待意識到了，兩人相視大笑。訂單終於日益增多起來。

於是擇吉日剪綵，鞭炮聲此起彼伏，地上紙屑堆積無數。嘉賓雲集，人來客往絡繹不絕，大大小小的轎子擦肩而過，房檐下那奪人眼球的大紅燈籠映照得人滿面紅光。樓下是一間通楹大廳，四壁吉祥如意木格明窗，珠簾漫捲。身著燕尾服的英國商人湯姆獻上一座西洋琺瑯座鐘做為賀禮，雙手作揖，嘴裡說著生硬的漢語：「恭喜，恭喜。」惹得在場賓客開懷大笑。康顯榮和林維源端著酒杯滿面春風周旋在賓客之中，兩人喝了不少酒均面色潮紅，康顯榮朝林維源使了個眼色，林維源會意，因應酬得有些乏了，兩人躲到樓上小憩。湯姆正在二樓憑欄遠眺，見兩位大賈上樓，急忙笑著迎上前來：「林老闆，康老闆，祝你們生意興隆，財源廣進。」

林維源讚許道：「湯姆先生漢語說得這樣好，都變成中國通了哇。」

康顯榮三句不離本行：「今日洋樓開張，還望湯姆先生多多介紹朋友進駐我們洋街，給我們捧場啊。」康顯榮略微弓著腰，臉上堆滿了笑容。

湯姆笑容可掬：「那是當然，當然。不過，我有一個好主意，不知二位老闆願意聽否？」

林維源點頭示意：「請講。」

湯姆的眼光重新投回遙遠的大海深處：「洋商雲集臺灣，目的就是收集臺灣的貨物運回本國販賣，二位老闆何不斥資買上兩艘大輪船，經營海運，為洋商提供運貨服務，實現洋樓住宿、貨物運轉服務一條龍？」

林維源大喜過望：「真是好主意。當年我的斯美號覆沒海上，本應立刻重置一艘，苦於捐助海防沒有多餘銀兩。如今洋街建成，加之犬子爾嘉整天嚷嚷著要到海外看世界，要是再置上兩艘大貨輪，正好委派他到海外經營。」

康顯榮吶吶道：「主意雖好，可惜我與林老闆籌建這洋樓，手頭所剩資金已無多，如何有力量再購置兩艘大輪船？」說著，康顯榮心中有些不是滋味，眼見這是一個大好商機，苦於手頭資金短缺，這塊肥肉又將落入林維源嘴裡，心中升起濃濃妒意，臉上呈現出黯然之色。

林維源揣摩康顯榮心意，笑道：「資金短缺，那我們何不先購置一艘嘗試經營，若利潤不薄，再將所得利潤另購一艘，如何？」

康顯榮一聽林維源口中稱「我們」，心知林維源沒有吃獨食的想法，深深佩服林維源的海量，有錢大家一起賺，和氣生財，占盡人脈，怪不得林氏發家如有神助。

湯姆手頭正有一批燕窩準備運回英國，又惟恐臺灣現有的貨船吃水能力低，若等本國貨船碰巧經過臺灣搭順風船，還得視船上有否剩餘空間而定，無異於守株待兔。他想，自己為兩位老闆獻上這麼個主意，今後自己的貨物要運回英國完全可以憑藉這個人情享受一些優惠。如意算盤打定，他臉上堆滿笑容：「二位老闆雷厲風行，湯姆佩服！我建議二位老闆若要購置貨輪，還是選擇我們英國的大貨輪為好！我們大英帝國造船業歷史悠久，處於世界領先地位，貨輪品質保證讓二位放心！今日二位勞累，明日我帶上英國貨輪圖樣獻給二位挑選，如何？」

康顯榮激動得一拍大腿：「痛快！痛快！好事成雙，今日非一醉方休不可！」

次日黃昏，湯姆果不食言，帶著五張英國貨輪圖樣來到林維源府上，康顯榮和林維源早已在大堂等候。一番比較後，貨輪很順利地成交了。

林爾嘉第一次出國遠遊興奮不已，他指揮著下人收拾東西，待行李收拾齊整之後，他還沉浸在對西洋國的幻想之中無法入睡。家丁來報：「老爺請少爺到他房裡一趟。」林爾嘉聞聽阿爹召他，

連忙三步併作兩步趕到阿爹房中。只見阿爹穿著睡前的家常綢衣綢褲，正坐在案几旁邊飲茶。林爾嘉道：「孩兒向阿爹請安。」

林維源示意他坐下：「爾嘉，你年輕氣盛血氣方剛，又是第一次出洋，為父不免要叮囑你一番。」

「孩兒謹聽阿爹教誨。」

林維源道：「我們福建商幫在外面眾多商幫中名氣如何，你可知道？」

林爾嘉楞了楞，搖頭道：「孩兒見識寡陋，確實不知。」

林維源歎了口氣：「我們福建商幫名聲不佳，在豫商、晉商、粵商、徽商等商幫眼中是亦盜亦商。」

林爾嘉大吃一驚：「為何如此？」

林維源叩了叩桌子：「因為我們福建商幫一開始就與朝廷的朝貢貿易和禁海政策針鋒相對，進行的大多是走私活動，風聲太緊不能貿易時就進行搶劫，所以具有海盜和商人的雙重性格。」

林爾嘉聽得眼睛發直，繼續聽阿爹侃侃而談：「福建商幫常見的經商方式是內外勾結，廣泛聯絡沿海居民，建立許多據點，利用據點收購出海貨物，囤積國外走私商品，以利銷售。我們福建商幫不僅在海上營商，還在陸地營商，水陸兩棲，把國內與國外貿易緊密結合起來，進行多種形式的貿易，從而形成一個很有影響力的地方商幫。」

講到這裡，林維源停下來喝了口茶，問兒子：「爾嘉，你可知道阿爹為何要告訴你這些？」

林爾嘉道：「大概是怕孩兒出遠門吃虧罷。孩子出遠門，父母總是放心不下，千叮嚀萬囑咐的。」

林維源微微笑了笑：「你這話對了一半。我說這番話的主要目的是怕你出洋在外給福建商幫丟臉。阿爹希望你爭氣一些，為我們福建商幫正名，改變我們福建商幫在外的不良形象。爾嘉，你一定要記住了，遇事一定要多靜氣少衝動，多與家人商量，腳踏實地做生意，方不負林家所望。」

林爾嘉諾諾連聲：「孩兒一定謹遵阿爹教誨。」

林維源揮了揮手：「知道了就好。夜深了，你早點歇息去吧，明天一早就要登船了，海上大風大浪容易暈船，你要好生保重自己。」

眼看兒子遠去，林維源的臉色慢慢凝重起來：林爾嘉天真善良，容易相信人，當爹的最是清楚不過了，此番出洋恐怕會上別人的大當吃別人的大虧。可孩子大了，總得讓他出門歷練歷練，不能總捂在家裡。就像小鷹慢慢長大了，非得讓他從懸崖上練習起飛不可，不然，沒有一身存世的本領，今後要如何在商界立足？

第二天，林家一大幫人浩浩蕩蕩將林爾嘉送到了碼頭。夫人千叮嚀萬囑咐，眼淚鼻涕糊了一臉，林爾嘉有些不耐煩起來：「娘，你別這樣婆婆媽媽的好不好？我這是出洋做生意，又不是生離死別，有什麼好哭的？對了，阿爹為什麼不來？」林爾嘉伸長脖子盡力往後望，希望能夠看到阿爹的身影，要是阿爹能來送他，對他來說是最大的鼓勵與鞭策。

夫人擦乾眼淚：「你別指望你阿爹來送你，你還不知道你那狠心的爹嗎？老是說什麼孩子大了，要放手讓他們去闖天下。不僅他不來送，他還叫我別來送呢。男人哪裡知道，在女人眼裡，孩子到了八十歲也還是孩子呢？」

林爾嘉失望地登上船。遠處，林維源在一間茶樓上遠眺著兒子，看著兒子漸漸遠去的身影，一向不苟言笑的林維源不禁老淚縱橫。

林家商船的第一站是日本。林爾嘉身穿白色西裝，顯得更加卓爾不群，風流倜儻。得勝手提皮箱跟在後面，主僕二人走在日本東京的街道上，新鮮的建築與景物引得得勝伸長了脖子東張西望。

到了一家旅社門口，得勝推開門，站到櫃檯前詢問住宿價格，雙方語言不通，得勝吃力地比手劃腳。

老闆望著得勝的一身長衫，鄙夷地說：「支那人？滿身都是肺結核細菌的支那人？滾開！」

得勝還是聽不懂，站在一旁的林爾嘉卻聽了個明明白白，他用流利的日語質問：「支那人怎麼啦？」

老闆吃了一驚，瞪大一雙驚疑的眼睛：「先生是日本人？哪裡來的？橫濱？神戶？大阪？」

林爾嘉義正詞嚴：「我是大清人。」

老闆被林爾嘉的驕傲激怒了：「這裡不留宿支那人。」

林爾嘉對得勝道：「此處不留爺，自有留爺處，得勝，我們走吧。」他們頭也不回地離開了。

一連進了十幾家旅社，林爾嘉主僕二人都遭到了相同的輕視和冷遇。聽說他們是支那人後，稍客氣一點的老闆也像遇到瘟疫一樣惟恐避之不及地將皮箱塞還給得勝，急促地說：「這裡客房滿了，對不起，先生請便吧！」

街道昏暗下來，主僕二人拖著沉重的影子，漫無目的地在滿是敵意而陌生的街上走著。得勝無力地提著皮箱，滿腹牢騷。有軌電車從他們身邊叮叮噹噹飛馳而過，一聲聲刺激著林爾嘉的耳朵。

他雙眉緊鎖，神色蕭然。對東京的美好幻想破滅了，他悲哀地發現，在日本國土上，他不再是那個讓人前呼後擁的板橋林家大公子，而是變成了一隻人人瞧不起的支那豬！在臺灣他是人上人，在日本他是人下人，兩種處境猶如冰火兩重天，他發誓一定要自強！

得勝垂頭喪氣跟在少爺後面機械而茫然地走著，突然，他不小心與迎面匆匆走來的一個青年男子相撞。得勝一驚，顧不得疼痛，急忙躬身道歉：「對不起，先生！」

得勝的口音和做派讓日本青年一眼就認出了這是個支那人，吉野太郎雙眼射出凶光，傲慢地雙臂抱肩兩腿叉開，擺出阻攔得勝前行的架勢。

得勝強忍自尊心再次躬身道歉：「先生，對不起，實在對不起。」得勝現在後悔死了跟少爺出來看東洋景，當初下人們都想跟著出來，看到得勝被少爺選中，羨慕妒忌不已。哪想到這是一個恃強凌弱的國家！腳剛踏到日本國土上，就受到從未受過的侮辱，心中對日本文明的夢幻徹底破滅了。

見吉野太郎不懷好意，得勝低下頭想從吉野太郎的右邊擦肩而過。吉野太郎將身子一移，擋住了得勝的去路。得勝看了吉野太郎一眼，又轉向對方的左邊，試圖從左邊空隙通過。吉野太郎迅速移動自己的身體，整個人定定地擋在得勝面前，貓逗老鼠般地看著他。

得勝楞住了，將皮箱放到地上，雙手抱拳道：「請問先生有何指教？」

吉野太郎聽得懂中文，卻不回答，嘴巴裡哼了一聲，突然朝得勝的面部猛擊了一拳。得勝猝不及防，被這突如其來的重重一拳打得暈頭轉向，身子晃了幾下，跌倒在地。吉野太郎用鞋尖踩住得勝：「骯髒的支那豬！快滾！」

得勝忍著痛從地上一骨碌爬起來，大叫：「流氓！強盜！」

走在前頭的林爾嘉聽到吵嚷聲從恍惚中驚醒，轉身回來用日語向吉野太郎詢問：「先生，發生什麼事了？這位是我的僕人。」

「你的僕人？」吉野太郎上上下下打量了林爾嘉一眼：「那你也是支那人了？你的僕人撞了我！」

得勝捂著臉叫道：「少爺，我不是故意的，我向他道歉很多次了，他還打我！」

此時在十幾家旅社遭受輕視的憤慨一齊湧上林爾嘉心頭，他拍了拍吉野太郎的肩膀：「先生，你怎麼可以隨便打人！日本人都這麼野蠻嗎？」

吉野太郎吼道：「你竟敢誣衊我們日本人！真是找打！」他抬腳用力往林爾嘉膝蓋上一踢，文弱的林爾嘉馬上趔趄著後退了十幾步遠。眼看少爺就要吃虧，得勝撲上去抱住吉野太郎的腿，急切地懇求：「先生，這事跟我家少爺無關，是我惹起的，您有怒氣就朝我發吧！」

吉野太郎獰笑道：「那麼你就從我的胯下鑽過去！」他用手指了指自己的胯下，把雙腿叉得更大了。吵嚷聲很快吸引了一大堆日本人圍觀。

得勝氣得滿臉通紅，林爾嘉大叫：「得勝，千萬不能鑽！」他提起皮箱，一手牽著得勝，想從吉野太郎身邊硬擠過去。吉野太郎飛起一腳，林爾嘉手中的皮箱飛出幾米遠跌落散開，衣物撒了一地。

得勝急紅了眼：「我和你拼了！」他和吉野太郎撕扯起來，可他哪裡是吉野太郎的對手！不一會兒，得勝臉上就被打得血跡斑斑，鼻血直往下淌。林爾嘉拼盡全力撞向吉野太郎，被他輕輕巧巧一拳劈開了。

此時吉野太郎又猛地來了個柔道動作，將得勝摔倒在地，抓住他的雙肩，硬是將得勝像滑板車一樣從自己的胯下推出去。得勝一溜煙從小山胯下滑出去幾米遠，像一隻死魚癱倒在地上無力起身。圍觀的人轟地笑成一團。吉野太郎傲慢地彈了彈身上的塵土，瀟灑地拍了拍雙手，輕蔑地看了狗一樣趴在地上的得勝一眼，冷笑數聲揚長而去。

林爾嘉滿腔悲憤，將得勝扶起來在牆角靠著。遠處的皮箱蓋敞開著，上面佈滿狼籍的腳印。衣物散亂一地，在風中滾動。林爾嘉顫抖著雙手將物品胡亂收拾起來，悲涼彌漫了東京的整個街道與夜空。面對冷酷的現實，他的淚水禁不住奪眶而出。他挨著得勝坐下來，讓得勝的頭靠在自己的肩膀上。不一會兒，他昏睡了過去。眼前出現了「斯美」號，阿爹站在高大的船頭，朝他伸出雙手：「嘉兒，上來！」林爾嘉精神一振，興沖沖向大船跑去，剛跑上甲板，忽然一陣狂風大浪，他從甲板上跌入了漩渦湍急的萬頃波濤。林爾嘉大叫，從睡夢中驚醒過來。

到海外遊歷一番回到臺灣，林爾嘉儼然變了一個人。

千秋、建昌街經營久了，夥計們就對兩位老闆有了兩種截然不同的評價：「我真佩服康老闆變臉的本事。在洋人面前點頭哈腰笑成一朵花，洋話說得比洋人還溜，待轉過頭來吩咐我們做事一張臉繃得像三弦。怪不得洋人越來越喜歡康老闆。倒是林老闆，對洋人和我們一視同仁，洋人現在做事都避開林老闆直接和康老闆交易，從中得到不少好處呢。」

因為康顯榮洋話說得比洋人還溜，有身份的外商不論是運貨到臺灣賣還是從臺灣買貨運至外

國，統統喜歡找康顯榮從中搭線。康顯榮的兒子康禮成也學了洋商的模樣，整天穿了西裝，蹬著油光滑亮的尖頭牛皮鞋，在千秋、建昌街進進出出。他當然不知道，他那條對著鏡子千挑萬選出來的紅領帶被夥計們在背後稱之為「上吊繩」。

一日晚上，林維源信步來到建昌街，只見各號租房高高矮矮都懸起五色燈球，或間以各色紗燈，如珠如霞，連綿不斷，甚是賞心悅目。他來到總號，隨手拿起住宿登記本看了幾眼。這時，東邊走廊最後一間客房的門開了，一名黃頭髮藍眼珠的外商走了出來，揚起手來朝各位說了聲「hello」就下樓辦事去了。林維源對照了一下登記本，心生疑惑，把夥計叫了過來：「怎麼回事？東邊走廊最後一間明明住了人，怎麼上面沒有登記？」

夥計老早就想揭發了，只是害怕萬一康顯榮知道是他告的狀不讓他端這碗飯，假裝很為難地言左右而其他：「這個……這……小的不敢說……」那日他端茶給洋商，不小心打翻了茶盞，不僅淋了洋商一身，還燙得洋商哎喲慘叫了一聲，慌得夥計忙不迭地為洋商擦拭賠罪。康顯榮怒形於色：「笨手笨腳的奴才！我看你是不想端這碗飯了！」

倒是那洋商解圍道：「康老闆不必生氣。他也不是故意的。」

「看在鍾斯先生的面子上，我就不讓你捲鋪蓋了，不過這個月要扣你半兩銀子，讓你長長記性，不然你今後不知又要幹出多少蠢事來。」

半兩銀子可以頂夥計一周的吃食，夥計甚為怨恨，又不敢貿然與康顯榮作對，於是他一心想撩撥起林維源對康顯榮的火氣。

林維源道：「你但說無妨。」

夥計習慣性地把兩手在庫灰梭子布上蹭了蹭，裝作期期艾艾道：「既然林老闆見問，小人也不敢隱瞞，只是林老闆不要向康老闆說這件事是我說的，不然小人又要吃不了兜著走，小人上有老下有小，全靠小人在這裡打雜勉強度日……」

林維源見夥計未說之前先說了一堆廢話，笑道：「你放心說罷。」

那夥計方大膽說了：「康老闆經常拿千秋、建昌街的客房做順水人情。凡是與他交情好的客商，都可以到千秋、建昌街免費住宿。這樣外商都願意讓他這個買辦幫忙進貨銷貨。」

林維源吃了一驚，擺擺手：「好，我知道了，你下去吧。」

過了一會兒，康顯榮帶著另一位外商前來入住，本來康顯榮是讓那洋人提著行李直接去客房的，見林維源也在這兒，康顯榮笑著對夥計道：「你先帶客人到客房去吧，客人先放了行李，再來補辦入住手續。」

林維源道：「康老弟，我今天順便到這兒看看，剛才東邊走廊最後一間的客人出去辦事了，可我在住宿登記本上發現那間房子是空著的。聽說，那位客人是你的朋友？」

康顯榮臉上紅一陣白一陣，訕笑道：「林兄，那洋商大概是忘了交押金還是手頭暫時不方便罷。反正走之前是要結帳的……」

「那今天這位洋人也打算走之前才結帳的嗎？林兄，你究竟有多少位這樣的朋友？」林維源咄咄逼人緊追不放。他認定做生意一定要講原則，要是長此以往，康顯榮介紹來的朋友入住不用結帳，他也學著康顯榮的樣子介紹朋友入住不用結帳，不出一年，千秋、建昌街就會漏出一個無底的

窟窿。

康顯榮眼見這事無法了結，因他已拍著胸脯對洋商說住宿不用掏錢，洋商才答應整船貨物讓康顯榮幫著找買主的，康顯榮氣哼哼地自己掏出銀子上了帳，夥計趕緊接過去登記，康顯榮狠狠地剜了夥計一眼。夥計心虛，不敢接康顯榮的目光，只是假裝一心一意做事。康顯榮滿腔怒火，這夥計什麼時候成了林維源的眼線了？說不定整條洋街都是林維源的眼線！一想到林維源如此不信任自己，時時提防著自己，康顯榮就有一種被愚弄的感覺，滿心的不痛快。

林維源追問道：「康老闆，你到底送了多少順水人情給洋商？」

康顯榮一時之間弄不清林維源到底掌握了他多少貓膩，看林維源臉色又猜測不出，只好胡亂支吾道：「林兄，你別誤會，我只是偶爾為之。」

林維源板著臉道：「下不為例。」

這事面子上算過去了，但康顯榮卻和林維源心裡存了芥蒂，以後做事，他心裡藏了八分的心思，只拿那剩下的兩分去應付對方。過去，康顯榮本著生意場上誰都不得罪的原則，對待巡撫劉銘傳和藩台劉璈採用騎牆術，兩邊都用大腿夾得緊緊。現在他跟林維源生了嫌隙，他決心棄巡撫衙門親藩台衙門，投到劉璈的麾下。共同的目的使劉、康二人一拍即合。兩匹狼，已經準備好了尖利的牙齒。

康顯榮尋思著林維源抱劉銘傳的大腿抱得那麼緊，如果讓劉銘傳和林維源反目成仇，那將是何等快事。他將這心思一說，劉璈沉吟道：「有個消息如果透露給劉銘傳，必會讓他對林維源心生嫌隙，不過嘛，這消息透露了，對我來說也是個損失。」

康顯榮被吊起了好奇心：「不知是什麼消息？劉大人可否說說？」

劉璈本來不願將此事透露給他人，現在康顯榮成了他的心腹，他也就不再隱瞞了：「一年前我送了個絕色女子給林維源，此女子為我通風報信，因此林家一有什麼風吹草動我都知道。」

「可是綠珠姑娘？聞說林府有個色藝雙絕的奇女子，不料竟出自劉大人門下！」康顯榮驚詫得眼珠子都快掉出來了。

「正是。」劉璈微笑頷首。

康顯榮興奮起來：「這綠珠姑娘是劉巡撫和林維源之間的一顆定時炸彈，隨時都會爆炸。」

「可是，若將此消息透露給劉銘傳，林維源如果為表清白將綠珠趕出林府，那我的損失可就大了。」劉璈顯然還沒有權衡好哪種做法比較妥當。

「這個無妨，若林維源將綠珠趕出林府，我們還有寶珠、銀珠之流多的是。」康顯榮急於找到擊垮林維源的軟肋。

「那你看著辦吧。」劉璈默許了。

機會很快來了。劉銘傳號召臺灣鄉紳捐建鐵路，在酬謝宴上，幾名歌妓邊舞邊唱，劉銘傳指著其中一名歌妓讚道：「腰肢柔軟如飛天，明眸嬌柔似明鏡，有此女助興，何妨大醉而歸！」今天他心情愉快，興致很高。

康顯榮假裝不經意地說：「此女固然天生麗質，然而比起板橋林家的綠珠姑娘，又有雲泥之別！聽說那綠珠姑娘是兵備道大人一手調教送給林維源老闆的厚禮。」

一番話讓劉銘傳心裡咯噔了一下。這林維源怎麼搞的？難道他腳踩兩隻船不成？明知道劉璈與

我勢不兩立，還接受劉璈所贈的美人金屋藏嬌？他真想衝到林維源面前問個明白，可宴席上前來敬酒的人絡繹不絕，他一時無法抽身，只好按捺著心中不滿與人含笑周旋。

第二天，林維源拿了一堆撫墾局的帳簿前來請他過目，劉銘傳見林維源臉上泰然自若，根本不像心中有鬼的樣子，心想：罷了，先不要追問此事。撫墾局事關重大，若追問起來傷了林老弟的自尊心，他一時不痛快撂下這千斤擔子就糟了。想到此，劉銘傳溫和地將閱過的帳簿遞給林維源：「我看過了，很好，繼續努力，一切全仰仗老弟了。」

那邊康顯榮一直在焦急地等待著動靜。他以為劉銘傳得知綠珠姑娘的事，必有一番狂風驟雨，不料竟風平浪靜，劉銘傳一直不動聲色。不對呀，劉巡撫那天聽了綠珠的事後分明變了臉色，儘管只是一瞬間，卻逃不過康顯榮的眼睛。那就再等等看吧。

劉銘傳覺得林維源是個精明之人，對於綠珠姑娘，林維源應該知道怎麼做。過了幾個月，劉銘傳聞聽綠珠還待在林府，不禁大怒。在樟腦交易分配會上，他宣佈由林朝棟佔有六十五％的份額，蔡南生佔有三十％的份額，林維源佔有五％的份額。分配方案一宣佈，林維源呆了呆，不知劉巡撫到底怎麼打算？俗話說卸磨殺驢，可現在還不是卸磨的時候，劉巡撫這麼做，實在令人寒心。兩人之間本來親如兄弟，劉銘傳這麼一來，林維源覺得他與巡撫大人之間的距離又變得遙遠了，劉銘傳又變成了那個高高在上、令普通百姓敬畏的巡撫大人。林維源朝劉銘傳施了一禮：「斗膽問一下劉大人，樟腦交易為何如此分配份額？」

劉銘傳打了個哈哈：「林朝棟的棟字軍為臺灣抵禦外侮立下過汗馬功勞，這份獎賞，是他用命換來的。至於蔡家，他們幾代人均從事樟腦交易，富有熬腦經驗，已經建立起一套成熟的經營網路，所以蔡家理應分得三十％的份額。怎麼啦，林老弟，分給你五％，你嫌少嗎？」劉銘傳威嚴的目光掃了過來。

「末商不敢。」

「不嫌少就好。五％也不少了，對於普通商販人家，這五％已經撐破天了……」

林維源帶著滿肚子不痛快回到府裡。撫墾局的事他真想甩手不幹了，可意氣用事不是他的風格，此事干係重大，既然已答應巡撫大人，就應該奉行到底。他強忍著心中不快，繼續日日上撫墾局公幹，偶有閒暇便去關注樟腦貿易。

原本劉銘傳想將更多的份額配予林家的，因聽說林維源收了劉璈的一名絕色女子，他大為惱怒：「這林維源，明知道我與劉璈勢不兩立，還跟劉璈走得這麼近！」因此，他只給了林家五％的樟腦配額。那天，林維源興興頭頭地去拜見劉銘傳大人，卻見劉大人一臉慍怒之色，又不肯明說，只是一味冷淡。林維源一時間雲裡霧裡，胡思亂想，怎麼也猜不透自己究竟是哪裡得罪了劉大人，惹得他拿如此臉色對待。本想知趣告辭，轉念一想，這其中誤會若不及時澄清，誤會糾結越來越深，到時想解開恐怕為時已晚。於是仗著清賦有功，大著膽子問道：「劉大人，不知卑職何處做得不妥，還望大人指點迷津，好讓卑職及時將功補過。」

劉銘傳本就是個直性子的人，見林維源直捅捅發問，也不隱瞞，拉著個長臉道：「聽說你最近豔福不淺，有個叫綠珠的絕色女子侍候在你左右？」

原來如此！因綠珠是劉璈所送，劉銘傳起疑他林維源腳踩兩隻船實屬正常，只是這等小道消息怎會如此之快傳到劉大人的耳朵裡？難道是劉璈使的離間計？

林維源賠笑道：「大人，我與劉璈那老匹夫勢同水火是台人皆知的。只不過劉璈他官大一級壓死人，他送了人給我我不得不照單全收，否則他面子上過不去，我倆必定當眾反目。他用心險惡，送了綠珠給我絕不是純粹為了讓我消受美人，而是要在我身邊安插一名暗探。」

經此一說，劉銘傳臉上頓時雨過天晴，一下子來了興趣：「那綠珠安插在你身邊，你不怕她將你一言一行全部稟報給劉璈嗎？」

「也只好將計就計見機行事了，不然還能怎的？」林維源故意做出一張苦瓜臉。其實，他很想向劉銘傳大人辯解綠珠情感上已偏向於他，斷不會做出不利於他的事。只是劉大人現在剛剛消解了猜疑之心，若此時急著向他辯解，反倒再次引起劉大人的猜疑之心，不如等過些時日再伺機為綠珠剖白一番。

五％的出口權雖然遠遠少於霧峰林家加上蔡南生的九十五％，卻也相當可觀。霧峰林家和蔡南生對樟腦業駕輕就熟，怡和洋行的百把名英商不滿於樟腦專賣，共同商議冒著風險進入台中、台南等深山處以高出官價收購樟腦。一見到鷹鉤鼻子、面白鼻紅、身材高大的洋人，腦丁們大惑不解。英商指指樟腦，先比出一根食指，又比出五根手指。

腦丁們面面相覷，「每擔十五兩？」天底下竟有這樣的好事？賣給官府，每擔僅售價八兩，隨著水漲船高，現在漲至每擔十二兩，而洋鬼子竟然要以十五兩的價格來收購！

看著腦丁們將信將疑，湯姆掏出一百五十兩銀子來放到桌上，又伸出十根手指，意思是他想購買十擔樟腦。

這下腦丁們放心了，銀子是天底下最好的東西，他們辛辛苦苦熬製樟腦，所得利潤大部分被官府奪走，表面說所得用在臺灣近代化建設上，可看到官府大大小小老爺們一個個肥頭大耳，誰願意相信？雖然官府一再申明樟腦專賣，若有私賣，一經發現即予嚴懲，可腦丁都願意把樟腦直接賣給洋商，若官府進山追捕洋商，腦丁們還會給予掩護。

樟腦制度被嚴重地破壞了。

腦務局腦長丁達意一見月底的匯總數目，大吃一驚：「怎麼？上個月還收購樟腦一千零七擔，這個月竟銳減到三百六十五擔？」

蔡南生愁眉苦臉：「丁大人，洋商不滿專賣制度，紛紛進山私購樟腦，長此以往，腦務局岌岌可危啊！」

丁達意大手一揮：「本官立刻呈請巡撫衙門加派人手分三路進山緝捕私購、私賣樟腦者！」

官兵們學乖了，他們不再乍乍乎乎地出現，而是採取潛伏的形式迂迴包抄。山路崎嶇，官兵借遮天蔽日的熱帶叢林做掩護包抄過來，正在交易的腦丁與洋商見官兵從天而降，洋商急忙鑽進腦寮裡，沿腦丁之前指引的秘密通道倉皇逃竄。腦丁們則擋在官兵前面，阻攔官兵追蹤洋商。

錢捕頭殺氣騰騰地命令衙役：「將這些樟腦全部沒收！」

「憑什麼將我們的樟腦沒收？」腦丁個個義憤填膺。

「憑什麼？你們這是明知故問！就憑你們和洋商勾結私賣樟腦，破壞官府的專賣制度！」錢捕頭氣勢洶洶。他手下的兵個個腰佩箭囊、斜背挎弓全副武裝，根本不把眼前這群粗布包頭、短葛衣褲打扮的腦丁放在眼裡。

「我們的樟腦一擔不少，怎麼誣陷我們私賣樟腦！不許動我們的樟腦！」腦丁和衙役推搡起

來，「要拿走樟腦就把銀子留下來！」

「你們這群刁民！明明私賣樟腦還死鴨子嘴硬！」

吵嚷間雙方動起手來，一方罵「刁民」，一方罵「強盜」，血腥味很快就瀰漫了樟木林。

腦丁們手中只有扁擔、木棒，而衙役們如狼似虎且人數眾多，不一會兒腦丁就被眾衙役一一制服。

衣衫襤褸、血跡凝固在臉上的九個腦丁被遊街示眾。沿途的老百姓們眼裡射出了憤怒的目光，而僥倖漏網逃回洋行的洋商則向本國的駐台領事發出了嚴重抗議，八國領事館不約而同地通過本國政府向大清朝的總理衙門發難。聖旨大於天，劉銘傳不得已於一八九〇年再次廢除了樟腦專賣法。

林朝棟震驚無比。

蔡南生當晚喝醉了酒，嘴裡喃喃道：從明天開始，我們蔡家就要跟千千萬萬人共搶樟腦這一碗飯吃了。

林維源對樟腦業不夠熟悉，去年他第一次做樟腦生意出師不利。林維源在臺灣購入樟腦價為每擔十二元，當年香港腦價一擔為十八元，沒想到一萬斤樟腦運到香港後淨重只剩下八千斤，失重率為二十%！再加上傭金、運輸費及關稅等其他費用，林維源甚至還賠了一點點。首次受挫，林維源並沒有灰心，他盯準了樟腦業的巨大前景。他的性格就是如此，不斷地開拓新的商業領域，只要這個領域上軌，他就轉手交給族中各房子弟去經營，自己則在前方衝鋒陷陣尋找新的契機。他不願讓霧峰林家和蔡南生看板橋林家的笑話，就利用跟隨劉大人進山撫番的機會觀察樟樹，並帶上熟悉樟腦業的師傅以便隨時請教。在自家的那片樟木林裡，林錦壽指揮著一些腦丁正在砍伐樟木。

林錦壽指著兩棵樟樹對林維源說：「維源，你聞聞看，這兩棵樟樹氣味有何區別？」

林維源靠近樹幹努力用鼻子聞了聞，道：「左邊的這棵氣味芬芳，右邊的這棵臭味甚濃。」

「這就對了，樟樹有香樟和臭樟之分。」

「我猜應該是香樟含腦多，而臭樟含腦少吧？」

「猜得沒錯。砍伐樟樹熬製樟腦是很有學問的。通常樟木是由根向上算起三米多高度以內的部分含腦較多，在此高度以上及樹枝部分含腦較少；樹齡在四十至五十年以上者含腦較多；冬季含腦量較多，所以砍伐樟木適宜在冬季進行。」林錦壽一打開話匣子就滔滔不絕。

林維源頻頻點頭。突然，一棵樟樹向林維源這邊傾倒下來，林錦壽眼尖，急忙奮力將林維源推開，一棵大樟樹轟隆隆倒下，林錦壽在瞬間被壓成肉泥。而那個爬在樹幹中央砍伐的腦丁則彈出幾米外，暈死在地上，旁人上前在其鼻頭一摸，所幸還有微弱呼吸，急忙將該腦丁抬往鎮上救治。林維源撲到好友身旁，將好友的頭抱在懷裡，林錦壽血流滿面，蠕動嘴唇：「阿巧……」

林維源連連點頭：「你放心，我一定善待阿巧……」

聽了這話，林錦壽閉上了眼睛，頭無力地往一邊歪去。熱淚從林維源眼睛裡潸潸而下：「阿壽，要不是為了我，你也不至於這樣就走了……怎麼會發生這樣的事？砍伐樟木怎麼會這樣危險？」

旁邊李師傅解釋道：「因為腦丁在選定含腦量較多的樟樹後，並不是將整棵樹砍下熬腦，而是爬到樹上去，用刮刀將含腦多的部分刮下，其餘含腦較少的部分則任其腐爛，這種砍伐樟樹的方法極為危險，常會因整棵樟木傾倒而摔死。」

林維源怒道：「這種方法太危險了！腦丁是家裡的主勞力，男人死了，家裡就塌了天。一定要想辦法改進！這種方法除了危險外，還造成了自然資源的浪費，極不經濟。我們一定要找到好的辦法，逐步廢除這種落後的方式！」腦丁慘死讓林維源意識到，做事一定要掌握大局，防患於未然。如果單純採用救火式的管理方法，哪裡著火了，哪裡救一下，這太被動了。人一定不能被事情推著走。

厚葬了林錦壽，林維源在府裡宣佈：「誰也不許欺負阿巧！」

第十五章 一盤棋

昔日綁架林維源愛子的綁匪楊弄獅又來勒索林家，林維源設計將楊弄獅收服。

樟腦業蓬勃發展，大大小小樟腦商在林氏錢莊進進出出，多則借貸上萬兩，少則借貸幾百兩，錢莊生意紅紅火火，每日結帳都要到戌牌時分。這日，林維得抽空到錢莊裡查帳，查完後，他將算盤和帳簿收起，伸了個懶腰，打了個長長的呵欠：「賺錢高興，可賺錢也辛苦啊。」

會計長榮陪笑道：「雖然辛苦，但這辛苦來得高興，」他試探著問，「二爺，咱們錢莊的利息起碼每天也有幾百兩銀子吧？」

林維得微笑著避而不答，既不肯定，也不否定。長榮羨慕道：「二爺笑容這樣燦爛，那肯定不止一天賺幾百兩，說不定日進斗金呢。」

林維得哈哈大笑：「越說越離譜了！銀子又不是從天上掉下來！」

長榮諂媚道：「二爺，這銀錢是要跟人的。二爺長得福相，那銀錢就像娘兒們一樣糊住老爺了，長長的一大串甩也甩不脫，還越來越多。像我呢，長得這樣寒磣，我要去追銀錢，那銀錢長了翅膀似的呼啦啦一下全跑啦。」

林維得明知長榮是在奉承他，可這話聽了實在舒服，笑呵呵地彈了彈長榮的腦袋瓜：「也虧了你這張油嘴，咱錢莊的生意才能如此紅火。」他從口袋裡摸了半兩碎銀子，丟給長榮：「拿去買點酒喝。再給孩子捎上幾根萬氏食雜的鹵雞腿，包準你娘子高興，把你侍侯得舒舒服服的。」

長榮樂得吹起了牛皮：「那當然，有了銀子，我那婆娘晚上時骨頭就特別地輕。」

林維得大笑。他吹著口哨回到府裡，見大哥正在太師椅上獨自品嘗佛手茶，林維得剛要開口向大哥誇誇錢莊的進項，身後阿寶慌裡慌張送來一張帖子：「老爺，這張帖子怕沒有好事，是用紅梭鏢插在咱們家大門上的，您趕緊看看。」

林維源一驚，趕緊展開信來看，先看落款，竟是「楊弄獅」三字，不禁哎喲一聲叫了出來。林維得追問道：「大哥，究竟怎麼啦？」平日裡大哥運籌帷幄，從未見他如此失態過，必是發生了什麼大事，惹得林維得也隨之緊張起來。

林維源定了定神，將帖子遞給林維得：原來上面要林家明日酉時送十萬兩銀子到桃澗堡東邊的一個大石洞裡！

這個帖子恍若晴天霹靂！新仇舊恨一齊湧上心頭，幾年前懷訓死於楊弄獅手中，官府一直追捕不到他，不料他銷聲匿跡幾年，如今竟又吃了豹子膽公然前來挑釁！林維源嘴角浮現出一絲冷笑：今日的林維源，已非昔日的林維源，自他跟隨劉銘傳大人清賦被朝廷賞戴二品花翎以來，林家處在富貴巔峰勢不可擋；想必那楊弄獅也非昔日的楊弄獅，今後必有一番惡鬥，倒要看看鹿死誰手。

阿寶嚇道：「老爺，又是這個楊弄獅！這個殺千刀的，不改豺狼本性，又派黑單來了！老爺，這可怎麼辦才好？」

林維得惶然道：「大哥，你說怎麼辦才好？」

林維源現在已經鎮靜了下來：「先拖一拖吧。答應他，然後使個緩兵之計，說銀錢周轉不靈，容他寬恕我們幾日籌措，我們再利用這幾日想想辦法。」

林維得傷腦筋地揉了揉太陽穴：「恐怕也只能這樣了。要是跟他來硬的，他在暗我們在明，況且那幫匪徒見了銀錢如老虎見了血，吃虧的是我們自己。我看報官也沒啥用。官府行動緩慢至極，恐怕官府還沒找到楊弄獅的老窩，我們就遭了楊匪的暗算。」

林維源點頭：「二弟分析得有道理。試想，臺灣多少大富人家著了楊匪的道兒，卻是啞巴吃黃連，有苦說不出，也沒見官府有什麼作為！是的，我們不能寄希望於官府！」

商議已定，林維源當即寫了一封回信，依葫蘆畫瓢用紅梭鏢在天黑時紮在自家門口。到了第二日起來，那回信果然已被取走，又換了一封惡狠狠的來信：「姓林的，給你三天時間，要是敢耍什麼花招，就要你全家狗命！」

女眷們戰戰兢兢，彷彿親眼看到楊匪一身橫肉滿面黑鬚殺氣騰騰站在面前的兇橫模樣。林維源與林維得兩人日夜磋商，也想不出什麼好法子來，林維得不禁長吁短歎。眼見已過了一日，今日再過，等明日酉時就要交銀，兄弟倆急得像熱鍋上的螞蟻一樣團團轉。林維得忍不住歎道：「我們板橋林家好歹也是響噹噹的人物，不料卻要任由這楊匪拿捏，哎，穿鞋的倒怕了赤腳的！」

正無計可施間，忽聽家人來報：「江西進士葉春老爺來訪。」

葉春因等待上任，有兩個多月時間可以悠遊，他與林維源的阿爹林國芳在福建相識，林國芳生前曾對他極盡禮節款待，因此葉春與林家常來常往。如今他到臺灣悠游，見兄弟兩人愁眉苦臉，遂

問道：「二位賢侄遇上了什麼難事不成？」

林維源竹筒倒豆子一五一十將事情講了一遍。

葉春沉吟許久：「我有一計，不知可行？本來嘛，這是林家的大事，我一個外人不便插手，但林國芳兄生前與我有兄弟之交，我該盡力而為才是。」

林維源大喜：「葉叔叔請講。我兄弟二人感激不盡。」

葉春道：「那楊弄獅固然愛錢，但我們要是聯合各鄉紳請他復出擔任桃澗堡的保安隊長，給他一個天大的面子，他定然大喜過望。為什麼呢？因他原是官場中人，只因貪墨革職才變得沒臉沒皮。試想，一個匪首，即使再有錢，名聲也是難聽，況且不能在臺灣地界自由行走，這日子也不好過。請他復出擔任桃澗堡的保安隊長，我猜他必定應允。」

林維得搖了搖頭：「這辦法猶如飲鴆止渴，雖然目前少損失了十萬兩銀子，卻請了一尊凶神到自家門口，到時鄉民怨聲載道，我們林家難逃其咎。」

林維源卻道：「二弟，你心眼也太實了。你難道真認為葉叔叔要我們把那尊凶神請回來？非也，非也。葉叔叔意思是以此誘他上鉤，讓他放鬆警惕，我們再尋找機會將他擒拿。為民除害，相信全臺北百姓都拍手稱快！」

葉春讚道：「維源賢侄智謀過人，處事靈活，日後必有一番大作為也！」

林維源還是有些猶豫：「這法子太過冒險了吧？」

葉春拍了拍胸脯：「空口無憑，楊匪定然不信，我們必須採取些行動才好。這樣吧，我跟新莊縣丞有些交情，請他頒佈一個官戳給楊匪，你們再弄一份眾鄉紳聯名擔保的摺子，這樣不怕楊匪不動心。」

定下謀略，林維源稍稍鬆了口氣。大家分頭行動，林維得去找新莊縣丞蓋官戳，林維源出門拜訪各鄉紳，他知道楊匪必定會派人跟蹤他，出門上轎時故意高聲對身後的林維得吩咐道：「我先去拜訪朱百業大老闆，與他商議請楊弄獅先生出任我們桃澗堡保安隊長之事，這樣化干戈為玉帛，豈不兩全齊美！二弟你抓緊時間去懇請林縣丞恩准楊弄獅先生出任我們桃澗堡保安隊長之事，記住，一定要記得蓋上官戳！」林維得假裝諾諾連聲。林維源裝模作樣一天裡拜訪了五個鄉紳大富，其實純粹只是與鄉紳們喝酒取樂而已。

林維得在家炮製眾鄉紳的聯名上摺書，府裡不乏精於書法之人，爾昌爾康字體都各有風格，連書僮也能來一手，大家笑嘻嘻地簽上了鄉紳的名字：「哈，我也來當一回陳士銀！」

話說那楊弄獅，當年綁架林懷訓，只為了弄到白花花的銀子，不料林懷訓被手下失手掉下山崖，他甚是懊惱，過後一氣之下將那名壞事的手下斃了。加之官府四處追捕，滿天下風聲鶴唳，他為了消災，竟然買了幾隻烏龜放生到山澗裡頭以彌補自己的罪過。幾年過去，風聲漸無，他又故態復萌。此時他收到密報，不禁仰天狂笑：「算林維源這小子識時務！這小子馬屁拍得大爺好爽啊！」他笑得滿臉的虬髯鬍直打顫。

二當家的進言道：「我說大當家的，這其中恐怕有詐。這一幫奸商，心眼一個比一個多，我們不得不防。」

楊弄獅瞪了他一眼：「他約我明日辰時去他家取那文書，這是大喜事，我怎能不去！咱們三百多名弟兄，個個身強力壯拳腳過人，一個頂三，而他林家只有一百來個家丁，怕他個鳥？明日咱把

弟兄們全部拉過去，我看他林家連喘氣的份兒都不敢！」

匪徒們相對哈哈大笑：「這林家，富貴熏人，全臺北的人都想拿臉去貼他們，我們偏不怕，就是要在太歲爺頭上動土！」

次日辰時，楊弄獅的隊伍黑壓壓地開進了林府。林維源恭恭敬敬地奉上了眾鄉紳聯名的摺子和蓋有縣丞太爺的文書，楊弄獅接過一看，哈哈狂笑，笑過後竟然說了聲：「謝謝。」

林維源款待一幫匪徒們酒足飯飽，恭恭敬敬送他們出門。

回到匪窩裡，匪徒們鼾聲如雷，直睡到日上三竿。待楊弄獅酒醒洗漱後，見二當家的和幾個兄弟們在那裡嘁嘁促促地不知說些什麼。楊弄獅問：「二當家的，有話當面講來，你什麼時候學得像女人般在背後嚼舌頭呢？難道你眼紅大哥榮令桃堡澗保安隊長不成？」

二當家的索性把話挑明了：「大哥金盆洗手我固然高興，弟弟不敢妨礙大哥的好前程。只是大哥高升了，我們這些兄弟要置於何地呢？那些奸商容得下大哥一人，斷斷容不下我們這幾百來號滿面黑鬚說話高聲大氣的兄弟。難道兄弟們就此繳械投降，個個回家喝西北風不成？」

楊弄獅一怔：「大哥我只顧高興，這件事上真的欠乏考慮。這樣吧，我先去上任，然後再跟姓林的談條件，叫姓林的接納我們這些弟兄。對了，他們地方不是有團練嗎？咱們隊伍就編在團練裡，這樣兄弟們不是可以繼續舞刀弄棒？」楊弄獅一拍腦門，興奮地叫了起來。

二當家的冷笑起來：「大哥怎麼年紀越大越天真了，事情哪有這麼簡單？不要說那些狡詐的鄉紳不會同意兄弟們加入團練，退一萬步說，即使兄弟們真的加入團練了，兄弟們生性粗野，而那些老團練們又欺生，到時勢必起衝突，大哥你說，你到時站在哪一邊才好？」

匪徒們議論紛紛，楊弄獅啞口無言，但他心裡掛念著林維源說今日就要他正式上任，他用力打了個呼哨，示意大家安靜下來，大聲喊道：「兄弟們，你們不要擔心，我楊弄獅不是個只顧自家榮華富貴的小人！咱們相處了這麼多年，兄弟們對我還不瞭解嗎？我馬上就要去上任桃堡澗保安隊長一職，希望兄弟們都跟著我前去！」

話雖說得漂亮，隊伍裡卻沒有多少人回應。楊弄獅急了，眼看與林維源約好的時間馬上就到，他只好退了一步：「既然兄弟們現在一時拐不過彎來，那好，誰願意跟我前去的站到這邊來！」

於是稀稀拉拉的站了十幾個人出來。餘下的大部份人交頭接耳搖擺不定，互相向對方討主意，有的則堅決搖頭。楊弄獅甚是失望，卻也沒有辦法：「這十幾個兄弟就先跟著我前去吧！等我站穩了腳跟，再回頭接兄弟們去享福！」

楊弄獅自恃配置了西洋手槍無人能拿他奈何，他帶著十幾人大搖大擺滿心歡喜到了桃堡澗的團練處。只見西方一處屋子粉刷一新，屋前掛了個大大的招牌：「桃堡澗保安大隊」，遠遠見到林維源朝他拱手作揖大聲問好，他一腳跨進門檻，孰料門檻內的地板磚竟是虛的，他一腳踩空，「撲通」一聲栽進又黑又深的陷阱裡，他試圖來個「鷂子翻身」，卻無濟於事。楊弄獅全身多處蹭破了皮，一隻腳好像跌斷了無法動彈，額頭磕出一個大包汩汩流血，他在陷阱裡破口大罵：「林維源你這個老賊，竟敢暗算我，老子要砍了你的首級！」

後面的十來個匪徒眼見大哥突然掉進陷阱，再見周圍戒備森嚴，又驚又怕，連抵抗都不曾，拔腿就逃。楊弄獅兀自在陷阱裡叫罵不絕，只聽林維源在上面笑道：「楊奸！你儘管罵！到了公堂之上，縣太爺將你舌頭割了，恐怕你再也罵不出聲來！你作惡作端，官府多年追捕你未成，如今落入

官府之手，我猜縣太爺會把你凌遲處死！你就等著被老百姓扔臭雞蛋臭鞋子罷！」

林維源立了這一奇功，所有鄉紳無不拍手稱快。

林維源欣慰地看見，板橋林家的富貴已在山之巔，雲之上。這是自己親手光大的帝國。林本源如今以林維源為首，分設米行、茶行、鹽行、船行，錢莊、鹽行和船行名義上由林維源主管，侄子爾昌和爾康也在鹽行和船行掛了名，不直接管業務，只起監督作用，主要是聘了外頭得力的人來幫忙。茶業由林維得獨當一面，林維得還在錢莊裡兼了一個名頭；呂世宜深受林維源信任，主管土地開墾租賃及米行；各行施行獨立的經濟預算，但年底必須匯總結帳，由林維源總理資金調度。林維源只恨不得林家子孫成群，多些人來幫他才好，可惜林家人丁單薄，只得選妻妾親戚中有用之人聊以調度。林維源每逢中秋賞月或過年時總要一本正經地重申：「哪房添了人丁，我先賞他一萬兩銀子。」有時他偶染風寒，事務便堆積如山，呂世宜在東家臥房外伸長了脖子往裡瞧，東家側臥在床，臉上甚是憔悴，心中暗道：「東家猶如人體之大腦，林家各行則為五官百骸，大腦對百骸無分軒輊，酌盈濟虛，以冀平均發達。只恐大腦用之過甚，猶如機器過於磨損也。」這樣想著，雖諸多事務急著請示東家，又體恤東家病臥在床，躊躇許久，躡手躡腳欲離開。林維源微微睜開眼，瞥見呂世宜，輕輕招了招手。

呂世宜走了進來，林維源坐起，靠在床欄上：「什麼事？」

呂世宜儘量輕描淡寫：「也就幾件小事……」開設礱米的土礱間方便住在崁仔腳的佃農、三個佃戶要退佃等事，呂世宜均已辦妥。駕時號帳簿這個月有貓膩、錢莊裡的匯劃吃回扣做小貨開花帳須撤換、陳大彰兄弟因賭博輸錢有意出售永豐圳此三件事呂世宜拿不定主意。儘管東家授予他大權處置，他還是覺得應該尊重東家，須向東家彙報一下才好。結果幾件小事一談就用去了半個時辰。全府上下見老爺拖著病體猶在處理生意事務，紛紛乍著舌頭放輕腳步。

臨近歲末，各號陸續派人前來彙報經營成果，呂世宜面對一年慣例盤點不敢耽誤，一一核實，忙碌了幾個日夜。臘月二十八早上，兩眼熬得通紅的呂世宜將匯總帳單後呈給林維源過目：

光緒十一年林本源財務匯總

建祥號茶莊：與福建武夷山、安溪、廈門各地來往六宗大買賣，獲利八萬三千七百五十兩。

斯美、駕時號：販運絲綢、瓷器、燕窩等到南洋三趟，到福建八趟，獲利二十九萬零八百兩，然七月強颱風來襲，「斯美號」船上燕窩與船全部沉入大海，損失五十萬兩，兩相抵扣，共虧空近二十點二萬兩。

弼益館及各大租館：共收租穀七十七點六萬石，其中尚有佃農欠近三萬石租穀，計銀三十四點五萬兩。

鹽業：獲利十三點三萬兩

樟腦：入山熬樟腦得利潤五萬二千三百一十九兩。

共計：四十一點一萬兩。

呂世宜撓了撓頭皮：「老爺，今年收入是近幾年當中最少的。雖然獲利四十萬兩，但其中二十

萬兩老爺已經於八月份拿去捐獻了海防經費，所以實際現銀是二十萬兩。」呂世宜高高的瘦個子，先前當過私塾先生，他發現天下學生大致分為兩類，一類是天性聰穎，然而頑劣不喜讀書，聰明反被聰明誤；一類是勤奮有加然而不開竅。對於前一類學生逼他讀書猶如牛不喝水強摁頭，你生氣它也生氣，乾脆一犄角將你撞翻；對於後者你只能歎息搖頭。其實還有第三類學生，聰明勤奮虛心好學又能尊敬先生，可惜這類學生少之又少可遇而不可求。所以呂世宜當了幾年先生當出了一肚子氣，中途改行應聘到林家當管事。他平日裡不苟言笑，有時十天半個月也難得有笑容，眼睛裡長針，嘴巴裡吐火，家丁丫環有個錯處定要受他教訓「子曰，修身立己……」眾人寧願呂管事罰他們挑一百擔水，也不願意聽他講半天子曰，半天子曰聽下來，一個頭兩個大。因此，林府上上下下的人見了老爺並不怕，反而是見了呂管事都謹言慎行，惟恐被抓住了錯處。

林維源快速心算了一下，沉吟道：「今年獲利數目雖然最少，這只是表面。問題出在斯美、駕時兩艘大船上，要是斯美號不遇強颱風，航運業僅上半年就獲利二十九萬兩，依此推算，全年獲利五十八萬兩沒有問題。這樣算來，林本源全年收入應有一百一十九點四萬兩。也就是說，今年應該是這幾年生意當中最紅火的一年。」

呂世宜原本擔心林維源不高興，見林維源這樣說，長長鬆了一口氣。

「對了，給龍溪故里的賑濟糧和銀子今年如時發放了沒有？」林維源每年再忙，都不會忘記過問此事。

呂世宜畢恭畢敬答道：「回老爺，呂某再忙也不敢放下此事。老爺說過了，龍溪是林家的根，沒有根就沒有林家今天的枝繁葉茂。今年十月底一收完租，我就吩咐將租穀和銀子送到龍溪了，老爺放心，林氏義莊那兩個主事的人都極為公正，不會出差錯的。」

「這樣我就放心了。」林維源露出欣慰的笑容，他瞇縫著眼睛，彷彿看到龍溪故里林氏義莊的飛簷。只要他回到大陸，即便遠到北京辦事，事成後他都要到林氏義莊去祭拜一下林家祖先。只不過他沒有想到，十年後，他的命運之舟會被時代的風浪拍打回故鄉，飄搖的命運一路指引著他回到日思夜想的故鄉，而且在二十年後，自己會長眠在家鄉那片芳草萋萋的山麓上。

林維源讚道：「謝謝你，呂先生！成千上萬件雜事，呂先生件件成竹在胸。林家三生有幸，能得到先生的鼎力相助！」

呂世宜雖然老道，但被東家這麼一讚許，全身上下每一個毛孔還是舒坦得不得了。告辭了東家，走著走著，呂世宜突然想起東家交代他購買永豐圳的事，呂世宜頭有些大。這幾天他暫且把這件大事擱在一邊，先去忙一些小事。他也知道自己這種撿了芝麻丟了西瓜的習慣不對，可他腦袋瓜裡老覺得沒有將這些小事處理好，就靜不下心來幹大事，就好像要砍倒一棵大樹，最直接的方式是從樹幹下手，可他卻忙著去砍邊邊角角的枝椏。幸虧東家也忘了過問此事，不然自己就出醜了。唉，看來自己一輩子都幹不成什麼大事了，只適合像螞蟻一樣忙忙碌碌。他屁股剛沾著椅子想坐下，突然一拍腦門，後天就是林家一年一度的祭祖了，得快快準備才好。

呂世宜走後，林維源命人搬了一把竹椅到後花園裡。他覺得有點累。金色暈染的庭園，佈滿斜陽細密光線斜斜播撒的韻致，正中那棵大榕樹垂蔭滿地。這棵大榕樹的樹苗是祖父從故鄉龍溪帶來的，由祖父親手栽下，如今長得遮天蔽日，一看到這棵大榕樹，就不由得想起故鄉。林維源覺得心中疲憊的氣息、焦躁的氣息稍微減輕了些，但頭腦中那些混亂的思想仍然像一隊隊黑色的螞蟻頑強

在尋找著巢穴。他倦怠地半躺在竹椅上，靜靜地看那夕陽裏了金黃的衣裳匍匐在女牆上。

林爾嘉從方鑒齋出來，見阿爹一個人在大榕樹下獨坐，他高興地走過去，神神秘秘地對阿爹說：「阿爹，我有一個好消息要告訴你。」

「什麼消息？」林維源漫不經心地問。他還以為爾嘉又從湯姆嘴裡聽說了什麼新奇的西洋玩意兒，要磨著他幫他買。

林爾嘉故作神秘：「阿爹，你覺得我的英語水準如何？」

「當然是首屈一指的啦。」

眾所周知，十八歲的林爾嘉已經能熟練地使用英語。

「阿爹，你還記不記得昨晚你帶我去拜會英國商人湯姆？在宴會上的時候，我無意間聽湯姆和鄰座的威廉將軍說，法國甜菜今年歉收，糖的需要量大增。阿爹，這是一個天大的好消息。臺灣今年甘蔗豐收，我建議今年的駕時號百分之七八十都載上白糖與赤糖銷往日本各國，包管一掃而空。」

「真的？這消息確實可靠？」在宴會上，林維源只聽得湯姆和威廉將軍嘰哩咕嘟地說著些什麼，林維源如聽天書。

「千真萬確！」林爾嘉非常自信。

林維源讚許地往兒子肩膀上一拍：「好！這次阿爹聽你的！」他彷彿看到了駕時號滿載著白糖遠銷日本，並以最快的時間回到了臺灣，同時，管事奉上了一張數目不菲的銀票。林維源從兒子身上意識到了收集資訊對於生意成敗的重要性。

眼見兒子興沖沖走遠，林維源覺得寂寞，想找個人放鬆一下，腳步竟不自覺地往綠珠姑娘的房間裡踱去。綠珠年方十八，正是青春逼人的年齡。她剛剛支起窗戶，一眼瞥見正從天井裡踱過來的林老爺。兩人對了一下眼神，彼此眼睛裡的內容都很複雜。綠珠的半邊臉躲在窗戶裡，兩人之間隔的不過是半扇窗，卻彷彿隔了千山萬水，十幾步遠的距離都藏著些對彼此的不放心，那不放心裡又衍生出一些沉默，空氣便有些凝重起來。眼見老爺進來，綠珠換了一張笑臉迎過來。林維源隨口道：「綠珠，你平時除了曲樂，還喜歡什麼東西？」

綠珠道：「老爺，我喜歡詩文。尤為喜愛明代劉坊的那段『龍可乘，其鱗不可觸。虎可斷，其鬚不可捋。丈夫當為天下雄，安能低頭向人活……寂寞少陵詩益刻，徘徊五柳風何烈。白眼愁看舉國狂，青燈未朽千秋業。金台不去覓封侯，乙乙抽腸作子曰。文字豈不佳，終非丈夫策。』」

林維源聽了大為驚奇，他剛才聽綠珠說喜歡詩文，心中忍俊不禁，以為她是喜歡「亂紅飛過秋千去」的少女情懷詩句，想她不過是一個被人收留的下女，多多少少對她有些輕賤的意思，不料她這段「龍可乘，其鱗不可觸」讓他大為震動，不禁讓他對她刮目相看。

綠珠這陣子心情其實極為痛苦。劉璈對她有養育之恩，她不得不報，林府的一些風吹草動，只要經過她耳朵的，她必得一五一十地如實轉報給劉璈。只是，在林家待了這些時日後，她發現，林老爺所做的事是正確的！無奈她正奉命對這些事進行破壞！

她的心在煎熬。

林維源似乎看出了她的心思，安慰性地拍了拍她那吹彈可破的臉。

農曆二十九號晚上，林維源、夫人、姨太太、少爺、侄少爺、侄媳婦、侄女齊集在廳堂裡，

全部換上了簇新的綢衣，太太們都穿著漂亮的綢裙子。男的站左邊，林維源身穿猞猁猻大皮襖，頭戴簇新的石青臥龍帽，腳下蹬著鹿皮快靴站在左首，女的站右邊，兩邊各站了一大堆人。一對大紅燭燒得閃亮，正中兩扇正門大開。神龕下放著長方形的大供桌，掛上了紅絨桌帷。供桌前面放了一個火盆架子，火盆裡跳躍著熊熊的火光，將所有人的臉都映照得喜氣洋洋。火盆前面鋪著一個大拜墊，上面又蓋了一張紅絨氈。供桌上的燭臺和香爐都是太爺爺傳下來的貴重器物，周圍放了六個酒杯。穿著官服的林維源斟好酒，點了香分發給眾人，男丁排成行向祖宗叩頭行禮，接著才是女眷，最後齊念祖訓：「愛鄉愛土，為富當仁，樂善好施。」祭完了祖宗，林維源受了眾人的拜賀，吩咐眾人自去行樂。他坐在鋪著黑白兩色狐皮坐褥的太師椅上，望著腳下那個鑲金的白銅腳爐長長地吁出一口氣：辛苦了一年，終於揀著了幾天清閒安樂的日子。

第十六章 綠水流走長相思

劉銘傳大人不顧劉璈的阻撓，還是將摺子遞了上去，細數劉璈在中法戰爭中不予糧餉支持還貪污受賄的種種罪狀。劉璈被革職，劉浤公子命人向綠珠下毒手，綠珠被毀容，胎兒流產。林爾嘉原本喜歡康顯榮的女兒康慕榮，因父親與康顯榮反目，二人親事不成，林爾嘉迎娶廈門溪岸世家龔雲環小姐。此時，劉銘傳大人的處境相當惡劣，他的清賦、徵收茶稅、撫墾、剿番等一連串舉措得罪了一大幫人，誹謗、誣衊接踵而來。惡毒的奏摺一件接著一件。一八九一年，劉銘傳告病還鄉。一朝天子一朝臣，林維源主動辭去了所有職務。自劉銘傳走後，他的一顆心早就涼透了，自古以來飛鳥盡良弓藏的悲劇一直上演，他不必去做無謂的抗爭。他承認，之前周旋於官場有自己的私心；然而，令他驕傲的是，自己站在劉銘傳這一邊，而不是站在劉璈那一邊。

歷史將為他作證。

劉銘傳大人不顧劉璈的阻撓，還是將摺子遞了上去，細數劉璈在中法戰爭中不予糧餉支持還貪污受賄的種種罪狀。

太后老佛爺大怒。

綠珠心中正牽掛劉璈大人的命運，忽聽門子在外面大聲報「巡撫大人來訪」，綠珠心中一跳，卻裝作若無其事對林維源作了個萬福：「老爺，奴婢回避一下。」

到了午時，林維源大踏步來到綠珠房間裡。綠珠詫異道：「老爺，平日裡公務繁忙，今日如何青天白日裡兩次到我屋裡閒坐？」

林維源喜形於色：「綠珠，告訴你一個天大的好消息。兵備道大人劉璈一家被降旨解職到黑龍江服苦役去了。」

這個消息來得太突然，綠珠猝不及防，呆了一呆，也不知是喜是悲。喜的是從此不再背負劉璈大人密令她的沉重責任，無需再做暗探的工作，而且造化如此玄妙，要是當初劉璈大人沒有將她送給林老爺，自己也逃離不了到黑龍江給披甲人為奴的噩運。悲的是劉璈大人對自己有恩，卻落得如此悲慘的下場，好歹他還是養育她成人的恩人，如今他一離去，她的命運就更加飄零。自己在林府算什麼？一個別人送來的玩偶罷了，也不知今後紅顏要零落何方？

綠珠思前想後，柔腸百轉不能一語，忍不住伏案失聲痛哭。

林維源很理解綠珠的心情，久久地輕拍著她的香肩。綠珠抬起頭來，滿眼梨花帶雨我見猶憐，林維源忍不住輕吻她的雙唇。綠珠緊緊將他抱住，林維源衝動地將她抱起來放到梨花床上，劉璈既去，綠珠已是個自由身，從此林維源不再有顧忌與猜疑。綠珠，這個纖弱嬌柔的女子，今日終於被他林維源全部擁有！林維源只覺綠珠身體像是佈滿暖流的深淵，深深迷醉其中。

良久，綠珠緊緊閉著雙眼不願睜開，生怕眼前的一切是一場夢。她輕輕叫了聲：「老爺。」

林維源板著臉道：「我不是你老爺。」

見綠珠嚇了一跳，林維源臉上再也繃不住了：「我要當你相公。」

綠珠捶他：「你經常這樣嚇唬人嗎？」

林維源咬著她的耳朵說：「綠珠，你可要為我生個大胖兒子來！」

綠珠暈紅了雙頰，緊緊纏住他，呢喃歎道：「老爺，我要是一早就認識你該多好！」

林維源刮了刮她的鼻子：「現在認識也不晚嘛！既然有緣，它必定會來。」

等相士擇了良辰吉日，綠珠一飛沖天，成了林維源的九夫人，不久便懷了孕。每次林維源出遠門，林維源總要問她：「綠珠，你要我帶些什麼回來給你？」

「不要。」

「時興的珠玉金釵？」林維源知道綠珠不喜歡這些，故意逗她。

「不要。」

「上好的胭脂水粉？」

「不要。」

林維源笑了：「你知道嗎，愛上一個人的悲哀就是你心甘情願給她錢花她還不花……」

綠珠飛紅了臉，捶著林維源的胸脯：「老爺，你以為我不會大手大腳地花錢嗎！」

林維源抓住她的小手：「我就知道，你向來與眾不同，要的東西和別人不一樣！」

這天，林維源興沖沖走進綠珠房裡，他覓得八大山人的一幅山水圖要送給她。「綠珠，綠珠！」他高聲叫著，卻沒有人應答。林維源連被子都察看過了，不知為何，屋裡空蕩蕩的就是沒有人。林維源隨手撥弄了綠綺琴幾聲，不成曲調，忍不住笑了，他大聲叫喚丫頭：「九夫人到底哪裡

去了？」

阿巧慌了：「老爺，我一直以為夫人在房裡呢！她吩咐我今天一整天不許進她的房間。」

「有這等事？」一絲疑雲爬上林維源心頭，他吩咐護院家丁：「趕緊到鎮上四處找找。」

護院家丁分頭行動去了，林維源再也坐不住了，坐上轎子親自出門去找。正要起轎，忽聽有一絲細弱的呻吟若有若無從小巷子裡傳了出來，林維源跳下轎子奔進巷子裡，只見一綠衣女子俯臥在青石磚上，不是綠珠是誰？林維源急忙將綠珠抱了起來，乍見那張臉嚇了一大跳：右臉被人劃了十幾刀，當時想必血流如注，此刻早已結了一灘烏黑的血跡。

林維源急喚：「綠珠！綠珠！」

那女子悠悠醒轉過來，下意識地捂住自己的右臉：「我不是綠珠！放開我！別管我！」

「到底發生了什麼事啦？」林維源焦灼。

綠珠終於忍不住哭了起來：「是劉浤公子命人下的毒手。早上我一聽是劉府的老家丁找我，想著劉府對我有恩，不知我能為他們做些什麼，就急急忙忙趕著去了，因我聽說自劉大人事發後，那些平日裡與他相近的黨羽怕被牽連上，一個個躲得遠遠的，惶惶不可終日，深恐被拖下水。

我想，我不能跟那些人一樣薄情寡義。孰料百足之蟲死而不僵，劉家沒有好下場，對我懷恨在心，唆使人往我臉上劃了十幾刀……他們毀了我的容，還不如一刀結果了我。往後綠珠是生不如死……」

回到府裡，綠珠雖然百般調養，可惜她原本體質就弱，經此驚嚇坐不住胎，小小的胎兒竟然流產了。她眼神渙散，伏在林維源懷裡痛哭：「老爺，我是個薄命的人，原以為跟了老爺，又有了身孕，從此可以平平靜靜相夫教子，沒想到……」

林維源無言。他避開綠珠的眼睛，他知道自己載不動綠珠那含愁含悲的眼神。「阿巧，你要對夫人多加勸慰。」吩咐過後，他逃也似的跟隨劉銘傳大人去台南撫番。

一個多月後，林維源風塵僕僕回來，一推綠珠的門，不知為什麼又推不動，林維源使勁敲門：「綠珠，是我，開門！」

等了許久，阿巧才慌慌張張地前來開門，綠珠端坐在梳妝檯前，滿臉慌張。林維源滿肚子狐疑，湊近綠珠正要親吻，忽然聞到了一陣鴉片煙味，林維源勃然變色：「綠珠，你竟然抽鴉片煙！你不想活了！小心我休了你！」

林維源生平最痛恨鴉片毒害人的精神與肉體。他當年上北京時，聽聞兩百位官員因為戒不了鴉片癮而被撤掉了烏紗帽。罌粟花表面嬌豔迷人，風情萬千，像美豔絕倫的美女蛇引誘眾多追隨者，又像是吸血鬼一般，用她那輕柔的唇吻攝取人的靈魂。今天美女蛇竟然出現在自己家裡，叫林維源怎能遏住胸中的怒氣！

林維源衝綠珠發完火楞了楞。這其實不是他想說的話。他想說的話明明是：「綠珠，這鴉片是害人之物，你怎麼可以碰它呢？趕快把這狠毒物給戒了！」可這句話從他腦袋裡滾到舌頭上就變成了另外一句話，一句尖硬帶刺且有倒鉤的話。他想收回這句話，可是已經收不回來了。他不知道最近為什麼對綠珠火氣總是這麼大，和綠珠說話的時候，想的是這樣，說出來的卻是那樣。

綠珠受了辱，索性激怒他：「老爺，你不知道這鴉片煙抽起來有多快活呢，老爺要不要來試試？」

看著綠珠自甘墮落的輕薄樣子，林維源的耐心就磨薄了，不假思索地抬起手把綠珠的煙槍搶過來一折兩斷。

綠珠眼淚撲簌簌流了下來，她雙膝一軟，跪倒在林維源面前，雙手緊緊抱住林維源的大腿。林維源生平最痛恨吸食鴉片的人，他憤怒地蹬了一腳，綠珠應聲倒地。

林維源有些後悔，他知道綠珠是個吃軟不吃硬的女人，本來嘴裡還有許多槍炮一樣的話要彈出來，這些話若再飛出來，必定將綠珠炸得遍體鱗傷。於是，他硬生生地將那些槍炮一樣的話吞回肚子裡，卻炸得他自己五臟六腑生疼。

阿巧連忙跪下：「老爺，你就饒恕九夫人吧。九夫人以前從劉大人府上過來時日日愁苦鬱悶，現在腹中胎兒又流產，才吸食上鴉片煙。老爺，您一個大男人家，體會不了女人家的苦楚，府裡的幾個夫人都瞧不起九夫人，更厲害的是，那天，九夫人去給太夫人請安，太夫人理都不理她……」

綠珠再次嚶嚶啜泣起來。

林維源怒氣漸消，但還是板著面孔：「你給我把鴉片煙戒了，戒好後才來見我。林府絕不允許有鴉片煙鬼的存在。」說罷帶著滿腔盛怒拂袖而去。他不敢再看身後綠珠那雙哀怨的眼睛，如若再看，他必定會再次陷入那潭盈盈秋水裡面去。

眨眼間半年又過去了。管事呂世宜到台南查看埤圳之事，林爾嘉跟隨前往。只見大片青翠挺拔的甘蔗林迎風起舞，早有下人挑了最好的甘蔗洗淨後去了皮送上來，林爾嘉咬了一口，讚道：「真甜！」

他第一次看蔗農榨蔗汁，甚為驚奇，興致勃勃地觀看著。只見砍下來的甘蔗，去葉之後放入石磨中間，趕牛拉動圓柱，甘蔗汁就汩汩地流了出來，由底盤沿一根竹管流到煮糖室。過了一陣子，蔗農將壓榨過後的蔗屑清理出來扔到一邊，只見那蔗屑還濕漉漉的，不斷有蔗汁往下淌。

湯姆不屑地說：「這石磨也太落後了，蔗汁壓不乾淨，我們英國的鐵磨先進多了。這意味著你們臺灣每年的糖出口量減少了應有的三分之一。」

林爾嘉大吃一驚：「果真如此嗎？」湯姆無意中流露出來的優越感讓他很不舒服，他本人洋派十足，喜歡戴洋表，抽洋煙，卻接受不了湯姆這樣居高臨下的態度。接下來的遊玩林爾嘉心不在焉，草草結束了行程，回到臺北板橋家中。

他迫不及待地要向阿爹傾訴自己的發現，希望阿爹能運用自己的影響引進西洋鐵磨壓蔗汁以改變臺灣製糖業的面貌。偏偏阿爹今日應酬到極晚，到了亥時才回到家中。剛進客廳，見到爾嘉還端坐在椅中等他，不禁大為驚訝：「爾嘉，有什麼事嗎？」

林爾嘉一臉鄭重地將西洋鐵磨與臺灣石磨壓蔗汁的功效進行了比較，建議道：「阿爹，我們引進西洋鐵磨來榨蔗汁吧！臺灣每年白白浪費了三分之一的蔗糖，委實令人痛心，這種現狀再也不能維持下去了！」

林維源耐心地聽兒子說完。其實，他早就聽聞西洋鐵磨之功效，只是引進西洋鐵磨談何容易！其中涉及到方方面面的利益，極為複雜，但他不想潑兒子的冷水，想讓他在實踐中歷練一番，決定介紹他去恆春糖廠實驗一番。

林爾嘉通過湯姆的關係借了一台西洋鐵磨，興沖沖到了恆春糖廠，將西洋鐵磨的優點詳詳細細述說了一遍，並且現場演示了一番。工人鴉雀無聲，先前圍攏了一群人，現在默默地散去，仍然各

做各的事。林爾嘉急了，上前攔住那位趕牛推動石磨的大哥問：「大哥，這麼省力又高效的器具，你們為什麼不用它呢？」

那漢子冷冷地瞥了一下眼前這位穿著華麗的公子哥：「要是西洋鐵磨可提高做事效率的三分之一，那我們糖廠一百個工人就有三十三個人被解雇回家。沒有飯吃，少爺你要養我們嗎？」

林爾嘉瞠目結舌，一時無語。

那漢子愛惜地拍了拍那台他用了近十年的石磨，又慢悠悠地趕著牛轉起圈來了。林爾嘉被冷落一旁。

林爾嘉看得出來那漢子對石磨懷有一種宗教般的敬意，這麼多年來長相廝守，漢子對石磨的感情已經根深蒂固難以捨棄。

晚上，林爾嘉好不容易抓住剛剛閒歇下來的恆春糖廠經理，簡潔明快地講解了西洋鐵磨的好處，經理慢吞吞嚼完了一個檳榔，懶洋洋地開口道：「西洋鬼子哪會有什麼好心眼？他們把西洋鐵磨賣給我們，那我們豈不是要將一半的利潤送給他們？」

林爾嘉又楞住了。沒想到民眾的排外與念舊觀念會強硬到如此，像一堵根本無法穿越的牆。而且，臺灣蔗糖這十幾年來一直非常順利，上至廠長下至蔗農在順境中待慣了，根本沒有意識到改進的必要。

林爾嘉想不通，為什麼這樣先進的工具就是沒有人願意採用。他想鼓動一些蔗農購買西洋鐵磨，可那個滿臉皺紋像畫滿了五線譜的老蔗農說：「西洋鐵磨好是好，可我連打製一台石磨都困難了，哪有多餘的銀兩來買西洋鐵磨？」

一整天下來，林爾嘉直說得喉嚨沙啞充血，還是碰了一鼻子灰，只好灰溜溜地回了家。林爾嘉從小要風得風要雨得雨，哪裡碰過這樣的釘子？他急得想發脾氣。偏偏阿爹酒興好，要他陪著擲骰子，只好強壓住壞心情坐下來。他拿起骰子搖了幾搖，掀開一角一看，嘩，手氣真不錯，四個一，接近於天牌，勝券在握。阿爹先喊：「兩個一。」

林爾嘉丟了一顆花生米進嘴裡，隨意跟進：「三個一。」

阿爹看了他一眼，臉上現出一個神秘莫測的微笑：「四個二。」

林爾嘉這下子可真傻了眼，他進退兩難，看阿爹那副神情，恐怕四個二都不止，他想開，又沒有勇氣，只好硬著頭皮往上喊：「五個二。」

林維源道：「開。」他將自己的牌掀開，只有三個二。林爾嘉後悔不迭，只好喝酒：「倒楣呀，真是倒楣，人一背運，連擲個骰子也輸得一塌糊塗。」

阿爹笑咪咪地看著他：「爾嘉，你有沒有想過，為什麼明明手中抓了一把好牌卻會輸？」

爾嘉一怔。

「有了好牌並不意味著你就能贏。你策略不對或者心浮氣躁或對時局判斷錯誤，那十牌九輸。你好好想想。酒你慢慢喝吧，阿爹先走了。」

在那一瞬間，林爾嘉似乎有點明白了板橋林家的商業帝國是如何營造起來的。

第二天，林維源笑咪咪地問他：「爾嘉，你那西洋鐵磨推廣得怎麼樣了？」看著父親的笑容，林爾嘉突然明白了父親早就預料到了自己推廣西洋鐵磨的結局。他心中一陣酸楚，默默感激著阿爹的寬容，給了他機會實踐，才知道做事的艱難。

林維源道：「這下子你知道做件事情不容易了吧？西洋鐵磨我早就聽說過，四年前臺南一位擁有大片蔗田的武官就引用了西洋鐵磨，效果也很好，就是推廣不開。有些蔗農甚至故意將鐵磨拿來隨便用用，然後說鐵磨不好，還是舊式石磨好，你要知道，民眾對舊事物的感情不是一朝一夕就能剔除的。」

林爾嘉有些激動。這件事讓他從一個意氣風發的少年進入到了成熟的青年行列。他甚至開始考慮婚娶之事了，不過他的姻緣路並不順利。

康顯榮的小女兒康慕容，右臉上長了一顆黑痣，倘若將這顆黑痣忽略不計，其實還是個挺清秀的小姐，人稱「鹽西施」。康家有祖傳的曬鹽絕技，曬出來的鹽又細又白，又不知添加了什麼神物，吃康家賣的鹽可預防大脖子病。康家祖宗原規定「傳媳不傳女」，可康顯榮極為寵愛這個小女兒，再加上耐不住女兒天天廝纏，還口口聲聲保證不出嫁，要招個女婿上門，康顯榮才勉強把祖傳絕技傳給了女兒。

「鹽西施」臉上的那顆黑痣在她的姻緣路上一路作怪，攪黃了她兩樁可能成功的好姻緣。一個雲林縣太爺的公子，一個是福建舉人莊正的公子，只因媒婆上門的時候，康慕容必得要媒婆向對方說明她臉上長了一顆銅錢心大小的黑痣，結果男方總要起疑，莫非這顆黑痣碩大無邊上面還長了長毛，否則這般鄭重其事地說明幹什麼？陳家乾脆沒了下文，施家提出要遠遠地見上一面，康慕容一口回絕，對方心想，這大概是此地無銀三百兩了，那顆痣必定是見不得人的，因此不敢與人相見，於是就偃旗息鼓不了了之了。之後也有不少媒婆上門，卻是衝著康家財勢的，康慕容一個也看不上。

眼看年紀漸長，父母兄長均為她暗暗著急，婉轉地勸她：「女孩兒不可將眼睛長到頭頂上去。」康慕容從話裡聽出了憐憫的意思，立馬生氣了：「你們是嫌我占了你們的地兒嗎？」說的人見她面紅耳赤的模樣，趕緊住了口，怕又惹出這位小姐的眼淚來。康慕容有時在後花園裡對著那滿庭芬芳長吁短歎，她寧願人們因為羨慕她而詆毀她，也不願意大家因為可憐她而對她小心翼翼地陪笑。

林爾嘉隨著阿爹在康府裡進進出出，見過康慕容幾面，見她說話乾脆俐落頗有豪爽之氣，於是向康小姐表達了自己的愛慕之情。康慕容道：「林公子，我臉上長了一顆黑痣，莫非公子沒有看清楚嗎？」

林爾嘉道：「康小姐，我看這顆痣是長在你的心裡，而不是長在你的臉上。無非是一顆痣罷了，身體髮膚受之父母，一個人的外貌又不是她本身所能決定的，你又何必這麼介意呢？」

這句話說得康慕容芳心大悅。她原本為了臉上這顆痣耿耿於懷，以致個性有些孤僻。偶與人交往，不是嫌人自私，就是嫌人多嘴，或嫌人愛貪小便宜，或嫌人暴躁，反正總能在每個人身上發現一絲錯處來，於是冷淡了這一個欲與另一個交往，卻又從那人身上發現了更大的錯處。因此她覺得與每個人都合不來，到最後連自己都嫌惡了自己，一年到頭總是怏怏的。如今覓得如意郎君，雲開霧散，自然整日笑口常開。

一個花好月圓之夜，林爾嘉從懷裡掏出一塊錦帕，小心翼翼地打開，一塊晶瑩剔透的玉佩在月光下幽幽閃爍著它美麗的光澤。康慕容感動地驚呼起來：「真漂亮！」

「你喜歡就好，來，我幫你戴上。」林爾嘉充滿柔情蜜意地拂起她的長髮。

康慕容非常感動：「你跟我來。」說著急匆匆打開密室裡的箱子，拿出一張發黃的雲箋紙遞到林爾嘉手裡。

林爾嘉問道：「這是什麼？」

康慕容抿了抿嘴：「你看看就知道了。」

林爾嘉看了一眼，大吃一驚，燙手似的將那張紙還給康慕容：「這是康家祖傳的曬鹽機密，我可不敢掠人之美。」

康慕容嬌嗔地將紙推還給林爾嘉：「有何不可？日後咱們成了親，遲早還不是要交到你手裡？」說罷，一張臉都羞紅了。

康慕容整日把林爾嘉贈送的玉佩攜帶在身上，玉佩上有花朵的暗紋，花蕊似開非開，雲紋搖曳，宛若乘負雲氣，讓人看著看著就心旌搖盪。康慕容有時獨自在繡房裡打開手帕左右賞玩，怎麼也看不厭，那癡傻的模樣讓丫頭看了都暗暗發笑。

康慕容記得閨中女友曾經打趣自己：「容兒你這急性子，以後大了要是嫁個慢性子，急死你。」沒想到閨中戲言竟一語成真，自己遇事急躁，而爾嘉處事極有條理遇變不驚，想到這裡，她情不自禁地微笑起來。

自從兩情相悅之後，他們在後花園裡見過幾次，兩人並不怎麼說話，但兩雙眼睛替兩人把心裡的話都說了；林爾嘉不敢造次，只偷偷摸過康小姐的手，但在康慕容心裡，兩人早已把什麼都做了。女兒的變化父親都看在眼裡，祭祖那天，康顯榮嚴肅地將女兒叫到祖宗牌位前：「阿容，你答應過我，若我將曬鹽秘方傳授給你，日後你要招贅上門，如今你與林家公子過從甚密，你可曾想過，堂堂板橋林家的公子怎會入贅康家？若是沒有可能，我勸你及早懸崖勒馬。」

一席話說得康慕容呆了呆。要爾嘉入贅她們康家，那是絕無可能。可又如何說服父親將她嫁予林家？女兒帶著祖傳秘方嫁入林家有違康家祖訓，想來父親必不肯答應。左右為難，康慕容又喜又悲。

好日子遙遙無期，康慕容又不好厚著臉皮催促父親趕緊將日子訂下，這日父親從外面回來，康慕容正尋思著如何開口，不料父親怒氣沖沖地對她嚷道：「容兒，我看你趕緊與林爾嘉斷了來往吧。阿爹為你尋一門更好的親事。」

康慕容驚疑道：「爹，究竟發生什麼事了？」

康顯榮怒道：「你那未來的準公公也太欺負人了，他在外面四處說爹的壞話，說我康顯榮在洋人面前奴顏婢膝，丟了臺灣人的臉……」

康慕容一急，眼淚就掉了下來：「爹，林老爺在臺北口碑極好，他斷斷不會公然在場面上說你的壞話，這當中是不是有什麼誤會……」

康顯榮冷笑一聲：「人家說女大不中留，果然如此。你都還沒成親呢，就這麼急急地為未來的公公說起話來了……」

康慕容又羞又氣，回到閨房裡大哭了一場。哭過後，想起阿爹要退婚的話，不禁陣陣恐慌，趕緊託人捎信叫林爾嘉前來商量對策。

林爾嘉趕到後，康慕容急急詢問道：「爾嘉，我爹說你阿爹一直在場面上說他壞話，到底怎麼回事？」

林爾嘉年輕氣盛，康慕容話音未落，他就不滿地高聲反駁了起來：「你阿爹怎麼惡人先告狀來了！他在洋人面前腰低得都看不見他的臉了，我阿爹處處為他遮掩，私下裡好心提醒他幾句，他反而將好心當成驢肝肺！哎，我怎麼會碰上這樣的人當我未來的老丈人呢！」

說者無意，聽者有心，林爾嘉並非要與康慕容分手，而康慕容是一個極為自尊的女子，一聽林爾嘉的話，她不禁火冒三丈：「我阿爹好歹也是臺北有頭有臉的人，輪不到你來教訓他！你既然嫌棄我是康顯榮的女兒，我康慕容也不敢高攀你們林家，這塊玉佩就還給你吧！」她將玉佩塞到林爾嘉手裡就飛奔而去，臉上淚如雨下。

林爾嘉拿著那玉佩呆呆站在原地。事出突然，他不知道要如何挽回這個局面，深怪自己說話造次，惹得康慕容傷心。想追至康慕容閨房裡，康慕容的奶娘出來攔住他：「林公子，你還是請回吧，我們小姐現在不想見你。」

康顯榮正在想著如何威逼女兒揮慧劍斬情絲，康慕容對他道：「爹，你不用傷腦筋了，我已經將定情的玉佩還給林爾嘉了，從此咱們康家與林家一刀兩斷。」

這下輪到康顯榮吃驚了，退婚的事是他一時氣話，沒想到女兒如此剛烈，竟然自作主張將玉佩退還給林爾嘉，如此一來，他與林維源以後在場面上要如何相見？

沒想到女兒「撲通」一聲跪倒在他跟前，說出了一件讓他更為吃驚的事：「女兒糊塗，女兒不孝，將咱們康家祖傳的曬鹽秘方私授給了林爾嘉，阿爹你就懲罰我吧！」

此事猶如晴天霹靂，康顯榮驚得張大了嘴巴：「什麼？什麼？你將秘方私授給了林爾嘉？」一想到秘方洩露出去的嚴重後果，康顯榮雙腿發軟。他一時間怒不可遏，手指顫抖著指向女兒，捂著胸口說不出話來。

康慕容的大哥康禮成急得跳腳，大發雷霆：「小妹，你是豬油蒙了心肝，秘方是康家的命根子，是立身之本，老祖宗嘔心瀝血研製出來，關係到康家上上下下百口人的身家性命，你怎可以輕易告訴別人？如今秘方洩露出去，康家只能一敗塗地了！」

康慕容繼母、嫂子個個變顏變色，繼母罵道：「你這個傻ㄚ頭喲！」

嫂子本就對公公將秘方傳給小姑子心懷不滿，怪腔怪調道：「林爾嘉是未來的姑爺，秘方當然要告訴他囉！」

康慕容是個烈性女子，如今婚事攪散，又鑄成大錯，眼淚撲簌簌往下流，咬著嘴唇道：「阿爹，事已至此，你給我一根繩子也好，給我一杯毒酒也好，女兒甘願一死謝罪！」

康顯榮又是心疼又是氣急，他原本偏寵女兒，若女兒將此事私下裡告知他也罷了，如今女兒當著全家的面將此事抖了出來，教他要如何替女兒遮掩？按照宗法規定，這等洩露機密大事，乃屬十惡不赦之事，除了一死謝罪別無他法。康顯榮氣急道：「你乾脆吊死算了！」下人們屏息斂氣，垂手恭立，惟恐惹火上身。

他原指望會有人出來說情，孰料小妾、兒子、兒媳個個臉色鐵青，不發一言。康慕容原本與林爾嘉一刀兩斷心灰意冷，如今見大哥、大嫂一個比一個無情，更是絕了活下去的念頭，她擦乾眼淚，冷笑道：「一人做事一人當，要死還不容易？我還可以為康家節省一根痲繩。」說著一頭就往柱子上撞去。

此時門咣噹一聲打開了，外頭闖進一個人來，攔腰抱住康慕容：「小姐，萬萬不可！」饒是如

此，還是遲了一小步，康慕容額頭已撞出斑斑鮮血。原來是林爾嘉放心不下康慕容，又想起那張曬鹽秘方，因此急急返了回來。他將那張發黃的雲箋紙雙手奉送給康顯榮：「康老闆，真是對不起得很，晚輩也是一時糊塗，未能拒絕小姐饋贈。」

康顯榮一把奪過那張雲箋紙，老淚奪眶而出：「你還給我也沒用，誰知道你抄了幾份！只怪我養了個吃裡扒外的女兒……」

林爾嘉眼睛裡噴射出憤怒的火焰：「你們怎麼如此狠心？把小姐往死路上逼！事情因我而起，你們不要責怪小姐，我發誓絕不將秘方用於我家曬鹽場，絕不外傳就是了！」

康顯榮父子倆見事情有了轉機，心中大喜，康顯榮急切道：「你輕輕巧巧一個誓言，教我們如何信你？我要你跪在我們康家祖宗靈牌前起誓！」

林爾嘉微一躊躇，男兒膝下有黃金，哪有無緣無故跪別人祖宗的道理？可為了康慕容，他忍著一口氣跪下了：「康家列祖列宗在上，林爾嘉發誓絕不將康家曬鹽秘方用於自家曬鹽場，絕不外傳，若有違背，天打雷劈！」

康顯榮心中一顆石頭落地，康禮成卻不依不饒：「還是白紙黑字來得可靠。請林公子將誓言寫下簽字畫押。」說著遞上紙筆。

林爾嘉想發作，轉頭看到康慕容額頭上的朵朵鮮血，只好按捺下滿腔怒氣簽字畫押。

畫完押，見康家人都仇敵似的望著他，林爾嘉拂袖而去。康慕容哀哀望著林爾嘉的身影。

康顯榮冷冷對女兒道：「死罪可免，活罪難饒。你闖下如此彌天大禍，罰你到曬鹽場做苦工一年，讓你長長記性。」

此後，林維源與康顯榮見面甚是尷尬，康慕容立誓終身不嫁，更讓康顯榮恨透了林家。人與人不能走在一起，並非對方一定就是大奸大惡，更多的是脾性不合。你愛熱鬧，而我卻是愛安靜的，那只能是你走你的陽關道，我走我的獨木橋。

康顯榮性喜新鮮事物，一見到西洋人就兩眼放光，覺得能從西洋人那裡掏出另外一個世界，而林維源總覺得聽著鄉音更為親切，也就產生了因千秋、建昌街而起的衝突。目前板橋林家生意風生水起，康顯榮也不遜色，他早就拳打腳踢闖出了一片天下。鹽業上與林家平分秋色，煤礦業成了他康家的天下，只是康家不像林家那樣擁有幾萬畝良田與山林。眼見林家在政商兩界呼風喚雨，康顯榮妒忌得眼睛出血。

雖然他富甲一方，走到哪裡都會被尊為上賓，然而板橋林家遮在他上頭，這就使他感到萬分不快，處心積慮地想壓過林家。特別是千秋、建昌街合作鬧了不愉快，加上做不成兒女親家，康顯榮一直想找個茬子借機大鬧一場。

此時爾嘉生父陳宗美為他在廈門尋了一門親事，是溪岸陳家世交的書香門第之家龔雲環小姐。龔雲環小姐得祖上薰陶，才情橫溢，寫得一手好詩，書法更是一絕。林爾嘉和龔雲環小姐見過三次面，林維源親自出面考察未來的兒媳婦，長輩們在客廳上討論時事，林爾嘉和龔雲環小姐雖沒有直接接觸，但他看小姐舉止落落大方，談吐不俗。

龔小姐走路，輕盈得像蜻蜓點水，爾嘉一喜：龔小姐是天足，沒有裹小腳。讀了龔小姐的詩，爾嘉更是讚歎不已。才情橫溢的龔小姐將林爾嘉從康慕容給予他的打擊中解救了出來，他欣然同意了這門親事。生父、養父、爾嘉本人三者皆大歡喜：本來，板橋林家是臺灣望族，有多少人家盼著

能與林家結親，若在臺灣挑一個兒媳婦，可以讓林家在臺灣更加根深蒂固，但林維源考慮到唐山是故鄉，根不能丟，兒子做了這門唐山的親事，與唐山常來常往，兩個地方都是自己的故鄉。林維源沒想到，自己的決定，竟然為兩年後全家從臺灣搬回廈門留了一條後路，彷彿冥冥中自己預感到了林家命運的轉彎；生父陳宗美喜的是龔雲環小姐娘家晉江和廈門陳家是近鄰，自從忍痛將爾嘉過繼給姐夫後，自己和夫人日日錐心想念，可惜隔著滔滔臺灣海峽難以見面。要是爾嘉能娶了龔小姐，那今後見到爾嘉的次數定會大大增加……

林府張燈結綵，吹吹打打熱熱鬧鬧地將新娘子迎進了林家。林爾嘉身著一件簇新的黑色錦緞長袍，通身繡著金如意，胸前斜挎了一朵大紅綢花，瓜皮帽正中鑲了一顆晶瑩透亮的玉，玉上雕的是龍鳳呈祥。新娘子蓋著喜氣洋洋的紅蓋頭，被喜婆牽著跳過火盆，喜婆唱道：

跳火盆／火拉輪／跳入來／添丁又進財／跳出去／無憂又無慮／跳過東／五穀吃不空／跳過西／金銀滿厝內

跳火盆／火拉輪／公擔金／婆擔銀／擔入厝／快快富／擔入廳／好名聲／擔入房／好做人／擔無處下／放入灶腳下

喜婆的一連串話博得滿堂齊聲喝彩。

一整天裡，林爾嘉耳朵裡吉祥話滿天飛，他嘴巴大咧著，眼窩裡盛滿了晃晃當當的笑意，因為迎來送往而不時擦拭汗水。

那一天，全板橋的人都來吃筵席，流水席從中午一直延續到深夜。吃飽喝足的板橋人擦著油膩膩的嘴巴，手上帶著一大袋沉甸甸的麵條和五香，睜著一雙醉眼往家裡走。全板橋的人家第二天家裡都沒有冒出一縷炊煙。

婚後回娘家省親，陳宗美和夫人早已在龔家等候多時。及至見了爾嘉，陳夫人上前感情複雜地握住了他的手，叫了一聲：「嘉兒！」聲音早已哽咽，不敢再說下去，兩眼淚汪汪的，強忍著不讓眼淚掉下來。

爾嘉心中也是百感交集，又不敢在眾人面前真情流露。若自己在眾人面前親親熱熱地喊著親生爹娘，人多嘴雜，難免傳到阿爹耳朵裡，到時寒了阿爹的心。一邊是給他血肉之軀的親生父母，一邊是辛辛苦苦撫育他成人的養父，兩邊都是他的愛，兩邊也都是他的痛。

岳母見狀，急忙打岔道：「賢婿，舟車勞頓，不知可否暈船？」

龔雲環初為人婦，還改不了女孩家的性子，嘰嘰喳喳躲進母親懷裡撒嬌：「娘，爾嘉常坐船哪裡會暈船，倒是你女兒吐得一塌糊塗呢！你不關心自己的女兒，反倒關心起女婿，看來俗語說丈母娘看女婿越看越中意，這話真是不假！」

岳父對爾嘉道：「環兒被我嬌寵慣了，若有禮數不周之處，賢婿你要多多教導她，免得她在長輩們面前鬧笑話！林家是個大家族，這點面子千萬不能丟！」

龔雲環跺腳嬌嗔道：「爹，你們怎麼都向著女婿，把女兒丟下不管了！」

這邊娘家省親其樂融融，板橋那邊的林維源心裡像打翻了五味瓶一樣。一方面，他非常感激小舅子在他喪子之時將爾嘉過繼給他，十幾年來他像疼愛親生兒子一樣疼愛著爾嘉，另一方面，他又熱切盼望著幾個妻妾能為他生下一兒半女，有了自己的親骨血，也不枉自己奮鬥了這一生！陳家為爾嘉推薦這麼一門親事，其用意傻瓜都能瞧得出來，但他不能貿然反對，人家就這麼一點點期望，

期望能離兒子近一點，能多看兒子幾眼，要是自己站出來反對，那自己真真變成了心胸狹窄的小人了！

五夫人悄悄來到他身邊：「老爺，你在想什麼呢？」

「嚇了我一大跳！你什麼時候來的？」

五夫人嫣然一笑：「你在掛念爾嘉回丈母娘家省親路途可否順利，是嗎？」

林維源攔腰將她抱起：「我在想你什麼時候給我生一個兒子呀！」

「我又不會變出一個兒子來，要老爺給我呀！」

兩個人嬉笑著，林維源暫時忘記了自己的煩惱。

忽聽下人來報：「康家小姐上吊自殺了！不過總算有驚無險，及時搶救過來了，沒有鬧出人命來！」

林維源吃了一驚，這造化真是弄人，本來康慕容是要成為林家兒媳婦的，如今竟為了爾嘉自尋短見，真是冤孽！出了這等不光彩的事，康顯榮恐怕更加記恨於我了！他沉吟了半晌，對下人道：「這消息先瞞下來，不要告訴少爺。少爺大喜的日子，你們不要增添他的煩惱，懂嗎？」

過了幾日，英國商人約翰來訪，約翰開門見山：「林老闆，我此次前來是想讓你幫我在大買辦康顯榮先生面前說說情，康先生手眼通天，眼下我的貨輪就要回國，尚欠一批緊俏的絲綢，急需康先生把手中的絲綢賣給我，可他就是吊高價不放。」

這下林維源可傻眼了，約翰是劉銘傳大人的貴賓，因為劉銘傳常常向約翰討教大西洋彼岸的事情，故而林維源與約翰也頗為熟稔，約翰的忙他不能不幫。他暗暗捏了捏自己的大腿：糟了，剛剛得罪康顯榮，現在又不得不硬著頭皮上門求他！總不能對約翰說：「我跟康老闆鬧翻了，你另請高明吧！」這樣一來，顏面何在？

林維源不得不硬著頭皮帶約翰登門拜訪康顯榮。他想，解鈴還需繫鈴人，叫上爾嘉讓爾嘉當面與慕容小姐賠罪一番，說不定可以感動康家。

到了康府，康府管事康如意瞪著一雙三角眼，沒好氣道：「我們老爺不見客！」康如意在康府待了二十幾年了，隨著康家越來越顯貴，他的自我感覺也越來越良好，只見他面闊身肥，一雙粗眉緊壓在兩隻鼓眼之上，兩耳招風，一副自命不凡的神情。本來這種事是需要呈報老爺由老爺拿主意吩咐見與不見的，但今天他想，老爺正處在愛女自殺的悲傷與憤怒當中，如今林維源登門求見，不是火上加油嗎！因此他擅作主張像驅趕雞鴨一樣嚷道：「不見，不見！我們老爺不見客！」然後裝出一副忙得腳不沾地的樣子就要離開。

林維源自清賦有功朝廷賞戴二品花翎以後，何曾遭遇過如此羞辱？再說了，當著約翰的面丟了面子，林維源心裡更是萬分不自在，他極力隱忍著，大腦急劇轉動著要如何應對，忽見一頂轎子從外面抬了進來，掀開轎簾走出來的那人正是康顯榮。林維源急忙迎上前來：「康老弟，這位是巡撫大人的貴賓約翰先生。他目前急需一批緊俏絲綢運回國，船已經在海上等著，還望康老弟高抬貴手成全成全……」

康顯榮見了林維源本是滿腔怒火，但有約翰在場不便發作，他不能當面讓洋人看臺灣人窩裡鬥的笑話。他並不理睬林維源，先對康如意呵斥道：「康管事，不准放肆無禮！」康如意原想替東家出一口惡氣，如今反受到訓斥，滿肚子委屈：誰不知道老爺恨林家恨得牙癢癢的，現在場面上又要

做表面文章，故作姿態拿他康如意出氣。雖是委屈，卻不敢頂撞，只因東家盆滿鉢滿，隨便漏下一點點就足夠讓他一家過上滋潤日子了。有時午夜夢迴想到自己所求正是人之所棄，悲涼之感頓生。可悲涼歸悲涼，他還是得奮力扮演好康府看家狗的角色。

康顯榮轉頭對約翰擠出一絲笑容：「約翰先生，那絲綢的價格嗎，我已開給你最優惠價了，這是底線，不能再低了。」

林維源朝林爾嘉一使眼色，林爾嘉急忙上前：「康叔叔，慕容妹妹心情抑鬱皆因我而起，這件事情是我過於莽撞，請康叔叔責罰！」康顯榮打量了爾嘉一眼，只見他穿了一身白西裝，神情肅穆。康顯榮臉色有所緩和，從鼻子裡哼了一聲：「免了吧，我沒有福氣，不敢有你這樣的好女婿。」話語雖然還是很衝，但已有了原諒的意思。

林維源大喜，這約翰誤打誤撞，竟幫著他化解了與康顯榮的疙瘩。不料屏風後面傳出一個女聲：「老爺，這種人只會恩將仇報，你理他們做什麼！」

約翰聽不懂中文，一頭霧水，不知屏風後為何突然傳來女聲，忍不住伸長脖子想張望，又不敢造次。

夫人的話又勾起了康顯榮心裡的恥辱與憤恨，他對約翰道：「約翰先生，真對不起，價錢方面倒是可以再商量商量，可惜目前我手頭貨不多，容我過幾天慢慢籌集。」其實康顯榮手裡正有一批貨，但為了替女兒報復，他決心為難林維源一下。他的話彬彬有禮，容不得約翰著急上火，約翰只好無可奈何地聳聳肩攤攤手：「真遺憾。那我只好再等幾天了。」

康顯榮賣足了約翰面子：「約翰先生，您放心，您吩咐的事我會放在第一位火速辦好。」

約翰和林維源失望地離開了，康顯榮看著林維源的背影冷笑。他其實挺同情約翰的，這約翰也真是倒楣，他若找了別人來當說客，十件事康顯榮也給他辦了，偏偏他傻傻地找了林維源來當說客，那只好回洋街乾等。可這等內情又如何能捅出來說給約翰聽？只能怪他遇人不淑了。

話說康慕容日日在曬鹽場上做苦工，好端端的一個小姐弄得形容憔悴。這天忙裡偷閒，喊上丫頭逛街。街上琳琅滿目，有形狀各異的貝珠、螺蚌，漆器、檀木、洋緞等，到處擺著拌有石灰的時鮮檳榔果和香噴噴的桂花蔗糖糕，小販們大聲吆喝著。忽然，一個木頭娃娃映入康慕容的眼簾：這娃娃，跟那冤家林爾嘉的神態何其相似！她正欲上前問價錢，忽然冒出一個年輕女子，問道：「老闆，這木頭娃娃多少錢？」

老闆笑容可掬：「喲，板橋林家的新少奶奶，今天可有閒心光顧我的小攤子！」問價錢的人正是龔雲環。她生性不喜下人前呼後擁，故而一人上街，想著隨心所欲將板橋街看個夠。

康慕容聽了個清清楚楚，不禁怒從中來，你已經把爾嘉的人搶走了，現在連個木頭娃娃你也要來跟我搶！她朝丫頭使了個眼色，丫頭心領神會，上前高聲道：「老闆，這木頭娃娃無論多少錢，我們家小姐都要定了！」

龔雲環甚是詫異，眼前這個形容憔悴的姑娘怎麼這樣不講理呢，她的倔勁兒也上來了：「老闆，我先問的價，你應該先賣給我！」

見龔雲環抬槓，丫頭故意朝她身上撞去，還狠狠地踩了龔雲環一腳。

龔雲環驚問道：「你怎麼無緣無故撞人！」

丫頭嚷道：「你這人怎麼說話的，搶了別人的東西，嘴巴還不乾不淨，討打不是！」說著就往龔雲環臉上抽了一個嘴巴。

康慕容在旁稱心如意地冷笑。這世上太多人先是受了傷害受了委屈，不免做出過激的報復行為，使事情錯上加錯不可收拾。明知罵出惡毒的話來只能火上澆油，然而為了逞一時之快噴薄而出，過後後悔，又因沒有後悔藥吃，索性破罐子破摔。她明知這件事會鬧大，還是罵道：「我扔掉的東西你撿起來當寶，你這個女人，整整一個收破爛的垃圾攤子！」

龔雲環被罵得怒火攻心又莫名其妙，不知這為的是哪樁公案。她本想去找公公哭訴一番，可公公最近正在為煤礦之事煩惱，只好按下不表。

基隆煤礦一直被臺灣人稱為「黑金」，官商合辦歷經幾次分分合合。中法戰爭時，基隆煤礦生產遭受嚴重破壞，商人無利可圖，要求退出，這對於剛剛成立的臺灣煤務局無疑是雪上加霜，無奈之下，一八八八年一月基隆煤礦收歸官辦，卻又經營不善，月月虧損，這是在意料之中。後來時局變化，煤炭需求大增，基隆煤礦的開採迫在眉睫，劉銘傳再次決定採用官商合辦的形式。一八八九年，林維源出面邀請富商蔡應維、馮成動等人與官府合辦。

馮成動面有難色：「官商合辦，自有它的好處，也有它的壞處。最怕的是仰官鼻息，事情議而不決，實為可恨。」

林維源笑了：「馮老闆所慮甚是。不過我林某經商多年，身在其中，自會努力把握局勢。我已經與巡撫大人議定，礦務一切事宜由商經營，官不過問。對於林某，馮老闆應該信得過吧？」

「那是，那是。」豈料劉銘傳大人的奏摺到了朝廷那裡，被駁了回來，朝廷一直希望將經濟命脈牢牢抓在手中：「茲事體大，豈可將一切事宜悉授權於商人？此事不宜操之過急。」

林維源仰天長歎：「蒼天哪，林家與煤礦業無緣！」之前他百般積極地捐助礦務鐵路費用淨銀五十萬兩，用意就在於為林家進入煤礦業鋪路，豈知路被一口堵死，那些煞費苦心的籌畫與焦灼思慮都付之東流！

此時，劉銘傳大人的處境相當惡劣，他的清賦、徵收茶稅、撫墾、剿番等一連串舉措得罪了一大幫人，誹謗、誣衊接踵而來。惡毒的奏摺一件接著一件。一八九一年，劉銘傳告病還鄉。霪雨霏霏，林維源趕來送行，送別的場面甚是冷清，因為他得罪了太多官蠹富室。短短一夜之間，劉銘傳的頭髮全白了，好像一下子蒼老了十歲。看著劉大人那一馬車寒磣的行李，林維源眼睛一熱，差點掉下淚來。兩人默默飲酒，劉銘傳喃喃自語：「朝廷好歹給我臉面，讓我告病還鄉。」

林維源說話做事一貫謹慎，此時腹中縱有萬般憤慨，依舊謹言慎行：「大人可以體體面面地告老還鄉，也算是不幸中的大幸。」

海浪在悲吟。劉銘傳登上甲板前，沉痛地拍了拍林維源的肩膀：「時甫，你跟著我，也得罪了不少人。我拍拍屁股走了，你可要保重。」

「大人您言重了，這條路是我自選的，不怪任何人。」

劉銘傳歎了口氣：「主要還是我拉你下水。」他最後回望了一眼這片曾經撒下他無數夢想和汗水的土地。

劉銘傳去職後，邵友濂走馬上任。林維源按照往常的時辰來到了撫墾局裡，突然發現撫墾局出現了三張陌生的面孔。其中一個長著黑痦子、看起來短小精悍的男子站起來鞠了個躬：「林總幫

辦，在下姓馮，代替沈副幫辦的職位。」

林維源呆了呆，沒想到邵友濂已經動手了，而且動作這麼快，事先沒有聽到一點風聲。腳底的薄冰已經劈啪裂開。局裡三個重要位置換人，自己這個總幫辦絲毫不知內情，當這個總幫辦又有何用？他突然笑了起來，那三人被他笑得心裡發毛。林維源走到自己座位，揮筆寫下了辭呈。

一朝天子一朝臣，林維源主動辭去了所有職務。自劉銘傳走後，他的一顆心早就涼透了，自古以來飛鳥盡良弓藏的悲劇一直上演，他不必去做無謂的抗爭。他承認，之前周旋於官場有自己的私心；然而，令他驕傲的是，自己站在劉銘傳這一邊，而不是站在劉璈那一邊。

歷史將為他作證。

第十七章 患病的時局

中日甲午戰爭爆發，臺灣割讓給日本，林家不願做日本順民，舉家遷回廈門，綠珠被日本人殺害。藤野太郎帶著他的女兒藤野原子和夫人山子奉命監視林家，林爾嘉與藤野原子相識。林維源老年之際喜得貴子。

時局越來越壞。阿寶總是向林維源訴苦：「老爺，現在駕時號和新置下的順風號再出洋那真是太危險了！你沒看到日本船速度那個快呀，就讓人只想喊娘！日本船艦飛一般從海上掠過，激起一大股風浪，附近的小漁船都要遭殃，船隻傾覆，人撲通一聲掉進水裡像落水狗一樣狼狽不堪，而日本鬼子則站在他們的大船艦上哈哈大笑。老爺，我們的貨輪雖也備有護航家丁，可哪裡抵得上人家一枚大炮？要是日本船哪天突然不爽了將炮口對準我們的貨輪，那我們可真是哭都來不及。」

林維源被迫讓駕時、順風兩艘貨輪暫時停止航運。

駕時、順風兩艘貨輪給林家帶來的利潤是全部家業的五分之一。這是斷臂之痛，卻也無可奈何！

而遙遠的北京城裡，京城上上下下都在為慈禧太后六十大壽忙碌著。年初，北京城裡就處處張

燈結綵，修繕一新，文武百官個個有賞。僅頤和園宮門到紫禁城西華門所經道路兩旁的修繕就用了二百四十萬銀子。窮奢極欲、紙醉金迷中，李鴻章大人為北洋海軍購炮換裝的提請被束之高閣。

覬覦多時的日艦終於向北洋海軍射出了罪惡的炮彈，中日甲午戰爭猝不及防爆發了！北洋艦隊不堪一擊，半數被擊沉，有的逃回。「致遠」號中彈發生猛烈爆炸，火光映紅了海面，艦首首先下沉，撞到了二十米深的海底沙灘上，艦尾高高豎立空中，螺旋槳仍舊在不停地旋轉。無數海軍懷著國仇家恨沉入黑漆漆的海底！

林維源滿腔悲憤。聽說，「定遠」號和「鎮遠」號兩艘北洋軍艦上僅有三發炮彈，要是自己捐助海防的六十萬兩銀子全部用來購置炮彈，大清海軍何至於如此一敗塗地！一想到昏庸的西太后正在頤和園裡飲宴取樂，林維源就恨得咬牙切齒。怪不得西洋人取笑大清政府「內戰內行，外戰外行」，只曉得將炮口對準同胞的胸口！中國，什麼時候才能覺醒呢？

林維源兩眼佈滿血絲，夜不能寐。他恨哪。怎能不恨呢？林家十幾年間前前後後為大清朝海防捐獻了兩百多萬兩銀子，然而又有幾兩銀子真正用在海防防務上？他聽說，北洋海軍購買鐵甲戰艦時經常受騙，外國技師由於私心鼓吹購買「快碰船」，這種船形小、炮大、行速。然而經過使用發現軍艦前後主炮過大，遇風顛簸，難於取準。初次巡海，尚能達十五至十六節，久則滯澀，僅能駛十二至十三節，原來是騙人的東西。又有西洋國故意哄抬價格，利用北洋海軍急於購置鐵甲艦的心理，以高於市價兩三倍的高價賣與北洋海軍。就這樣，北洋海軍的一百萬兩銀子還抵不上人家的五十萬兩銀子。林維源真恨不得自己親購兩艘戰艦贈予北洋海軍，然而政府限定只能捐贈白花花的現銀！

更令人痛心疾首的是，太后將海軍軍費挪用去修建頤和園。北洋首領李鴻章大人，您老人家為什麼就不能強硬一點頂住西太后挪用海軍軍費的無理要求呢？可是，李大人確實也難哪。要是自己處在李大人這個位置，難道有可能做得比李大人更好嗎？哪條胳膊能擰得過大腿？拂逆太后老佛爺的旨意，輕則丟官，重則送命，最嚴重的是誅連九族。自己身家性命尚可置之度外，可一想到全家老老小小上百口人，哪能容你任意行事？甲午戰敗後，與李大人一向勢同水火的戶部大人翁同龢向李大人詢問北洋兵艦的情況。李大人怒目而視，半晌無一語，徐徐轉過頭說：「翁大人平日裡總理國庫開支，我每次請款你動輒駁詰，現在戰敗了，你才來過問兵艦情況。現在你看到了吧，我們的裝備不堪一擊！」

翁同龢責問道：「祖宗之法不可違背，我身為戶部尚書自當按章辦事。北洋兵艦事情緊急，你為何不復請？」

李大人沒有好氣地說：「朝廷疑我跋扈，台諫參我貪婪，我再喋喋不休請款，今日尚有李鴻章乎？」

翁同龢語塞。

林維源哀歎了一聲：大清國維新派欲奮發圖強，可朝廷中反對派總擺脫不了天朝心態墨守成規、固步自封，處處掣肘。維新派每前進一步，就有無數人拖著後腿不放。這如何能前行呢？

八仙桌上擺滿了分號送來的帳簿，五十七歲的林維源順手翻開最上面的那份，可他無論如何也沒辦法集中注意力。

「歲月不饒人哪……」他停下整理帳簿的手，摸了摸額頭，那裡不知何時已爬上了幾條深深的

皺紋。

「乾脆等明天再核算吧。」他把帳簿歸攏到桌子一角，發現自己開始有了自言自語的毛病了。「我要就寢了。」丫環小心翼翼地扶著他走到床邊，感覺就像扶著一堆爛泥一樣。他疲憊不堪地躺到了床上。

身體極為疲憊，神智卻不願意睡去。林維源有一種不祥的預感。戰爭失敗了，貪得無厭的日本政府會提出什麼樣的無理要求？臺灣是西太平洋上的一個重要交通樞紐，被充滿侵略野心的日本視為向東南亞擴張的踏腳石。日本會不會將戰火繼續燒到臺灣，最終將臺灣據為己有？

想到這裡，林維源不由自主地顫慄了一下。時代這個巨輪，個人微不足道，稍不小心就會被碾成齏粉。他想起紅頂商人胡雪巖的悲慘命運。因為胡雪巖與板橋林家一樣亦官亦商，所以林維源格外關注他。胡雪巖大力協助封疆大吏左宗棠辦軍餉，左宗棠投桃報李，下令浙江財政收入均存入胡雪巖的阜康錢莊，這樣，胡雪巖幾乎可以用浙江財政作為商業周轉資金，因而發家。然而月盈則虧，李鴻章的淮軍與左宗棠的湘軍矛盾彌深，因此李鴻章麾下的盛宣懷誘使胡雪巖大量購買生絲，又派人到錢莊擠兌，固而胡氏金融一夜之間崩潰。緊接著左宗棠大人病逝，胡雪巖徹底失去靠山。朝中官員們怕在阜康錢莊的查帳中觸動自身利益，紛紛群起而攻之落井下石，朝廷決定將已革道員胡雪巖拿交刑部追查治罪。胡雪巖病死。

林維源不寒而慄。商人地位卑微，再富甲一方也只是權勢的玩物。自己追隨劉銘傳大人，劉銘傳黯然離台，自己也心灰意冷，辭去一切公職，只欲在家頤養天年。不料烽煙突起，也不知臺灣會不會又被無辜涉及！

躲在家裡，彷彿可以聽見黃海海面上轟隆隆的炮聲。夫人悄悄問林維源：「老爺，萬一大清國戰敗了會怎麼樣？」

林維源很生氣：「我看情形很糟！太后一向把大清國看作是她自己的家業，家大業大，有了割讓香港在先，倘若日本人開口要太后把臺灣割讓給他們，恐怕太后也會答應！在她老人家眼裡，臺灣算什麼！只要能保住她的太后大位，臺灣這一百萬多人沒法兒賣，有法子賣的話，她也會捆巴捆巴地賣掉！」

林維源一思及臺灣有可能被割讓就血脈賁張。他想起父親林國華公的詩：「客中逢此夕，有酒不開顏。爆竹鄉愁亂，銀燈燭夜間。君門猶萬里，親舍更千山。何事風兼雪，年年道路間。」想阿爹一生榮華富貴，卻還是擺脫不了「生年不滿百，常懷千歲憂」的命運，林維源暗暗打定主意，如果臺灣一旦被割讓，絕不做日本人治下的商人，一定要舉家遷回大陸故鄉！

這天，陳士銀焦急不堪地前往林府報信：「時甫兄，臺灣割讓給日本啦！」

林維源心頭一震：「陳老弟，茲事體大，萬萬開不得玩笑！」

陳士銀急得跺腳：「這種時候我哪敢開玩笑？千真萬確，李鴻章大人在日本春帆樓簽訂《馬關條約》，將咱們臺灣割讓給日本啦！」

林維源彷彿晴天霹靂，雙腿一軟，幾乎站立不穩。幾十萬臺灣人民成了海外棄民了！就像一個還做著夢安慰自己的人突然被某種駭人的聲音驚醒，乍一醒來，有幾分憤怒，幾分沮喪，幾分驚慌，幾分茫然，又有幾分激動，恨不得親上戰場殺敵。他完全蒙了，思緒一片混亂，失神地坐在椅子上，手腳冰涼，全身都麻木了，好像失去了知覺。

陳士銀自與林維得賭輸之後，感激林維得不奪家產之恩，處處幫襯林家。林家熬樟腦人手不夠，他馬上派手下的茶葉工前去支援；聞聽林家要承包煤礦，他積極入股；如今，一得到臺灣割讓的消息，他顧不上回家，就先跑到林府告知消息：「時甫兄，聽說日本人馬上就要來接收臺灣了，規定在兩日內由臺灣百姓作出選擇，可以讓百姓回到唐山，依舊做中國人；若不回唐山留在臺灣，那就要全部加入日本籍，從此只識日本字，穿日本木屐，唱日本歌曲。何去何從，還望時甫兄早做打算。」

林維源恨得牙齒咯咯響。恨小日本太猖狂貪得無厭，恨大清國不爭氣不能保護自己的子民，可聽說北京城裡年輕的光緒皇帝也為了臺灣被割讓這一消息宵夜徬徨，臨朝痛哭！是啊，大清朝丟棄臺灣他也心痛啊！天底下有丟棄自己的兒女卻不心痛的母親嗎？沒有！不到萬不得已，哪位母親會忍痛賣掉自己的孩子？

哎，國脈衰頹，回天無力，自己一介商人又能如何！雖說朝中還有清流派主張廢約決戰，支撐危局，也只是停留於嘴皮子上！臺北大街彷彿從地底下冒出一大串一大串的日本人，小學生流著眼淚一步一回頭離開了心愛的學校，因為在日本教師到達臺灣之際，所有學校一律停課。臺灣一夜之間變成了日本人的天下。民謠四處傳唱：「炮仔紅吱吱，打城倒離離。番仔爬上山，城內任伊搬。番仔反，基隆作公館。」不管臺灣前途如何，林維源有一點是十分明確的：絕不做日本人的奴隸！他在第一時間內就下定了決心：「多謝陳老弟！日本人如豺狼虎豹，怎可與之相處？我會早做安排。」

「那我先告辭了。」陳士銀急著回府去轉移家產，安排內眷回唐山。

阿寶來報：「日本總督府長官來訪。」

林維源心頭一震，這日本人打的是什麼主意？自古黃鼠狼給雞拜年就沒安什麼好心。他痛恨與侵略者交往，又怕當面拒絕引來殺身之禍，只好勉強說了聲：「請他進大廳。」

只見總督春風滿面走了進來，一身戎裝，肩上綬章簇新筆挺，腰間一把軍刀寒光閃閃似乎隨時可以出鞘。

「大人，不知您大駕光臨有何貴幹？」

「是這樣的，林老闆，本官聽聞你是臺灣首富，富可敵國，土地有幾十萬畝，從臺北一直延綿到新竹；又有駕時、順風兩艘貨輪往來穿梭於南洋，為你載來金山銀山。」

林維源一聽頭大如斗，他知道自己被日本人盯上了，趕緊辯白道：「民間傳說，不足為信。我要有金山銀山，老早享清福去了，哪裡還需強著這把老骨頭打理事務？」

總督哪裡肯信：「林老闆，你應該聽說過我們大日本帝國的政策，由台民自由選擇去留。但我們大日本帝國非常希望林老闆能留在臺灣，與我們精誠合作，共同建設福爾摩沙寶島。」

聽到「共同建設」幾個字，林維源恨不得一口啐到這個日本人臉上，勉強按捺住了：「承蒙大人看得起老夫，不過老夫轉眼就到花甲之年，一把老骨頭不可能再有什麼大作為，而且思鄉心切，只想回到唐山頤養天年。」

總督甚是惱怒，但他不好一上來就撕破臉皮，林維源有個二品大員的虛銜，與官府過往極密，不能像威脅普通百姓一樣威脅他，總督只好冷冰冰道：「我們大日本帝國非常希望林老闆能永居臺灣，與我們精誠合作。日本政府絕不會虧待林老闆的，望林老闆三思。告辭。」

日本人一走，林維源立即吩咐阿寶：「叫府裡所有的人都聚到來青閣，我有話說。」

大家都聽說了日本人的政策，全府老老小小迅速集中到來青閣前。

只見老爺嘴唇佈滿血泡。

眾人面面相覷，憂心忡忡。連傭人劉媽那尚在哺乳的黃口小兒也感受到這嚴肅氣氛似的，不敢出聲。

五夫人剛剛有了六個月的身孕，她不自覺地用手撫著自己已經隆起的腹部。侄媳婦陳芷芳也身懷六甲，挺著個大肚子，心情特別複雜。當初從福州遠嫁到臺灣，她生性剛強不愛女紅，專愛談論國事家事經緯，讓爾康非常反感。特別是她攛掇爾康和叔叔分家，更是惹來夫君的一頓痛罵。全身嫁到林家，卻只得到夫君的半片心，而且天意弄人，爾康半年前染了怪病不治身亡，年僅二十九歲。長子林熊徵方十歲，熊祥、慕安、慕蘭更為年幼，還有肚子裡這個尚未出生的遺腹子。爾康生前交待過了，嬰兒起名叫林熊光。如今林家要回到大陸，陳芷芳悲喜交集，悲的是相公已經亡故，留下自己孤兒寡母；喜的是終又能回到大陸娘家，好歹有所依靠。

林維源原本端坐在椅子上，「騰」地一下站了起來：「大家都聽說了日本人的政策了吧？要麼留在臺灣加入日本籍做亡國奴，要麼回唐山做我們堂堂正正的大清朝國民，你們都說說，要走還是要留？」

林爾嘉站了出來，高聲道：「我絕不留在臺灣做日本人的奴隸！」他早就決心離開臺灣。之前，他暗中和台中一個具有反日意向的同學傾談，同學問他：「我半個月前寄給你的信件你可否收到？」

林爾嘉詫異道：「信？我沒收到啊！你什麼時候寄了信給我？」

正說著，一個矮矮壯壯的人從他們面前經過，林爾嘉立刻判斷出那是一個日本員警。他們已經引起日本員警的注意了。看來，他們的對外信件往返早就橫遭阻斷，接下來再嚴重一點可能就是行動自由要被限制了。

林爾嘉滿心悲憤，他大聲疾呼：「吾台之禍，千古罕聞，蕩滌腥膻，不知何日！與其長淪於異族深淵，何甯暫居於同族也！」

前幾日，全府人早已三五成群討論過這個話題，大家都知道老爺去意已決，而且一想到要在日本人的鞭子下過忍氣吞聲的生活，讀日本書籍，唱日本歌，這是任何一個稍有血性的人都無法容忍的。因此，全府人男男女女老老少少異口同聲道：「回唐山！回唐山！回唐山！」

看到全府上上下下團結一心，林維源大為寬慰，露出了滿意的笑容：「是的，我老早就決定了，我們林家人全部回唐山！做堂堂正正的大清朝人！」

他上前一步，將五夫人從人群裡牽了出來：「我林維源從三十八歲起，盼星星盼月亮，希望各位夫人們能為我生下一兒半女來。如今上天眷顧，五夫人身懷六甲，我欣喜若狂！只是，我能讓我的兒子一生下來就學日本語，唱日本歌嗎？不！我絕不容許我林維源的兒子是個日本人！我寧可丟下臺灣的田產和實業，自我斷臂，也不做日本人的奴隸！」

林維源過於激動，嘴唇顫抖起來。

「大哥，那我們在臺灣的這些土地、田園、山林、房產要怎麼辦？」林維得最放心不下的就是不動產。

「是啊，這些田產都是我們林家的心血，林家三代人奮鬥了近百年才擁有了這些產業，就這樣一棄了之？」

林維源無言，兩行老淚從眼睛裡無聲地滴落。田產變賣不得，一變賣，日本人馬上就知道了林家的動向。

林維得的兒子林鶴壽大聲道：「大伯，你帶全家人走吧，我留下來守護這些家產。」林鶴壽正當二十出頭，意氣風發，處於初生牛犢不怕虎的時期。

「你孤身一個人留下來？這樣太危險了吧？」林維源左右為難，一方面，他為侄兒感到擔心，日本統治下臺灣人處境險惡，侄兒留下來與日本人周旋，一不小心就會玉石俱焚，要是虛與委蛇委曲求全，更可能背上親日的罵名；另一方面，要是林氏族人全部回到唐山，偌大家產落入日本人手中，豈不是便宜了日本鬼子？

林鶴壽頭一昂：「大伯，你就放心回唐山吧，我拼了這條性命，也絕不讓林家辛辛苦苦積攢下來的祖業落入日本人手中！」

林維源含淚點了點頭。

林家開始暗中緊鑼密鼓地將部分財產轉移到大陸，一些女眷也以探親的名義先行回廈門親戚家落腳。林維源依舊頻頻在板橋露面以迷惑日本人視聽。

林家眾人神色倉惶地收拾東西，房間裡一片凌亂，緊要的東西拿了，其他的只能棄之不顧。所幸，盯梢的日本人只敢在高牆外徘徊，還不敢衝進門來。林維源呆呆地看著自己一手建造起來的花園，眼神裡儘是眷戀和不捨，他覺得好像整個花園都低聲哭了，它們沒有長腿，沒辦法跟他一起走，只好將它們留下任人蹂躪。幾個夫人淚汪汪地看著林府，三夫人可憐兮兮地問：「老爺，我們真的非走不可嗎？」

「一定要走！你沒聽見嗎？」林維源忽然吼叫起來，他一拳砸到牆上，好像生怕自己改變主意。吼完之後，他早已淚流滿面：「狗日的日本鬼子！」

初三這日，林維源先裝作出門拜會陳鄉紳，發現府牆外有兩個日本便衣佯裝在那裡閒逛。再到碼頭邊一打探，阿寶回報說林家的兩艘貨輪均有日本鬼子在船上就著幾個小菜飲酒。林維源心中暗驚，悄無聲息打道回府。

一聽說自家兩艘貨輪均有日本鬼子盯梢，乘坐「駕時、順風」號回唐山毫無可能，林維得慌了：「大哥，這下子回不了唐山了！」

林維源不滿地盯了二弟一眼。林維得意識到自己的失態，慚愧地低下了頭。自己遇事總是慌里慌張的，就憑這一點，自己就永遠比不上大哥，大哥做為板橋林家的領頭人確實是當之無愧。

「我打聽到英國的皇后輪正停泊在臺灣休息，準備到廣州貿易。我們可以搭他們的順風船。我已經叫阿寶跟皇后輪聯繫了，只要皇后輪能將林家老老少少安全送回唐山，無論花多少銀子都可以。皇后輪的約翰船長跟我是老交情了，相信他一定能夠幫助我們。」

約翰一口答應了阿寶的請求。他痛恨日本鬼子的侵略行為，對臺灣人懷有同情。

四、五十口林氏族人在黑魆魆的夜色中緊急逃出了林府，登上了皇后輪。

林維源環視了眾人一眼，失聲道：「綠珠呢？綠珠為什麼沒有和大家一起？」

這麼一嚷，眾人才發現少了綠珠一人。

「不行，我要回去找她！」

五夫人攔住他：「不行啊，老爺，我們好不容易逃了出來，你不能再自己送上門去！」

林維源不容分說，撥開五夫人的手就走。林爾嘉也急忙跟隨前去。

回到林府，一切還靜悄悄的，林府早已失去了往日的生氣，茫然四顧，滿目蕭條，到處是死一般的沉寂。地上滿是雜物和碎屑，一扇窗戶在風中嘩嘩地搖動著，發出冰冷的聲音。林維源急急來到綠珠房間裡，不料綠珠還在昏睡，鴉片煙桿斜放在一旁。林維源大怒，上前「劈啪」兩個耳光，綠珠悠悠轉醒，昔日粉白的一張臉已經變得蠟黃蠟黃，兩眼無神，深深凹了進去。

林維源吼道：「全家人都走光了，你還在這裡等死！你不是已經戒了鴉片煙嗎？怎麼現在還在抽？」

綠珠淒然一笑：「老爺，那是騙你的，我現在越抽越凶了呢。反正活著也沒什麼樂趣，何必要戒掉它呢！老爺，我是個沒指望的人了，既毀了容又生不了孩子，回唐山也沒有用，還不如死在臺灣。」

林維源氣極，拖起她就往外走。動靜太大，驚動了兩個日本巡邏。綠珠眼見兩個黑影跑來，一路八格牙路地亂嚷。綠珠急道：「老爺，你快跑吧！別管我了！再不跑就來不及了！」

林維源置若罔聞，繼續拖著綠珠往外跑。綠珠情急之下低頭狠狠地咬了林維源的手臂一口，林維源痛切之下不由自主地鬆開了手。綠珠急急朝那兩個日本巡邏迎去，林爾嘉下死命將阿爹拖出了林府大門。

站在皇后輪船頭，林維源眼淚含在眼睛裡，他努力含住，不讓它掉下來。臺灣，別了！我的臺灣，別了！也不知何日才能再踏上臺灣的土地？在這塊熱土上，他曾經大施拳腳，度過了多少輝煌歲月！劉銘傳大人四年前告別臺灣，想必也是含著一腔遺恨與熱淚吧？別了，綠珠，我的綠珠，你曾經帶給我多少歡樂，可現在，你正在日本人手裡飽受折磨與摧殘吧！

所有人眼睛潮紅，連目前最受寵倖的五夫人也不敢上前勸老爺一把。她心裡想，老爺，您要是心裡難受，你就大聲哭出來吧！為臺灣一哭，為板橋林家的百年基業一哭，沒有什麼好羞恥的！

陳士銀一家也搭乘皇后輪一起回唐山，他們也不願留在臺灣受日本人的奴役。他上前用力握住林維源的手。一陣八格牙路的喧囂打破了海面上的平靜，不好！日本人的輪船從後面追來了！皇后輪加快了前行的速度，浪花翻卷。日本人眼見皇后輪不肯停下來，他們開槍了！一顆子彈朝林維源胸前飛來！說時遲那時快，陳士銀撲到了林維源身上！子彈射進陳士銀的後背，陳士銀軟綿綿地倒了下來，鮮血染紅了一大片衣裳。林維源仰天長嘯：「小日本，我與你勢不兩立！」

皇后輪此時已進入廈門港，日本船再也不敢追趕了。夜茫茫，好似一張血盆大口，吞噬著周遭的一切，顯得格外兇惡可怖。呼呼颳過的帶腥味的夜風，如此的悽愴，如此的駭人，如此的驚悚，又如此的真實，如此的殘酷。除了單調的海浪聲，周圍是一片令人心悸的死寂。深夜的風裏挾著冰涼的水氣，滌蕩著船上所有人的內心。船身搖盪著，就像一個顛簸的搖籃，赤子卻再也回不到臺灣的搖籃裡了。林維源目眥欲裂：這海水真可恨，它吞噬了多少人的生命怎麼還能夠這樣平靜？

林家人在廈門港下了船。闊別多年的故鄉顯得既熟悉又陌生。林維源的岳丈陳勝元一家已經在碼頭上迎接。

「岳丈大人，小婿投奔你來啦！林家在臺灣沒有立錐之地了！」林維源緊緊抱著白髮蒼蒼的岳

丈大人，眼睛不禁濡濕了。

岳丈先安排他們在廈門島上租了屋子。林家的女眷有些驚慌地打量著廈門狹窄彎曲的街道，只見石板罅裂，可以直接看到下水道，街道上的穢物令人發嘔。林爾嘉皺了皺眉頭：「待我們安頓下來，我一定拜訪官員鄉紳，討論廈門市政建設問題！」女人們心有些涼，她們多年未回唐山，沒想到唐山竟然比臺灣還落後幾分。林家人口眾多，在租房裡生活甚是不便，買地皮蓋房又非一朝一夕之事，父子倆有些煩惱。這日，約翰船長來訪，他打量了一下租房，用生硬的漢語說：「林老爺，在這裡居住不適合您的身份。我建議您搬到鼓浪嶼居住吧，那裡是公共租界，整潔優雅，不但海外歸僑選擇鼓浪嶼落腳，連廈門的富戶官員也紛紛遷過海去，可見鼓浪嶼吸引力之大。」

「鼓浪嶼寸土寸金，尋房子不易，那就拜託您了。」林維源真誠地感謝約翰船長。

經約翰船長介紹，林維源在鼓浪嶼買了英人的一棟別墅做為一家人的落腳之地。

此時的鼓浪嶼已淪為公共租界，列強在這個小小的島嶼上都有自己的領事館，策劃成立了工部局，歐陸風格的建築湧現在這個小島上。

林氏府經過三個月緊張的整修已變得像臺灣林本源五落大厝一樣舒適。晴天時，紫藤花架的影子映在碧綠透明的窗紗上，微微搖曳著。林維源坐在金漆交椅上，從金耳小瓷罐裡拿出一顆福州寄來的松子糖放進嘴裡。福星獻瑞的長腳花瓶裡，供著正在盛開的漳州水仙。雲母石心的雕花圓桌上放著高腳銀碟子，滿裝著碩大多肉的南安龍眼。

林維源正和林爾嘉聊著投資房地產的事，父子二人決心在廈門重整林家商業王國。以前在臺灣時，以弼益館為林家整個商業統籌中心，現在到了一個新地方，林維源準備建立本源館掌管新置的財產，其中什號包含有怡記、廈輔記、維記、彩記、廈維記、牽記等林家親友寄存的產業。商業資金流通量大，非得有自己的匯兌行不可，林家與康禮成合股的匯兌行「益昌」應運而生，主要收兌僑匯，吸納僑眷存款。林維源只是出謀劃策，具體事務全交給爾嘉奔波處理。林爾嘉十八九歲就信奉「每一地須有人提倡實業，開闢風光，人人節約勤懇，以有餘之資，投入生產，如此由一人為倡，而影響一省，以至全國，終能富強。」，因此雄心勃勃幹勁十足。

一個下人送來請帖，是曾經僑居印尼的東南亞富商黃奕住寄來的，要在黃家花園舉辦盛大PARTY，為的是商議成立廈門市政委員會聯絡感情。下人雙手奉上請帖，問道：「不知貴府電話號碼多少？黃老闆吩咐小的記下來以便日後事務聯繫。」

林爾嘉有些尷尬：「府上電話早已申請安裝多日，只是川北電話公司辦事效率低下，延遲至今日尚未安裝。日後裝上了，我們會在第一時間內告知黃老闆。」

一提起安裝電話，林爾嘉就十分惱火。鼓浪嶼的電話業務全操在川北日本電話公司手裡，因為林家拒絕加入日籍，日本人在生意上百般刁難，甚至連安裝電話這樣的小事都不放過。林爾嘉發誓，總有一天要將鼓浪嶼日商的川北電話公司收購過來，再聘請一個優秀的總工程師，對原有的話機、電桿線路統統進行改換，採用美國卡洛公司的新式機件，增大通話容量，同時培訓接線員，使電訊接收靈敏通暢。

林維源道：「爾嘉，你就代我前往吧，五夫人隨時可能生產，我待在家裡陪她。」

PARTY上，名流雲集。中國銀行廈門分行經理陳實甫、英商匯豐銀行買辦葉孚光、廈門道尹陳培錕、思明縣縣長來玉林等難得一見的人物紛至遝來。年輕人陶醉於跳舞，這些頭面人物則端著酒

杯圍坐在沙發上暢談發動海外華僑與國內富商投資，開闢馬路，填海擴地、興建樓房、建設公共設施，發展公用事業等城市建設事項。

黃奕住雄心勃勃：「我要創辦自來水廠。」

話音剛落，掌聲一片，因為廈門市民為飲水問題吃盡了苦頭。廈門是海島，廣大市民的食用水一向靠天（雨水）、靠地（井水）以及靠水販們每天用運水船從海澄縣九龍江淡水區取來販賣的「船仔水」，市內小販們向運水船商買水後再挑到各大街小巷販賣給各家各戶，這些食用水都未經消毒過濾，且經過多次轉運，極不衛生。若自來水廠建設成功，無疑是廈門百姓的天大福音。

「飲水問題關係到全島居民的生活、健康和工作，黃先生此舉大有意義。」陳培錕深為讚許。

黃奕住受了鼓舞，侃侃而談：「募股集資後，我打算聘請從美國哈佛大學學成歸來的林全成任總工程師，準備建一個最高水量為二億八千萬加侖的蓄水池，可供全市二十多萬居民九個月之用。」

談興正濃時，忽聽門子高聲報：「日本領事先生到。」眾人驚愕，不快地交換了眼神。

藤野太郎帶著他的夫人山子和女兒藤野原子前來，他把一雙肥厚的手掌伸到黃奕住面前：「不請自到，還望恕罪。」

黃奕住盯了那雙厚的手掌一眼，那上面沾滿了無數臺灣抗日義士的鮮血。他強自按捺住滿心的厭惡之情，伸出手來握了握：「歡迎，歡迎。」

藤野太郎是日本駐廈門的領事，聽說臺灣首富回到了鼓浪嶼，端著個架子準備接受林維源的拜見。哪知左等右等，就是不見林維源露面。藤野太郎勃然大怒：這個林維源，好大的架子！真是不識抬舉！今天，藤野太郎終於按捺不住，主動出擊了。雖然這些紳士們對他態度很是冷淡，但好歹進入了這個圈子。

林氏府裡，五夫人正在生產。女眷們在內房一片忙亂，熱氣騰騰的開水一桶一桶地往房內提，林維源在二樓走廊焦急地走來走去，時不時地往房間內探頭探腦，遇上二夫人責備的目光，趕緊將目光縮了回來，臉上熱熱的，不好意思地下到一樓來。呆坐了一會兒，終究按捺不住，又「咚咚咚」地小跑上二樓，隔著房門問道：「生了沒有？」

產婆在裡面應道：「還沒有哪！老爺，你別著急，一般產婦見紅以後，有的還會拖上十幾個小時才能生產呢！」

林維源又問：「五夫人一切可好？」

「老爺，你放心，五夫人好著呢，老婆子我三十幾年的接產經驗了，包準五夫人順順當當地給你生下個大胖兒子來。」

林維源鬆了口氣，喃喃道：「到底是男是女呢？最好是個帶把的。要是個帶把的，我林維源宴請全鼓浪嶼的人來林府喝滿月酒……唉，萬一是個女孩子呢？算了，女孩子就女孩子，自己死後好歹有人給自己哭路頭，總比一生沒有至親骨肉的好……」

就這樣胡思亂想著，林維源不自覺地來到三樓的祖宗靈牌前：「列祖列宗爺爺奶奶，你們在天之靈要保佑時甫我一舉得男啊！」

正要將香火插入香爐之際，突聽樓下一聲嬰兒嘹亮的啼哭，林維源心一顫，只聽產婆高聲叫道：「恭喜老爺，賀喜老爺，五夫人生了個帶把的！」

林維源如聽仙樂，腿一軟，跌坐在地上：「列祖列宗保佑！蒼天啊，蒼天你終於開眼了！」

新生嬰兒收拾停當送到林維源懷裡，林維源如獲至寶接了過來，只見嬰兒臉上的肉紅通通的，像個皺巴巴的小老頭，眉眼像極了自己，林維源笑得一張臉像綻放的菊花，想想又不放心，掀開嬰兒衣服查驗了一下下身，果然是個帶把的。林維源抖索著雙手將嬰兒衣服整理好。

奶媽及時將嬰兒接過。林維源笑容可掬摸出一個大紅包，雙手奉送給產婆。產婆眉開眼笑地接過：「老爺，您是雙喜臨門啊。」

「什麼雙喜臨門？難不成五夫人生了對雙胞胎？」林維源開著玩笑，他很久沒有這樣幽默過了。

「雙胞胎是沒有。不過剛才七夫人在房裡幫忙的時候差點暈倒，老身替她把了把脈，是喜脈啊。年底老爺就可以再次當爹了。」

「真的？」林維源喜出望外，「管家，再包五兩銀子賞給產婆！」

產婆捧著那五兩從天而降的賞銀歡天喜地地走了。

林維源過於激動，只覺血往腦上沖，有點站立不穩，急忙扶著太師椅坐了下來。膝下無親生骨肉一直引為終身憾事，兒子是自己的半張臉，雖然自己的半張臉被榮華富貴照耀得熠熠閃光，可另外半張臉卻彷彿是陽光永遠照耀不到的地方，晦暗不堪。沒想到山重水複柳暗花明，為了不願做日本人的奴隸，自己忍痛拋下臺灣的億萬家產回到廈門，從此心灰意冷不再出任任何公職，不料在廈門竟獲奇功一舉得男，板橋林家二房從此總算後繼有人！而且，今年冬天，自己很可能再擁有一個兒子！越想越覺得豪氣干雲，見七夫人含羞侍立一旁，調笑道：「夫人，老爺我真是寶刀不老雄風猶在啊！」七夫人笑著給了他幾個花拳頭。

後院的牡丹彷彿是一夜之間開的花，紅豔豔的將整個林氏府染得一片喜慶。鳥兒藏在花的深處，林維源看不見鳥兒的模樣，卻從那聲色的尖脆裡認定了是喜鵲。他一直咧著嘴傻傻地笑著。

爾嘉從PARTY上回來，見全府上下歡天喜地，向阿爹道過賀後，猴急猴急地跑去見小自己二十歲的弟弟：這個小弟弟，竟然比自己的兒子景仁還要小上一歲！多麼珍貴！他捧在手裡久久逗弄著，愛不釋手。奶媽小心翼翼接了過去：「大少爺，小心哦，別顛壞了二少爺！」

說者無意，聽者有心，爾嘉強笑著回到了自己的房間裡，臉色慢慢陰沉了下來。龔夫人問道：「你怎麼啦？」

爾嘉強笑道：「開心呀，開心我終於有了弟弟。」

「不對，你這哪裡是開心的模樣？」龔夫人心細如髮，一下就察覺到丈夫情緒不對。

爾嘉終於忍不住長長歎了一口氣：「我為什麼就不是阿爹親生的呢？」

龔夫人泡了一杯茶遞給丈夫：「訓眉，我看你不要多心，公公不是那種厚此薄彼的人。這麼多年，他一直對你視如己出，咱們這一房的資金全部任你調度，這不是完完全全的信任是什麼？他已經默認你是林家的下一代掌門人了。」

爾嘉苦笑：「但願如此吧。阿爹疼愛我我是知道的，就是惟恐弟弟長大了，到時事情就由不得阿爹和我了，畢竟隔著一層肚皮啊。」

龔夫人拍了拍丈夫的後背以示撫慰。

第十八章 保持我的黃皮膚

林爾嘉錢莊資金周轉困難，得到藤野原子暗中幫助。林維源怒斥林爾嘉與日本女子交往。林維源氣得一陣猛咳，嚇得林爾嘉趕緊上前幫阿爹撫胸口。阿爹拂開他的手，林爾嘉呆呆地站在那裡。他既埋怨阿爹對日本人懷有偏見，又後悔頂撞阿爹。「要是自己是阿爹的親生兒子，他恐怕早就咆哮著威脅我要剝奪我的繼承權了吧？可就因為我不是阿爹的親生兒子，他才努力壓抑著自己心中的怒氣……」從阿爹房裡退出來，林爾嘉越想心中越亂。他原本還想建議將匯兌行改成銀行，再向國民政府爭取銀行鈔票發行權，可現在無論說什麼阿爹都是聽不進去的。

這時，夫人從他身後走了過來：「爾嘉，你可真行啊，人家連私房錢都捨得為你掏了！不過，你可要記住，原子是個日本人！」

提到原子，林爾嘉眼前浮現出她那張蓄滿盈盈淚光楚楚可憐的臉，心禁不住抽痛了一下。他假裝平靜地說：「阿環，你胡思亂想到哪裡去了，我當然知道她是個日本人。我和她之間是不可能的，永遠不會有結果，你放心好了。

1

林維源和林爾嘉人在廈門，心繫臺灣。關於臺灣義士英勇抗日的消息源源不斷地傳來。吾台民，誓不服倭，與其事敵，寧願戰死。爰經會議決定，臺灣全島自立，改建民主之國，官吏皆由民選，一切政務從公處置。

——五月二十三日臺灣民主國宣言

臺灣屬倭，萬民不服，迭請唐撫院代奏台民下情，而事難挽回，如赤子之失父母，悲憤何極。伏查臺灣已為朝廷棄地，百姓無依，惟有死守，據為島國，遙戴皇靈，為南洋遮罩。惟須有人統率，民義堅留唐撫暫署一台事，並請劉鎮永福鎮守台南，一面懇請各國，查照割地紳民不服公法，從公剖斷臺灣應作何處置，再送唐撫入京，劉鎮回任。台民此舉無非擁戴皇清，圖固守以待轉機。

——全台紳民呈朝廷

林爾嘉從銀行裡提出十萬元，原本是要用來創辦廈門德律風（電話）公司的。

一路上，只見很多人帶了興奮的表情往廈門大學那邊走，林爾嘉攔住一個大學生模樣的年輕人：「你們到廈門大學做什麼？」

「梁啟超先生到廈門大學演講來了，你不知道？」那人驚奇地問。

去聽聽。一定要去聽聽。林爾嘉讀過梁先生的《少年中國說》，少年強則中國強，少年壯則中

國壯，多麼令人激動多麼讓人輾轉難眠的文字啊！

梁先生在臺上慷慨激昂地講了一個多小時：「現臺灣急需捐輸以促成光復共和大業，臺灣興亡在此一舉，革命軍在此一役……」爾嘉聽得心裡熱乎乎的，他的雙眼亮如燈籠。再看看周圍，也都是一雙雙亮如燈籠的眼睛。爾嘉心裡很是慚愧，枉他在鼓浪嶼住了這麼久，竟然不知道有這麼多的熱血在他周圍流淌滾動！他覺得天好像突然晴了幾萬里，照得自己身上所有的血都沸騰起來，弄得全身陣陣發熱。

他提著那十萬元，疾步走進了廈門得忌利士洋行買辦薛崇谷的住處。

薛崇谷用力握住他的手：「林先生，我代表臺灣同胞們謝謝你！日本滅我臺灣，人民受害非淺，今日剝我皮膚，四五年後削我骨肉，八九年後必吸我骨髓矣！哀哉我台民！自從日本亡我臺灣，奪我財產，絕我生命，日本苛政無所不用其極，我台民豈有甘心長期受此苛政？如今日本政府之治安方針，視台民如盜賊土匪，每有利之事業都為日本政府官營專賣之。凡是人民產業日本政府皆課以重稅。世界上之殖民地，從未有如臺灣之苛稅者！也未有如此之吸取民脂民膏者！林先生，你可能不知道，臺灣反日志士羅福星秘密做著起義前的準備工作。臺灣有希望了！」

從薛崇谷處出來，林爾嘉壓低了帽檐，把眼睛和鼻子都蓋住了，實在看不見了不得不稍微往上挑一挑。他急匆匆地從鼓浪嶼東面往林氏府大門口走來，遠遠看見巷子西面也有一個人壓低了帽檐往林氏府大門口走來。林爾嘉心頭一緊，想要躲避卻已無從躲起。那人似乎也略一遲疑，林爾嘉遠遠看到那人似乎是家裡的下人阿福伯，待走近了，林爾嘉驚呼一聲：「阿爹，你這樣神神秘秘的幹什麼？」只見林維源一身平民打扮，腰裡甚至拴了條破草繩，腳上穿了雙草鞋，身上全是阿福伯的家當，若不細看，根本看不出是他。

林維源有些狼狽，反問道：「你壓低了帽檐神神秘秘地又是在做什麼？」

林爾嘉掩飾道：「我新認識了一個女子，找她約會去了。」

林維源也不深問，兩人急匆匆各自回房。

鞋子脫了一半時，林爾嘉突然似有所悟：「難道薛買辦口中的杜老先生就是阿爹嗎？」是啊，肯定是阿爹了，日本人強佔臺灣領土，讓阿爹的人生狠狠地拐了一個彎，這個彎也拐得太狠了，讓阿爹從一個意氣風發的壯年人變成了一個在家吟風弄月無所事事的老頭，阿爹聽說臺灣同胞生活在水深火熱當中，連藝妓出一次局都要上繳一個大銀元的稅收，面對這種情形，阿爹豈不竭盡全力支持臺灣抗日活動？廈門對臺灣抗日志士的支援，大都是通過得忌利士洋行買辦薛崇谷轉手的，這個薛先生表面上是個商人，實際上通過商業活動的掩護將抗日物資源源不斷地輸送到臺灣抗日義士手裡。阿爹這樣喬裝打扮實在用心良苦！日本特務三天兩頭就到林氏府周圍轉轉，阿爹這樣做是冒了極大風險的。

阿爹，我真佩服你的勇氣！

晚上八點光景，一名年輕人來到林爾嘉書房裡與之密談至深夜。

年輕人剛走，一直守候在廂房的龔夫人閃了出來，她憂心忡忡道：「爾嘉，你怎麼專結交這種人？會給你惹麻煩的。他們那種人一窮二白，因此天不怕地不怕，而你呢，身為廈門商會總理，一著不慎，是會連累家小的。」

爾嘉並沒有把夫人的話聽進耳朵裡，猶自沉浸在與丁緒康交談的喜悅裡。丁緒康說，我們不是

生存在一個完美的世界上，我們也不可以期望用理想中完美的方式來處理不完美的現實。只有借助於「力量」這個粗俗的、不完美的但卻是不可忽視的仲裁者，我們才能贏得一個新世界。這些新鮮的話語讓林爾嘉覺得身上有使不完的力量與幹勁。

話說日本人見林家人幾乎跑了個精光，只剩下一個名叫林鶴壽的年輕人，氣急敗壞之下隨便捏造了個罪名將阿寶阿才殺害了以解心頭之恨。綠珠被他們擄回日本總督署。

「這個臺灣女人，雖然破了相，看起來還有幾分姿色嘛！來，陪大爺喝杯酒！」日本人淫笑著端著酒杯走了過來，綠珠用力打翻杯子，杯子碎了一地。綠珠一頭撞向牆去，日本人急急拖住她，獰笑道：「想死？沒這麼容易。」一群人對綠珠百般羞辱，醜態百出。仇恨在綠珠心頭熊熊燃燒，眼前的局勢只能智取不能硬拼，她假意依從，換上一副笑臉：「大爺，小女子想明白了，就讓小女子服侍一下大爺吧。」

五六個日本鬼子根本不把這個弱女子放在眼裡，毫無戒心地喝得酩酊大醉。綠珠顫抖著拔出日本鬼子身上的手槍，拉開槍栓，將仇恨的子彈射向了日本鬼子的胸膛。槍聲很快驚動了外面的衛兵，衛兵衝了進來，綠珠把最後一顆子彈留給了自己，她決絕地往自己的太陽穴開了最後一槍，鮮血和油膩黏稠的腦漿紅白相間地四散飛濺，她已經抱定了決心，絕不將姣好的身子留給日本鬼子。

日本人見林家人已遷往廈門，又不能公開威脅恫嚇，總督府命令駐廈門的日本領事藤野太郎務必督勸林維源回台做他們的商業傀儡。

藤野太郎來到鼓浪嶼上的林氏府，同行的還有他的女兒藤野原子，原子堅持要一睹臺灣首富的神采。她撒嬌地搖著父親的手：「爸爸，讓我和你一起去吧，讓人家開開眼嘛。」藤野太郎拗不過女兒，只好答應了。

只見三層高的洋樓隱在樹蔭裡，鼠灰圍牆簇擁著歇山頂的中式門樓，占地二十畝，裡面起碼有五六十個房間，房高都在四米以上，寬敞豁亮，保留了歐式建築的風格和造型，連拱連廊，渾厚凝重，均有地下隔潮層和壁爐煙囪。中式廳一律典雅的紫檀傢俱，西洋廳是舒適的真皮沙發，一室一套各有講究，從雪茄煙槍到咖啡壺無一不質地精良。藤野太郎妒忌地罵了句：「他媽的！」清風習習，浪濤聲聲，好一派世外桃源的景象。裝點著這美麗洋樓的，是島上如詩如畫一般的奇木異草。放眼望去，這鼓浪嶼被碧海環抱，島上海礁嶙峋，岸線迤邐，山巒疊翠，島上雨量充沛，四季溫和，幾千種植物常年鬱鬱蔥蔥，大果紅心木、印度紫檀高大挺拔，大榕樹生長在那些歐式建築的小院內，而垂落下的枝條，往往蕩漾在牆外那繁華的街道上、賣魚人的魚簍之內。藤野太郎想，住在這小島上，也真是神仙的日子了。

仇人相見分外眼紅，一想起綠珠慘死，林維源恨不得咬下日本人身上的肉來。慶父不死，魯難未已，惟有將日本人趕出大清國土，才能還大清朝山青水淨！

林維源勉強維持著禮節，冷冰冰地讓了座。

藤野太郎卻不坐，他在走廊上來回踱步，一刻鐘後才一腔子妒意回到大廳裡，按捺不住道：「林老闆，你這林氏府真是闊氣啊，能否將這棟別墅送給本官？」身為日本人，藤野太郎氣焰十分囂張，日本連續打贏了中日戰爭、日俄戰爭，正是不可一世、趾高氣昂的時候。

林維源勃然變色，真沒想到日本人如此恬不知恥，說出這樣厚顏無恥的話來，他怒道：「長

官，老夫已丟棄了臺灣的萬貫家產，今只有這棟小房子得以容身，長官身份高貴，何必屬意老夫區區一棟房子呢？」

站在一旁的藤野原子不禁為父親的這番話羞得滿臉通紅。君子愛財，取之有道，怎麼能這樣赤裸裸地橫刀奪愛呢？

藤野太郎也覺得自己過於衝動，嘿嘿尷尬地笑了兩聲以作掩飾。他喝了口香茗，正色道：「林老闆，臺灣總督府真誠邀請您回臺灣，共同建設大東亞共榮圈，林老闆意下如何？」

「自日本人據台後，林家在大溪、宜蘭、大稻埕等地的房產，都被你們以『軍政時代』為由沒收，嗣後復還手續遲遲不見進度，你讓我怎麼相信你們呢？我要是回臺灣，那當初就不會從臺灣來唐山了，現在斷無再回臺灣的道理。」林維源一生與人打交道最講究應變，如今他對日本人充滿仇恨，日本人強佔臺灣，奪他家產，逼死他愛妾，現在他一聽「日本」兩個字牙齒就咬得鏗鏘作響。他強硬地將藤野太郎的要求一一頂了回去，全不顧及對方是否會懷恨在心加害於他。

藤野太郎尷尬地狡辯道：「林老闆你誤會了，自從林家避走廈門以後，林家花園變成抗日分子的根據地，日方不得已，只好以武力佔領，並非沒收。請林老闆別誤會。」

林維源不予理睬。

藤野太郎還不死心：「林老闆，既然你已經回到廈門，那就暫時先安定下來，本督也不勉強你現在立刻回臺灣。不過，你和令郎完全可以加入我們日本國籍，鼓浪嶼各國勢力錯綜複雜，加入日本國籍，你們就會受到我們大日本帝國主義的保護，不會受到別人的欺凌。而且，你的商品在關稅上可以享受極大優惠，這對你們板橋林家可是千載難逢的大好事！」

林維源昂首道：「謝謝大人的好意。林某黑頭髮黑眼睛黃皮膚，穿不慣和服，只適宜當個被你們稱為東亞病夫的大清子民。」不錯，藤野太郎所說的商品免稅等條件的確令人心動，然而日本狼子野心強佔大清朝國土，剝削大清朝民脂民膏，他林維源豈可奴顏婢膝去當日本人的走狗！

藤野太郎碰了一鼻子灰，悻悻地離開了。

林維源氣憤地對兒子道：「哼，日本人打什麼主意我還不明白？我林維源要是加入了日本籍，他們就可以對外招搖說連林本源家族都歸順日本國為日本國效力了，那我還不背上千古罵名？」正說著，林維源突然吐出一口血來。

林爾嘉連忙上前攙扶：「阿爹，您消消氣！話說回來，在這風口浪尖上不加入日本國籍，不單單生意難做，還要捐納一大筆驚人的稅收……」

林維源怒視兒子：「難道你勸我加入日本國籍？」

林爾嘉滿臉漲得通紅，趕緊解釋道：「阿爹，我再怎麼沒出息，也不可能替日本人當說客。孩兒只是發發牢騷罷了，您別誤會，我雖然喝過幾滴洋墨水，終究是頂天立地的唐山人！」阿爹不知道，他在日本逗留期間受到過日本人的白眼與輕視，參觀過日本陸軍學校命令士兵互打耳光的魔鬼訓練，日本上校那陰森森的目光至今還停留在林爾嘉的腦海裡，林爾嘉怎麼會願意加入日本籍呢！

林維源看了兒子一眼，用手揩了揩嘴角邊的血：「我林維源對天發誓，只要日本人還霸佔著臺灣一天，我就不會再踏上臺灣一步！」

2

林家從臺灣遷到廈門，留在臺灣的土地大部分田租收不上來，財產損失近一半。大房林熊徵因為母親陳芷芳和舅舅陳寶琛的關係在福州定居；三房也由臺灣遷居到上海。這剩下的一半財產又分成了三份。這三分之一當中又有一部分掌握在阿爹林維源和幾個姨太太的手裡，林爾嘉可以自由支配的產業和資金大概占這三分之一其中的一半。饒是如此，瘦死的駱駝比馬大，土地雖沒了，茶葉、航運、樟腦、煤礦等生意照舊經營不誤，林爾嘉長袖善舞，著重在錢莊、銀行金融業大展身手，試圖重現板橋林家昔日之榮光。林氏府裡的一應瑣事，全由龔夫人做主。

林爾嘉手下有四個得力助手。一個是與他自小一起長大、又跟隨他從臺灣回到廈門的紀得勝；一個是從顏記錢莊挖過來的沈青壽，這個沈青壽煞是了得，業務嫻熟，帳戶上有何紕漏他瞄上幾眼就能發現端倪；一個是多年老夥計簡民中，統籌錢莊事務；另一個是剛從國外喝了洋墨水回來被林爾嘉高薪聘請來的徐沖之。這四大金剛幫著林爾嘉在金融界呼風喚雨，錢莊存款率多年來居於廈門同行業翹楚。林爾嘉不滿足於錢莊業務，他向著信託業邁進，高薪聘請專業人士，開展吸收廈門租界和港澳地區的信託存款、信託投資和商業信貸業務；在國內發行債券、股票；利用外資在國內組辦中外合資企業、合作企業；接受國內用戶委託，引進先進技術、設備；發展租憑業務，引進技術設備，促進國內現有企業的技術改造；經營房地產業務。特別是房地產業務讓林爾嘉狠狠賺了一大筆，他一口氣造了五十幾座洋樓，以高價賣出，一轉手就是驚人的利潤。信託公司就設在嘉禾路，周圍是各色店鋪，人來人往，車水馬龍，著實是做生意的黃金地段。

話說錢莊經理到了六十高壽，向林爾嘉辭職，準備告老還鄉。林爾嘉拿出一筆大洋給他：「陳伯，謝謝你多年來對林家錢莊的苦心經營，這是晚輩一點點心意，請陳伯收下。對了，您這一走，經理的位置空了出來，依您的觀察，錢莊裡哪個人比較適合坐這個位置呢？」林爾嘉很誠懇地向陳伯請教。

陳伯皺了皺眉頭：「要說這經理的位置嘛，委實不好定奪。簡民中在錢莊裡待了二十多年了，大大小小的聯絡之事都靠著他在外面跑，他為我們錢莊拉來多少買賣真是數不清了。可他業務上就不行了，沒什麼眼色，哪筆帳做了手腳他是看不出來的。至於沈青壽嘛，業務能力沒得說，不服也不行。可惜嘛，生就一個悶葫蘆，那張嘴就像上了鎖，難得言語幾句，好像裡頭生了鏽似的。兩人各有千秋各有所長，委實難以裁決呀。」

送走了陳伯，林爾嘉想起簡民中和沈青壽，為難地搖了搖頭。

這時，沈青壽來了。他靦腆地站著，搓了搓手，漲紅了臉吶吶地說不出話來。林爾嘉親切地招呼他坐下。許久，沈青壽吶吶道：「少爺見笑了。不瞞您說，我家裡的婆娘一聽說陳伯告老還鄉走了，極力攛掇我來競爭錢莊經理一職。」沈青壽不敢將婆娘的話原盤照搬，婆娘說，你是錢莊裡的鐵算盤，名聲響噹噹，讓你來管理錢莊，還不是小菜一碟？再說了，你這幾年來為錢莊的業務加班加點，也不知熬乾了多少燈油！你簡直就是賣給了錢莊！林家也太霸道了，你只是他們的職員，又沒有賣給他們，一年到頭把你當家奴使喚！我有個頭痛腦熱的，你都把我撇在一邊，要我自己去找大夫，每次都說是錢莊的活還沒幹完，帳簿堆得比小山還高！這些我都忍了，這次要是不升你的職，只怕寒了錢莊裡所有夥計的心！

沈青壽對婆娘吶吶道，錢莊裡的簡伯，在錢莊裡待了二十多年了，上上下下都是他的人面，大

多數人只認他呢，恐怕沒我的戲。

婆娘一聽怒氣衝天柳眉倒豎：「你幹嘛長他人志氣滅自己威風？我跟了你這麼多年，陪著你向人點頭哈腰作揖，就盼著你今天揚眉吐氣，我也跟著你夫貴妻榮一回，好不容易逮著這麼個機會，你還不好好抓緊！我跟你說了，這回你要不是升職，你趁早別在林記幹了！」

林爾嘉不忍心潑這位老實人的冷水，說實在的，要當好一個錢莊的經理絕非是做好帳這麼簡單，金融這口飯更多的是依靠人脈，而沈青壽顯然難以擔此重任。可看著他臉上那對厚厚的近視鏡，過早斑白的頭髮及佝僂的腰，林爾嘉心裡有說不出的難受。他友愛地拍了拍沈青壽的手：「沈會計，你的願望，我很能夠理解。不過，經理一職，不僅僅需要業務能力，更需要協調能力。你也知道簡伯在錢莊裡待了二十多年，周圍的人面都很熟，他是你強有力的競爭對手啊。不過，你也別灰心，關於你們二人誰能夠勝任經理一職，不是我說了算，我打算讓錢莊裡的人自由投票。不管結果如何，我都不會虧待你的。」

正說著，電話鈴響了。林爾嘉拿起話筒，只聽那邊說道：「少爺，我是簡伯。我打聽到陳家剛剛收到一筆貨款，我以你的名義約了顏老闆吃飯，咱們在飯桌上跟顏老闆套套近乎，相信顏老闆會把這筆貨款存到咱們錢莊。我還打聽到顏老闆愛跳舞，吃完飯後我們再請他到大世界跳跳舞，應該可以順利地把那筆貨款拿下來。」

林爾嘉挺高興：「簡伯，你的順風耳確實厲害。你說，在哪裡吃飯？」

「就在金沙俱樂部。三樓八號貴賓室。晚上六點。」

「那好，我會準時出席，你先去點菜。」

聽著電話裡的對話，沈青壽一陣陣透心涼。簡伯的本事確實讓自己望塵莫及，估計自己沒戲了。他起身告辭。

看著沈青壽滿臉失望之色，林爾嘉關切道：「路上小心啊。」

沈青壽一個人在街上躑躅走著，昏黃的燈光將他的身影拉得瘦長而單薄。他的心一陣陣絞痛，為自己的失敗而痛苦，同時為辜負妻子的願望而痛苦。他真的不知道要如何面對婆娘那雙熱切的眼睛。

回到家門口，他舉手要拍門，終究又無力地縮了回去。罷了，不如躲開婆娘罷，這女人，終日絮絮叨叨實在煩人。他垂頭喪氣地轉過身，來到一間小酒館，對夥計道：「來一瓶二鍋頭。一盤鹵鴨舌，一碟花生米。」

他平時不勝酒力，一杯白酒下去只覺得自己的喉嚨與胃腸都獵獵燃燒起來，臉上一陣陣發熱。那瓶二鍋頭還未喝及一半，他就軟綿綿地趴到了桌上。

夥計推他：「先生，我們打烊了。」

他踉踉蹌蹌地走了出來，這時，一輛汽車急急駛了過來……

林爾嘉與顏老闆吃完飯，又乘興來到了俱樂部。頭髮三七開、梳得油光光的經理對著麥克風說道：「各位朋友，今天我們有幸迎來了全閩商會會長林爾嘉先生和商業鉅子顏老闆，讓我們以熱烈的掌聲，歡迎兩位嘉賓的到來。希望朋友們能在大世界裡輕歌曼舞，共度良宵……」舞廳裡響著輕柔的音樂，讓人陶醉在溫柔鄉裡。顏老闆摟著一個漂亮的舞女，和著節拍，在粉蝶翩躚的花叢中從容旋轉。那舞女是簡民中費資不菲請來的交際花，身材豐腴又不失修長，舞藝嫻熟，穿著一襲惹眼

的大紅閃緞禮服，襯得她肌膚勝雪。跳著跳著，顏老闆的目光越發迷離閃爍起來。

簡民中湊近林爾嘉的耳朵：「少爺，我看顏老闆明早包準把貨款拎到我們錢莊裡。」

林爾嘉滿意地點了點頭。

回到家裡，林爾嘉已有三分醉意。他一下子摔到床上，鼾聲如雷。一陣刺耳的電話鈴聲將他驚醒。夫人把話筒遞給他：「沈會計被車撞倒了，現在正在醫院裡急救……」

林爾嘉一驚，酒全部醒了。他急匆匆地穿上衣服，吩咐司機備車。夫人道：「明天再去探望不行嗎？」

林爾嘉一邊穿襪子一邊答道：「在第一時間趕去，最可以顯示我的誠意；若等明天再去，說不定沈會計的一顆心早就涼透了。我早點去，還可以把沈會計的那顆心暖和過來。自古千軍易得，良將難求，錢莊要是在這節骨眼上失去沈青壽這樣的頂樑柱，業務必會大受影響。」

沈青壽被軋壞了一隻腿，醫生正在緊張地為他進行手術。林爾嘉趕到手術室外，沈會計妻子認得他，看到林爾嘉臉上的汗珠和焦急的神色，心裡頗為感動，滿腔的怒氣慢慢消散，恭敬地說道：「林經理，驚動您啦！真是過意不去！」

林爾嘉擺擺手：「青壽目前情況怎樣？」

「已經進去一個小時了。」女人的聲音裡明顯帶了哭腔。

林爾嘉硬是和家屬一起等到沈青壽做完手術出來。沈青壽做完手術出來，麻醉藥勁慢慢過了，腿上巨痛，疼得他一張臉都變了形，但意識尚為清醒。見到林爾嘉，沈青壽甚為意外：「少爺，你來啦！」

林爾嘉拍了拍那隻放在擔架上的手：「你安心養病！趕緊好起來！錢莊一大堆事務離不開你呢！大夥兒都等著你回來！」

沈青壽鼻頭一酸。

自從斷了腿，沈青壽終日躺在病床上長吁短歎。婆娘沒有一點好聲氣：「你成天歎什麼氣？再這樣歎下去，好運氣來了，也讓你嚇跑了！」

沈青壽喪氣道：「我腿都折了，還能有什麼好運氣？」

婆娘換了副嘴臉，露出一絲喜色：「有件事我替你做主了。」

「替我做什麼主？」沈青壽很是驚詫。

「升記胡經理那天到家裡找你，你不在，胡經理出雙倍價錢要把你挖到他們錢莊當大會計，我就替你答應下來了。」婆娘越說越高興，根本沒注意到丈夫的臉色越來越黑，「樹挪死，人挪活，林少爺既然不想提拔你，還不允許你另謀高就？」

「啪」地一聲，一記響亮的耳光摑在她左臉頰上。婆娘捂著半邊臉，露出瘋狂的眼神，冷笑道：「你真是長本事了，學會打女人了，好啊。反正錢我已經收下了，且已有一大半躺在醫院的錢櫃裡了，你就看著辦吧。」

第二天下午，林爾嘉捧著一束鮮花走進病房。陽光照進病房裡顯得特別清朗，沈青壽臉色還是蒼白，不安道：「少爺，您事務這麼忙，就別再往我這邊跑啦！」

「錢莊的頂樑柱在這裡，我怎麼能不往這邊跑呢！」林爾嘉笑吟吟的。

沈青壽靦腆道：「少爺，我也想明白了，錢莊經理就讓簡伯擔任罷。你看我這腿，一時半會兒

也出不了院，不能耽誤了錢莊的業務。再說了，即使我出了院，這條腿不方便，也不適合當經理到處聯絡，還是適合當會計。何況我自己也知道，簡伯在錢莊裡威望高，真的投票，他票數必然在我之上，到時我自己臉上反而下不來。」

見沈青壽說得誠懇，林爾嘉道：「你說得也有道理，那我就任命簡伯當錢莊經理嘍。不過你可別想著在這裡享清福，要快點好起來回錢莊幫忙喲！」

沈青壽的女人剛從外面買了一罐湯，現在推門進來，聽到兩人談話，女人笑道：「林經理你放心，我們兩人都想通了！之前是我不好，我一直攛掇著青壽去競爭經理的位置，現在出了事，我才明白平安最重要。況且青壽的個性也不適合經理的職位，還是簡伯來擔任經理比較合適！」

林爾嘉從醫院裡出來，腳步特別輕快。原本擔心這團亂麻會打成死結，沒想到竟然這般順利地迎刃而解，真應該喝兩杯慶祝慶祝！他做夢也沒有想到，升記胡經理昨晚也來探望過沈青壽。

沈青壽道：「胡經理，承蒙您錯愛，林少爺待我不薄，我可能沒辦法到升記幫您了。我女人糊塗，您別放在心上。」

胡經理並不接話，對沈青壽女人道：「這醫院，費用貴得嚇人吧？」

女人趕緊謝道：「謝謝胡經理，要不是胡經理雪中送炭，我家青壽這條腿說不定都長蛆了。」

胡經理笑了：「沈會計，要是你覺得到升記來面子上過不去，那也沒關係，你就留在林記好了，只需你時不時地幫我提供些林記的客戶情況、帳簿往來數目就好。」

沈青壽蠕動了一下嘴唇，可英雄好漢被一文錢絆倒，自己用了人家的銀錢，拒絕的話實在說不出口，只好默認了。

簡民中上任後，不知為什麼客戶一個接一個被升記拉了過去。簡民中想破了腦袋也不知道問題究竟出現在哪裡：自己還是一如既往地對客戶笑臉相迎，怎麼營業額就莫名其妙地直線下降了呢。

看了上個月的帳目，林爾嘉的臉色很是不好。簡民中內心極為忐忑：「少爺，大概我不是當經理的料吧，我這把年紀也該回鄉下養老了，少爺還是請一個精明能幹的來頂替我為好。」

林爾嘉連忙勸慰：「錢莊哪能少得了你？去年你和我一起上京城要帳，遇上軍閥混戰，差點回不來。錢莊肯定要給你養老的。你也別著急，我看其中可能有什麼貓膩，你我共同留心一下看有什麼蛛絲馬跡。」

沈青壽這幾天一直心神不寧。他為胡經理做內線已經三個月了。昨天，胡經理翹著二郎腿命令他：「你幫我把簡民中拉過來，事成之後，我重重謝你。」

「這恐怕難以做到。」沈青壽賠著小心。

「天底下有什麼做不到的事？」胡經理深吸了一口煙，噴出一陣煙霧，冷笑道：「你沒有去試，怎麼知道做不到？」

沈青壽心裡藏著事，硬著頭皮盤算如何開口，這天他磨磨蹭蹭到錢莊下班，其他人都走了，只剩下他和簡民中兩人，他裝作無意道：「聽說胡經理給職員開出的工資高得嚇人咧，胡經理放出話來了，只要有本事，聘金好商量。」其實，沈青壽是想先試探一下簡民中的口風。

簡民中撇撇嘴不以為然：「他胡經理錢多得燒包到處顯擺那是他的事。」

沈青壽正欲再深入下去，突然看見簡民中咧開嘴巴朝自己身後笑，趕緊住了嘴。轉過頭看，林爾嘉笑吟吟地走了進來：「二位還在加班嗎？辛苦了！」

沈青壽道：「今天的帳目已經理清了。少爺，要是沒什麼事，那我就先回家了。」他有些心虛，故作鎮定地夾起公事包往外走。

簡民中望著沈青壽的背影道：「少爺，我斗膽說一句話，不是我排擠沈會計，自從我當了經理後，沈會計就很不對頭。」

「你留心一下，如果確有實據，那就請他另謀高就吧，留得了他的人，留不了他的心。以後錢莊的事你自己做主就好。」

3

藤野太郎肩負著密切監視林家一舉一動的重任，原子卻深深地愛上了這個風光秀麗的小島，鼓浪嶼沒有戰火，沒有硝煙，讓她感到身心愉悅而且安全。這個纖瘦的日本少女，面容清秀，溫婉可人，臉部表情好像在隨時告訴你：「我會服從你。」

海灘上到處歡聲笑語，花花綠綠的泳裝、游泳圈、橡皮艇，裝點著海的邊緣。藤野原子也盡情享受著這美麗的陽光和海水。她正在海水裡暢游，不料小腿一陣抽筋，游不動了，人直往下沉，她慌忙喊：「救命啊！救命啊！」同時又嗆進了許多海水。

林爾嘉正在附近游泳，見那日本少女痛苦地掙扎著，來不及多想，他奮不顧身地衝過去拉住她奮力朝岸邊游去。

原子對林爾嘉滿心感激，藤野太郎卻沉著臉道：「這些中國人專和我們日本人作對，你還是離他們遠遠的才好。說不定是他們設計圈套英雄救美呢，好讓我對他感恩戴德。不然哪有這麼巧，海灘上那麼多人，就只有他救得了你？」

原子急得跺腳：「爸爸，你怎麼這樣多疑呢？在你眼睛裡，世上是不是沒一個好人？」

藤野太郎冷冷地盯著女兒，原子不敢再吭聲了，嘟著嘴回到自己的房間。

這天，她提了一袋即溶咖啡正要回家，林爾嘉剛從美國領事館出來，看見她手裡的即溶咖啡，不覺驚喜道：「原子小姐，你好。不知你還記不記得我？」

原子當然記得這位於她有救命之恩的風度翩翩的林家公子，他身材挺拔、面目清秀，一身的西裝革履讓他與一群長衫馬褂的人明顯區別開來，特別是那一口流利的日語更讓她有一種回到故鄉般的親切。她微笑著站住了：「林公子，我當然記得你，真對不起，那天我爸爸的態度太粗魯了，請你別見怪。你的日語說得太棒了。」

林爾嘉將話題一轉：「小姐能否告訴我這種即溶咖啡在哪裡能夠買到？我很喜歡這種可以提神的西洋飲料，曾經在美國領事館裡喝到幾次，那種香醇滋味至今念念不忘。」

「我也不知道在哪裡能夠買到這種咖啡，這是別人贈送的。林公子既然這樣喜歡咖啡，這袋咖啡送給你好了，我家裡還有。」

林爾嘉大喜過望：「謝謝你了，原子小姐。」

望著林爾嘉遠去的身影，原子丟了魂似的站在原地許久，好不容易才回過神來。她不知道自己究竟怎麼啦，竟然把自己最愛喝的即溶咖啡送給了林公子，可家裡的咖啡罐已經空了！

次日，原子被邀請到林氏府品嘗鼓浪嶼的特色糕點，幸福甜蜜的感覺充滿了少女的心懷。

他們在花園裡散步，兩個下人見林爾嘉走過來，急忙將笑止住了。

林爾嘉疑心那兩人在說他什麼笑話，可又不能當面問：「你們講我什麼壞話呢？」只好把一團疑惑掖在肚子裡，從那兩人身邊走過。走了十幾步，林爾嘉猛地又轉過身來，那兩個正在談笑的傭人笑容嘎然而止，僵在臉上像一朵乾燥花，明明白白寫滿了尷尬。

林爾嘉狐疑地往前走。阿爹有了兩個親生兒子，成了他心頭的疙瘩。人的心中有什麼疙瘩，就經常往那疙瘩上想。其實人的猜想往往是正確的，那兩個下人確實在議論林爾嘉：「聽說，林大公子是溪岸陳家的人呢。」

「有好戲看了呢。」

送走原子，林爾嘉的腳鬼使神差地過了輪渡，在島上一家府第門前停了下來，他抬頭看了看那匾額上的兩個大字：「陳府」，不禁嚇了一大跳，怎麼這雙腳就把自己帶到這裡來了呢。他想把腳挪開，可是腳生了磁似的被地面緊緊地吸附住了，怎麼挪也挪不動。

他一咬牙，叫開了門。

屋裡的那兩個人驚呆了。那兩個人，兩鬢已經斑斑。陳宗美動了動嘴唇，可是嘴唇蠕動著就是發不出聲音來。倒是那婦人，在一霎那的被雷電擊中之後，突然醒過神來，衝過來抱住了年輕人，哭喊道：「爾嘉！」

林爾嘉緊緊地抱住了婦人，嘴唇似有千斤重似的，他竭盡全力與自己的嘴唇搏鬥，終於，他將自己的嘴唇撬開了，迸出了撕心裂肺的一聲：「娘！」

等陳宗美走上前來，林爾嘉又迸出了一句：「爹！」三個人的眼淚匯成了一條河。

好不容易擦乾眼淚坐下，張氏忙不迭地張羅著點心，第一盤芙蓉糕端來了，張氏嫌顏色不好，又叫下人去換了。陳宗美笑道：「你就別折騰人了。」

張氏嗔道：「嘉兒好不容易回來了一趟，你就不許我好好疼他一會兒嗎？」

陳宗美沒有回應，倒是對兒子道：「爾嘉，你回家的事，千萬不要跟你阿爹說，這樣會寒了你阿爹的心。」

「爹，你當初為什麼要把我送給林家呢？咱們家又不愁吃不愁穿。」林爾嘉並不答應陳宗美的話，滿腹怨氣地質問。其實，即使陳宗美沒有這樣囑咐他，他也會瞞著阿爹的。他對阿爹的感情，早已是親父子的感情。這十幾年來，耳濡目染阿爹在商場上叱吒風雲，又天天享受著阿爹對他的寵愛，林爾嘉知道，自己對阿爹的感情，是任何東西都無法割斷的。自己早就是林家的人，全身上上下下都打著林家的烙印。

「爾嘉，你沒看到當年你阿爹和你阿娘幼子夭折的慘痛，你阿娘不吃不喝早就沒了個人形，你說，我能眼睜睜地看著自己的阿姐往黃泉路上走嗎？而且，你自己想想，我們把你送給林家，這麼多年，我們的心難道不痛嗎？你娘，天天到廈門碼頭去看臺灣的船隻，妄想能從船上看到你突然出現的身影……」

「別再說了！」林爾嘉早已淚流滿面。他知道，他沒有資格抱怨，既不能抱怨父母，也不能抱怨誰，事實上，自己在林家是享了天大的福氣，只是，心真的很痛！他只需要一對父母就夠了，可無端端比別人多出了一對父母，這邊也需要他，那邊也需要他，扯得他的心活生生地痛！

許久，他悶悶地憋出了一句：「爸爸，我阿爹給我添了兩個親弟弟呢。」

陳宗美突然有些火了，罵道：「你這話是什麼意思！你到底生了什麼外心？你阿爹給你添了

十個親弟弟你也是姓林！林家養了你近二十年，你不要到頭來拿刀往你阿爹的胸口紮！爾嘉，你一定要管好自己的言行，不要把我這張老臉撕了給你當抹布使！你不要再待在這裡了，快快回林氏府吧！」

張氏正要阻攔，陳宗美不由分說，將林爾嘉連推帶搡推出家門口去了。

黃昏時，林爾嘉垂頭喪氣來到海邊。他驚異地發現海邊早已站著一個人，原子站在夕陽美麗耀眼的光輝中，看起來像一朵荷花靜立的剪影。她抬頭看了看天空，那半空中浮著的五彩雲像舞臺上飄展的水袖和彩帶。一回頭，看見林爾嘉，她欣喜異常：「林公子，我看見天空中那些水袖和彩帶一樣的雲彩，我就知道你會來。」

林爾嘉不禁莞爾：「原子小姐，你們東洋人總說我們中國人迷信，沒想到你們也一樣迷信。」

原子認真地糾正：「這不是迷信，是心靈感應。」

「原子小姐，你也喜歡黃昏時到海灘散步嗎？」

「我每次心情不好的時候都會來海邊，讓海風吹散我心頭的烏雲。剛才在家裡我差點瘋了，我媽媽的東洋樂曲從中午一直響到下午，我在心裡數數，一、二、三、四，要是數到十媽媽還不將留聲機關掉，我就準備衝到一樓將留聲機砸個稀巴爛。」

林爾嘉大笑起來：「沒想到原子小姐這樣任性呢。」

原子的臉羞紅起來：「林公子身在家鄉，是不能體會異鄉人的心境的。對了，林公子，看你也是心事重重，不知道林公子為什麼事情煩惱呢？」

「一言難盡哪。」兩個人一起凝視著海面上打著漩的落葉，它們懸浮著，無法上岸也無法下沉，墨綠色的葉片被翻湧的海水染成了黑色。

林爾嘉率先打破了沉默：「我的煩惱比天上的星星還要多。最近匯兌行生意很不好做，廈門公路建設有一家祖墳不肯搬遷，想籌建電燈電話公司款項沒有著落，煤礦裡一個工人失蹤，阿爹給我新添了兩個親弟弟……」

「添了兩個親弟弟不是好事嗎？」原子驚奇地瞪大了眼睛。

林爾嘉從冬青樹上扯下一片樹葉丟進水裡：「你不懂的，別問了。」

這段時間以來匯兌行舉步維艱，本來就難以與銀行競爭，加之倒了幾筆帳，放出去的貸款收不回來。屋漏偏逢下雨，大股東康禮成出了事。原本林康兩家因康慕容之事心生隔閡，前幾年康慕容終於找了個稱心如意的婆家，事過境遷，兩家又攜手做起生意來。最近康慕容的大哥康禮成在上海投機經營股票失敗。一九一〇年，上海外商虛設了個橡皮股票公司，在哄抬股票價格後，暗中操縱高價脫手後潛逃國外。外商銀行遂宣佈停止收押，一時橡皮股票狂跌，如同廢紙。康禮成原本臆想著股票升值十倍的如意場景，不料從雲端跌入地獄，眼看虧欠鉅款，拿不出錢來，情急之下，把匯兌行地契拿去押給銀行，以解燃眉之急。哪料期限已到仍無力贖回地契，被銀行上交政府，眼看匯兌行就要被查封抵債。

消息傳出，鬧得滿城風雨，與匯兌行有業務往來的客戶紛紛前來提款。

這下可急壞了林爾嘉，他一面敷衍，一面四出借款轉押，好不容易才湊足了二十萬兩銀子，將地契贖回。他埋怨康禮成，可自己不出面救助康禮成，城門失火，殃及池魚，豈能眼睜睜看著匯兌

行被政府查封？

康禮成竟然債多不愁，蝨多不癢，依舊出手闊綽，揮金如土，今朝有酒今朝醉。他打著酒嗝對夫人道：「林爾嘉跟我捆綁在一起，我真倒了，林爾嘉也要陪著我倒，他絕不會讓我倒，我也就永遠倒不掉。」第二年夏天鬧旱災，百姓生活更加拮据，能吸收的銀根越來越少，秋間，武昌起義，匯兌行像個病入膏肓的老人眼看就要壽終正寢。

正月初，林爾嘉召開董事會，想請各股東墊款五千元，重整旗鼓，卻沒有一個人回應。

晚上，龔夫人心疼地對林爾嘉說：「我看你越來越消瘦了，你須注意身體才是。」

林爾嘉點燃一根香煙，瞇著眼睛噴出一陣煙霧：「夫人有所不知，此為匯兌行入市以來最困難棘手之一次。往來均欠，需用無著，岌岌不保。」

「大不了關門就是，林家的財力可保我們這輩子衣食無憂，何必如此執著呢？」龔夫人勸慰。

「身為林家子孫，應該一心壯大林家產業，豈可只等坐吃山空？況且國難當頭，我等商人更應努力經營為國家出資出力，所以我更需昂揚鬥志，努力掙扎，豈可坐以待斃？」

話雖慷慨，只可惜現實中寸步難行。

海邊，原子看林爾嘉欲言又止也就不再追問，「我不像你有那麼多的煩惱，我的煩惱只有一個。可單單這個就讓我愁死了。」

「你地位優越，父母愛你如掌上明珠，還能有什麼煩惱？」

原子鼓足了勇氣，將一雙大眼睛火辣辣地望著林爾嘉：「我的煩惱就是愛上了你，愛上了一個我不該愛的人，你已經娶了夫人了。爾嘉，你知道嗎，我真後悔來中國來得遲了！為什麼偏偏在你結了婚以後才遇上你！為什麼不早一點遇上你呢？或者，既然我們沒有緣份，上天乾脆永遠不讓我們相遇好了，為什麼一定要這樣捉弄人，讓人這樣苦苦煎熬？」

林爾嘉的心被震動了，趕緊道：「原子小姐，謝謝你對我的欣賞！我是中國人，你是日本人，咱們之間的鴻溝是無法逾越的！」

原子駁斥道：「什麼樣的鴻溝都無法阻止兩個相愛的人在一起！我周圍的同鄉，娶了中國人的也有！」她兀自沉浸在深深的幻想裡，癡癡道：「爾嘉，你們中國人不是可以娶妾的嗎？」

林爾嘉嚇了一大跳：「原子小姐不要開玩笑了！你貴為藤野先生的掌上明珠，要找什麼樣的如意郎君還不是任你挑！憑你尊貴的身份怎麼可能給人做妾呢？」

原子執拗道：「要是我願意呢？」

林爾嘉狠狠心道：「那是不可能的。如果那樣的話，我的祖宗不僅不認你，也不認我了，我會被掃地出門的。」

原子幽怨地望了林爾嘉一眼，眼中淚珠盈盈欲墜，「就因為我是日本人，我就該被看作洪水猛獸嗎？」

林爾嘉一陣心疼，他想輕輕擁住原子安慰安慰她，可他不敢這樣做。假如這樣做了，只會惹來無窮無盡的煩惱。他側開臉，假裝沒看見原子的眼淚，看天邊一朵殘雲慢慢流逝。

過了一會兒，原子擦乾了眼淚，強笑道：「林公子，你不是說你們林家的匯兌行舉步維艱嗎？我去說服我媽媽，我知道媽媽有一大筆私房錢，讓她拿出來借給你。這樣你不就可以暫時渡過難關了嗎？」

林爾嘉猶豫不決：「你們是想以日本人的名義參股嗎？我阿爹對日本人深惡痛絕，我不想在生意上跟日本人有任何瓜葛。」

原子有些不高興了：「你放心，這是我以朋友的名義借給你的，絕不會向你提任何額外的要求。你跟我相處也有一段日子了，難道你不相信我的人格嗎？」

「那就謝謝你了！」林爾嘉內心非常矛盾，他非常不願意用日本人的錢，可目前經濟這樣困頓，他真是有點病急亂投醫了，就像一個溺水的人，只要看到一根稻草，也會毫不猶豫地緊緊抓住。

原子回到家裡，媽媽正在客廳裡插花，那是一束怒放的山菊。原子見爸爸不在家，正是跟媽媽開口借錢的大好時機，她嬌嗔地摟住媽媽的脖子：「媽媽看到山菊，大概又想起了日本故鄉吧？」

山子點了點女兒的鼻尖：「怪不得中國人說女兒是媽媽的貼身小棉襖，這話說得真不錯，還是原子瞭解媽媽的心呢。我真希望你爸爸趕緊結束在中國的任期，回到我們日本去。咱們走在廈門大街上，所有的中國人都用異樣的眼光看我們，那眼睛裡充滿了仇恨，我真是怕，晚上不時做惡夢。」

「女兒疼愛媽媽，那媽媽究竟疼不疼愛女兒呢？」原子拿起一小塊糕點，塞進媽媽嘴裡。

山子滿口糕點：「媽媽當然疼愛你了。」

「真的？」原子的一雙眼睛閃閃發亮。

「媽媽疼愛女兒那還有假？」山子終於將那口甜膩膩的糕點吞下去了。

「媽媽，我有個朋友，他家生意攤子鋪得非常大，最近資金周轉不靈。媽媽能不能把私房錢借給我，好讓我幫助這個朋友？」

一提到錢，山子就有點警惕了：「你這個朋友叫什麼名字？做什麼生意？人品可靠不可靠？」山子機關槍似的一口氣掃出了一系列問題。

「他叫林爾嘉。」

「哦，是林爾嘉？大名鼎鼎的廈門商務會總理？」

一聽媽媽知道林爾嘉，原子高興極了：「媽媽，您就借給我十萬塊錢吧。」原子沒有發現媽媽臉色的變化。

「這件事情恐怕要跟你爸爸商量商量。我經常聽你爸爸說，要是能勸這個林爾嘉加入我們日本國籍，那咱們日本國在廈門辦事可謂是要風得風，要雨得雨了。」

原子生氣起來：「媽媽，我正是因為不想讓阿爸知道這件事情，才偷偷跟您商量的。您要是把這件事情告訴爸爸，那您借給我一百萬我也不要。」

難得的一個響晴天，林爾嘉坐車經過嘉禾路，興之所至，他吩咐司機道：「小程，我們拐進匯兌行看看吧。」平時，林爾嘉固定每半個月時間到匯兌行過問業務情況，今天既然順路，那就進去看看吧。

「少爺，今天我們碰到一個大財神啦！」黃經理臉上笑成了一朵花。

林爾嘉有些詫異：「看你高興成這樣，難道撿到了天上掉下來的餡餅不成？」

「咱們匯兌行今天真的被天上掉下來的餡餅砸到啦！」黃經理簡直是手舞足蹈了。

「怎麼回事？你具體說說。」

「今天，川北電話公司的人提了一千萬元過來，填了匯票，要求我們匯到日本東京阪田商社。這一筆酬金很是豐厚呢。」

「日本東京？」一聽這筆業務跟日本有關，林爾嘉的眉頭慢慢地攢在了一起，他現在對有關日本的一切事物非常敏感，這裡面該不會有什麼陷阱吧？「那個填匯票的人叫什麼名字？長什麼樣子？是日本人嗎？」

「這個人名字叫做楊淇。矮矮胖胖的，百分之百的中國人。」

林爾嘉沉吟了一會兒，「好的，我知道了，這筆業務你要特別上心，一定不能出什麼差錯。從頭到尾由你負責跟蹤，事情辦妥了立即向我彙報。」

本來，匯兑行得到這麼一大筆業務是大好事，不知為什麼林爾嘉就是高興不起來，總覺得裡面有陷阱等著他往裡跳。可他實在無力拒絕這麼一大筆業務，既然是做生意，就要開門迎天下八方來客，豈有將業務拒之門外的道理？況且現在匯兑生意這樣蕭條，就像一個饑餓的人突然看見了一個芝麻餅，即使懷疑餅內有毒，也只好先把它吃進去再說。

「得勝，幫我把鞋子擦一擦。」林爾嘉在書房裡吩咐。

「好的，少爺，我包準把少爺的皮鞋擦得又光又亮。」得勝捉狎地衝林爾嘉眨了眨眼睛：「少爺是要去約會原子小姐嗎？」

「你不說話又不會爛了舌頭，怎麼話這樣多？專心擦皮鞋要緊！」林爾嘉又好氣又好笑地搖了搖頭，對於得勝，他是又愛又恨。得勝是什號經理章五的兒子，自幼在林府裡長大，就像林爾嘉的影子，林爾嘉走到哪裡他就樂顛顛跟到哪裡；得了什麼好吃的，首先想到的是少爺，連他阿爸想嘗一口也捨不得給，氣得他阿爸罵他心中只有少爺沒有阿爸。林爾嘉做個擴胸運動，得勝就知道少爺要去打球了；林爾嘉忙著找頭油，得勝就會衝司機小程吩咐：「少爺要去舞廳跳舞。老地方，寶士林。」這得勝，簡直就是林爾嘉肚子裡的一條蛔蟲，最為知冷知熱。他哪一天不在林爾嘉身邊，林爾嘉就彷彿少了一條胳膊似的，這也不自在那也不自在，這也不稱心那也不稱心。

得勝千好萬好，就是一樣不好，話多。林爾嘉坐上汽車，衝得勝一瞪眼：「我去見原子小姐，純粹是感謝她對匯兌行的鼎力幫助。要是你饒舌，讓夫人知道了我約會原子小姐，小心我撕了你的舌頭！」林爾嘉並非存心要向夫人隱瞞與原子的交往，只因前日談話中見夫人對原子充滿戒心，林爾嘉覺得還是避開不必要的麻煩為好。萬一不小心打翻了醋瓶子，那酸溜溜的味道恐怕一年半載都揮散不去。

得勝衝少爺做了個鬼臉：「放心吧，少爺。得勝跟少爺這麼多年了，什麼時候壞過少爺的好事？」

林爾嘉坐在咖啡館裡耐心等候原子出來喝下午茶。高挑的洋裝女侍極盡殷勤，獻上熱騰騰的毛巾，圓大的裙撐沙沙作響。桌巾是緹花貢緞，正宗的蘇州貨，几案上是來自古巴的原裝雪茄，林爾嘉就靠它吞雲吐霧打發時間。原子在家裡被父親絆住，又不敢明說要出來見爾嘉，心裡暗暗著急，想著支使個人到館子裡報信，若爾嘉到了，就讓他多等會兒；若爾嘉還未到，就讓人到他府上另改時間約見。林爾嘉等得有點沉不住氣，正想離開，所幸遠遠見到原子翩翩前來，他連忙替原子拉開

椅子，並細心幫原子鋪好餐巾。原子說：「謝謝。」她有點悵然地自言自語：「可惜你這樣的好男人不能屬於我。」

林爾嘉尷尬地笑笑。從小，他看著阿爹為家族奔波，十幾歲的時候他曾經發誓，這輩子他要為自己而活，絕不像阿爹那樣活得那麼累。現在隨著年齡的增長，他才明白，人這輩子不可能隨心所欲地為自己活，就像現在，面對一個美麗善良的女子，本可以傾心相愛，但你必須強迫自己不能去愛。他真誠地對原子說：「原子，謝謝你。」

原子有些丈二金剛摸不著頭腦：「無端端地謝我什麼呀？」

「你就不要故作神秘了，你幫匯兌行拉了一筆一千萬元的業務，如此雪中送炭，我再不謝謝你，豈非一點人情味都沒有？」

原子臉上有些變色，莫非爸爸從中做了什麼手腳？她想對林爾嘉否認，又生怕自己心愛的人和爸爸起什麼衝突，轉念一想，乾脆先冒認了下來：「爾嘉，我這是舉手之勞，你不必如此客氣。」

心不在焉地喝完了下午茶，原子急匆匆往家裡趕，她急著向爸爸問明真相。這個林爾嘉也真糊塗，感謝錯了對象竟然不知道！

原子家裡，藤野太郎正在和長官後藤新平密談：「新平君，我真是不明白你為什麼要幫助林爾嘉的匯兌行？林爾嘉這小子這麼不聽話，我們真心誠意邀請他加入大日本國籍，他三番五次地給臉不要臉，就像茅坑裡的石頭又臭又硬。依我看，這筆業務可以交給廈門任何一家匯兌行辦理，就是不能交給林爾嘉那臭小子的匯兌行。」藤野太郎長著個酒糟鼻，臉上毛孔特別大，面部皮膚極為粗糙，他一激動起來，所有的毛孔都越張越大紅通通一片，特別刺眼。

後藤新平翹著個二郎腿，端起酒杯美滋滋地啜了一口：「太郎君，你這就有所不知了，我這一招叫做不戰而勝。你不知道，林維源那老傢伙對咱們大日本帝國是恨之入骨，只要看見有關日本的東西，他就怒髮衝冠。咱們不必費什麼心思，只要林爾嘉的滙兌行跟日本業務扯上關係，包準他們父子吵翻天。不信你等著瞧好了。」

「高呀！這一招真是高！」藤野太郎對後藤新平豎起了大拇指：「長官真是大智慧！在下自愧不如，以後還要多多向長官學習才是！走，我們去慶祝一下！」

他們的話被有心偷聽的原子聽了個明明白白。她閃過一邊，等爸爸和後藤新平長官走後，原子直接衝進媽媽房間裡，氣急敗壞地嚷道：「媽媽，我不是對你說過，林爾嘉的事不要讓爸爸知道嗎？你不守承諾，你是個騙子，大騙子！」

面對女兒的指責，山子喃喃著不知如何辯解才好。

原子跑回自己房裡，捂著臉傷心地哭起來。她不僅僅傷心媽媽不守承諾，她更傷心的是，她一直以為她是媽媽的最愛，到今天她才發現，原來，媽媽最愛的不是她，而是爸爸。就像她現在心裡滿滿地裝著林爾嘉，為了林爾嘉，她不知不覺地站到了爸爸媽媽的對立面一樣。這個發現讓她心寒，媽媽最愛的不是她，林爾嘉也不愛她。此刻，他也許正陪著他的夫人在聽潮樓賞月吧？一想到這，原子心如刀割，淚水決堤了一樣漫過她的臉。

林爾嘉與原子見了面回來，心情特別地輕鬆愉快，因為滙兌行多了一大筆業務，這筆業務對滙兌行簡直有起死回生之神效。他哼著小曲，還朝花園裡那隻樹上的家雀揮了揮手。得勝將順手買來

的燒餅送給夫人：「夫人，剛出鍋的燒餅，還熱著呢，您嘗嘗。」

龔雲環瞥了燒餅一眼，她認得這燒餅，攤子就擺在藤野太郎家公館的小巷口。龔夫人疑竇頓生：「你早上和少爺一起出門了？」

「是啊，怎麼啦？」得勝有些莫名其妙。

「你和少爺幹什麼去啦？」

「少爺去找康老闆談贖回錢莊地契的事情。」這樣的藉口，得勝張口就來。

龔夫人怒道：「你究竟騙過我多少次？少爺明明去找原子談情說愛去了，大白天的撒謊也不怕閃了舌頭！」

得勝心虛地低下了頭，他實在想不通夫人是怎麼知道少爺剛剛跟原子小姐見過面的，難道夫人有千里眼順風耳不成？

龔夫人懶得與他理論，逕自去找林爾嘉。林爾嘉正坐在書房籐椅上回味原子的一顰一笑，想得有些發癡。見夫人滿臉怒氣，賠笑道：「夫人，好端端的生什麼氣呀？」

「我前天剛剛警告你離原子遠點，你滿口答應，怎麼今天出爾反爾又跑去找那個日本女人？」龔夫人怒氣沖沖。

林爾嘉心知抵賴不過，索性承認：「夫人你別誤會，我與原子見面談的是錢莊資金的事，絕無兒女私情成份。之所以沒有告訴你，就是怕你多心。夫人是個才女，鼓浪嶼上誰不會吟誦你的詩？夫人應該自信才對。」林爾嘉嬉皮笑臉地將手搭在夫人肩上。

夫人冷冷地將林爾嘉的手撥開：「你要好自為之。」

夫人走後，林爾嘉衝得勝發怒道：「我不是吩咐過你的嗎？照你這樣，我也不要你了，乾脆把你送給夫人做跟班算了！」

得勝急得手腳沒地方放，辯道：「少爺，我真的冤枉啊，我一絲口風也沒漏，夫人不知怎麼就知道了！」

「定是你洩漏的，不然夫人怎會知道！」林爾嘉恨不得敲得勝的頭。

「天地良心，我只是送了燒餅給夫人吃，一句話也沒說啊！」

「燒餅？原子小姐家門口的那攤燒餅？怪不得夫人會知道。得勝啊得勝，你怎麼會這麼蠢呢？你這麼急吼吼地去討好夫人幹什麼，結果是搬了石頭砸自己的腳！」

得勝不好意思地笑了：「少爺，這事不能怪我，要怪得怪你。」

「這就奇了，燒餅是你送的又不是我送的，怎麼怪起我來了？」

得勝故意拖長了聲調：「少爺，怪只怪你娶了一個太聰明的夫人。」

林爾嘉也忍不住笑了：「沒見過你這麼貧嘴的。以後給我多長個心眼。你自己說說，從小到大，你這張嘴給我惹了多少麻煩？」

這邊剛擺脫了夫人的質問，那邊新管事梁安緊張地小跑過來對林爾嘉說：「少爺，老爺叫你去他房裡見他。」

林爾嘉心裡一緊，三步併作兩步小跑至阿爹房裡。只見阿爹仍舊臥病在床，卻滿面怒容，也不知怒從何來。林爾嘉忐忑不安地問道：「阿爹，怎麼啦？有什麼事嗎？」

「匯兌行那筆日本業務，你馬上給我退回去，不要辦理！」

阿爹的聲音斬釘截鐵，絲毫沒有商量的餘地。林爾嘉有些困惑，阿爹年紀大了，不再打理業務，凡事均交給下一輩年輕子弟去做，何以消息如此靈通，自己一舉一動阿爹全部清清楚楚？他囁嚅道：「阿爹，匯兌行開門迎八方來賓，哪裡能夠隨便將客戶拒之門外呢？倘若如此，匯兌行恐怕要早早關門大吉了。」

林維源本來躺著，聽到此話，氣得掙扎著坐了起來：「我真沒想到咱板橋林家的大公子眼窩子會這麼淺！一千萬元算什麼！你知道咱們林家當時在臺灣的財產有多少嗎？說出來嚇你一跳，咱們林家的財產等於當時大清朝一年的財政收入！要不是日本人強佔了臺灣，咱們林家何至於此？你還不離日本人遠著點？日本人沒一個好心眼，你年紀輕，我怕你上他們的當！」

林爾嘉爭辯道：「日本雖然強佔了臺灣，可並不能說全部日本人都是壞人呀！」

林維源大怒：「就比如原子是吧？你想說原子小姐就是個一等一的大好人是嗎？知人知面不知心，你是要把狼當羊看嗎？你再這樣執迷不悟，就等著吃苦頭吧！」

林維源氣得一陣猛咳，嚇得林爾嘉趕緊上前幫阿爹撫胸口。阿爹拂開他的手，林爾嘉呆呆地站在那裡。他既埋怨阿爹對日本人懷有偏見，又後悔頂撞阿爹。「要是自己是阿爹的親生兒子，他恐怕早就咆哮著威脅我要剝奪我的繼承權了吧？可就因為我不是阿爹的親生兒子，他才努力壓抑著自己心中的怒氣……」從阿爹房裡退出來，林爾嘉越想心中越亂。他原本還想建議將匯兌行改成銀行，再向國民政府爭取銀行鈔票發行權，可現在無論說什麼阿爹都是聽不進去的。

這時，夫人從他身後走了過來：「爾嘉，你可真行啊，人家連私房錢都捨得為你掏了！不過，你可要記住，原子是個日本人！」

提到原子，林爾嘉眼前浮現出她那張蓄滿盈盈淚光楚楚可憐的臉，心禁不住抽痛了一下。他假裝平靜地說：「阿環，你胡思亂想到哪裡去了，我當然知道她是個日本人。我和她之間是不可能的，永遠不會有結果，你放心好了。」

第十九章
石火電光

林爾嘉決心在廈門創辦德律風萊特公司（電話電燈公司）。他中了日本人的圈套，買了一大堆劣質電話線材。幾經努力，他聘請了日本電話專家谷田先生，終於，電話裡傳來了清晰的通話聲……

林爾嘉決心在廈門創辦德律風萊特公司（電話電燈公司）。自受川北電話公司刁難之後，林爾嘉痛感電話這個現代工具的重要性。一個電話也許能讓一樁生意起死回生。臺灣已經失去，現在最要緊的是努力將廈門建設強大起來。他在臺灣習慣了全臺北亮堂堂的燈光，而今回到廈門，昏黃裡，青石板路上陰雨綿綿，街角的熱食小挑擔上懸掛著一盞搖晃的提馬燈，從玻璃裡透出忽明忽暗的幽黃燈光。幽光微微透射著細瘦的女人影子，像一根稻草般隨著挑擔一起搖晃。叫賣聲向幽深的陋巷伸去，迴盪不停。在這樣沒有光電的日子裡，窮苦人的生活是多麼不便，走夜路除了舉火把，就是提馬燈。而家裡經濟條件稍好的，也許點一小盞煤油燈，而蓬門之家如何捨得點一盞煤油燈？至於蠟燭，消耗光亮太快，更是珍貴之物。所以廈門百姓夜晚常常坐在小院裡或門檻上，就著月光縫補衣裳……看著那灑在庭院裡水樣的月光，林爾嘉多麼希望，這水樣的月光能將整座城市照亮啊！那些廈門上層人物的雕花窗櫺在電光中閃耀著熠熠光芒，歌舞廳裡亮如白晝，只苦了百姓，有多少平民百姓享用不起這樣燈光下的浪漫！

林爾嘉立誓：我要做一個電光林！臺灣割讓給日本，給予廈門經濟致命的打擊。因為臺灣商業轉口是廈門繁榮的重要基礎，臺灣一割讓，廈門關稅銳減，成千上百的人失業，廈門城中一口氣減少了數千萬元的流通。這一點，林爾嘉知道得最清楚。他從小往來於廈門和臺灣兩地，對兩地情形最為瞭解。廈門與臺灣經濟唇齒相依。唇亡齒寒，必須抓緊時間改變現狀！

他想像著有了電的夜晚，每個人臉上都亮堂堂的，到處洋溢著歡聲笑語，就像安徒生的童話世界。

這個決定一在他頭腦中閃現，他變得異常興奮。不僅要裝上電燈，還要裝上電話！難以想像整個廈門通上電話的情景！多少商機，就因為音訊阻隔一閃錯過；又有多少親情，因為青鳥不通遺恨萬年！曾祖父那一輩人，有的在京城做官，聽到福建的老父逝世，回家奔喪已是三個月後，見不上老父最後一面，成為終身遺恨！假如在更早的年代就有了電話，那所有的歷史都要重新改寫。一定要讓德律風在廈門落地生根，走進千家萬戶！他想像著廈門市民爭先裝置德律風的醉人情景。

然而，林爾嘉想錯了。這個世界要實現一個願望有著極為漫長的一段路程。從煤油燈到電燈，就好像從黑夜到黎明拉出了長長的模糊的探索過程。

當他邀請當地的鄉紳葉清池前來觀看電話演示的時候，葉清池被突兀而響的電話鈴聲嚇了一大跳，只見他用力撫著胸口，喝了林家下人端來的參湯，好半天才鎮靜下來。

林爾嘉急切地詢問葉清池的觀感，他大義凜然道：「西洋的奇技淫巧斷斷不可讓它流入中國！

你看那西洋男女臉貼著臉摟得緊緊地跳交誼舞，傷風敗俗之至！凡西洋來的，沒一樣是好東西！我們購買了西洋的器具，銀錢就落入了西洋人的腰包，此風斷斷不可長！」

葉清池決然而去。

林爾嘉目瞪口呆。

但林爾嘉繼承了阿爹強韌的性格，越辦不成的事，他偏偏越要想辦法辦成。不管有沒有人裝置電話，先把電話線網路鋪起來再說。

林爾嘉四處演示電話的神奇功能，令他失望的是，收效甚微。只有三個人同意入股，湊起來總共只有十萬元，而首期的電話線網路鋪設起碼需要八十萬元。

怎麼辦？一文錢難倒英雄好漢。阿爹為贖回臺灣而將產業變賣，大事未成，如今又將產業一一置辦，到處都要投資，實在找不出剩餘的閒錢。林爾嘉一橫心，咬牙從滙豐洋行裡借了高利貸，先把電話線網路鋪設起來再說。林爾嘉凡事親力親為，他多次親眼目睹洋商在臺灣經商時受中間買辦耍滑苛扣之苦，所以他盡力省去中間環節，直達目標，這也是他耳濡目染阿爹做生意之技巧與心得。

電話線拉長，資金很快告磬。爾嘉將自己的人脈再次理了理，有六個可以鼓動他們參股電燈電話公司的老相識。今天是未來的股東們約好第一次開會的日子。座位上只坐著三個人，包括林爾嘉在內。本來，在這裡應該坐著七個人才對。

林爾嘉掏出懷錶看了看，十點了，原來約定九點鐘開會的，已經超過了一個小時。林爾嘉臉色有些晦暗，他揮了揮手：「算了，不等他們了，等會後我再派人找他們催一催。」說到「會後」這個詞，連林爾嘉自己都感覺到有點滑稽，就這麼三個人，無論如何也找不到開會的嚴肅感覺。

林爾嘉先問黎先生：「黎先生，你把資金帶來了嗎？」

「帶來了。不過原先答應入股一萬元，因臨時有急用，今天只帶了五千元過來。」黎先生顯得有些不好意思。

林爾嘉有些失望，轉過頭去問洪先生：「洪先生，您應該把資金帶來了吧？」

「真是不好意思，最近流動資金很緊張，一時套不了現，今天沒辦法拿現金。不過，我對這電燈電話公司是真有興趣的。」洪先生說完習慣性地撓了撓頭，反問道：「林公子，你答應再入股十萬元，今天入帳了嗎？」

林爾嘉一時語塞，支吾了一會兒，又不能明說那十萬元被他拿去捐獻做了臺灣義士的抗日物資，他紅著臉道：「本來是預備下十萬元來籌備這電燈電話公司的，但我的訓眉記臨時出了點狀況……」他說得吭吭哧哧的，因為實在是有口難言。

黎先生的嘴角邊分明有著一絲冷笑。

林爾嘉明白黎先生的意思，自己這個主籌畫者都不能真心來辦這件事了，這件事怎麼辦得成！林爾嘉振作起來，道：「兩位老闆放心，爾嘉無論如何都會想辦法在十天內籌措十萬元資金入帳。請兩位老闆相信爾嘉的誠意。」

洪先生起身抓起氈帽：「那好吧，此事就等十天後再議。」

爾嘉回到家裡，龔夫人對他說：「快吃飯吧，飯菜都涼了，我叫張媽再給你熱一熱。」

「你叫廚子別忙乎了，我不吃，沒胃口。」說完斜躺在沙發上，用腳將鞋子甩了下來。

龔夫人知道他為電燈電話公司的事煩惱，自己也無良策，因此也不敢驚動丈夫，默默陪坐在一邊。

爾嘉長長地歎出一口氣。他的心裡淤積了一團又一團的油花，火熱熱地煎著他的心口，可是又找不到一大盆水來澆滅這油花，眼見這油花越跳越歡，那熱量太凶了，讓他無法承受，於是他忍不住用手捂住了胸口，好像想把裡面的那團油花捂滅似的，卻把手也燙著了。他真希望此時手裡有二十萬元，他將這厚厚的一疊鈔票高高地往公司會計桌上一甩：「瞧，這不是錢嗎？」這樣什麼難題都迎刃而解了。問題是自己沒有那麼多錢。即使自己有那麼多錢，開公司自己掏錢，賑災自己掏錢，鋪鐵路自己掏錢，那自己不就成了救世主了？人間從來沒有救世主。關鍵要所有人都富裕起來，這才是真正的富裕。胡思亂想著，爾嘉越來越愁腸百結。

他把自己的匯兌行、訓眉記等所有可能擠出一絲錢縫的地方都想了個遍，確實沒有。不然就找熊徵侄兒借看看？他躊躇著，生活在林家，他從來沒有想到過自己這個林大公子有朝一日竟要朝別人開口借錢！

「你那點面子算什麼？是面子要緊還是事業要緊？」林爾嘉在心裡這樣狠狠地罵自己。

爾嘉撥通了侄兒的電話。侄兒隨母親陳芷芳投奔福州外婆家去了，電話一接通，對方大喜：「阿叔，我正要去找你呢，你倒是送上門來了，真是天助我也！最近手頭緊，你能不能先借我三千塊救救急？」

爾嘉頹喪道：「我打電話就是來找你借錢的，哪還有錢來借你？」

林熊徵大失所望：「看來，我們叔侄倆只好各想各的辦法了。天哪，沒想到赫赫有名的板橋林家今日竟會落到如此窘迫的地步。」

林爾嘉一一去拜訪了那未到會的四個未來的股東。前日，他在大世界訂了雅間準備宴請這四個朋友，他提前一個小時到位焦急等候，越是心焦時間越是過得遲緩。他對著打過蠟的楠木牆上鑲著的瑩澈西洋水銀鏡發呆，雅間的門「吱呀」一聲開了，他高興地回過頭來，卻是一個下人，告訴他陳老爺有事不過來了。等到六點，連個人影都沒有，林爾嘉懊惱地一把扯過餐桌上鋪設的鵝黃灑金蔥桌巾扔到地上，那桌巾腳柔亮的流蘇顫巍巍抖動著。林爾嘉氣極反笑，罷罷罷，他們既不願消受，那我一個人消受罷。原本盼著在這雅間裡與他們把酒言歡共商大事，不料落得這等淒清下場。

第二天逐一拜訪的結果是：一個不在家。一個身染小恙臥床養病。一個堅決聲稱要退出。林爾嘉追問：「理由呢？」對方嘴邊流露出一個不易覺察的憐憫微笑：「我的錢出門一個，都是打算讓它帶兩個新錢回來的。可現在事實明擺著，電燈電話公司的業務無人問津，擺明了是賠本買賣。」

林爾嘉決定在那個出門在外的人家門口等他回來。打發時間的方法只有抽煙。當他用力撕開煙盒的時候，手有些抖，把煙盒整個都撕破了，煙白生生地抖了一地。爾嘉蹲在地上撿了半天煙，摸遍了口袋，竟然找不到洋火，他生氣地罵了一聲，到前面小店裡買了一盒洋火，將煙點燃了，惡狠狠地抽上一口，只覺得有一撮火，「嗖」地一聲鑽進了喉嚨，順著五臟六腑一路燒了下去，燒得他捶著胸脯狼狽地咳嗽起來。

以前，他體會不到楚霸王四面楚歌的淒涼境地，如今他四處碰壁，左也是苦痛，右也是苦痛，怎麼辦？苦痛，苦痛，苦痛！他的身心從未這樣苦痛過，這些苦痛從心口起，直透脊樑，抵達胸腔，陣陣作痛，悠悠不絕。很多富紳寧願將資本投到洋人公司，也不願為中國做些實事，真可謂

「寧贈友邦，不予家奴」！林爾嘉覺得自己要爆炸了，不爆炸就要窒息。匯兌行的錢不能隨意提取，否則會造成匯兌行崩潰；電燈電話公司不能不辦，連臺灣都燈火通明了，廈門竟然還在黑暗中前行，這種現狀豈能容忍！唉，左臂不能去，右臂又不能斷，如何是好！不過，無論如何，稍假時日後他一定要讓廈門的夜晚燈火通明，華燈璀璨！

就在林爾嘉為廈門鄉紳的執迷不悟發愁之時，一個意想不到的機會從天而降。「叮鈴鈴……」客廳裡的電話聲尖銳地響起，客廳裡恰好沒有傭人，林爾嘉拿起話筒，「喂……」只聽對方傳來急切的聲音：「請問是林府嗎？」

「是的。不知您？」林爾嘉有些疑惑。

「是這樣的，我是葉清池老爺的弟媳婦。」對方惟恐林爾嘉把電話放下，一口氣把話講完：「我夫君一直在京為官，老太太也跟著我們住，如今老太太不行了，煩請貴府告知我大伯速速前來見老太太一面。」原來那邊老太太一息尚存，怎麼也不肯合眼，只盼著能見上大兒子一面。恰好有個從廈門來京的紳商，知道林府的電話號碼，就向他們出了這個主意，打電話到林府，再由林府轉告葉府。

林爾嘉滿口答應。此事關乎天倫常情，他不敢怠慢，本想叫得勝前去葉府告知，轉念一想，為了顯示自己的誠意，他親自前往葉府。

葉清池趕到北京，恰恰來得及見上老太太最後一面，老太太一見大兒子，笑出一臉的菊花，握住大兒子的手，話未出口就溘然長逝。辦完喪事回到廈門，葉清池第一件事就是到林府登門拜謝：「林先生，謝謝你，幸虧貴府有電話使我來得及見上母親最後一面，否則我的罪過就大了。見不上母親最後一面，將會成為我一輩子的痛。實在是太感謝您了！」

林爾嘉指著桌上的金色電話機微微一笑：「葉先生，你太客氣了。與其感謝我，還不如感謝電話機。你看，有了這西洋東西，萬事方便多了！這只是小試牛刀而已。葉先生請想，北京距福建幾千里，如果仍靠驛站傳遞，即使冒用特權八百里加急，也需要五六日才到。而電話，不到一分鐘就打通了。假設老夫人身在福州，福州到廈門只有七百里，騎馬也需多時。與電話相比，不知要慢上幾百倍！倘若做生意需互通聲息，這西東西件也能直達外洋，只需幾分鐘就能運籌帷幄於千里之外。由此可見，電話實乃生意人所必需。」

一番話說得葉清池甚是心動，他親歷了電話的神奇功效，卻仍是猶豫不決：「這西洋東西雖好，可魔法如此之大總讓人感覺有妖邪之氣。再者，架設電話線，橫衝直貫，破壞風水，實在讓人難以接受。」

林爾嘉這陣子一直在思考如何破除鄉紳對西洋物件的抗拒心理，國人認為西洋物件是妖邪之物的觀念根深蒂固，要一下子根除這種觀念實在不易。不過他早已經深思熟慮：「葉先生，您不妨比較一下，倘若我們兩人同時與英商做生意，你說誰更能搶佔先機？」

此話讓葉清池瞠目結舌，西洋物件是西洋人發明的，西洋人當然喜歡使用自己發明的物件，林爾嘉能夠從容用電話與西洋人商討生意事宜。相比這下，自己何等閉塞，何等被動！

眼見葉清池沉思，林爾嘉知道自己一番話起了作用，在生意人眼裡，利益高於一切，抓住這個關鍵問題一切皆能迎刃而解。只見葉清池一拍大腿：「既然電話如此先進，那我葉某再也不能閉關自守了！這樣吧，我給德律風公司入股十萬元！」

真是天助我也！林爾嘉高興地送走了葉清池，第二天馬上派人到葉清池家裝上了電話。此後葉清池逢人便講德律風的神奇功能，不遺餘力地宣傳電話風馳電掣之神速，他變成了電話機的活廣告，都無需林爾嘉苦口婆心四處遊說了。葉清池又拉了三個股東進公司，股金豐厚，公司猶如注入了強心劑，高速運轉起來。林爾嘉和葉清池經常在電話裡商討公司事宜，林爾嘉打趣道：「葉兄，如今聽到電話鈴聲，還會不會嚇一大跳啊？」

葉清池忍不住笑了起來：「林老弟，如今我不是被你感召了嗎？你就不要取笑我了！」

資金既已到位，林爾嘉著手派人去購買電話線材。哪知經理垂頭喪氣地回來了，說美國湯威公司答覆，由於產量下降，一時之間無法買到足夠的線材，需要耐心等待。林爾嘉有些發懵，廈門除了湯威公司有售電話線材，別無他家。難不成要眼睜睜地等上個一年半載？開股東大會時，他希望眾股東想些辦法從其他管道購買電話線材，有說到福州購買的，有說到上海或天津購買的。林爾嘉道：「遠水解不了近渴，況且外地電話線材價格我們不熟悉，還得派業務員前去探詢，加上運輸費用等等，最便捷實惠的做法還是在本地購買。但願湯威公司早日到貨。」一時之間股東也難以做決定，只得一方面派人加緊與湯威公司聯繫，另一方面派業務到外地調查電話線材市場。

那邊藤野太郎和川北公司的人在把酒言歡：「我們扼住林爾嘉的咽喉，看他還怎麼把肉往下嚥。」

經過一番努力，廈門德律風公司決定向福州恩比公司購買一批電話線材。接到情報，川北公司的人慌了：「太郎君，您說這下怎麼辦才好？」

藤野太郎鎮定自若：「你馬上派人前去與德律風公司協商，說你們公司已到貨，願意以低一點的價格售與他們。」

對方有些不解：「太郎君，這樣我們之前的心思不是全部白費了嗎？」

藤野太郎狡黠地眨了眨眼睛：「你們售與德律風公司的電話線材必須是最上乘的，知道嗎？」

對方愣了一下，突然醒悟了過來：「明白了，太郎君。」

德律風熱火朝天地將買回來的電話線材鋪設開來。今天是試運營的第一天，鈴聲一響，接線員接起電話：「喂——」電話裡嘈雜不堪，根本聽不清對方在說些什麼。不僅僅一台電話如此，其他電話也均是如此。林爾嘉愣住了，好半天才咬牙切齒地從嘴唇裡蹦出一句話：「我們上當了！湯威公司賣給我們的是低劣電話線材！」

一想到那些低劣的電話線材不僅要全部報廢，而且還要費請人力拆除再重新鋪設，所有的心血付之東流，股東均破口大罵湯威公司。

林爾嘉強打精神：「要跟湯威公司打官司談何容易？搞不好賠了夫人又折兵。我看咱們還是吃一塹長一智，抓緊時間做我們的實業要緊。」

眾人七嘴八舌：「就這樣便宜了湯威公司？」

「誰叫我們技不如人？哪天我們的技術人員技術比對方精湛，那一天我們就絕不會再吃虧。我看當務之急的不是跟湯威公司計較，而是高薪聘請內行資深的工程師和技術員。」

葉清池略一思忖，馬上推薦了個人選：「我認識一個日本技師，為人很正直，是電話線材這方面的行家，我看就聘請谷田先生最為合適。」

「不行！林爾嘉斷然拒絕，他剛剛吃了日本人的大虧，一聽說技師是個日本人就本能地排斥，

「誰敢保證他不是川北公司的間諜？退一步說，即使不是間諜，誰敢擔保他日後不被川北公司收買？」

葉清池急了：「你不要一朝被蛇咬，十年怕草繩，放眼望去，除了谷田先生沒有合適的人選，難道就因為他是日本人而不聘用他，讓公司繼續處於癱瘓狀態？」

「病急亂投醫說的就是你這種人，我看這件事急不得，要從長計議。」林爾嘉反唇相譏。

葉清池勃然變色：「谷田先生是我多年的老朋友，我以身家擔保，他絕不會做出背叛我的事情來。你要是執意不肯聘用谷田先生，那我退出德律風公司好了。」葉清池急於讓德律風公司翻身，大力推薦好友谷田，並不惜以去留相爭。

林爾嘉被將了一軍，他知道，好不容易將葉清池爭取過來，如今若因此事而導致葉清池退股，對德律風公司來說是致命的打擊。現在公司比以前更需要葉清池的支援，想到這，他只好讓了步：「那好吧，就聘任谷田先生為德律風公司的首席技師。不過我醜話放在前頭，要是谷田先生今後做出對不起公司的事情，那一切責任由你承擔。」

葉清池拍著胸脯慨然答應。憑他與谷田多年的交情與閱人經驗，他相信自己不會看走眼。他興沖沖地來到谷田的住所，發出自己的邀請。不料谷田卻道：「清池，你也知道，我來中國的目的是為了領略中國的風土人情，至於電話技術只是我的業餘興趣，我也不需要靠工作來養活自己，家父的遺產足夠我一生無憂，你還是另請高明吧。」無論葉清池如何磨破嘴皮，谷田就是不肯答應。其實谷田還有另一層顧慮，就是自己若加入了德律風公司，那川北公司的人必定對他恨之入骨，責怪他身為日本人為何不幫助自己人，反而背離自己的立場去幫助中國人，他不想陷入那樣的兩難境地。

第二天，林爾嘉詢問葉清池：「怎麼樣？谷田先生什麼時候可以來上班？」葉清池一張臉像蔫掉的茄子：「別提了，你不想聘用人家，人家還不想來上班呢……」聽了葉清池的一番話，林爾嘉猜到了谷田的顧慮：「晚上，我和你一起上谷田家吧。希望他能被我們的誠意感動。」

在谷田先生的住所，林爾嘉看到了各種稀罕的西洋奇巧物件，相信谷田肯定能勝任技師一職。他很誠懇地請求：「谷田先生，在甲午戰爭以前，中國是日本的榜樣。可甲午戰爭後，日本成為中國奮起直追的對象。現在，就請您幫助一下中國吧！葉先生反復向我說，您是一位正直的知識份子，他甚至不惜以離開德律風公司相威脅，要求公司一定要聘任您。谷田先生，答應我們的請求吧，希望您的幫助能改善我們德律風公司的處境！」

谷田先生有些心動，但一想到川北公司，他又動搖了：「林先生，非常感謝您的信任。這件事容我再考慮考慮吧。」

此後，無論林爾嘉多忙，每晚必到谷田家與他談古論今，有時也下下棋。就這樣持續了一個月，谷田終於被感動了：「林先生，你是我見過的最有韌性的一位中國人！好吧，我答應你的請求，技術無國界！」

谷田的到來，猶如給病中的德律風公司送來了靈丹妙藥。通過谷田的管道，公司買到了一批精良的電話耗材。終於，電話裡傳來了清晰的通話聲……

第二十章 贖我臺灣

乃木希典面對臺灣的抗日活動焦頭爛額，放出風聲要轉讓臺灣。林維源愛國心切，被騙子潤崎三郎騙去一百萬兩白銀。林維源吐了兩次血，回到府裡，又吐了兩次，大銅盆裡梅花朵朵令人觸目驚心。躺在床上，他悲憤交加擊節長歎：「臺灣之膏血從此悉數送人矣！」

乃木希典面對臺灣的抗日活動焦頭爛額。今天軍用物資被搶，明天日本人被暗殺，後天日本人在商店裡買完東西背後被人吐口水。這些都還在其次，關鍵是臺灣滿目瘡痍，他們搶來的是一個爛攤子。鐵路修了一小截，如同廢棄的爛盲腸。煤礦像一隻隻空洞無神的眼睛。糖業、樟腦業、米業、鹽業等產業交接情況錯綜複雜，所有專案都等著他們往裡面扔錢。扔呀，扔呀，許久了還聽不見迴響。要讓這些產業全部復興，需要的是一個令人咋舌的天文數字。

乃木希典每天騎著戰馬，來往於臺北各街道。他想跟沿街的老百姓套個近乎，試圖用一個善意的微笑來拉近彼此的距離。可是，老百姓從不給他這樣的機會，他的笑容還未展開，老百姓有的別過了臉，有的一臉冰霜，有的從眼睛裡射出仇恨的怒火。乃木希典的笑容僵在臉上，像一條垂死的魚。儘管日本人悉心炮製了日本和臺灣人民同根同源的理論，論文連篇累牘地發表，廣播裡喋喋不休，臺灣百姓還是對日本人抱著本能的敵視態度。你是涇水，我是渭水，咱們涇渭分明，根本不可能混在一起，即使勉強混在了一起，依舊是這一卷波浪排斥那一卷波浪，那一卷波浪更為洶湧地覆蓋另一卷波浪。

短短半年時間裡，野心勃勃的乃木希典好像老了十歲。他剛來臺灣時，正值年富力強，現在竟然兩鬢斑白。他時時哀歎：「臺灣這個攤子不好收拾呀。」總督府各辦公室為臺灣的建設如何進行爭吵不休。

流言四起。

乃木希典走進總督辦公室，「啪」地來了個立正，朝著牆上的太陽旗敬了個標準的軍禮，高聲將國歌唱了一遍，又朝天皇像深深三鞠躬，才走到辦公椅旁坐下。這是他每日必進行的個人儀式。他已是日本派往臺灣的第三任總督了。「我吩咐松下八點鐘來向我彙報追捕臺北抗日分子情況，怎麼到現在還沒來？」他抬起頭看了看鐘錶，不滿地皺了皺眉毛。

秘書趕緊道：「我再打電話催一催。」他正要拿起話筒，突兀而響的鈴聲嚇了他一大跳。他定了定神，拿起話筒一聽，不禁臉色大變：「什麼？松下隊長被暗殺？正送往醫院急救？」

乃木希典一把搶過話筒：「松下傷勢到底如何？」

那邊的回話結結巴巴：「恐怕是凶多吉少……」

「八格牙路！」一向以貴族舉止要求自己的乃木希典再也抑制不住內心的狂怒，高聲爆了句粗

口。連同松下算在內，日本派駐臺灣的軍人、官員死傷在抗日分子手下已有三千二百三十一人。

「走，到醫院看看松下去！」

司機趕緊一溜小跑去發動車子，卻頹喪地發現右後邊車胎被人用鐵釘紮得扁扁癟癟地貼在地上。「報告長官，車胎被人紮壞了，需馬上維修，請長官稍等！」

「又是那些抗日分子幹的好事！崗衛都是死人嗎？連抗日分子摸進來搞破壞都不知道！要是他們放顆定時炸彈在車上，本督今天不是要死於非命？」乃木希典咆哮著從腰間抽出雪白的戰刀用力一揮，旁邊那盆開得正豔的菊花霎時被攔腰截斷。他猶不解恨，一口氣劈了數十刀，刀光勢如長虹，狹長的菊花花瓣被戰刀淩空削成無數碎片，黃蝴蝶般紛紛揚揚飄落在地。他氣急敗壞地回到辦公室。所有的崗衛都嚇得臉色煞白。昨晚，除了一個洗車工進來洗車以外，連一隻蒼蠅都不曾飛進總督府。沒想到那個老實巴交的洗車工竟也是個潛伏的抗日分子，真是令人防不勝防！崗衛隊長急令到洗車工住處抓人，洗車工早已逃之夭夭。崗衛隊員將洗車工住處的鍋碗瓢盆砸了個稀巴爛，桌子掀翻了，椅子折了腿，卻變不出活人來，只好畫了肖像張榜通緝洗車工。

乃木希典冷靜下來以後，不禁倒吸了一口涼氣，到處都是敵手，到處都是暗箭，隨時從任何一個意想不到的地方向他射來，直逼他的心窩。他從未如此強烈地感受到這樣的孤立無援，自己猶如坐在一座火山上，隨時都有爆發的危險。他長長吁出一口氣，鋪開紙張抓起筆寫道：「尊敬的首相閣下：自我大日本帝國接管臺灣以來，遭到臺灣刁民不斷偷襲，我方官員、軍警等死傷兩千多名。我帝國官兵雖以極大隱忍和犧牲精神艱難管理建設臺灣，然臺灣匪徒囟戾成性，即使負傷極重，只要尚有殘喘，都拼死抗拒，不肯束手就擒，有身中五六彈者尚持石塊奮擊我方者，不計其數……再加上當局財政入不敷出，對臺灣管理陷入重重困境，形勢極為嚴峻。臺灣對日本作用不大，也不好管理，建議將臺灣賣給英國或法國，以甩掉這個沉重的包袱。懇請首相裁決。祈盼回音。」

伊藤博文首相手拿乃木希典的報告在辦公室來回踱步。他溫文爾雅，戴一副金絲眼鏡，乍一看還以為是個學者。這已是他收到乃木希典要求賣掉臺灣的第三份報告了。之前收到的兩份，他都嚴加斥責，這乃木希典也真是糊塗，大日本聖戰士流血犧牲得來的臺灣豈有輕易轉手之理；若真的轉手了，豈不是國威掃地？

如今乃木希典又來了第三份報告請求，不得不讓他慎重考慮。他非常瞭解乃木希典的品性，乃木希典是日本一名驍將，做事極有闖勁，不到萬不得已絕不會出此下策。連乃木希典這樣的驍將都請求將臺灣轉讓，可見臺灣的管理實在讓人撓頭。

伊藤博文召開了內閣會議：「大家議議看吧，臺灣究竟是轉讓呢，還是不轉讓？」

財務大臣一馬當先：「我看轉讓最好。為了臺灣，去年撥款七百萬元，今年撥款六百萬元，明年後年還得繼續拿錢往這個看不見底的窟窿裡填。臺灣是個沉重的包袱，倘若它是一塊肥肉，清政府哪有那麼容易捨棄之理？」

經濟產業大臣隨聲附和：「我也支持轉讓。單單臺灣的糖業，我們就投入了一百萬元，如今帝國正是用錢之時，財政應該用在緊要軍務上，不要再往那個無底窟窿裡面填銀錢了。」

伊藤博文微微頷首。

外務大臣「霍」地站了起來：「我強烈反對。臺灣來之不易，多少聖戰士為它獻身！如今碰到一點點困難，投降主義就抬頭了！聖戰士的血還未冷卻啊！轉讓臺灣對得起他們嗎？」外務大臣痛

心疾首。

「臺灣地處海上要塞，是帝國今後經濟的生命線。萬萬不可做鼠目寸光之事。今日若將臺灣轉讓，來日必後悔莫及。」防衛大臣著急地反對，說話擲地有聲。

伊藤博文不置一詞，從會議開始，他就一支接一支地抽著雪茄。十四名大臣中有七支煙桿，會議室早已煙霧繚繞。他一貫很重視防衛大臣的意見，防衛大臣為人精明思維縝密，一番話確實引人深思。

防衛大臣的話惹得財務大臣激動起來，聲音提高了八度：「坐著的不知站著的腰疼！為了面子問題死抱著臺灣這個大包袱不放！帝國正處於聖戰期，多把一日元放在聖戰士身上，就多一分勝利的希望！好鋼需得用在刀刃上，不要老是瞄著臺灣這個彈丸小地！」

雙方都說得很在理，委實令人難以裁決。伊藤博文感歎一聲：「這個問題之所以拿到內閣上來議，實在因為來自臺灣的呼聲太高。乃木希典總督的報告中極言戰士強烈歸鄉之意，臺灣目前百業蕭條，生活條件艱苦，那些被抗日分子暗殺的戰士家屬更是盼望著早日離開傷心之地。臺灣究竟轉讓還是不轉讓，我們就投票表決吧。贊成轉讓臺灣的舉手。」

竟有八隻手高高舉起。面對這令人尷尬的表決結果，官房長官遲遲不敢將結果記錄下來，他求助地望著首相。

持反對意見的防衛大臣等人滿臉憤懣之色：「總有一天，你們會後悔的！」

伊藤博文安撫他：「您不必激動。轉讓臺灣不是易事，中間充滿變數，結局如何誰都不可預知。就暫時按表決結果行事吧。外務大臣，您先派人與英國、法國接觸一下，瞭解一下兩國對臺灣有無興趣，開價多少。」

林維源在鼓浪嶼林氏府的院子裡曬太陽。忽然，遠處兩頂轎子疾疾而來，其中一頂轎子裡面的人將簾子一掀，瞧見了林維源，遠遠地喊道：「時甫兄！好消息！天助我也！」來人是從臺灣避居泉州的姻親——晉江舉人莊正。四個轎夫額上汗水涔涔，全身上下散發出刺鼻的汗酸味，衣服上風塵僕僕，想必是急急趕路的結果。

莊正下得轎來，介紹另一個從轎子裡鑽出來的中年人：「這是省政府的宋秘書！」莊正緊緊握住林維源的手，一時之間激動得說不出話來，眼淚直在眼眶裡打轉，只是一味地強調：「好消息，好消息！」

林維源輕撫他的後背：「莊老弟，到底是何好消息，讓你激動得這樣！」

莊正總算把話說出來了：「日本人在臺灣處處碰壁，聽說他們想把臺灣轉賣呢！」

「真的？」林維源兩眼炯炯放出光來，就像許久沒有燃燒過的火爐重新又擁有了熱量，可惜不一會兒就黯淡了下去，「這消息恐怕不真切罷？一群野獸好不容易搶到了一塊肉，哪有輕易將它拋棄的道理？」

「非也，非也。不是拋棄，是轉賣。」宋秘書拿出一紙公文，上面省政府的大紅印章分外醒目，林維源接過來細細讀過。

「有沒有聽說什麼價錢？」林維源想，日本人恐怕會獅子大開口呢。

宋秘書道：「目前局勢撲朔迷離。聽說日本人想將臺灣賣給英國人，也有風聲說想要賣給法國

人，更有說要賣給俄國或荷蘭的，目前只知道他們正在談判，內幕究竟如何並不清楚。」

「也就是說，我們要跟英國人、法國人甚至俄國人、荷蘭人競爭了？」林維源好像被打了一劑強心劑，佝僂的腰也挺直了，臉上的白鬍鬚也根根精神抖擻。原以為已經枯死的那顆心好像又復活了，冉冉升起一絲希望。臺灣！臺灣！要是能夠把你贖回，繼續在這塊土地上生活，你要我付出什麼樣的代價我都願意！

「情況不容樂觀，還需多方打探。不過日本人所要價格肯定不菲，至少要在一千萬兩銀子以上。時甫兄，我再去打探消息，你利用這段時間好好將自己的資金聚攏聚攏，以備不時之需。」莊正和宋秘書又急急忙忙上路了，他們還要多方奔相走告籌集資金。

「阿爹，您這麼急把我從福州召回來，究竟有什麼大事？」林爾嘉坐到阿爹身邊。花園裡百花盛開，父子兩人坐在玲瓏秀氣的八角小亭裡，亭周圍的流水歡快地淌著，晶瑩剔透，景色雖美，兩人卻都無心觀賞。林維源彷彿返老還童，重新煥發出青春活力：「嘉兒，聽聞日本準備轉讓臺灣，你吩咐各號回攏資金，必要時盤點店面，低價出售，務必湊足四百萬兩銀子。」

「阿爹，我覺得此舉要慎重，還望阿爹三思。臺灣目前是一個大爛攤子，到底有沒有贖回來的價值？與其費盡九牛二虎之力贖回爛攤子，不如將這筆資金在大陸投資實業，富國強兵，再一舉討回臺灣，豈不是兩全其美？再說了，臺灣本就是我大清領土，何來贖回一說？」

兒子的話讓林維源十分生氣：「這種大逆不道的話你也敢說出口？大清國朝政糜爛，強國之日遙遙無期，如今有大好機會贖回臺灣，萬一錯過我等豈不是成為千古罪人？國難當頭，自當有錢出錢有力出力。嘉兒，你以前也不是重利之徒，何以今日如此在乎銀錢？」林維源現在滿腦滿心都是「臺灣」二字，根本聽不進任何其他意見。

見阿爹誤解自己，林爾嘉漲紅了臉據理力爭：「阿爹，臺灣真的不值得贖回。你想，日本鬼子虎狼之心，欲壑難填，今日你用一千萬兩銀子將臺灣贖回，說不定明天槍炮又向臺灣轟來，到時臺灣照樣要受日本人蹂躪。」

林維源氣得拍桌子：「你怎麼變得如此畏首畏尾？淨長他人志氣，滅自己威風，對時局悲觀失望，把全台百姓看作是刀俎上的魚肉任日本人宰割，你以為他們都不懂得反抗嗎？」

林爾嘉蠕動著嘴唇還欲爭辯，林維源厲聲喝道：「不要再說了！就這麼決定，你立刻行動，去通知各號收盤，做變賣的準備！」

林維源將三房六號的總管都叫攏來，命他們報上各號的流動資金數量。加起來總共一百多萬兩銀子。這個數目遠遠不夠。林維源沉吟了片刻，問道：「如果將所有存貨降價拍賣、所有店鋪轉手、所有器械轉讓，這樣能不能湊夠四百萬兩銀子？」

各號經理和書辦黑壓壓站滿了整個客廳，滿臉均是不情願抗拒之色。賣掉產業，無異於殺雞取卵！此舉不僅使林家難以維持日常生活，而依靠林家吃飯的所有人都得失業去喝西北風！

林維得帶頭反對。

呂世宜反對。

各管事紛紛反對。

各分號的經理、經紀人、帳房、簿記都急得跳腳。

林維源恨得咬牙，眼裡幾乎要滴出血來：「你們都反對我這個老頭子來著？你們呀！」他舉起手中的拐杖惡狠狠地指向每個人的額頭，「你們都只顧個人飯碗，只考慮自家妻兒，有沒有想過臺灣百姓妻離子散，掙扎於水火之中，急需我們伸手援救？」林維源激動得直喘粗氣。

眾人面面相覷，終於，林熊徵壯起膽子道：「大伯，臺灣時局變幻莫測，我們是否靜觀其變，免得全部家產付之東流？板橋林家已經歷過一次大折騰，再也經不起第二次折騰了！」

林維源吼道：「什麼叫靜觀其變？你們是叫我眼睜睜看著臺灣從日本人手裡轉讓到英國人手裡或者法國人手裡是嗎？」

眾人還欲反駁，林維源用力一擺手，把大家的話頭齊齊斬斷：「你們不要再說了！這事沒有商量的餘地！時機不容錯過，倘若我們一遲疑，臺灣被轉手賣給俄國人或荷蘭人，到時我要遺恨終生！」他這陣子腦裡心裡只有「臺灣」二字，全然聽不進其他的，若有反對意見，必定橫眉冷對看得你心生羞慚無地自容。三夫人深知老爺不輕易發怒，一旦發起怒來如電閃雷鳴讓人頭破血流，想到老爺這期間情緒大起大落極難伺候，三夫人不禁幽歎了一聲。前幾日老爺急火上炎，筋脈糾結腰部不能轉動自如，三夫人請了醫生替老爺拔火罐，沒想到今日火氣依然不減。

林家產業拍賣有的順利進行，有的則慢慢吞吞，因為林維得捨不得的緣故。林維源親自督促，他彷彿重返少年青春，身上有使不完的幹勁兒，親到各店鋪督促拍賣事宜。林維得流著眼淚撫摸著櫃檯，林維源道：「臺灣就如我們生身母親，為了讓母親早日回到我們身邊，還有什麼捨不得的呢！」林維得眼睜睜地看著別人將店鋪門換了鎖，換了新的招牌，心疼得直跺腳：「哎呀，可以賣三倍的價錢，為了拿現銀，竟然只換回了三分之一，大哥你不心痛我還心痛呢！」

林維源把弟弟的話當耳邊風，與莊正一起到處遊說鄉紳募捐。每到一處人家，林維源必先表態：「為了贖回臺灣，我林某願出四百萬兩銀子！砸鍋賣鐵也要湊足四百萬兩！剩下的六百萬兩，還望眾人拾柴火焰高，早日湊足這筆銀子將臺灣贖回！」

不久之後，日本天皇將首相伊藤博文叫去大聲訓斥：「聽說內閣有意轉讓臺灣？你們還有沒有武士道精神？遇到一點困難就想臨陣脫逃？真是鬼迷了心竅！你們也不想想，臺灣土地上沾了多少聖戰士的鮮血，必須讓這些聖戰士的鮮血在臺灣島上開花！懂嗎？開花！」

伊藤博文雙膝一碰，大聲答了聲：「哈依！從今日起，對臺灣實行鐵血政策，把那些不服皇化的臺灣人全部處死；再用懷柔政策去感化漢民中願意依附天皇的順民！」

李鴻章府邸，身穿西裝、手持文明棍的乃木希典與著一品頂戴、身穿黃馬褂的李鴻章相對而坐，身後各自的隨從寸步不離。

「甲午條約既已簽訂，臺灣就屬大日本管轄，也不知何處傳出謠言，說我日本帝國要轉讓臺灣，有些不法富商蠢蠢欲動，希望李大人嚴加整飭，不要平白無故生出是非才好。」乃木希典一番話四平八穩，可怎麼聽怎麼都有一股威嚇的味道。

李鴻章息事寧人：「總督的話我會公告天下。中日兩國自古為睦鄰之邦，近年雖小有摩擦，但理應化干戈為玉帛。鴻章一直主張和局，望總督相信我的誠意。」

「那就好，本督告辭了。」乃木希典躬身致意。

林維源拖著病體，親自到錢莊督促盤點情況。此時集中到他手中的銀子已有二百萬兩。

「嘉兒！你那邊情況究竟如何？」

「阿爹，除了什號和錦號因對方出價太低而捨不得拍賣以外，其餘資金已全部回攏。」

「也好，離與日本人交割尚有一段時間，可以容什號和錦號尋一個較好的買家。現在你先把已回攏的銀票給我。」

「阿爹，我帳目尚未核對清楚，稍假時日我再拿給你。」林爾嘉使了個緩兵之計。

「你動作要快一點。」林維源催促道。他有些不滿。

以莊正、林維源、葉春、周蓮為首的十八位官紳組成了「贖買臺灣基金會」，基金會欲籌一千五百萬兩銀子，其中林維源慨然允諾捐資四百萬兩，眾人又陸陸續續捐了大概三百萬兩，現在尚有八百萬兩的缺口。宋秘書一直敦促著事情的進展。

作為基金會代表，林維源主張早日與日方代表潤崎三郎談判，免得夜長夢多，日久生變。雙方約在廈門會館見面。

宋秘書道：「尊敬的大使先生，由於省長公務繁忙到北京公幹，今日談判一事由我全權代表。聞聽貴國有意轉讓臺灣，那麼由我大清贖回理所當然。不知貴國打算以什麼樣的價位出售呢？」

潤崎三郎詭異一笑：「買賣之事，自然要看哪一家買方出價最高就賣與哪家。目前英國與法國也十分有意於臺灣，我們正在多方洽談。」

林維源有些著急：「大使先生放心，我們的價位必在英國、法國之上。」他一心想著早日贖回臺灣，猶如一個心愛的幼兒被拐賣的老父不惜一切代價都要贖回幼兒一樣，往日做生意時討價還價的精明蕩然無存。

「不知你們打算以什麼樣的價位收購臺灣？」潤崎三郎顯得有些高深莫測。

林維源以驕傲的口吻報出了數字：「我們打算以一千五百萬兩銀子贖回臺灣。」

潤崎三郎心中暗喜，英國出價一千萬兩銀子，法國出價九百萬兩銀子，林維源的價位遠遠超過二國。他故意裝出一副遺憾的樣子：「英國出價一千六百萬兩呢。」

林維源明知潤崎三郎謊報價位，可他贖台心切，此舉只許成功，不許失敗，惟恐臺灣流落英國人手中，他心一橫，咬咬牙道：「一千六百三十萬兩銀子。我們最高價位只能這樣了。您也知道，我們國家目前積貧積弱，這一筆銀子對我們來說已經是極大的負擔，若再抬高就超過極限了。」

潤崎三郎裝作為難的樣子道：「我只負責洽談，最終決定還要請示我們的首相先生。看在您這麼有誠意的份上，我可以在首相面前為貴國多多美言幾句。只是，英國承諾以現金交易，我希望若與貴國買賣成交的話，你們也能一次性付清銀子。」

林維源被潤崎三郎一把擊中要害，說話不免吭吭哧哧起來：「能否容我們分三次付清？目前實在是無此財力。」

「不行。」潤崎三郎斷然拒絕。

宋秘書道：「大使先生，茲事體大，容否慢慢商量？」

眼看潤崎三郎就要拂袖而去，林維源急忙道：「尊敬的潤崎三郎先生，我們願先交納四百萬兩銀子的定金，以示誠意。」他把手伸向兒子：「把銀票拿來。」

林爾嘉不情願地把銀票拿出來，林維源定睛一看，不禁大怒：「我吩咐你要準備四百萬兩，你

昨晚滿口說準備好了，今天怎麼只有兩百萬兩？」

林爾嘉一梗脖子：「阿爹，我還是覺得臺灣根本沒有贖回的價值。它本就是我們大清的領土，掏錢買自家的東西，實在是天底下莫大的笑話！」

潤崎三郎怒目相視：「既然你們沒有誠意，那我就告辭了。」

要是在林氏府，林維源早就咆哮起來了，他不想在日本人面前過於失態，強忍心中的怒氣，一把將兩百萬兩的銀票塞到潤崎三郎手中：「先生請息怒，犬子不識大體，讓先生見笑了，回頭定將另外二百萬兩銀子補上。」

潤崎三郎抑制住心中的狂喜，驗了驗銀票，小心翼翼收入公文袋裡，對秘書和保衛做了個「撤」的手勢就要離開。林爾嘉叫道：「且慢。先生，請立一張收據給我們。」

潤崎三郎假意道：「好的，是應該立一張收據。」他邊寫收據邊暗笑：「一張廢紙罷了。」寫完以後一聳肩：「忘記帶印泥了，抱歉。」

林爾嘉一臉冷峻，從公事包裡掏出漳州八寶印泥打開遞過去：「我這裡有。」

潤崎三郎悻悻地接過印泥，伸出右手大拇指蘸了蘸，在收據上摁下了手印。林維源如獲至寶接了過來。送走潤崎三郎，宋秘書用力握住林維源的手：「林先生，我代表省政府感謝你！」

回到林氏府，震怒的林維源命令林爾嘉跪下，厲聲訓斥：「我先問你，你到底是不是臺灣人？」

「是。」

林維源冷笑道：「你答得倒乾脆。幸好你還知道自己是臺灣人。我還以為你忘了呢。既是臺灣人，為何不為贖回臺灣出力？你那二百萬兩銀子究竟回攏了沒有？」

父子倆正劍拔弩張，三房的林彭壽風塵僕僕從上海趕了回來，他雙手奉上一堆銀票：「阿叔，我一接到通知說要盤點銀錢準備贖回臺灣，急忙湊了三十萬兩銀子，請阿叔過目。」

林維源抖著銀票跺腳道：「嘉兒，你瞧瞧，你瞧瞧，你堂弟都能同心同德為我分憂，你身為長子還來拆你老父親的台，虧我這麼多年把一腔心血都花在你的身上！」他越說越痛心。

林彭壽詫異道：「堂哥這是怎麼啦？」

五夫人抱著小祖壽，嘴一撇：「你問你堂哥自己好啦。」

話音未落，一身和服的藤野原子踩著木屐滿頭大汗出現在大家面前，眾人臉上都變了色，紛紛把目光箭一般地射向林爾嘉。

林爾嘉急了：「原子，你幹嘛跑到林氏府來？你來得可真不是時候！趕緊回去！」

原子比林爾嘉更急：「林公子，出大事了！」

「天塌下來我也不管！你先回去吧，有什麼話以後再說。」

原子看了看眾人，生生嚥下堵在喉嚨裡的千萬句話，向大家鞠了個躬，默默地走了，清脆的木屐聲彷彿敲打在眾人的心上。

林爾嘉一昂頭：「阿爹，我先前的話都是假的。我根本沒想過變賣資產。相反，我還把手頭的所有流動資金全拿去投資房地產了。」

聽到此言，林維源只覺一口氣喘不上來，胸口劇烈疼痛，張大嘴巴拼命呼吸，最終仰頭往後倒了下去。林彭壽急忙上前扶住，大叫：「快給醫生打電話！」

五夫人嚇壞了，嘴裡喃喃念道：「大道公保佑！大道公保佑！」

林爾嘉慌了手腳，趕緊爬起來想攙扶阿爹，被五夫人一把推開：「你阿爹要是被你氣死了，你就是林家的大罪人，全家都饒不了你！」林爾嘉萬箭穿心，呆呆地站著，兩行眼淚流了下來。

第二天，林維源精神剛剛好些，就強自吩咐備車到了基金會，將預交定金的情況說了：「林某慚愧呀！本來四百萬兩定金我準備全出了，只是犬子的二百萬兩銀子尚未回攏，我看只有從基金會先提取二百萬兩銀子補上缺口，不知各位意下如何？」

「林公身為表率，我們豈有反對之理？」當下莊正、周蓮、葉春等人紛紛表示贊同。莊正捋了捋鬍鬚：「只要我們團結一心，贖回臺灣至少有六成的把握。」

林維源斬釘截鐵道：「不，贖回臺灣一事我們要有十成的把握。」

門突然「哐啷」一聲響，林爾嘉氣喘吁吁地闖了進來：「此事萬萬不可！我看日本鬼子是一頭貪得無厭的豺狼，白花花的銀子到了他們手中是肉包子打狗有去無回！」

林維源見兒子又趕來阻撓生事，氣得渾身打顫，大喝一聲：「林爾嘉！」

眾人驚疑不定地望著林爾嘉。莊正問道：「此話怎講？」

「日本人與英國、法國多方談判，根本毫無誠意。據我判斷，日本內閣最終不會同意轉讓臺灣。到口的肥肉他們斷斷不會再吐出來！即使肉裡的刺再多，他們也會千方百計想辦法將刺嚼爛吞了！再說了，英國、法國忙於擴張勢力，且對日本人心存疑慮，對購買臺灣一事並不熱衷，我們不妨先緩一緩，靜觀其變。」

眾人聽了覺得有理，討論了一番，決定暫時不交贖銀。出了基金會，林維源臉氣得漲成豬肝

色，絲毫不理睬林爾嘉，甩袖而去。林爾嘉追在後面叫：「阿爹，阿爹！」林維源也不回頭：「你別叫我爹，我沒你這麼孝順的兒子！」

藤野太郎聞聽林維源的舉動，冷笑道：「這老匹夫真是癡心妄想！哎，可憐的人總是愛做夢，那就讓他做去吧！等到肥皂泡越吹越大，到時『嘭』地一聲爆裂，那才有好戲看呢！」

贖銀已經募捐到近八百萬兩，林維源興沖沖地前去拜見李鴻章大人，希望李大人能出面主持贖回臺灣事宜。林維源熱切道：「李大人，聽聞日本有意轉讓臺灣，在下斗膽請朝廷出面買回臺灣，其中不便之處可請英國人斡旋。」李鴻章顯得十分驚詫：「太后老佛爺從來沒有這方面的打算呀！臺灣得之不能守，形勢緊要不比遼東。現在遼東吃緊，太后撲得了頭上的火撲不了腳底下的火，自顧不暇，哪裡有心思買回臺灣呢？」

轉讓臺灣之事不了了之。宋秘書和潤崎三郎人間蒸發了一般，遍尋不見蹤影。林維源當頭挨了致命一棒，呆若木雞，到處瘋狂找人，他們到省政府問過了，根本沒有宋秘書這個人。莊正捶胸頓足：「時甫兄，我真的不知道宋秘書是一個騙子呀！他找上我自報家門，一副衣冠楚楚的模樣，我做夢也想不到這是個騙局！」林維源拿著收據到廈門的日本使館要求退還二百萬兩銀子，大使滿臉堆笑：「林老先生，我想你是上當了，我方從未委派潤崎三郎這個人與貴方洽談轉讓臺灣事宜。你若找到此人，我們定當責令他退還從林老先生手上拿走的銀子。」

一路上，林維源吐了兩次血，回到府裡，又吐了兩次，大銅盆裡梅花朵朵令人觸目驚心。躺在床上，他悲憤交加擊節長歎：「臺灣之膏血從此悉數送人矣！」

聞聽計畫夭折，林家人有的怨有的歎。歎的是臺灣不能贖回，怨的是那兩個沆瀣一氣的騙子，

林家已將產業悉數拍賣，現在要將產業重新買回，恐怕要費上不止雙倍的價錢。一來二往，林家損失慘重。可眼見老爺長吁短歎，那剛剛挺直的腰更深地佝僂了下去，眾人只好捂住自己的嘴，不敢在老爺面前發半句牢騷。

晚上，下了一場大雨。林維源摒退下人，他踽踽獨行來到海邊，默默站在雨中。大雨啊，你盡情地下吧！假如你能一洗大清朝的恥辱，就是把我澆化了，我也心甘情願！他本已酒後發冷，此刻卻渾然忘記了寒冷，好像雨淋得越厲害，全身就會越輕鬆似的。半小時後雨歇了，一彎慘白的下弦月從雲海蒼茫處升起來。「哎，月兒呀，你何時才能圓呢？」

待家人好不容易將他找到，他的額頭已經滾燙，五夫人又是心疼又是埋怨：「老爺趕緊進去歇息，要是淋壞了這把老骨頭可怎麼辦才好呢！」經此一病，林維源的健康情況急轉直下。

見阿爹日趨沉默，林爾嘉變著法兒逗阿爹開顏。他很明白阿爹的心境，舊夢已破，新夢未成，到處瓦礫狼藉，器物播散，其現象之蒼涼，有十倍於從前。回想壯年時意氣風發，在臺灣政壇上商場上叱吒風雲，再對比現在山河破碎，老境頹唐，阿爹豈能不痛徹心肺！

林維源現在醉心於在鼓浪嶼上散步，那些七拐八轉上下左右的巷子，那些與天相呼的樹木與海相應的花朵，可以讓他暫時忘記晚年頹唐。他懂得兒子的一番心意，對跟隨在後的兒子擺擺手說：「爾嘉，你該做什麼事就做什麼事去，不要浪費時間來陪我解悶。我謹慎一生，試圖與每個人交好，如今日本人狠狠地將我們踩在腳底下，我才明白，有些人你根本無法跟他交好，他也不配與我們交好！記住，活在這個世上不是只為了讓別人說你是個好人的，該噴發熱血的時候就該振臂高呼！爾嘉，我為板橋林家操持了一輩子，總算無愧於列祖列宗，今後，振興林家的擔子就交到你身上了！」

正說著，姻親周蓮公來訪，林維源精神一振，周蓮公極具外交才能，多次出面交涉鼓浪嶼租界事宜，林維源極為讚賞。他忙令廚子備上一桌豐盛酒菜，將自己前日寫的詩吟給周公聽：「為語山前水，滔滔向別川，出山容易濁，莫負在山泉。為語山上雲，溶溶出岫去，出岫本無心，莫忘故山處。」

周蓮聽了，沉吟了一會，直言不諱地說：「親家，現在不是做詩的時候！」

林維源頹喪道：「親家，我已是花甲之年的人了，你還要我怎麼樣呢？屬於我的時代已經結束了，現在應該是年輕人登上舞臺的時候！你看爾嘉，我聽著他用熟練的日語反駁那些日本鬼子，瞧日本鬼子那目瞪口呆的樣子，那真叫一個痛快啊！我這一輩子，能把林家推向財富的巔峰，總算沒白活了！一句話，我自己都佩服我自己！可是，現在時代變了，時代是不會對一個耄耋老人留情的。該是我退出歷史舞臺的時候了！」

林維源是在七夫人產下他的第三個兒子後那一瞬間衰老的。七夫人是個喜歡自憐的女人，手指甲不小心刮到了，都要捧著那根蘭花指叫喚老半天，更何況現在為了生孩子去了鬼門關一趟回來，更是肆無忌憚地終日躺在床上呻吟。林維源卻再沒有力氣寵愛七夫人了。當劉媽把嬰兒的兩隻紅蝦米似的小手合在一處，說著恭喜老爺賀喜老爺的時候，他只是微微一笑：「等一下下去領賞銀吧。」他一下子老態龍鍾，變成了個耄耋老頭，腦袋裡那根繃了一輩子的弦終於鬆了下來，覺得自己一生的使命全部完成了。這個使命，花費了他四十年的光陰，比協助劉銘傳大人撫墾清賦等任務還更加艱巨。年齡是個最迷惑人的東西，它極具心理暗示性，當你覺得自己老了的時候，你一瞬間

就老了，覺得自己啥都幹不動了，甚至走路的時候還要扶著牆歇上幾歇。人就是在這滴答滴答的時間鐘擺與金屬的切割聲中，逐漸地失去一種叫做歲月的東西。

有一個聲音喊著他：林維源，起來呀，起來呀，可身子就是不聽使喚，這床鋪多軟多舒服呀，就永遠躺在這一片柔軟上面好了。他的身體，已經載不了這沉重的國仇家恨了。以前，他的老花鏡時不時地滑下來，他一次次地把它推上去，現在，他懶得再把它推上去了，乾脆把它摘了下來。

樹欲靜而風不止。在日本人掌控下的臺灣經濟觸角很快延伸到大陸華南、東南一帶，尤其是臺灣銀行，活動更是頻繁。自馬關條約簽訂後，通商口岸激增，西方列強的殖民主義勢力乘此建立了廣大而有力的支配權，他們以新式的銀行為工具，攫取中國金融市場進而統治中國經濟。盛宣懷積極創建大清銀行，其奏摺道：「銀行者，商家之事，商不信，則力不合，力不合，則事不成。惟有合天下之商力，以辦天下之銀行，但使華行多獲一分之利，即從洋行收回一分之權。」盛宣懷想到了林維源。這個林老夫子，當時不是一腔熱情想贖回臺灣嗎？既然臺灣贖不回來，那就借他的威望與影響，用那筆資金組建福建銀行吧！有福建銀行在，臺灣銀行就不會如此大肆染指大陸的各項經濟活動。

藤野太郎聽到消息後非常緊張，以林維源之威望之魄力，不知要在日方金融界掀起多大的風浪呢！乃木希典陰森森笑道：「林維源耄耋之年，我看他無力回天！」

林維源強撐病體連日奔波，他的身體像冬日的花園那樣一日日衰敗下去。躺在床上，猶要操心福建銀行籌建之事。有時想勉強起床，手在床沿上撐了幾撐，終究還是無奈地躺回了床上。

林維源從此纏綿病榻。此時大夫人和二夫人早已病逝，綠珠死於日本人之手，五夫人和七夫人忙於教養祖壽、柏壽、松壽，只苦了那六夫人。六夫人原本戲班底子出身，生性愛熱鬧，眼見家中一日比一日冷清，她有時蓄意找三夫人、四夫人吵架，三夫人、四夫人均回避著她，找不到吵架對手，她越發鬱悶起來。此時林府來了個門客盧風，是林爾嘉做房地產時認識的經紀人。盧風出過一趟西洋，一張三寸不爛之舌說起任何事來均是天花亂墜。他越是誇誇其談放大炮，六夫人就越是喜愛他，越愛往他跟前湊：「來，來，你再好好跟我說說那法蘭西香水兒究竟是怎樣釀成的……」

這日，六夫人房裡的胡媽驚慌失措地前來稟報：「老爺，不好啦，六夫人不見啦！」

「慌什麼？是不是上萬國俱樂部去了，有沒有去那邊找找？」林維源臥病在床，他確實沒有心思管六夫人。

胡媽甚是著急：「老爺，不是我大驚小怪，六夫人早上就不見了，往日她起床都要大呼小叫要我幫她洗漱，今天我等到日上三竿也不見六夫人喚我，我生怕六夫人病了，斗膽往她房門裡一瞧，裡面空落落的，衣服首飾都不見了。小的暗暗求幾個小廝到六夫人太慣常去的地方尋了個遍，實在不敢再瞞下去了，這才稟報了老爺。」

林維源心急之下咳嗽得更厲害了：「難不成她像當年懷訓一樣被綁票了不成？」

五夫人期期艾艾道：「老爺，賤妾多嘴，有句話不知當說不當說？」

林維源急了眼：「都什麼時候了，還什麼當說不當說？快給我說！」

「老爺，六夫人這陣子和那個叫盧風的經紀人打得一片火熱，往日那個盧風此時必到咱們府上，今日不見蹤影，也不知……」

林維源怒目圓睜：「你意思是六夫人和那姓盧的私奔了不成？」

五夫人低了頭不敢看老爺。

「奇恥大辱啊，奇恥大辱！我林維源風光一世，臨了竟落得小妾與人私奔的恥辱下場！這教我以後如何出去見人！」林維源用力捶著床欄，「哇」地一聲吐出一口鮮血來。

五夫人嚇得連忙上去安撫老爺的胸口：「老爺，你莫急，說不定六夫人上哪兒玩去了，晚上就回來。」

林維源眼角滴下兩滴渾濁的老淚：「你莫安慰我了，六夫人必定是跟著那姓盧的跑了。也難怪，她青春年少跟著我這糟老頭子，確實是委屈她了，去就去吧，不要再興師動眾追究了。你們幾個，若是覺得跟著我委屈，都可以自尋出路，我送你們一筆豐厚的銀子。」

他老境頹唐，說的話特別傷感，唬得眾多姨太太全部跪了下來：「老爺切莫如此說，賤妾無地自容了！我們生是老爺的人，死是老爺的鬼，老爺莫再說這些傷感情的話！」

是夜，林維源一夜無眠，莫大的恥辱把他整個人燒灼得幾成焦炭。秋雨連綿不絕，冷冽雨水從屋簷下滴落，答答作響，如鞭子一樣鞭鞭抽在他的心上。

第二十一章 藤野原子

藤野太郎派人搶劫了林爾嘉錢莊的匯票。錢莊夥計遇到藤野原子，所有仇恨的目光一齊射到她臉上，彷彿要把她的臉刺出一個個窟窿。原子張了張嘴，又不知要怎麼申辯，眼前的人們被憤怒之火燃燒著，早就失去了理智，野獸似的圍攏過來。他們要復仇。原子嚇得跌倒在地上。她努力爬著，可是恐懼使她全身乏力，她蟲子一樣可憐地蠕動著，全身瑟瑟發抖。眼看棍棒和拳腳就要落到原子身上，忽聽背後一聲大喝：「住手！」聲音極為熟悉，原來是林爾嘉。眾人一看是少東家，只得不情願地住了手。林爾嘉道：「冤有頭，債有主，是藤野太郎想讓益昌破產，讓益昌陷入萬劫不復之境！我們與藤野太郎不共戴天，應該找藤野太郎那個日本強盜算帳才對！原子是一個弱女子，與此事無關，欺負她算不得好漢！」

原子又驚又喜，想撲進林爾嘉的懷抱，林爾嘉冷冷地用力將她一把推開：「原子小姐，這裡是中國，不歡迎你們日本人，你還是趕緊回去吧，免遭不測！」

原子精神大受刺激住院，最終自殺。藤野太郎黯然回國。林維源與世長辭……

這幾天，林爾嘉一直忙著參與中國銀行廈門分行的事。年終開董事會的時候，營業數字讓人垂頭喪氣。林爾嘉見眾人個個像夏日裡蔫掉的絲瓜，強顏歡笑道：「僑批局是我們銀行的競爭對手，在跟僑批局的競爭中我們一直處於被動地位是不爭的事實。不知各位董事有沒有深思過，為何僑批局這樣古老的行業還能跟我們銀行這樣的現代事務進行強有力的競爭？」

黃奕住磕了磕煙灰，開口了：「僑批局歷史悠久，從南洋水客開始延續到今天，已形成深入偏遠鄉村的服務網路，他們的優勢是有目共睹的。」

林爾嘉頷首贊同：「黃老闆說得很在理。我們的銀行無法深入鄉村，因此廣大僑胞更傾向選擇僑批局代為匯兌款項。為了讓廈門銀行有效地介入東南亞華人匯兌市場，我覺得只能與僑批局開展合作，借助僑批局的人脈資源與服務網路來拓展業務。我看漳州龍溪縣郭有品先生創辦的天一總局就是我們很好的合作夥伴。」

林爾嘉的一番話讓在座的人眼前紛紛一亮，大家只看到自己的弱勢，卻未曾想到可以利用他山之石前來攻玉。

黃奕住皺了皺眉頭：「此計雖好，只是天一總局肯不肯與我們合作呢？他們在偏遠鄉村的服務網路已經成熟，讓我們銀行從中插上一手，他們未必願意。」

林爾嘉顯然對此事已經思考了很長時間，只見他侃侃而談：「想從他人手中得到實惠，那必定也要給予人實惠，他人方肯與我們合作。我看咱們銀行可以委託僑批局代辦來自海外的匯款，借助其伸入鄉間的服務網路，將匯款遞送到各鄉鎮收款人手中。而僑批局也有他們的短處，他們在東南亞的服務網路不夠完善，我們則可以接受東南亞僑批局的委託，將其接收的華人匯款幫助其匯回國內，各取所長，互供所需，這樣豈不是兩全其美？」

一番話將愁雲一掃而空，董事紛紛興奮起來，各抒己見，最後決定邀請郭有品先生來廈商洽有關合作事宜。散會後，各董事攜夫人參加尾牙宴。夫人們甚是奇怪：「銀行不是經營慘澹嗎？怎麼你們男人個個眉飛色舞的？」

黃奕住笑道：「夫人們有所不知，目前銀行雖慘澹經營，但林董事貢獻了一條妙計，包管銀行事務起死回生，明年必將生意興隆。」

龍溪縣的天一總局也在進行年終結算，今年盈利三十幾萬元，總經理見郭董事笑容勉強似有心事，小心翼翼問道：「東家，咱們局賺了大錢，您好像不是特別高興呢，這是為何？」

郭有品坐在沙發上，仰頭吐了一口煙圈：「不錯，我們是盈利了。可大家有沒有發現，我們的競爭對手──廈門銀行，正日益強大起來，他們的董事都是一幫出過洋見過大世面要風得風要雨得雨的大腕，只怕好景不長，再過幾年就競爭不過他們了，到時僑批局恐怕就要關門大吉。」

一番話說得大家一怔，剛才的喜氣都收斂了，眾職員的表情變得有些嚴峻。郭有品笑道：「大家也不必太過憂慮，我們現在若能及早居安思危，多學習銀行的長處，將來應該可以與銀行齊頭並進，下場不至於太過狼狽。」

郭有品坐著小汽車從龍溪趕赴廈門，欲約見廈門銀行的人。他坐在小汽車內往車窗外望去，見大街兩旁有不少歐式的西洋建築，不禁感歎道：「帝國主義的魔爪漸漸深入到廈門來了！」

突然，一對男女吸引了郭有品的目光。女孩穿著和服，很明顯是個日本人，雖然她面目娟秀，一股厭惡之情卻不由自主地湧上了郭有品的心頭。再細看那男人，西裝革履，帶著文明帽，側耳傾

聽日本少女低聲說著些什麼，兩人邊走邊談，不時露出會心的微笑，極為親密的模樣。這時男子不經意間抬起頭來，郭有品心頭猛然一震，竟然是林爾嘉！

郭有品突然吩咐司機：「老陳，不去廈門銀行了，我們打道回府。」

司機有些莫名其妙：「東家，跑了一上午的路，好歹趕到廈門了，怎麼事情不辦就回頭說走便走呢？」

郭有品一反平時的好脾氣，呵斥道：「我叫你掉頭就掉頭，你囉嗦什麼！」

司機極少受到呵斥，嚇得閉了嘴，默默掉頭將車開回龍溪。

郭有品閉著眼，整個身體斜靠在座椅上，心情十分頹喪。他生平最痛恨日本人，原本興沖沖前往廈門銀行商洽有關合作事宜，不料看到廈門銀行的董事之一林爾嘉與日本女人廝混在一起，他原本就聽說林爾嘉與一個叫藤野原子的日本少女糾纏不清，惹得他老父親林維源大動肝火，父子之間幾乎決裂，原以為是街頭巷議，不料竟是實情！再聯想到林爾嘉曾經在日本留過學，說不定早已成為半個日本人，而他郭有品絕無與日本人合作的可能！寧願讓僑批局舉步維艱與銀行艱苦競爭，也絕不低頭與廈門銀行合作，因為廈門銀行與日本人勾結在一起，這是他親眼所見！他懊喪地用拳頭狠狠地砸了座椅幾下。此番滿懷希望興沖沖出行，沒想到卻敗興而歸！剛走進天一總局辦公室，電話鈴聲大作，田經理一見郭有品，精神一振：「東家！廈門銀行已經來過電話詢問好幾回了，他們在廈門伸長脖子等待與東家商談合作事宜呢。我說東家一大早就出了門，可那邊說等來等去等不到您的影子，我急得不知怎麼辦才好，正擔心您是不是出了什麼事呢，這下可好，您回來了！」

田經理拿起話筒想遞給郭有品，郭有品示意田經理將聽筒捂住，無精打采地對他說：「你轉告他們，說我們天一總局不想跟廈門銀行合作了。」

那邊的所有董事一聽到天一總局不想合作，大家面面相覷。原本說得好好的，今天雙方具體商談合作事宜，不知郭有品為何中途變卦？

林爾嘉自告奮勇道：「我到天一總局走一趟吧。我是龍溪人，郭有品也是龍溪人，有同鄉情誼在，萬事好商量。」

黃奕住贊同：「也好，你親自去一趟，把事情弄個水落石出，看看癥結究竟在哪裡。癥結解開了，雙方合作才能共同進退，否則繼續競爭下去，只怕兩敗俱傷，誰也不討好。」

天一總局裡，郭有品聽到汽車喇叭聲，探身一看，林爾嘉從汽車裡走了出來，他不禁皺了皺眉頭，他真不想見到這個與日本女人卿卿我我的人，可是躲避已經來不及了。也好，會會這半個日本人，且聽他如何說。

林爾嘉笑道：「郭大老闆，你看起來對我很反感呀，一張臉繃得那樣緊做什麼？我聽說郭大老闆逢人三分笑，難道是林某哪裡得罪了郭大老闆？林某哪裡做得不對，請郭大老闆開誠佈公指點一二。」

郭有品一張臉冷冰冰：「我哪敢對林先生不敬，林先生與日本女人公然在大街上卿卿我我，林先生大概很快就要成為日本人的女婿了，現在日本人在我民國土地上趾高氣揚，氣焰極為囂張，我即使向老天借膽也不敢對林先生不敬啊！」

林爾嘉恍然大悟：「郭兄，你誤會我了！原來那天我看到的那輛汽車裡面坐的就是你，我看到車牌號極為熟悉，一時之間想不起來，現在才知道就是郭兄了！那日我到銀行上班，碰到原子在街

上購物，就下來與她走了一程，因為她幫林家的錢莊拉了一大筆業務，我總得感謝她吧，總不能見到恩人就視若無睹擦肩而過。」

「恩人？」郭有品輕蔑地哼了一聲，「你說日本人是你的恩人？」

林爾嘉急道：「越說越亂了，我不是這個意思……」

郭有品粗暴地打斷了他的話：「我明白。你也不用再說了，林先生，我很忙。」他手一揮，讓田經理送客。

林爾嘉有些尷尬，坐著不動：「那天一總局和廈門銀行合作的事？」

「絕無可能。」這句話一個字一個字從郭有品的嘴裡迸了出來，「田經理，送客。」

林爾嘉無奈，只好站了起來，「郭兄對我有些誤會，日後我會用行動證明給郭兄看的，我林爾嘉絕不是沒有民族立場的人，請郭兄拭目以待。」

回到行裡，眾同仁紛紛詢問情況。林爾嘉無奈地笑了笑：「原來郭老闆是因為誤會我和日本人勾結在一起，才不願意與我們合作。」眾人用異樣的目光盯著他，林爾嘉有些頹喪起來：「難道我一跟原子在一起，真的會麻煩不斷嗎？」

藤野原子家裡，父女倆也正在爭吵。

「原子，林家的家庭醫生是誰？我聽說林老爺子身體不大好，我可以幫他介紹一個更好的醫生。」

「是眾愛路的周醫生。這周醫生家底薄，完全靠個人打拼才拿到營業執照的，林家對周醫生很滿意，不用換了。奇怪，爸爸，你怎麼對林家這麼關心？」

藤野太郎打了個哈哈：「我女兒關心的人家，我怎麼會不關心呢？」

原子羞紅了臉。

「林家總共有幾個傭人？除了大門以外，有地下通道沒有？」藤野太郎假裝漫不經心地問。

原子終於警覺起來：「爸爸，你是不是另有企圖？有關林家的情況你問得這麼詳細做什麼？我只去過林家一次，對林家的情形根本就不清楚！爸爸，你千萬不要利用我的感情！」

藤野太郎也不高興起來：「原子，你說話要對爸爸尊重一點！爸爸養你容易嗎？爸爸為你付出那麼多，要你幫點小忙，你竟然說爸爸利用你的感情！」

原子眼淚在眼眶裡轉了轉，「咚咚咚」地跑回自己的房間。今天，她穿了一條特別漂亮的白色蕾絲花邊長裙，是特意訂做的，原本想穿著它去找林爾嘉，現在父親這麼一說，她乾脆不去了，撲倒在床上，任淚水流了一臉。

益昌錢莊的夥計躺在擔架上被人扛到了林爾嘉面前，他渾身鮮血，左腿骨折，話未出口就眼淚汪汪：「少東家，不好啦！銀票在日本被搶走了！匪徒眾多，我們五人拼死保護銀票，可他們手裡有槍！我這條腿就是他們用槍托打折的！簡伯他——」

「簡伯他怎麼啦？」林爾嘉大驚失色。

「他，他死啦！活活被打死的！」夥計「哇」地一聲大哭起來。

一千萬元再加上一條人命，林爾嘉一時難以接受，失神地跌坐在沙發上。好半天才問：「報警

了沒有？」

「報了，員警不耐煩得很，詢問了經過，記下了姓名，就讓我們回來等待消息。」

林爾嘉心急如焚，他真恨不得插上翅膀飛到日本去看一看情況，親自調查一番，將這個搶劫案弄個水落石出。原以為接了這麼筆大生意，錢莊夥計全年的工資都有了著落，沒想到福兮禍所倚，事情竟弄到這番田地！可即使他飛到日本又能怎麼樣呢？多年前日本旅社老闆的冷眼和吉野太郎的野蠻又一一浮現在眼前。

他越想越覺得蹊蹺，這筆生意是原子介紹來的，怎麼偏偏又在日本出了事呢？天底下哪有這樣湊巧的事？分明是原子在搗鬼！前前後後再仔細一想，越發認定是原子做的圈套讓他往裡鑽，不禁怒髮衝冠：「原子啊原子，虧我這麼信任你，你卻利用我的感情來欺騙我！悔不該不聽阿爹的話，日本人果然個個蛇蠍心腸，如今後悔為時晚矣！」

林爾嘉怒氣沖沖來到原子住處，原子早就在家心急火燎地等候，她站在二樓時時刻刻伸長了脖子朝門外張望，見到林爾嘉的身影，急忙飛奔下樓。剛到了門外，林爾嘉劈頭質問道：「原子，你幹的好事！」

原子一肚子委屈：「我怎麼啦？」

「哼，你還裝蒜！你介紹的那筆生意，益昌的銀票送至日本時遭搶啦！簡經理也被打死了！」

原子臉色大變，急急辯解道：「真的發生了這種事？我那日到你府上就是想告訴你，我無意中偷聽到爸爸他們在談什麼『這下子林爾嘉可有好戲看了』之類的話，也不知道爸爸他們會搞什麼陰謀，想告訴你提高警惕，卻被你不分青紅皂白趕出來了！」

林爾嘉半信半疑：「真的？」

原子詛咒道：「我要是有半句謊話，讓我天打雷劈不得好死！」

林爾嘉一腔怒火消了大半，頹喪道：「你父親就是要整垮我！這下子好了，我不僅要賠償這一千萬元，還失去了簡伯這樣有力的臂膀，可憐簡伯他一家老小都依靠簡伯的薪水過活……」

林爾嘉對日本人真是痛恨到了極點，日本人巧取豪奪，騙走了林家二百萬兩銀子不說，如今又設計要讓他賠償一千萬元，是可忍孰不可忍！

北川電話公司催促賠償一千萬元，林爾嘉義正詞嚴：「這是圈套！益昌沒有賠償的義務，等警察局給出說法再說！」

藤野太郎冷笑道：「原來益昌錢莊『信譽第一』是徒有虛名，賴帳不還！我將登報公開此事！」

「歡迎之至！你不登報我還想登報呢，這事讓天下人從頭到尾分析一下，究竟是益昌公司不講信譽，還是有人採用卑鄙下流手段要將益昌錢莊陷於萬劫不復之地！」

原子憤怒地譴責父親：「爸爸，你怎麼可以耍這樣的陰謀詭計呢？用小人手段陷害別人，這種行徑人人不齒。再說了，林公子原來抱定不跟日本人做生意的宗旨，你利用了他對我的信任，拿我當誘餌！爸爸，你的所做所為真讓人寒心！」

藤野太郎一巴掌抽到女兒臉上：「吃裡扒外的東西！爸爸是在為天皇陛下效忠！林爾嘉是大日本帝國經濟上的絆腳石，必須把他踢開！做為我的女兒，你也必須為天皇陛下效忠！」

田子夾在父女中間淚流滿面，不知要站在哪邊才好。

原子捂住左邊火辣辣疼痛的臉：「爸爸，不是因為我喜歡林公子，我才幫林公子說話！您的所做所為比強盜還強盜，根本就是禽獸不如！我勸您不要再逼著益昌還那一千萬了，再這樣下去，您不會有好下場的！」

一聽到「您不會有好下場的」這句話，藤野太郎不禁火冒三丈，「嗖」地一聲從牆上抽出軍刀來：「閉上你的狗嘴！你再這樣胡言亂語，信不信我劈了你！」

田子慌忙撲了上來，死死抓住夫君的手腕：「太郎君，請您息怒，原子還不懂事，您讓我好好勸勸她吧！」

原子瘋狂地衝出家門。田子想追，藤野太郎大喝一聲：「不許追！」田子無奈地看了夫君一眼，畏縮地停住腳步。

原子秀髮散亂，滿臉淚痕，漫無目的地走著。突然，四、五個手持木棍的憤怒的男女擋住了她的去路，指著她的鼻尖罵道：「這就是那日本禽獸的女兒！藤野太郎派人搶走了銀票，還打死了簡伯，天堂有路你不走，地獄無門你來投，今天我們要你血債血償！」

原子驚恐地後退著，所有仇恨的目光一齊射到她臉上，彷彿要把她的臉刺出一個個窟窿。她張了張嘴，又不知要怎麼申辯，眼前的人們被憤怒之火燃燒著，早就失去了理智，野獸似的圍攏過來。他們要復仇。原子嚇得跌倒在地上，她努力爬著，可是恐懼使她全身乏力，她蟲子一樣可憐地蠕動著，全身瑟瑟發抖。眼看棍棒和拳腳就要落到原子身上，忽聽背後一聲大喝：「住手！」聲音極為熟悉，原來是林爾嘉。眾人一看是少東家，只得不情願地住了手。林爾嘉道：「冤有頭，債有主，是藤野太郎想讓益昌破產，讓益昌陷入萬劫不復之境！我們與藤野太郎不共戴天，應該找藤野太郎那個日本強盜算帳才對！原子是一個弱女子，與此事無關，欺負她算不得好漢！」

原子又驚又喜，想撲進林爾嘉的懷抱，林爾嘉冷冷地用力將她一把推開：「原子小姐，這裡是中國，不歡迎你們日本人，你還是趕緊回去吧，免遭不測！」

林爾嘉和夥計們大步流星地走了，他一直不敢回頭。他知道原子就在他身後絕望地看著他，他怕她看見他內心的憐惜與軟弱。原子扶著牆根慢慢地癱倒在地上，放聲痛哭。許久，她跌跌撞撞地回到家裡，臉上、手上青一塊、紫一塊。田子驚呼起來：「原子，你怎麼啦？」她想捧起女兒的手查看傷勢，原子冷冷地甩開媽媽的手，逕直回到自己的房間。躺在榻榻米上，她的眼前不時變幻出那些憤怒人群的面孔，直逼近她眼前，忽地化作野獸的利爪，往她眼睛裡猛地插了進來！她神經錯亂地高聲尖叫。不一會兒林爾嘉那張溫和的笑臉又出現了，她剛想靠近他，突然，他用力吐了口痰，直接就射到她的臉上……原子胡言亂語起來：「不要打我！我沒殺人！我沒搶錢！強盜！野獸……瘋子……都是瘋子……爾嘉……救救我……原諒我……」

等田子驚慌失措地衝進來，發現女兒額頭滾燙兩眼通紅，已經神智不清了。

原子被送進了療養院，天天打鎮靜劑。她的狂躁不見了，隨之而來的是一天比一天更深的憂鬱。她的臉色一天比一天蒼白，護士的工作服是白色的，牆壁是白色的，她恍惚覺得天地也變得一片蒼白，連外面的椰風蕉雨也是白色的。周圍一切的一切讓她窒息，父親是無法改變的，他狂熱地效忠著他的天皇陛下，天皇陛下是父親的神；爾嘉不肯原諒她，躲瘟疫般地躲著她，鼓浪嶼上的中國人仇視她，周圍到處都是冰，她找不到自己的精神支撐……她很冷，凍得全身瑟瑟發抖，可她找不到火堆取暖……

這天早上，田子拿著一束女兒最喜歡的百合來到病房裡，那束百合上面還帶著露珠，散發著淡淡的芬芳。原子安靜地躺著，似乎睡得正香。田子喚她：「原子，你看，我給你帶什麼花來了？」原子沒有反應。田子再喚了女兒一聲：「原子，該醒醒啦！」原子還是沒有反應。田子奇怪地推了女兒一下，女兒手腳冰涼，一個褐色的安眠藥藥瓶突然從床上滾落到地上。田子驚叫起來：「原子！」她將手放到女兒鼻子上試了試呼吸，瘋了一般地衝向醫生辦公室：「醫生，救救我的女兒！救救我的女兒……」

藤野太郎得知消息後，瘋了一般從辦公室衝到醫院，可惜還是來遲了一步，原子已經永遠地離開了他。女兒在自殺之前換上了最漂亮的和服，躺在床上，像一朵凋零的櫻花。藤野太郎握著女兒的手，拼命搖她，似乎想把女兒搖醒過來。眼前出現孩童時的原子，每日他下班後，原子就像活潑的雀兒一樣撲進了他的懷抱，發出銀鈴般的笑聲，一天的勞累一掃而光……

藤野太郎揪著自己的頭髮，用頭使勁撞牆。

料理了女兒的後事，藤野太郎恍恍惚惚站在自己的辦公室。松下推門進來，呈上一份報告：「隊長，這是我們下一步的計畫。我們打算起訴益昌錢莊。料想他們無力償還一千萬，到時我們準備申請沒收他們的資產……隊長，板橋林家雖然根深葉茂，我們這次行動不僅僅觸及到他們的皮毛，還深深刺入了他們的心臟！」松下眉飛色舞，越說越興奮。

藤野太郎淒慘地擺擺手：「算了。原子不在了。什麼事都沒有意義了。我打算回國，你們若還想繼續，你們就自己去做吧……」

松下楞住了，不知自己的上司為何一夜之間變得如此心灰意冷。他想，總督府是絕不會原諒藤野太郎這種臨陣退縮的行為的，藤野太郎必會受到總督府的懲罰，自己正好可以趁勢取而代之。一想到自己熬了十多年，終於盼到了出頭之日，松下幾乎興奮得要大叫起來。

林爾嘉站在無邊無際的大海邊發呆。「你如果不原諒我，我會死的……」少女的聲音在林爾嘉耳邊迴盪。

一想到原子的慘死自己也是幫兇之一，林爾嘉被內心泰山一樣沉重的愧疚壓得喘不過氣來。他在內心激烈地為原子辯護著。白色的海鷗在頭頂上空飛翔，發出一陣陣不安的尖叫。林爾嘉臉色慘白，雙手痙攣地互相絞著手指。

梁安氣喘吁吁地從他身後趕到：「少爺，你還有心在這裡看海？快，快，老爺不行了……」

林爾嘉如遭雷轟：「阿爹不行了！」阿爹已經一連臥病在床幾個月了，前幾天，醫生面容嚴肅地收起聽診器，開了單子，林爾嘉吩咐下人去抓藥，跟隨醫生來到走廊外，問道：「醫生，我阿爹情況怎樣？」

「挨不了多長時間了，你們要早做準備。」

林爾嘉勉強鎮定了一下自己，走回屋裡，強顏歡笑道：「阿爹，你要保重身子，很快就會好起來的。不過你要聽醫生的囑咐靜心調養，切不可過於操勞。」

林維源點頭道：「你放心。」說完輕輕閉上眼睛。對於自己的身體狀況，林維源最清楚不過了，他知道，自己將走到人生的盡頭，身體裡的那盞燈將要耗盡最後一滴油。他必須在這最後的時日裡，抓緊時間安排好後事。自己身故後，到底要委任誰來接替林家掌門人的位置呢？他陷入了深

深的苦惱當中。

祖壽、柏壽、松壽均年幼，懵懂孩童讓他身負重擔必不可行。爾嘉從年齡和能力來說應當是最合適的人選。他年富力強，在社會上深孚眾望，然而，有一個全林氏家族繞不過去的障礙：爾嘉身上流的不是林家的血，而是陳家的血。自己一向欣賞爾嘉，可若將林氏家族託付給他，恐怕所有人都要投反對票，況且爾嘉與自己在對待日本人的態度上屢有衝突，讓他心懷芥蒂。至於侄孫林熊徵、林熊祥，自己與他們的母親一向見解不同有所隔閡，託付與大房也是不妥。看來看去，只有三房的林彭壽、鶴壽、嵩壽頗有經營才華。

林維源輾轉反側夜不能寐。無論將掌門人的位置傳與誰，都會被認為不公平。然而，為了林氏家族千秋萬代，他必須選擇那個最適合執掌林家產業的人。

他遲遲不願說出最後的決定。他的咳嗽越來越厲害了，濃痰經常堵住他的氣管讓他無法喘氣，醫生時刻守護在他身旁。這是一次漫長而劇烈的咳嗽，看來他是捱不過去了。他枯瘦的身體藏在錦被之下，臉色臘黃，臉深深地塌了下去。病榻前，黑壓壓地跪滿了他的妻妾和子侄。女人們沒有洗臉，聲音嘶啞形容憔悴，男人們鬍子拉碴，各種各樣的聲音焦急地呼喚著：「老爺，老爺！」，聽起來極為淒厲。林爾嘉終於從海邊及時趕回了家中，汗水和淚水交集在臉上。林維源大口大口地喘著氣，說出了他生命中的最後幾個字：「讓彭壽……作為……林家家政監護人……記著……林本源……永不分家……」

一九〇五年，一代傑出的紅頂商人林維源，終於閉上了眼睛，享年六十八歲。鼓浪嶼彷彿也在流淚，到處浸漫著春天的淫雨。風在林木中穿梭，發出無休止的蕭蕭聲，海浪絕望地拍打著礁石。

林本源的主心骨傾頹了！招魂幡在風中淒淒飄揚，各路名流弔唁如潮，送來的喪禮中紙金轎堆積如山。林爾嘉淚流盡了，癡癡呆呆任由師公吩咐——阿爹，阿爹，縱使富貴齊天，都是凡塵一粒土，終歸要落入泥土的懷抱，無人能夠倖免，無人能夠逃脫。

隆重的葬禮過後，林彭壽正式開始發號施令。林爾嘉百般滋味在心頭。阿爹，您為什麼不讓我做林家家政的監護人呢！您就這麼怕人說閒話？還是因為自己與原子的交往徹底傷了阿爹的心？

大房、二房、三房的人看著彼此的目光都變得很複雜。流言四起，有說老爺是被三房作了蠱的，不然彭壽父親林維得非林國芳親生，怎麼會把家政監護權交給彭壽；有說林維得其實是林國芳在外一夜風流的私生子的，種種流言不一而足。林爾嘉長歎一聲：「阿爹，您是咱們林本源這棵大樹的主幹，主乾枯了，恐怕各枝椏也不長久了！」

第二十二章 淤塞的動脈

眼見全國鐵路大動脈慢慢成形，林爾嘉身為廈門商會會長，痛感交通之必要性，鐵路是城市經濟的脈絡，脈絡通了，全身暢通無阻。鐵路若不建，從廈門到漳州之間貨物運送只能靠牛車，國民經濟已一日千里，牛車必被遠遠甩在時代身後。他下定決心建設廈門至漳州鐵路。不料漳廈鐵路公司人浮於事，加上鐵路國有風波，林爾嘉損失慘重。

眼見全國鐵路大動脈慢慢成形，林爾嘉身為廈門商會會長，痛感交通之必要性，鐵路是城市經濟的脈絡，脈絡通了，全身暢通無阻。鐵路若不建，從廈門到漳州之間貨物運送只能靠牛車，國民經濟已一日千里，牛車必被遠遠甩在時代身後。他下定決心建設廈門至漳州鐵路。

林爾嘉在商會大會上大聲呼籲建造一條屬於廈門的鐵路。可閩地多山，面對這麼多天然屏障，建鐵路幾乎是寸鐵寸金，很多廈門大商賈寧願在上海投資實業，也不願在閩地修一寸鐵路。況且此時建設鐵路情況異常複雜。自各省鐵路商辦以來，時間已經過去了數年，集款只及全路所需款數的

十分之一，有人估計，按此集資速度與建路速度，須九十至一百年時間才能完成。如此下去，後路未修，前路已壞，前款不敷逐年路工之用，後款不敷股東付息之用，款盡路絕，民窮財困。

此時堂弟林彭壽已掌權代理林家家政，林爾嘉覺得應該尊重彭壽，先把漳廈鐵路之事知會堂弟一聲。堂兄弟二人發生了激烈的爭吵。

「鐵路之利遠而薄，銀行之利近而厚。我不同意林家投資漳廈鐵路。相反，臺灣政局相對比較穩定，日本人害怕民眾的反抗，對商人相對做了一些讓步。我準備回攏資金在臺灣創建華南銀行。」林彭壽此時已做好了將林家產業逐漸回移臺灣的打算，自接過林家家政監護人的重擔以來，他日夜思慮，林家在板橋的田產幾萬畝，土地以後會直線升值，若投資房地產，無須向他人購買土地，直接將田產轉為地產便是。若林家將經濟重心放在唐山，臺灣那邊鞭長莫及，田產只能賤價變賣。就如同一棵大樹連根拔起勢必大傷元氣，還是留在原地開枝散葉為妥。

「義利二字，應該義字當頭，豈可總想著利字？我身為廈門商會會長，必為商眾謀福利，漳夏鐵路若建成，是商家的天大福音，此事功德無量！然而世上有些所謂聰明之人，做事避難就易，避險就夷，皆各思安坐而致尊榮，不肯歷患難而希勳業，人心風俗如此，乃富強大局之弊也。」林爾嘉態度很堅決。

「你是指責我利字當頭嗎？你拿林家的錢去做公益之事，往自己臉上貼金，那林家上上下下大大小小怎麼辦？」

兄弟兩人不歡而散。

林爾嘉認定的事說做就做，他開始著手向郵傳部申請建設漳廈鐵路。郵傳部盛宣懷大人此時身

兼數職，忙得不可開交，根本沒有時間調查漳廈鐵路詳情。他與陳太傅交情匪淺，知道陳太傅之妹在林家不甚愉快，於是提筆給賦閒在家的陳太傅去了一封信，詢問陳太傅一家對漳廈鐵路的態度。陳太傅剛看完了信，林彭壽後腳就趕到嬸子陳芷芳福州娘家，告之爾嘉欲投資漳廈鐵路之事，希望嬸子站在他這一邊。陳芷芳道：「唐山這邊時局太亂，我也贊同今後將林家的經濟重心回移臺灣。不過，爾嘉投資漳廈鐵路是一件功德之事，公歸公，私歸私，我並不反對。」

林彭壽急了：「嬸子，你到底是贊成呢，還是反對呢？」

陳芷芳道：「我的態度一分為二。我大哥這邊呢，可以讓盛大人批准建設漳廈鐵路的請求；至於投資呢，林家的公帳上一文錢也不出，爾嘉若想投資，就讓他用自己的錢投資好了。」

有了陳太傅的幫忙，漳廈鐵路的批文很快就下來了。籌建會感謝陳太傅的幫忙，恭請陳太傅兼任漳廈鐵路董事長。林爾嘉原想爭取堂弟從林家公帳上拿出一筆錢來投資，堂弟態度無比堅決，林爾嘉只得做罷。漳廈鐵路的籌建會馬不停蹄召開了，黃奕住率先發言：「築路之事有三難，一無款，必資洋債；二無料，必購洋貨；三無人，必募洋匠。」

「這三難之中，無款為第一大難。大家討論一下，為解決資金問題，是借洋款好呢？還是招洋股好呢？」林爾嘉將今日的重要議題拋了出來。

葉清池道：「外國銀行借款條件極為苛刻，利息之高令人咋舌。倒不如招募洋股，讓利於洋人，雙方共同進退。」

林爾嘉「霍」地站了起來：「不行！我反對招募洋股！洋人覬覦我鐵路，常通過控股達到吞併我鐵路的目的。此類教訓已數不勝數，我們切不可再重蹈覆轍，飲鴆止渴。洋人餌我小利，我若吞食之，必受大害。」

「林會長，大家都知道你有骨氣。只可惜空有骨氣不能成事。我建議投票表決借洋款還是募洋股。」

表決結果是五比五，沒有定論。林爾嘉道：「其實，我們的思維鑽進了一個死胡同。為什麼一定要借洋款或募洋股呢，我們可以先試行招募華股。」

漳廈鐵路招股的消息傳了出去，很快有四個商人前來洽談，他們聲稱已集股百萬元，表示願意負責承辦修築漳廈鐵路。葉清池很高興，連連說：「太好了！太好了！這四人對漳廈鐵路來說真是及時雨！」

林爾嘉卻產生了懷疑，他在廈門多年，這四個人都是在商界沒什麼名望的人，如何能一下子集到這麼多資金？他覺得這四人的背後肯定有外商的支持和操縱。得勝跟蹤了其中一位黃姓商人，這黃姓商人挑了一個黑乎乎的夜晚出了門，他戴了一副墨鏡，帽檐壓得極低，上了一輛黃包車。黃國合先來到一家小吃店，叫了三四盤鹵料和一瓶大麴，獨自吃喝起來。得勝不免有些失望，夜晚寒冷，得勝凍得直打哆嗦，真想乾脆回林府去。轉念一想，少爺經常對他們說做事要有耐心，既然已經出來，就跟蹤到底。那黃國合吃飽喝足，又上了黃包車，直奔廈禾路的教堂。得勝不敢再跟進教堂去，只好返回來稟報。

林爾嘉誇他做得好。雖然沒有找到確鑿的證據，但黃國合跟洋人有瓜葛是可以肯定的了。第二天，林爾嘉決定到教堂裡一探究竟，他剛從車內下來，就望見一個人影匆匆從教堂裡走了出來。林爾嘉愣了一會兒：這人影好熟悉啊！突然，他腦袋瓜裡靈光一閃，這個人不正是廈門洋行的買辦錢

際文嗎？

林爾嘉明白了一大半。他直奔黃國合家。黃國合還在臥床高睡，昨晚，他領到了一小筆酬金，做了一夜好夢。妻子喊醒他，他打著呵欠怒斥道：「老子一年到頭辛苦，還不讓老子睡個安穩覺？」

妻子很是委屈：「林會長來找你了。」

「真的？」黃國合喜出望外，睡意跑得無影無蹤，埋怨道：「你怎麼不早點叫我？」他以為林爾嘉是來請他辦入股手續的。倘若入股成功，他就是洋人的大功臣，今後的日子會越過越滋潤。他匆匆洗漱完，帶著滿臉笑容步入客廳：「林先生，大駕光臨，有失遠迎啊！」

林爾嘉一臉嚴霜：「我這人不會客氣，就開門見山了。黃先生，你是不是受廈門洋行的委託前來入股漳廈鐵路的？」

黃國合始料未及，一下子愣住了，此事極為機密，林爾嘉怎麼會在這麼短的時間內就知道了內幕？他馬上掩飾道：「林會長，你誤會了，入股漳廈鐵路是我個人的宏願，與洋行毫無關聯。」

眼見黃國合矢口否認，林爾嘉冷笑道：「我在教堂前看到廈門洋行的買辦錢際文了。我進去詢問了神父一番，他說你昨晚拿了一封信要求他轉交給錢際文先生，今天錢先生就來把信拿走了。難道神父會說謊？」

黃國合臉色變得煞白，他還想再抵賴，林爾嘉已經拂袖而去。

事實查明，股東會上，陳寶琛清了清喉嚨，朗聲宣佈道：「本公司章程規定：本公司專招華股，凡我華人之僑居外洋各島者，但查實系華人，即得與股。凡附股之人，無論有無官職，皆為股東；應得各項利益，一律從同。如有為外國人代購股票，及將股票轉售、抵押於外國人者，本公司概不承認。」

話音剛落，會場上一片熱烈的掌聲。

「我公司擬招優先股一百二十萬股，每股銀元五元，可惜經一再努力，實際到位資本只有二百四十多萬元，其中東南亞各地的閩籍華僑買股一百七十多萬元。要特別表彰廈門鼓浪嶼林爾嘉先生，購股三十萬元。」

在眾人一片熱烈的目光中，林爾嘉站了起來：「資金嚴重不足，我建議先選擇地勢平坦、投資較省的九龍江下游先行興建漳廈鐵路。」

這個提議得到了眾多股東的贊同。陳寶琛滿意地點了點頭。事情走上正軌，他對林爾嘉的態度也有所緩和。

一九〇六年四月，林爾嘉親自跟隨法國工程師嘉龍的尼乘坐飛機勘測鐵路路線，弄得龔夫人整日心驚膽顫，從不念佛的她也終日跪倒在觀音像面前求觀音娘娘保佑夫君飛行平安。空中測繪後，林爾嘉又跟隨著嘉龍的尼穿山越嶺實地測繪，整日風餐露宿。這天，林府來了一個黝黑高䠷的年輕人，梁安問：「這位年輕人，你找誰啊？」

年輕人摘下草帽哈哈大笑：「安叔，我真的黑得讓人認不出來了嗎？」

梁安睜著昏花老眼上前仔細瞅了瞅，才道：「喲，少爺，你怎麼曬得這麼黑？比我那成天下田幹活的兒子還黑咧！建鐵路真的這麼苦嗎？要是真的這麼苦，咱們別建了，幹嘛自討苦吃呢？」

林爾嘉拍了拍他的肩膀：「安叔，等鐵路通了，我請你坐火車！」

「我恐怕等不到那一天嘍！」梁安佝僂著腰，喃喃自語。

此時龔夫人迎了上來，爾嘉眉飛色舞：「阿環，這下子我學的測繪、算術之學真是大派用場了呢！那天勘測，我的資料和嘉龍的尼不一樣，我們兩人再重新測了一遍，結果是我的正確，那法國工程師直朝我豎大拇指呢……」

藤野太郎聽說鐵路公司聘請了法國工程師，大為惱火。「我日本國在廈門時日已久，鐵路公司要聘請工程師也應該聘請日本人才對，怎麼能讓法國人插手！」

他以領事館的名義氣勢洶洶地向市政府抗議施壓。

黃市長對陳寶琛說：「陳太傅，日本人找碴來了，他們堅決反對聘用法國工程師，為避免節外生枝，我看還是退讓一步算了。」

陳寶琛原是清流班頭，最不曉辦事之難，投入濁流中沖刷，倒是磨去了許多桀驁不馴的火氣。他呷了一口清茶：「選來選去，只有法國工程師技術比較先進。日本人占我國土吸我民膏，敲骨吸髓還不知足，手竟然都伸到鐵路上來了，漳廈鐵路絕不容許日本人染指。要我聘請日本工程師，除非等太陽從西邊出來！」

黃市長也覺得為難，不僅日本人反對聘用法國工程師，民眾也極端反對聘用外國工程師，他們認為，按鐵路借款合同規定，聘用洋人為總工程師，就是間接地受各國銀行的控制；他們還認為鐵路建設所需材料如向外國購貨，就是受洋人束縛等等，反對之聲如洪水滔滔不絕。

黃市長想了又想，突然得了一個主意：「這樣吧，我們採取個折衷的法子，改聘中國人為工程師，這樣日本人就沒話說了。」

陳寶琛面有難色：「偌大一個中國，能找出幾個像詹天佑那樣的鐵路奇才？」

黃市長道：「這樣吧，本國工程師我來幫你物色。但法國工程師務必辭退，這樣才能堵住日本人的嘴。」

等到中國工程師陳慶平走馬上任的時候，這事已拖了一年，一九〇七年七月漳廈鐵路才開始動工。從嵩嶼至江東橋東側，全程二十八公里，軌道鋪設單線，標準軌輻為四點八五尺，沿途大小橋溝四百四十一米，橋樑五座，只這麼一段軌道和站房等附屬設施，就花掉工程費二百二十萬元，募集的股金幾乎全被用光。因為一大批外國進口的鐵軌與枕木在規格上與他指定的大相徑庭，陳慶平義憤滿腔，一氣之下辭掉了工程師職務，離開了這個令他傷心的地方。因為他每每向公司建議，陳寶琛和股東們總認為他固執己見，因此不願意採納他的建議，無論是股東還是工程師都覺得不順心。有些地方路基遲遲不能完成，堆積在旁的鐵軌和枕木在露天中任其生鏽、腐爛，由於技術和資金的雙重不足，漳廈鐵路像蝸牛一樣向前爬行。許多橋墩已完工，橋樑的鋼架也運到了現場，一段十五米長的斜坡已經修成，但鐵路公司的錢早已告磬，鐵路建設幾乎處於一種停止狀態。

工程隊隊長找到林爾嘉：「林會長，目前還有一些收尾工程和營運前的準備工作，得再投入資金。」

巧婦難為無米之炊。股東會上，大家面面相覷。沒人敢說一句話。

林爾嘉打破了沉默：「這條鐵路先天不足，我們不能眼睜睜看著它產後失調。我看這樣吧，向銀行貸款，怎麼樣？」

眾人還是默不作聲。沒有人回應由誰來主持借貸工作。

章亞麒跟交通銀行很熟，但他不吭聲。一旦吭聲了，以後一大堆的麻煩會像狗皮膏藥一樣黏到他身上，甩都甩不掉。

林爾嘉豁出去了：「借貸的事就由我來經手吧。目前只好以鐵路的站房、材料等財產作抵押，向交通銀行廣東分行借貸五十萬銀元，以資周轉，勉強維持。大家看可行否？」

也只能如此了。

章亞麒發牢騷道：「咱們鐵路公司機構臃腫，人浮於事。總經理陳寶琛月薪高達四百元。協理四人，各支月薪三百元，其他司事、查帳等，九十%有裙帶關係，不懂業務，坐領乾薪。這種情況，早該變一變了！」

「那你說說，要怎麼個變法？」

章亞麒無言以對。是啊，要怎麼變呢，削去一個職位，比捅破一片天還難呢。

五十萬元貸回來了，鐵路修建勉強維續。

為了早日收回資金，漳廈鐵路公司於一九一〇年五月試通車後就匆匆忙忙辦理通車營業。因為嵩嶼離廈門還有海程三點五公里，從江東橋東側過渡到西側上陸後，距離漳州也還有十七點五公里旱路，旅客搭乘這段火車，必由船而車，複由車而船，需時既久，勞費繁多，反不如水路之便利。

梁安回漳州老家，他拿著一大堆行李，左右肩頭各扛一個，左手提了兩個，右手提了三個，不一會兒包袱就將手指勒得發麻。一個莽撞少年撞了梁安一下，梁安肩頭的行李應聲落地，口子裂開了，雜物滾了一地都是。

好不容易上了車廂，環顧左右，沒想到剛剛通車兩年，車廂就損壞大半，座椅搖搖晃晃，玻璃窗破了尖尖的一角，冷風嗖地湧進來，在車廂中遊來蕩去。梁安本來一心想嘗試嘗試少爺口中的「火龍」，沒想到試出了一肚子氣。

車上，路警執槍佩刀，在車廂中穿來穿去，睜目獰視。

「這些行李是你的嗎？要補一元的票！」

「一元？」梁安幾乎懷疑自己的耳朵聽錯了，「以前行李不是不要票的嗎？只有帶了貨物才多收票的，怎麼現在連行李都要補票了？」

路警不耐煩起來，「一元！快點！不然把你的行李統統扔下車去！」

梁安見路警手中有槍，生恐吃虧，只好不情願地掏出一元來。

路警罵罵咧咧地繼續往前查收行李票款去了。

前座的一個漂亮女人，行李拿了一堆，梁安瞥見那女傭手中只拿著兩張火車票，並沒有行李票，突然明白了前面這個漂亮女人肯定與路警相熟，因此免予收費。一想到此，梁安心裡極端不平衡起來。

突然，火車「轟」地一聲停了下來，「怎麼啦，剛剛停過一次，現在又停了？」

乘客紛紛探出頭去，只見路基、軌道失修，鐵路公司只顧收入，不為修理，於是壞上加壞。

梁安回來後一肚子沒好氣，添油加醋將情形向少爺渲染了一番。

壞消息不斷傳來，林爾嘉心情抑鬱，與夫人在聽潮閣小酌。這時，侄子林熊徵走了進來，領著一個拘謹的年輕女子。林熊徵從福州到廈門公幹，順便辦點私事。林爾嘉請他們坐下，那女子依

舊局促不安，忸怩著不敢坐下。林熊徵道：「阿叔，這是我乳娘的女兒，我乳娘待我比親生兒子還親，如今她求我幫她女孩兒在鐵路公司找個差事，你說我能抹得下臉來嗎？只好登門來求您了！」

那女子紅著臉，趁機將手中的幾樣糕點遞上：「請林經理賞個差使做。您財大氣粗，腳趾縫裡頭掉下來的就夠我們窮苦人家吃上一年的了。」

林爾嘉皺了皺眉頭，又不好當著外人的面給熊徵難堪，只好含糊搪塞道：「熊徵，你也是知道的，公司通車之前，有職員八十五人，通車後，職員增至一百三十多人，開支更大，入不敷出。我自己要是再帶頭搞裙帶關係，那公司只能是雪上加霜……」

林熊徵不願在乳娘女兒面前丟臉，道：「政府不是每月撥有三千元補助嗎？公司尚可度日，一樣的聘用職工，何不聘用自己人呢？」

林爾嘉聽侄兒將不該講的也當著外人的面講了，心中甚是埋怨他，又不好在那年輕女子面前傷了叔侄和氣，只好說：「那好吧，我去跟董事會說一說，用人的事不是我一個人說了算的。成不成，就要看阿菊自己的造化了……」

林熊徵大喜，轉頭對女子說：「阿菊，這事包準成！既然我阿叔答應為你說話，他的臉面比天大，鐵路公司一個小小的職位根本不在話下！你就回家等好消息吧！」

阿菊千恩萬謝地走了。

林爾嘉叫苦不迭，待到阿菊走遠，他拉下臉來罵侄兒：「熊徵，你以後少給我添亂！公司的包袱已經夠多了，你不要今天給我塞一個，明天再給我塞一個，公司會被壓垮的！」

「你放心，我只求你今天這個人情，以後再不會給你添麻煩了！」林熊徵因為辦成了事，心裡高興，親昵地抱了抱阿叔。

「哎，你們不知道阿叔的難處，都認為只為難我一次不是什麼大問題，關鍵是咱們林家親戚朋友上百號人，一人甩給我一個包袱就夠我受的了！」林爾嘉嘟囔著發牢騷。

林熊徵吐了吐舌頭：「你這麼一說，倒真讓你為難了！阿叔你確實不容易，以後我不再甩包袱給你就是了！」

林爾嘉無可奈何地長長歎了一口氣。怎麼辦？天上又憑空掉下來一張領工薪吃飯的嘴，能不讓他發愁嗎？

阿菊歡天喜上班去了。大股東陳炳煌同時在員工大會上宣佈：「任命陳坤為路段總管。」話音剛落，下面就響起了哄笑聲。

陳坤惱了，漲紅著臉道：「笑什麼？誰笑的，站起來笑給我聽聽。」這麼一說，笑聲就沒有了，但笑意轉而隱藏到眉眼裡去了，都知道陳坤是靠了陳炳煌的關係，只見他每日裡來公司報個道就沒了人影，有時來了竟約人偷偷打牌，這樣的路段主管誰人能服？

林爾嘉親到售票處視察，只見阿菊與另一位女售票員聊得眉飛色舞：「林大股東是我的親戚呢！」窗外幾個買票的顧客在外面苦等，敢怒不敢言。林爾嘉大怒：「阿菊，你上班期間怠忽職守，即日起公司將你解聘！」

公司營業每況愈下。客貨所入，不足以供行車、養路之用，月月虧損，一直是依賴政府月撥三千元補助度日。林爾嘉憂心如焚，要是哪天政府財力不支，停撥這三千元補助，那將置鐵路公司

於何地？總經理陳寶琛在京城忙於事務，遙控廈門鐵路公司，並未實際出力，股東們嘖有怨言。

一九一一年，由保路運動而觸發的辛亥革命怒火燃遍大江南北。陳寶琛內外交困，他撚鬚感慨：「公司股款告竭，函電交馳中外，股東無有起而應之者。」哎，有誰願意朝無底洞裡扔銀元呢？

陳寶琛呈上了《退職意見書》。他推薦廣東交通銀行行長張闕如繼任，因為那五十萬元的債務就是在交通銀行的廣東支行借貸的。

張闕如力辭不就。

張闕如罵道：「該死的陳老頭，燙手山芋自己不敢抓，反而要扔到老子手裡！傻子才會接！」

陳寶琛沒辦法，將目光瞄準了廈門商紳葉清池。葉清池世代在廈門，基業根深蒂固，深孚眾望，或許有回天之力？

葉清池也不肯接手。

現在廈門鐵路公司就只有常務副經理鄭霽林坐在辦公室裡處理日常事務，鄭霽林苦惱地抱住頭。那痛是往裡面源源不斷跑出來的，他使勁摁，想把那痛摁回腦袋裡去。窗外的木棉花開得紅豔豔的，突聽「撲」的一聲，一朵木棉從高處掉落在地上，想必是摔得遍體鱗傷吧，真是令人心驚。辦公室裡實行二十四小時值班，桌上的電話成天響個不停，幾乎都是來討債的。半夜三四點鐘有人打電話，早上五六點鐘也有人打，那種疲勞轟炸讓人無法承受。後來，電話一響，鄭霽林就會驚跳起來，他變得對那台紅色電話機極端恐懼。

這邊電話像閻王爺索命，那邊憤怒的職工湧進辦公室，將小小的辦公室圍得水洩不通：「鄭副，上個月的工資拖到現在還沒發，到底什麼時候才發？」

職工們眼裡噴著憤怒的火焰，鄭霽林雙腿有些發抖。眼前這些劍一樣的目光，讓他想起餓餓野獸的目光。他知道，野獸餓極了，是會吃人的。可是，除了身上這些肉，他真的沒有多餘的銅板給職工們發薪水……

鄭霽林勉強笑道：「大夥兒先消消氣。咱們公司月月虧損大夥兒也不是不知道，要是我鄭霽林拿了公司多餘的一個銅板回家，你們儘管剁掉我的狗尾巴。實在不是公司不給發薪水啊，真的是無能為力。大夥兒先勒緊一下褲腰帶吧。啊？」

一個滿臉麻子的職工怒道：「說得好聽，怎麼勒緊褲腰帶？我一回家，就有六張嘴像鳥雀一樣嘰嘰喳喳地張開叫喚，你來試一試？我們可不像鄭副，身上有油水還可以勒一下褲腰帶，再不給口飯吃，褲腰帶就掉在地上繫不住了！」

憤怒的情緒像潮水一樣湧來。看這架勢，不給個說法今天恐怕回不了家了，鄭霽林只好許諾：「這樣吧，你們給我三天時間，我來想想辦法，先給大家發八成的工資。」

「八成？憑什麼只給我們八成？」

「你們要是不想拿這八成，那也行，聽天由命吧，看猴年馬月能領到十成的工資。」鄭霽林一副死豬不怕開水燙的架勢，反正事情已經糟到這種程度了，那就讓它糟下去吧，難道還會有比這更糟的情形嗎？

眼見鄭霽林身上確實放不出血來，工人放下話走了：「那好，三日後領不到八成的工薪，那我們就把這站房拆了。」

電話叮鈴鈴地尖叫起來，嚇了鄭霽林一大跳，估計是債主催款的電話，鄭霽林猶豫著想不接，又怕是陳總打來的，耽誤了事，只好硬著頭皮接了起來：「喂……」

「我是廣東支行的歐經理。你們鐵路公司欠的五十萬元利息目前已漲了一倍，再不歸還，我們銀行就要考慮封鎖你們的不動產！」那邊措詞極為強硬。鄭霽林掏出手帕，擦著額頭上的涔涔冷汗，對著電話直鞠躬：「我一定轉告總經理！一定轉告！」

那邊生氣地將電話撂下了。

「三千元補助費從一九一三年九月開始停撥了！」財政司的這個決定對於漳廈鐵路公司來說猶如晴天霹靂，硬是從一個戀乳的嬰兒嘴裡拔出了乳頭。此舉對於瀕臨破產的漳廈鐵路公司無疑是釜底抽薪，雪上加霜。

林爾嘉此時熱切地盼望著漳廈鐵路能收歸國有，一者能杜絕營私舞弊現象，二者希望能扭轉公司虧損的局面。此時全國保路運動風起雲湧，股東不得不再次開會討論這條商辦鐵路何去何從。大股東蕭湘衡是溫和派，他已經現實地認識到，漳廈鐵路可以說實際上已經破產，尤其在政府已經明確廣發告示取消各商辦公司向老百姓攤派的租股之後，民間勢必不再認購租股，而租股本來就是公司股金的主要來源，既然連這種租股來源都成了問題，更不用說「募股有名無實，全不可恃」了。蕭湘衡知道，繼續堅守商辦立場已經沒有意義。

蕭湘衡人已老邁，他費力地嚥了口唾沫，喉結上下滾動：「收歸國有是可以。但我們這些股東不能血本無歸。至少應該退還原始股金。如果政府不能退還我們原始股金，那我們何必要求收歸國有呢？本來公司已經有了一尊菩薩，沒必要再請一尊菩薩回來。因此，我們必須以索還用款為目的，以反對國有為手段。這樣做才能向政府提出更高的要價，以爭取更多的補償金。我們共投入原始股金六百萬，政府至少要以六百萬的原價向我們購買。」

年輕股東羅綸則激烈反對鐵路國有。他將一份鐵路公司全體職工簽名、反對鐵路國有的抗議書拍到了董事會桌子上。「鐵路國有就是與民爭利！再者，假設鐵路收歸國有，政府必定借外債築路，這樣分明是導外人干預財政！第三，即使不得不借外債，那麼，也只應使外人僅對中國擁有債權而不能擁有抵押權，因為外人一旦擁有抵押權，鐵路無疑將直接或間接地斷送給外人，外人占我鐵路，扼我財權，足召亡國之禍！」

羅綸的主張獲得了廈門一些熱血青年與中下層士紳人士的熱烈支持。他們並不是腰纏萬貫的大股東，對如何從政府那裡獲得更多的還款問題並沒有感到多大興趣。而且，他們對商辦鐵路過程中的種種困難內情，也並不清楚，與其說他們是受一些實際的個人利益驅使而反對國有政策，不如說是出於對洋債抱有強烈的懷疑與不信任的態度。在他們看來，任何與外國商人、外國銀行相聯繫的經濟合同，都會被洋人利用來對中國進行經濟侵略和敲詐。

一九一三年十月，公司經商議，派陳元凱為代表赴北京，要求鐵路部將漳廈鐵路收歸國有。

一九一四年五月，交通部派丁志蘭、曹璜兩個委員前來調查。丁志蘭個子高高的，不苟言笑。曹璜看起來較為和藹可親，但他的話看起來沒有什麼份量，決定權掌握在丁委員手裡。公司向政府要求以六百萬的原始股金轉讓。政府則認為，此時公司虧損嚴重，是公司內部所造成，政府沒有義務為公司自己所造成的虧損買單，只同意以三百萬的價格購買。

談判一度陷入僵局。

林爾嘉雖主張鐵路國有，但他又深陷於徬徨之中：這商辦鐵路猶如自己生下的孩子，自己生的孩子都教養不好了，孩子送到別人手裡，還能指望後爹後媽好好教養這個孩子嗎？這天他正在家裡胡思亂想著，突聽鄭霽林來訪，他正想聽聽鄭霽林的見解，忙對梁安道，快請鄭先生進來。

鄭霽林帶來了一個消息：經批准，交通部暫為代管漳廈鐵路。鄭霽林歪坐在沙發上，這下子他終於解脫了！

消息傳開時，民眾無不歡欣鼓舞，「哎呀，交通部要是能將這條鐵路延伸到漳州就好了！這樣民眾方便了，客流量增多了，公司收入上去了，皆大歡喜！」

王靖先走馬上任漳廈鐵路管理局局長，陳元凱給他送來了三千份乾股。王靖先拍著肥厚的手掌笑道：「小陳哪，我最看重你的幹練，以後鐵路局還要多多倚仗你哪。」

過了兩年，漳州與嵩嶼間的公路告成，火車遇到汽車競爭，居然慘敗，於是鐵路營業不得不宣告停止。

「堪稱世界交通史上的奇聞！」林爾嘉痛心疾首，這是他多年來生意投資最大的一次慘敗。林家已經是越來越瘦的駱駝，經不起一根又一根的稻草不斷壓下，這還在其次，關鍵是明明可以獲得豐厚盈利的事業，居然一敗塗地至此！殘存的鐵軌被盜賣一空，林爾嘉站在這條雜草叢生的土堤上，看著沿途破落的站房，男兒熱淚不禁潸然而下！外國工程師的妒忌、資金的匱乏、勞動者的無知、官吏的勒索、貪污、裙帶關係，沒有專家，經營管理效能低下，這一切的一切實在讓他回天無力！

第二十三章 在火中復活

一九一五年，福建代理省長李厚基問秘書：「袁司令欲恢復帝制，統一我大好江山，全閩農工商學各界應推舉代表上書擁戴袁司令恢復帝制。目前農工學代表都有了，不知商界要推選哪位比較合適？你是土生土長的福建人，對全閩商界比較熟悉，說說你的意見。」秘書極力推薦林爾嘉，林爾嘉力辭，並從福州逃回廈門，家僕得勝為林爾嘉犧牲，被烈火燒死。

一九一五年，軍閥混戰，江山變色。一支軍隊開進了福建，一夜之間，許世英的大名傳遍了福建的每一個角落。許世英把政權交給李厚基，又將隊伍開撥走了。

李厚基身材高大壯實，頂著一個鼓鼓囊囊的肚囊，軍用皮帶只能鬆鬆地挎在肚囊底下。他問秘書：「袁司令欲恢復帝制，統一我大好江山，全閩農工商學各界應推舉代表上書擁戴袁司令恢復帝制。目前農工學代表都有了，不知商界要推選哪位比較合適？你是土生土長的福建人，對全閩商界比較熟悉，說說你的意見。」

秘書恭敬地哈著腰：「稟省長，這個問題一點兒也不傷腦筋。有一個現成的合適人選，他在商界威望極高，可謂一呼百應，他就是從臺灣板橋遷居到廈門的林爾嘉先生。林先生曾經被許世英將軍聘為行政討論會會長，論列得失，興革除弊，恪盡職守。期間主持起草了《福建省憲法草案大綱》，共計十八章，對福建政權提出了許多設想，因此獎授他三等嘉禾章，是一個非常能幹的人。省長若能將此人收為己用，那是大有裨益的事。不過，林先生一貫提倡民主風氣，此事可能需要省長大人親自出面說服方有望成功。」

「林先生真是這樣不開竅的人嗎？我就不信。要是袁司令許諾他個一品大臣的職位，我不怕他不動心。這樣吧，你打電話通知林先生，明天下午三時請他到我辦公室來一趟。」

林爾嘉不知李厚基葫蘆裡賣的是什麼藥，準時來到李厚基的辦公室。他和助理到達省府署的時候，省府署從大門口到正堂，兩旁排滿了荷槍實彈的士兵，威風凜凜，殺氣騰騰，一股寒意從林爾嘉的後背蟲子一樣地爬上來。秘書熱情地對他說：「林先生請坐，李省長馬上就到。」

林爾嘉環顧四周，牆上貼了一張袁世凱的肖像，濃眉大眼，兩撇小八字鬍，臉上露出志得意滿的微笑。林爾嘉反感地皺了皺眉頭，對於這個竊取了辛亥革命果實的人，你不得不佩服他的精明，但鑒於他隨時可能斷送中華民國的前程，林爾嘉只能在心裡慨歎一句：「道不同不相為謀。」他聽說，李厚基殺人如麻，是一個拿鮮血當鮮花塗抹的人，林爾嘉但願一輩子都不要跟這樣的人打交道才好。

突然，樓下一聲大喊：「李省長到！」

隨著這威懾人心的聲音，屋裡所有李厚基的手下都像壓緊的彈簧一樣從椅子上蹦了起來，列隊來到樓下，一個個挺直身板，屏息斂氣，畢恭畢敬。

林爾嘉只好也跟著站了起來，左看看，右看看。

紅磚上，傳來了「橐橐橐」的馬靴聲，聲音沉重，彷彿踩在每個人的心上。

不一會兒，李厚基滿面春風走了進來：「林會長，久等了！」遠遠地伸出一隻手來，與此同時，衛隊長高喊一聲立正，一呼百諾，聲如雷動。緊接著，刺刀碰撞聲，皮鞋踏地聲，響成一片，令人不寒而慄。

林爾嘉迎上前去，握住他的手，卻找不出一句話來。他沒有低聲下氣的習慣，自然無法恭維本省的「最高領袖」。想說幾句拉近彼此距離的親熱的話，不知何故，怎麼也說不出來。「不敢不敢，不知李省長召見林某有何要事？」

李厚基並不急著回答林爾嘉的問題，而是對林爾嘉大加讚賞起來，他明顯已經打好了腹稿，打開話匣子滔滔不絕：「板橋林家有你這樣的第四代傳人，真是門楣生輝！林會長實業救國，振興商務，興辦工業，開礦鑄銀，修建鐵路，整理稅收，實為我全閩商界第一豪傑！更難能可貴的是林會長急功好義，哪裡有災情，哪裡就有林會長的身影。我閩商界能有林會長這等人材，實為全閩百姓之福！更難得的是林會長熱心教育，創辦福建第二師範學堂、鼓山高等女子學校，提倡女子教育平等，實為儒商典範！」李厚基說到這裡，發現除了林爾嘉外其他人依舊直挺挺地站著不敢落座，他揮揮手說：「坐。」秘書和其他人才徐徐坐下。大家入座後，還是誠惶誠恐，正襟收視，猶如在君王面前待罪的臣子。

林爾嘉微微笑著，不發一言，看來這幾年他熱心教育的事李厚基也有所耳聞，但他知道李厚基

找他來絕不是單純為了讚美他熱心教育這麼簡單。

「袁司令很欣賞林會長這樣的人才啊，他欲聘請你為全國商界代表，為國家做事，這下子林會長可以在這方舞臺上大施拳腳了！」李厚基用手杖指了指秘書：「你去把袁司令的電文給我拿來。」

「我與袁司令素不相識，袁司令怎麼可能知道林某呢？況且，林某生性淡泊如閒雲野鶴，只希望在家鄉這一方水土上做些商務安然度日，從未想過涉足政治權力中心。」林爾嘉淡淡道。

見林爾嘉渾身潑水不進，李厚基決定單刀直入：「現在國家急需人才，袁司令求才若渴，像林會長這樣的人才袁司令必然要重用！目前，袁司令想恢復帝制，還大清朝一個完整秩序，望林先生做為全閩商界代表上書擁戴袁司令恢復帝制！」

林爾嘉「霍」地一下站起來，勃然變色：「恕難從命！如今民主已是萬民所向，袁司令如此逆潮流而動，只恐怕身敗名裂，留下千古罵名，還望李省長向袁司令多多進言勸解才是！告辭！」

站在門口的兩個警衛伸出槍托阻攔，李厚基一揮手：「不得無禮！放林會長走！」

「多謝！」林爾嘉大步流星而去。

李厚基一張肥臉漲成了豬肝色，沒想到林爾嘉如此不識抬舉，毫無商量餘地。葉秘書趕緊說：「李省長，您消消氣，先喝杯熱茶。」

喝了茶，李厚基慢慢平靜下來，他陰森森笑道：「這個林爾嘉自視甚高嘛！他還以為閩商界缺了他玩不轉呢。老子將他撤下來，換一個聽話的，對老子來說還不是小事一樁！」

林爾嘉離開省長辦公室，連自己的辦公室都不去了，對司機說：「回我宅第去。」

回到家裡，林爾嘉急匆匆對夫人龔雲環說：「你趕緊收拾一下東西，我們立刻回廈門。」龔夫人見丈夫臉色鐵青，她一頭霧水：「到底發生了什麼事？在福州工作得好好的，幹嘛要連夜回廈門？」

「李厚基要我作為全閩商界代表上書擁戴袁世凱恢復帝制，你說，我能幹這遺臭萬年的事嗎？我要是繼續留在福州，李厚基必定對我不利，回到鼓浪嶼，那裡是租界所在，諒他也不敢輕舉妄動！」

林爾嘉瞥了瞥負責看守林宅的副官。麻子副官娶了個風塵女子，林爾嘉曾經見過，那女子頭上插了一根蝴蝶釵，粉翅像鍍上黃金一般，在陽光下炫目異常，映襯著五彩斑斕的花紋，煞是好看。想必是副官拼了千金買來討女子歡心的。副官的位置是岳丈託了人提拔起來的，因此太太在他面前趾高氣揚，常作河東獅子吼。林爾嘉請副官進來，壓低聲音道：「你放我們走罷。」副官眼一斜，裝作眼前沒有林爾嘉這個人。林爾嘉早已想好了對付他的法子：「孫副官，你今日若不放我走，明日必教你太太到安民巷裡吵鬧，將你那金屋鬧得人仰馬翻。你太太的醋勁你是知道的，說不定你連這個副官都做不成，只好回家喝西北風去。」

副官被捏到要害，他深怕李厚基，卻更懼太太七分，太太若不能安撫，那後方將雞犬不寧。當下再也不敢拿捏，只苦著一張臉道：「這裡守衛森嚴，那麼多雙眼睛盯著，教我如何做得了手腳？」

林爾嘉見副官被打動，道：「這個不難。我叫個人化裝成我的模樣在書房就坐，你去換下守在後門的崗衛就行。」

副官還是躊躇：「我換下後門的崗衛，到時許省長追究下來，還不要我的腦袋？」

「只要你咬緊口風，說後門連一隻蚊子都不曾飛出過即可，到時你與前門的崗哨可互相推諉，許省長總不至於將一大幫崗衛統統槍斃罷？所謂法不責眾，頂多罰薪俸，或者當苦差，這些我都可以彌補給你。」

副官一想到太太張牙舞爪的樣子，心一橫，咬牙道：「那我試試罷。」當下繞到後門，掏出一張鈔票，對崗哨道：「夜裡風寒，你們去喝個熱湯再回來把守，不然長夜漫漫，要是打瞌睡讓林爾嘉溜了就糟了。我先替你們看著。」

那兩人一口一個謝謝，跺跺站麻的腳，一溜煙跑去吃宵夜了。副官看看左右無人，趕緊喚林爾嘉出來，急急道：「林會長，你可要跑得快些，要是被抓住了，那我們就死定了。」

林爾嘉看見得勝呆立一旁，催促道：「得勝，你快點收拾東西，我們一塊兒走。」得勝搖搖頭：「少爺，你先走吧，我要是和你們一塊兒走，目標太大，會被發現的，我留下來做掩護。」

林爾嘉急了：「不行，你要是被李厚基的人抓住，李厚基會把一腔怒火發洩到你身上的。」

得勝使勁把少爺往後門推去：「快走，再不走就來不及了，大家全完蛋！」

林爾嘉還在遲疑，他用力拽著得勝：「要走大家一起走，我不能扔下你一人不管！」

龔夫人跺腳道：「爾嘉，事不宜遲，當斷則斷，難得得勝對你情深義重，你就趕緊走吧，你要是被李厚基抓住，要麼被迫當走狗，要麼捨生取義，兩種後果不堪設想。得勝若被李厚基抓去了，日後我們再想辦法營救。」

得勝化裝成林爾嘉的模樣坐在書房裡看書，窗外映出他的剪影，而少爺帶著夫人則從後門匆匆離去了。夜黑得像不可測知的深淵。林爾嘉和龔夫人神不知鬼不覺地離開後，那兩人吃了夜宵回來，將手中一小袋餛飩遞給副官，討好地說：「西街口的，趁熱吃。」副官笑罵道：「算你們兩個有良心。晚上給我看好了，到時要是林爾嘉不見了，大家吃不了兜著走！」

那個較矮的崗哨道：「長官放心，有我們兩個在，諒那林爾嘉插翅難飛！」

待軍警發覺不對勁的時候，怎麼林爾嘉一整個晚上都不站起來走動，也不說話呢？他們踢開門衝進林爾嘉住所，桌上的花瓶被掀翻了，發出刺耳的碎裂聲；茶几上的小魚缸咣噹落地，水花飛濺，兩尾小金魚落在地上，掙扎幾下終於不動了。墨瓶也被擲向掛著字畫的牆壁，一大塊黑色污點迅速浸漫開來。

軍警氣急敗壞地用槍托砸得勝：「快說，林爾嘉跑哪裡去了？」

鮮血從得勝的額頭上流下來，他冷笑道：「晚了，少爺早就離開福州了。」此時，火苗已經竄了起來，得勝不願在獄中受折磨，他已經做好了自焚的準備。微弱的火苗轉瞬成為熊熊火蛇吞噬著一切，軍警鬼哭狼嚎地奔逃。

李厚基氣急敗壞地來到林宅，烈焰焚燒後的灰屑沒過腳掌，滿地的黑色中還間雜著少量灰白的餘燼，行走時，腳下的黑色粉末之處，偶爾還會發現螢火般猩紅的亮點。李厚基行走的腳突然被一隻手鉤住。他低頭一看，發現是一隻被燒焦而捲曲變形的胳膊，如同塵土中露出的一段樹根，表皮上還有幾個凸起的傷疤，鷹爪似的手指攥住了他的半個腳掌。李厚基想甩開它，但它很有力量，緊緊地攥住，不肯撒手。李厚基失態地大吼一聲，軍警循聲趕來，一齊用力搬動屍體，一陣撕裂的聲音過後，得勝尚未燒焦的肚腸像水一樣傾瀉下來。李厚基惱怒地跺了跺腳。

趁著夜色掩護，林爾嘉夫婦兩人帶著小包袱登上了汽車。夜色因悄無人跡而更顯猙獰，附近村莊傳來的犬吠聽起來讓人膽顫心驚。從福州到廈門鄉野的馬路崎嶇不平坑坑窪窪，經常會碰到凸起的石頭，汽車就迎來陣陣劇烈的顛簸。林爾嘉和龔夫人，無數次地被拋起來，頭碰到了車皮，渾身骨頭好像要顛散了架。四周黑如深淵，只有車燈的光束移動著，像黑夜裡劃開的傷口。林爾嘉不時回過頭去看看車後有沒有人跟蹤，儘管夜色漆黑不見五指，他還是不時地回過頭去看看，他非常擔心李厚基的人徹夜追來，到時人掌握在李厚基手裡，事情就會變得非常棘手；如果以死相拼，那林家承受不了這樣巨大的打擊，不到萬不得已，絕不走這下下之策。

突然，後面疾駛過來一輛黑色轎車，強大的光束紮得林爾嘉睜不開眼睛，林爾嘉的心提到了嗓子眼，龔夫人嚇得偎進丈夫懷裡，整個身體不自覺地瑟瑟發抖。

那輛小轎車越過他們的車，徑直往前面箭一般地駛去了。原來是虛驚一場。

林爾嘉緊緊摟住夫人，低聲安慰道：「別怕，有我在呢。堅持一下，很快就會回到廈門的。」

龔夫人忍不住嚶嚶泣道：「爾嘉，我們日子過得好好的，為什麼別人老是要破壞我們平靜的生活？」

林爾嘉長歎一聲：「這就要問上天了！要是日本人沒有強佔臺灣，阿爹和我們全家現在還好好地生活在臺灣呢！阿爹左右不了自己的命運，我也一樣，掌握不了自己的命運！」

他轉而對司機催促道：「小程，開快一點！」

「會長，咱們這輛老爺車最快速度就是如此了！再快，搞不好會翻車！天這麼黑，很容易出險，還是小心一點為好！」

正說著，突然聽到「哧」地一聲劇烈的氣流爆炸聲，整個車身迅疾矮了下來，向左後方傾斜。

「不好，輪胎爆了！」

林爾嘉和龔夫人一驚，三人趕緊下車查看。果然，左後方的輪胎扁扁癟癟的，一副垂頭喪氣的模樣。

「這下如何是好？」小程急忙取下備用輪胎，從後座車箱裡拿出千斤頂，準備更換。

帶著潮濕霧氣的山風吹來，直鑽進人的骨子裡，龔夫人冷得抱住膀子縮成一團，打了一連串噴嚏，林爾嘉心疼地推了推她：「你趕緊進車吧，這裡由我和小程折騰就好了。」

林爾嘉給小程當下手，負責給小程遞工具。所幸小程動作麻利，很快就換好了新輪胎。接下來的路程還算順利，天濛濛亮，終於到了鼓浪嶼碼頭。兩人心有餘悸地登上了渡船，直至走進菽莊花園才長長地鬆了一口氣。

林爾嘉對龔夫人說：「你一個晚上沒有休息，先去好好睡一覺吧。」

「那你呢？」

「你先去睡，我還要整理一下文件。」

林爾嘉想像得出，這時候李厚基找不到他的人而氣急敗壞的情景。

李厚基確實氣得鬍鬚一抖一抖地跳動，他做夢也沒想到，林爾嘉會如此堅決，如此義無反顧。他還以為林爾嘉會眷戀福州這個行政討論會會長的位置，短時間內不敢輕舉妄動，沒想到林爾嘉竟然將如此榮耀的位置棄之如敝履而逃之夭夭，自己確實是太大意了！他恨不得給自己一個耳光。然而在下屬面前他還必須保持自己的威嚴，他冷靜地吩咐秘書：「去，你去通知施景琛、林各存、周

壽恩等幾個國民代表給林爾嘉發急電，先給他個臺階下，希望他不要不識好歹，給臉不要臉，到時就有他的好看了！」

儘管疲憊萬分，林爾嘉還是睡不著，他惦記著得勝的安全，想著要用什麼辦法營救得勝才好。又想起友人眼見大陸政局糜爛紛紛離開大陸，哎，祖國母親，您的一切讓人心痛呀，他想離開，可又捨不得自己的故鄉。他腹中詩興湧來，揮筆賦詩一首：

那堪勞燕又分飛，滿目河山事已非。
夜雨有懷思弟約，春風無奈送人歸。
馬援何日標銅柱，李泌當年暫白衣。
相見何遲相別早，只今楊柳賦依依。

他從小沉潛經史百家、漢學詩賦，國文功底深厚，一生認定以「忠孝」為第一要義，今晚將胸中塊壘一吐為快。

林爾嘉將詩作重閱一遍，頗為滿意。剛剛躺上床閉上眼睛，梁安就進來了，「少爺，有你的急電！」

林爾嘉接過來一看：「恢復帝制，百年大業，兄建功之時，速上書擁戴袁司令，切勿延誤！施景琛。」

林爾嘉沒好氣地將電文扔到地上，冷笑道：「這急電真是長了翅膀啊，我剛到鼓浪嶼，它就追過來了！想必袁世凱的皇帝夢已經急火攻心，沒想到袁的走狗還真不少！」

他復又躺了下去，但怎麼努力也睡不著了，一股憤怒的情緒熊熊燃燒在他的心頭。梁安捧著第二份急電又走了進來：「少爺，急電！」

原來是林各存的電報：「良禽擇木而棲，望兄三思，速上書擁戴袁司令，良機切莫錯過！」

「真是不堪入目！」林爾嘉氣得直喘粗氣。「孫先生的三民主義早已深入人心，何以還有人如此執迷不悟，想必是被榮華富貴迷了心竅！」

正說著，第三份急電又來了：「李省長令兄上書擁戴袁司令，速回音！若不從命，林會長恐有性命之憂！」這簡直就是赤裸裸的恐嚇！林爾嘉怒極，將電報撕得粉碎，紛紛揚揚扔了滿地。

「梁安，你拿紙來。幫我拍一份電報給李厚基。只需幾字：『上書擁袁，恕難從命！三民主義，爾嘉所願！』」

梁安動了動嘴唇：「少爺，要不要寫得委婉些？萬一李省長發起怒來，那可如何是好！」

「少廢話，照我的話去做，速去！」

梁安離去後，林爾嘉捂住胸口咳嗽起來，只覺得星月黯淡，漫天的霜風越來越緊了。

袁世凱登基後，反袁運動風起雲湧。廈大學生走上街頭進行反袁遊行，一大早風雨交加，海浪渾濁冰冷，發出一陣陣轟轟巨響。冷風裹挾著豆大的雨點砸在臉上，也砸在白布黑字的巨大條幅上：「反對帝制，還我民主中國！」每個人臉上洋溢著堅定果決，他們在風雨中沒有絲毫退縮。

為首的廈大學生領袖江定誠，手舉紙卷的話筒，振臂高呼：「打倒袁世凱！反對帝制！」街道兩旁擠滿了民眾，大家蜂擁著吶喊著，也隨著學生隊伍振臂高呼：「打倒袁世凱！反對帝制！」一支支學生隊伍，陸續從各街道口快帶走來，匯合成一道洶湧的海潮。遊行的隊伍聚集在市政府門

前，包圍得水洩不通。憲兵們一百多支烏黑的槍口，直指學生的胸膛。

江定誠站在臺階上，高聲演講：「同學們，同胞們！孫大帥帶領全國人民建立民國，打倒了與帝國主義相勾結的軍閥，求得國內各民族之平等，承認民族自決權，三民主義已深入人心。袁世凱逆歷史潮流而動，強姦民意，必將成為歷史的罪人！堅決反對帝制！打倒袁世凱！為爭取民主不惜流血流淚！」

江定誠身體劇烈顫抖，猛然間痛哭失聲。遊行隊伍發出了激烈的詛咒聲，忽然，隊伍中發出一聲大喊：「萬惡的帝制！我們一把火燒了這衙門！」

「對，燒了它！為那些被袁世凱屠殺的義士報仇！」

隊伍亂了，學生們奔跑著，呼嘯著，吶喊著：「燒啊！燒了它，燒掉袁世凱的帝制！」街上原來看熱鬧的、賣東西的人都激憤起來，呼喊著蜂擁上來，粗獷的聲音、悲憤的聲音，一齊匯合成壯烈的和絃。人們撲向市政府大門，如潮水般衝撞起來。軍警衝過來了，飛奔的腳、搏鬥的腳，被用作武器的雜物，亂成一團。最後，槍響了，血，從江定誠年輕的胸膛流出來，他慢慢地倒下了……

此次遊行，一人死亡，三十多人受傷，六名學生領袖被捕入獄。林爾嘉積極營救入獄學生，他對龔夫人道：「我的選擇是正確的，袁世凱施行帝制被萬民唾棄，最終將被人民的唾沫淹沒。」

龔夫人溫柔地依偎在丈夫胸前，堅定地點了點頭。

第二十四章 心靈花園

為紀念阿爹，林爾嘉著手在鼓浪嶼建造菽莊花園，與臺北的板橋花園遙相呼應。稅務司侯禮威因菽莊花園擋住稅務司去路橫加阻撓，林爾嘉勇敢地與其鬥爭，終於取得了勝利，為中國人揚眉吐氣了一把。

「恭喜恭喜，林會長是眾望所歸啊！」一張張笑臉送過來，林爾嘉目不暇接。

林爾嘉正式上任廈門保商局總辦，兼商務會總理。

林爾嘉極為振奮，他心中實業救國的設想早已潛藏多年，如今終於有一方舞臺供他施展。他聯合官紳林文慶、王敬祥、葉崇祿等發起創設實業討論會，起草了《創設實業討論會意見書》。「我們一定要多多研究實業進行辦法，並且主動聯合全國商界，萬一出了事可以互相聲援，以增進共同利益為宗旨。」

這一提議獲得了廈門商界的全體擁護。

在林爾嘉的主持下，保商局總辦先後制訂了土地買賣章程，華洋交易規約各六十四款，力求讓廈門各種商務活動依法進行，竭力保護正當商人利益。還組織了商民義勇隊，晝夜巡邏市場，救難

援災，摘奸發伏，一些地痞流氓懾於商民義勇隊，不敢隨意騷擾市場。

一九一六年，林爾嘉被推選為廈門市政會長，林爾嘉感到廈門市政建設的擔子越來越沉重。一個小小的市中心馬路拓寬專案，沿途涉及到的房屋拆遷不僅洋鬼子要阻撓，本地鄉紳也要阻撓，每個人都開口索要巨額賠償。建設中的鬥爭真是太不容易了，無論他作什麼樣的鬥爭，都前後受敵。他總是在夾縫中作困獸之鬥，過去如此，現在如此，今後還將如此。

公事須顧，自己的生意也要打理，林爾嘉恨不得變出三頭六臂出來，他從這家商行跑到那家匯兌行，中暑了服幾瓶解暑藥水；胃病襲來時，吞幾粒止痛的五香丸，體重劇減。

「山河破碎，我心何其痛切也！」望著鼓浪嶼上隨處可見的哥特式尖頂建築，林爾嘉只覺眼睛彷彿要被刺瞎。他受阿爹影響甚深，阿爹生前在鼓浪嶼時見不得日本人，見不得西洋建築，日本人打贏了甲午戰爭，在中國不可一世，阿爹一看到異族的人與物就要發怒，發怒過後就要流淚。林爾嘉對天禱告：「阿爹，你這樣想念臺灣的板橋花園，那我就在鼓浪嶼上再建一座花園吧！完全模仿板橋花園，只不過孩兒無能，所建花園只能及板橋花園之十分之一了！鼓浪嶼這地方，真是寸土寸金啊！」

林爾嘉彷彿可以看見雲端裡的阿爹那張皺紋縱橫的臉上露出孩童般天真的笑容。

「我早就計畫好了，花園分為『補山』、『藏海』兩部分，藏海園包含眉壽堂、壬秋閣、真率亭、四十四橋、招涼亭；補山園五景為頑石山房、十二洞天、亦愛吾廬、聽潮樓、小蘭亭。但願大好河山早日收復！」

「還是我兒深知我心哪！阿爹沒有白疼你。對了，花園就以你的字『菽莊』命名吧。阿爹老了，柏壽和松壽現在還太小，惟有你正當壯年，你要做出一番事業，讓菽莊花園告訴臺灣，板橋林家後繼有人了！這是隔海相望的一對姐妹花啊！」

林爾嘉相信自己建造菽莊花園一定可以告慰阿爹的在天之靈。當務之急是選址。這天，林爾嘉漫步在港仔後的沙灘上，海邊一排排相思樹隨海風搖曳著，他赤著腳，沙子極為細膩，輕柔地撫摸著他的腳心。極眼望去，海天相接，臺灣就在那一頭，卻望也望不見，讓人禁不住在午夜夢迴時淚水潸然。突然，林爾嘉眼前一亮，一道彩虹橫跨在稅務司前的大片海灘上！林爾嘉推了推下人阿東，急切地喊道：「阿東，快看，有一道彩虹！」

「沒有啊，我怎麼看不見？」阿東揉了揉眼睛，睜大眼睛努力四處張望：「還是看不見啊，少爺，彩虹到底在哪裡呀？」

林爾嘉忍不住笑了起來：「剛才還在，現在你這麼一嚷，已經消失了，想必是你這個凡夫俗子嚇走了它。」

阿東不甘心地嘟起嘴：「我確是肉眼凡胎，不過我看少爺恐怕是白日做夢吧，哪有平白無故出現彩虹的？」說罷阿東吃吃地笑了起來。

林爾嘉並不理會阿東的嘲笑，兀自興奮地說：「這肯定是一塊風水寶地，上天降下旨意來提醒我。既然板橋花園遠在臺灣，思念也無濟於事，何不就在此處仿建一座小板橋花園，兩座姐妹花園可以隔海遙相呼應？」

「好是好，可這塊地是大買辦洪天聲家的，他未必肯出售給我們。」阿東提醒道。

林爾嘉提著厚禮興沖沖地前往拜訪洪天聲，他打定主意，無論洪天聲堅持什麼樣的價位，都一

定要將那塊彩虹之地買到手。他摁了摁門鈴，一個傭人探出頭來：「我家先生不在。」

「去哪裡了？」林爾嘉有些失望，這真不是個好兆頭。

「到美國處理一批生意。」

林爾嘉心冷了一大截，美國遠在大洋彼岸，來回幾個月，不知要等到猴年馬月？他不甘心，追問道：「你家先生什麼時候回來？」

傭人道：「去了好幾個月了，估計再幾天就能回來。」

林爾嘉一顆心好像又復甦過來，他遞上名片：「麻煩你轉交給你家先生，他回來時請務必在第一時間通知我。」

接下來的幾天裡，林爾嘉終日坐臥不寧，人被油煎似的猴急猴急，黃昏時必到港仔後散步，熱切盼望著洪天聲歸來，又擔心此事再出現什麼波折，萬一有誰也看中了那塊地可怎麼辦才好呢？他心裡貓抓似的，此時他把那塊地看作寶地，彷彿天下人也全都認為那是塊寶地一般。

半個月後，洪天聲乘船歸來。聽林爾嘉說明來意的時候，洪天聲甚是喜悅。目前洪天聲一家都住在廈門島內，這塊地是祖上留下的產業，沒有多餘的款項投資開發，已經閒置多年。眼看野草漸漸瘋長，他每年都得雇人將野草鋤個兩三遍，甚是煩心。如今買主自動送上門來，簡直是餡餅從天而降，於是議了價錢，馬上簽了合同。雙方都覺得各得其所，事情如此順利，林爾嘉有些難以置信，彷彿在夢中。

洪天聲心情極為愉快，這天他出席了一次酒會，高興地說起這件事：「我在港仔後的那塊地賣了，賣了個好價錢，今年大豆期貨行情很好，我剛好可以用這筆錢多買一些期貨。」

說者無意，聽者有心，稅務司的主事侯禮威馬上問道：「洪先生，你賣給林先生的那塊地面積多大？」那塊地上有一棵相思樹，侯禮威就是在那棵相思樹下給他的未婚妻安娜戴上求婚戒指，相思樹是他們夫婦倆的愛情見證。後來安娜不適應中國的氣候和飲食，先回國去了，侯禮威經常到這棵相思樹下思念遠方的安娜，有一天晚上，侯禮威夢見他的安娜坐在閃閃發光的大貝殼上像仙女一樣從海底升上來，在相思樹下含笑朝他招手。第二天，領事館笑咪咪地通知他上升為稅務司主事……如今地被林爾嘉買去，又聽說林爾嘉要大興土木，侯禮威怎不著急？要是菽莊花園建了起來，也就意味著他的那棵幸運樹將悲慘地倒在刀斧之下！

「面積倒是不大，只有一千多平方米。」洪天聲有些詫異，「怎麼，侯主事對這塊地也有興趣？」

侯禮威話鋒一轉：「洪買辦想買大豆期貨是嗎？期貨行的彼得經理是我的好朋友。」

洪天聲大喜過望：「那太好啦，承蒙侯主事向彼得經理美言幾句，在價錢上給我優惠優惠。」

侯禮威並不回答，又把話題轉到那塊地上：「我們稅務司與你那塊地是鄰居，本來視線開闊，職員可以隨時到海裡游泳，若林爾嘉起什麼高牆大院，豈不是把我們的路堵死？」

侯禮威的話繞來繞去，洪天聲總算聽出了一些話外之意，他吶吶道：「侯先生，我那塊地已經賣掉，且簽了合同的。木已成舟，我又能有什麼法子呢？」

「既然如此，那我們就再簽一份關於稅務司門前地界的留置權協議，聲明稅務司對此地界擁有留置權，外人皆不得任意侵佔，也不得租賣外人，若要發賣，當先問明稅務司要購買與否。」侯禮威的一雙藍眼睛閃閃發亮，死死地盯著洪天聲。

洪天聲被盯得頭皮發麻，嚇得酒杯裡的威士忌潑倒出來都不自知。侯禮威的提議實在荒謬，協議一簽，豈不大大得罪林爾嘉？林爾嘉擔任廈門總商會總理多年，去年榮任全國參議院候補議員，今年又出任廈門市政會會長，他洪天聲哪裡得罪得起？話說回來，侯禮威他更是得罪不起。各帝國將中華民國視為口中食、腹中餐，恐怕連林爾嘉都要畏懼三分。在短短時間內，洪天聲轉了千百個念頭，最終躬身道：「那就按您的意思辦吧。」

侯禮威這才轉怒為喜：「洪買辦，告訴你一個內幕消息，現在大豆期貨表面上節節上漲，很快就會直線下跌，因為美國大豆馬上要殺出來了。我勸你趕快把貨停了，先看看動靜再說。」侯禮威說完，端著威士忌滿面春風地走向海關關長，扔下洪天聲在背後發呆：這消息究竟可靠不可靠？

菽莊花園開始動工了。花園依海建園，海藏園中，傍山為洞，壘石補山，與遠處山光水色互為襯托，渾為一體。所造樓臺亭榭迦橋低欄，形若游龍。園內看海，波浪拍岸，倚欄遠眺，極盡山海之致。菽莊花園尚未全部完工，就引來眾多文人墨客爭相觀看。

眼見工程進展順利，林爾嘉準備明日開始建四十四橋，他今年四十四歲了，經歷了太多世事沉浮，四十四橋就像他的人生路，再曲折也要通向臺灣的方向。

五個工人提著斧頭走近那棵相思樹。侯禮威自菽莊花園開工以來一直密切注意著工程的動向，若林爾嘉不動那棵相思樹，他就睜一隻眼閉一隻眼；若林爾嘉要砍倒那棵相思樹，他絕不會答應。他命令一個僕人每天守在相思樹下，一有動靜馬上向他報告。此時侯禮威帶著幾個稅務司職員氣勢洶洶地朝著工人走來。

老陳頭道：「先生，請您離開這裡好嗎？我們要砍樹，恐怕樹幹會砸到你們。」

侯禮威傲慢地答道：「這棵樹是稅務司的，你們無權砍這棵樹。」

「林會長早就向洪先生買下這塊地了，合同上白紙黑字寫得明明白白，憑什麼說我們無權砍這棵樹？」工人你一言我一語地質問起來，平時外國人在鼓浪嶼上招搖過市，老百姓早就憋了一肚子怒氣，今天美國人又來這裡無事生非，大家再也按捺不住心中的怒火了，看著身材高大、滿嘴絡腮鬍鬚、手臂上長滿密密麻麻汗毛的侯禮威，眾人真恨不得吃了他。

侯禮威輕蔑地看了看眼前這些穿著破衣爛衫的人：「我告訴你們，我也是和洪先生簽了協議的，稅務司前包括這棵相思樹的地界留置權屬於我們。」

阿闊年輕氣盛，洋鬼子嘰哩咕嚕糾纏些什麼他不耐煩再聽，舉起斧頭就朝相思樹砍去，只見侯禮威掏出手槍揚起手來，「砰」地一聲，阿闊慘叫一聲，斧頭應聲落地，他的右臂上鮮血蚯蚓般地流下來。眾人都驚呆了，憤怒的目光齊齊射向侯禮威。侯禮威輕鬆地吹了吹槍管上冒出來的白煙，咧了咧嘴：「看誰還敢亂來，下場就是這樣。」

老陳頭忙道：「好漢不吃眼前虧，我們趕緊先送阿闊去醫院，再請林會長跟洋鬼子理論。」眾人七手八腳地扶著阿闊前往醫院。

回到林氏府，侯禮威那囂張跋扈的臉不停地在林爾嘉眼前晃動著，林爾嘉胸口起伏個不停，灌下一大口酒，終於拍案而起：「這幫洋人，動不動就興風作浪，電話線不許牽，房子不許蓋，他們還真忘了他們是站在中國的土地上呢！不行，我得找洪天聲討個說法，究竟是怎麼一回事？」

洪天聲早就跑了，人去樓空。房子已經易主，惹不起總躲得起吧？自從無奈與侯禮威簽了有關稅務司那塊地留置權的協議後，他就預感到那塊地今後將掀起一股大風暴。與其像風箱裡的老鼠兩

頭受氣，還不如直接腳底抹油開溜。

林爾嘉氣得直想罵娘。無奈，他只好到稅務司找侯禮威。稅務司是典型的西式建築，樓房帶有明顯的殖民風格，石頭基座，高大的羅馬柱，哥特式的尖頂，平時鼓浪嶼老百姓遠遠看了都要繞道走的。「林會長大駕光臨，有失遠迎！」侯禮威笑容可掬迎了出來，「您先喝杯咖啡，我們之間的誤會慢慢再談。」他拿出那份關於留置權的協議，「林會長請過目，你們造橋的地方，是海關擁有留置權的地界。我們早在一九一四年五月就與地皮主人訂有契約，稅務司對此地界擁有留置權，外人皆不得任意侵佔，也不得租賣外人，若要發賣，當先問明稅務司要購買與否。如今地皮主人沒有經過我們稅務司同意就將地皮賣給你，違背了當初的約定！你們不能建四十四橋！」

林爾嘉看了看，暗罵洪天聲那個狗娘養的，突然，他發現了破綻：「侯主事，你們的協定是五月份簽訂的，而我的合同是三月份就簽好的，你們的協議無效。」

侯禮威陰險地笑了：「反正我們稅務司跟洪先生是有協議的，不然您去找洪先生算帳好了。」他知道洪天聲幾天前已逃之夭夭，這一下正好死無對證。

憤懣的情緒在工人中間醞釀著，膨脹著。施工工作繼續進行，石橋鋪到相思樹下的時候，侯禮威帶著一幫洋人再次氣勢洶洶地出現了，他們手裡拿著錘子、鐵棍、鐵鍬，就像一群突然出現的野人。雙方怒目相對。

老陳頭的身體劇烈顫抖著，嘴裡發出喃喃的詛咒聲。

「砰砰砰」，洋人的錘子瘋狂地砸了下去，欄杆攔腰折斷，連橋基都被一一撬起，頃刻施工現場一片狼籍。

幾個工人再也按捺不住，抓起手中的棍棒，衝上前去就要和洋人拼命。

突然，遠處傳來一聲大喝：「住手！」大家一驚，手中的棍棒停在半空，猛地怔住了。

林爾嘉從汽車上飛身而下，高喊：「各位兄弟，千萬不可魯莽！」

阿關又驚又氣，責問道：「為什麼不能？西洋鬼子在我們鼓浪嶼橫行霸道幾年了，他們打我們、罵我們、欺壓我們、侮辱我們上百次、上千次，為什麼我們就不能還手一次？難道我們就甘心任人欺辱嗎？」阿關悲憤地用左手搖了搖那隻廢掉的手臂，「我這隻手臂就這樣白白地沒有了嗎？我天生是豬、是羊任人踐踏嗎？林會長，洋人連您這樣響噹噹的大人物都敢欺負，更不用說我們這樣的賤命了！」阿關衣衫襤褸，身子、臉、腿腳被太陽曬得黝黑，晃蕩著那隻廢掉的手臂，讓人看了就覺得心酸。

彷彿冷風撲面，林爾嘉聽了阿關的話猛地一抖。他來不及解釋，揮手一指身後。眾人順著他的手指抬起頭，不禁吸了一口涼氣。只見洋人都亮出了手槍，烏黑的槍口對準了眾人的腦袋和心臟。眾人驚住了，洶湧的人潮驟然平靜下來，所有目光都望向林爾嘉。林爾嘉面色凝重：「各位兄弟，今天之事因我而起，我向兄弟們說一聲謝謝了！我林爾嘉不是膽小怕事之徒，可今天大家一旦向洋人出手，我們馬上會白白犧牲掉無數性命！大家先吞下這口氣吧，我林爾嘉決定跟洋人打官司，討回一個公道！」

眾人默然無語，阿關的胸口劇烈起伏，他看看林爾嘉，又看看侯禮威，猛地扔下棍棒，轉身衝出人群。林爾嘉追上幾步，高聲呼喊：「阿關，你等一等……」

林爾嘉一連找了七八個律師，一聽說要與洋人打官司，人家嚇得連連擺手：「林會長，與洋人

打官司必輸，我勸您還是打消這個念頭罷。」

林爾嘉極為惱火，為什麼中國人這般沒骨氣？在對手面前，戰鬥未開始，自己膝蓋就先軟了三分。也難怪，中國積貧積弱太久，洋鬼子在鼓浪嶼上飛揚跋扈多年，連自己也沒有必勝的把握，正因為如此，他才更要通過法律途徑與洋鬼子爭一爭，評評理。

鼓浪嶼的老百姓奔相走告：「林會長要跟洋鬼子打官司呢！」大家豎起大拇指嘖嘖稱讚，熱切盼望著林會長把官司打贏，替所有中國人出一口氣，長一次臉面。

商會副會長葉清池聽了，歎息著連連搖頭：「林會長處事精幹，為什麼在這件事上一頭鑽進牛角尖裡呢？」他本想去勸勸林爾嘉，這件事就算了吧，可一想到林爾嘉是那種撞了南牆也不回頭的人，明知前面有火坑也要跳，一條道走到黑，全不顧慮自身，葉清池長長地歎了一口氣。自己何必狗咬耗子多管閒事，就讓林爾嘉去碰碰壁，去跳跳火坑，這樣他才會死心。

這天，林爾嘉從總商會回來，龔夫人興沖沖地告訴他：「律師找到了。」今天她上身罩了一件開司米綠毛衣，那種綠顏色清新而亮麗，春草似的亮人的眼。

「真的？是哪位？」林爾嘉興奮起來。

「我就知道你聽了這個消息準高興。這個律師名字叫陳士達，好像沒有什麼突出的業績。」龔夫人有些擔憂。

「顧不上那麼多了，即使不是名律師，在這種情況下敢站出來，至少勇氣可嘉令人欽佩。」

陳律師家裡，他的太太正在責怪他：「你幹嘛接這個案子，這不是引火焚身嗎？人人不敢接這個案子，偏偏你逞能，把案子接下來！」

「正因為大家都認為這個官司難度很大，所以能夠得到一筆可觀的律師費。再說了，即使我打輸了官司，林會長也不會責怪我，現狀在眼前明擺著，誰也無力回天。我通過打這場官司還可以揚名立萬。」陳律師笑咪咪地在太太臉上捏了捏，「好太太，去給我沏一杯茶吧。等律師費到手，咱們就不住這紅磚平房了，咱們租一處洋房。你也不用在院子裡種菜了。」

陳太太有些陌生地看著丈夫。丈夫什麼時候變成這副嘴臉呢？丈夫身上多了些螞蝗的鑽勁，牛皮的韌勁。陳律師有些莫名其妙：「你這樣看著我幹嘛？敢情我賺的錢你沒花？」經丈夫這麼一說，陳太太就默不作聲了，昨天她剛向丈夫要錢去做了一件新旗袍。

一杯茶還未喝完，侯禮威就出現在陳家門口了。入座後，侯禮威開門見山：「陳律師，不知林爾嘉給你多少費用？我可以給你雙倍的價錢。」

陳律師和太太喜悅地對看了一眼，陳律師心裡嘀咕道：「怪不得今天一直聽到喜鵲叫喚呢，原來是好事臨門。」

為了增加官司的勝算，林爾嘉到鼓浪嶼華洋工會尋求支持。他想，自己好歹也是一名華洋工會董事，工會裡有英國人、法國人、德國人、葡萄牙人、西班牙人，若能獲得其他董事的支持，必能對侯禮威形成壓力。當他義憤填膺地把侯禮威蓄意阻撓他建築菽莊花園的事情一說，他驚訝地發現眾董事都保持著沉默。有兩個董事藉口離開了。林爾嘉追上英國董事，帶著一絲希望問道：「鍾斯先生，對這件事您有什麼意見呢？」

鍾斯無意識地擺弄著胸口上的領結，期期艾艾道：「此事與美國人有牽連，我不好表態，弄不好使我們英國領事館與美國領事館產生裂痕。林先生，您還是自己想辦法解決吧。」

偌大的辦公室很快只剩下林爾嘉一個人。林爾嘉這才意識到自己把希望寄託在華洋工會董事身上是多麼可笑。今天他們若站到林爾嘉這邊共同對付侯禮威，以後要是他們與林爾嘉產生了矛盾，又會有誰來幫他們呢？這些人，一個比一個精，絕不會為了一個中國人得罪友邦，因為他們在中國的利益是一致的，他們站在同一條戰線，不是以正義的名義，而是以在華利益的名義。受此打擊，林爾嘉反而看清了形勢，更堅定了與侯禮威抗爭到底的決心。在自己的國土上，總不能任西洋人肆意妄為，耀武揚威踐踏中國人的尊嚴！

開庭的時間很快到了。林爾嘉站在法庭門外，焦灼地等待著陳律師。他望眼欲穿，可陳律師始終沒有出現。無奈，他苦笑著走進法庭，望著那個空空如也的律師位置苦笑。

第一次庭審，林爾嘉失敗了。

林氏花園裡，所有人心裡都不好受，沉浸在失敗的氣氛裡。林爾嘉給大家鼓勁：「別喪氣，我要繼續上訴！」龔夫人張了張嘴，又不忍掃丈夫的興，只好把話嚥下了。

此時，一個戴著紳士帽的中年人走了進來，林爾嘉又驚又喜：「高律師！你終於回國了！我太需要你了，你的歸來對我真是雪中送炭啊！」

高維廉律師很冷靜，頭上的髮膠閃閃發光，一邊梳理這樁地界糾紛案的脈絡：「林會長，這個官司難度很大！侯禮威一定會藉口使用領事裁判權而得以逍遙法外。這起官司不單單是你和侯禮威個人之間的衝突，是代表著咱們民國與美國之間的衝突！洋鬼子絕不會眼看他們的公民在中國被審判而坐視不管的，這關係到他們的臉面！您這種做法，坦白地說，簡直是拿雞蛋碰石頭！」

「正因為官司難度很大，所以才會聘請你這位名律師啊！」林爾嘉笑著遞給高律師一支雪茄。

高維廉律師原籍海澄，十五歲就讀廈門同文書院，通曉中英兩國文字，在校時研習中西法律，畢業後獲取上海東吳大學法學士學位，持有司法部發給的律師證書，後來回廈門在中山路開設了高維廉律師事務所。

「高律師，你簡直就是上帝派來幫我打官司的！你不知道，廈門時時刻刻有這種野蠻之事發生！」

「現在問題的關鍵在於爭取在思明區法院開庭，被告侯禮威的身份應該是被雇傭的中國官員，這樣才有可能依法治侯禮威的罪；若在鼓浪嶼會審公堂審理，那此案咱們必敗無疑。」

林爾嘉大喜：「謝謝高律師，那就趕緊幫我寫一份呈給思明區法院的訴狀吧！記住，一定要請求法院判令稅務司對那塊地的留置權無效！」

「林會長，請您給我提供一些翔實的資料。我想問一下，地產主人何時把這塊地皮賣給你，而地產主人又是何時與稅務司簽定有關留置權的協議？」

「這塊地皮是一九一四年三月由洪天聲賣給我們林家的，而洪天聲與稅務司簽定的所謂留置權是在一九一四年五月。在此之前，這塊地皮所有權已經轉移到我名下，他們於此後締結的合約應屬侵權行為。」林爾嘉起身用鑰匙打開抽屜，拿了合同給高維廉過目：「你看，一九一四年三月，白紙黑字，清清楚楚。」

「林會長你放心，只要能夠在思明區法院開庭，那我們還有五分的勝算。稅務司所謂的留置權是站不住腳的，留置權必須要有債務擔保之關係，才得以擁有留置他人財物的權利。佔有留置物，是留置權成立存續之條件，而洪天聲與稅務司從來無債權債務的關係，稅務司從未佔有該地，他想

行使留置權，於法理上不合。關於留置權，可以依法提起民事訴訟。而侯禮威毀壞石橋的惡劣行為，可以提起刑事訴訟。

高律師走了，林爾嘉也沒有閒著，他扭亮臺燈，在燈下揮毫寫了一份《為菽莊花園石橋被毀及私權橫受侵害事謹告同胞書》。寫完後，他伸了伸懶腰，看了看窗外那片漆黑得化不開的夜色，聽著海潮一浪一浪地衝擊著礁石，他告訴自己：「林爾嘉，你一定要堅持！你不要比不上海邊的一塊礁石！」

「安伯，你將這份告同胞書拿去複印一千份，向社會各界廣為散發！」

梁安雙手接過這份沉甸甸的告同胞書：「少爺，你放心！我一定將這份告同胞書張貼在廈門和鼓浪嶼的大街小巷！」

侯禮威坐著鋥亮的汽車來到思明區地方法院，走在他前面的是神氣活現的美國領事吉姆。法院很小，裡面的椅子有些地方都掉了漆，露出了原木的本色。吉姆用文明杖篤篤地敲了敲地面：「方院長，貴辦公地點條件甚是簡陋啊！我跟你們廈門法院的趙院長很熟，可以叫他撥款給你們維修一下辦公室。對了，趙院長為了感謝我幫助他競選成功，晚上還請我上國際飯店吃飯呢，到時我可以順便跟他提及一下經費問題。」

方院長大喜過望：「謝謝！謝謝！還請吉姆先生多多關照！」

侯禮威的汽車剛走，高維廉騎著一輛自行車帶著訴狀來了。侯禮威的汽車耀武揚威地鳴了幾聲長長的喇叭揚長而去。

高維廉走進院長辦公室，簡單介紹了一下案情，將訴狀呈給方院長：「院長，相關情況和訴訟請求都清清楚楚地寫在訴狀裡了，煩請您過目一下。」

「訴狀你先放著吧，等會兒我詳細看看。這個案子一星期後開庭。」方院長假裝忙著辦公，頭也不抬。

「高律師，你覺得這件案子的勝訴機率有多大呢？」西餐廳裡，林爾嘉端起高腳杯將裡面的紅酒一飲而盡，臉上不無擔憂之色。

「很難講，從法理上，我們是百分之百勝訴。可是方院長這個人好像靠不住。」

一星期後，思明區法院宣判：「稅務司拆毀石橋系個人侵權行為，不得依公法人審判。因此，你們的原告及代理人是不合法的。而且，此案不在思明地方法院的管轄範圍之內，你們應該向山地所在的鼓浪嶼會審公堂起訴才對。本庭宣佈，現將訴訟駁回，訟費由原告負擔。」

林爾嘉拿起訴狀，輕蔑地看了方院長一眼，走了。身後，吉姆和侯禮威與方院長滿面春風地握手。

「高律師，我不服這個判決結果。我要向福建高等法院一分院再次上訴。」林爾嘉正與高律師商量著上訴的事，電話鈴聲忽然大作，他拿起話筒問：「喂？」

是漳州林氏義莊的管事林老伯。漳州發大水了。

瓢潑大雨將漳州城圍了個水洩不通。到處可見死貓死狗的屍體，有時在家門口竟能撿到活蹦亂跳的小魚，漳州城變成了一片蒼茫的水域。放眼望去，到處水汪汪的一大片，看不到盡頭，高高的大樹掙扎著伸出最高處的幾根枝條，在風中無力地擺動，彷彿在發出最後的呼救。房屋只露出了屋

頂的三角形輪廓，恍若若隱若現的浮塔。高挺的電線桿在漫胸而過的洪水中岌岌可危。村民們呆呆地望著洪水，懷想著淹沒在洪水裡沾滿了泥巴的即將成熟的水稻，那失魂落魄的樣子讓人心酸。

林爾嘉只好先將官司撇在一邊。救災要緊。

林爾嘉坐上轎車趕赴漳州，昔日風馳電掣的轎車，如今像個重病在臥的老龜，小心翼翼地向前爬行，叫人心焦，更叫人心痛。放眼窗外，水天一色，轎車在滔滔大水的包圍中艱難地行進，極像一艘在茫茫江河中躑躅前行的輪船。林爾嘉探起身，不看不知道，一看嚇一跳。只見洪水擁著擠著，緊緊挨著路基，其水平面離路基幾乎不到十公分的距離。林爾嘉倒吸了一口氣，想像著此時如果再來一場暴雨，洪水再一次上漲，那後果真是不堪設想。轎車在極緩慢的行進中，不時產生一陣痛苦的震動，每震動一次，林爾嘉的心就懸到半空中，一想到那些失去了家園的災民，他的心就一陣陣抽痛。他看到一位母親抱著剛出生的孩子親了又親，女人可能想到孩子的父親被洪水卷向不知名的遠方，臉上淚雨滂沱。淚水掉在嬰兒的臉上，孩子以為是天降的甘露，撮起小嘴吮了又吮，又閉上雙眼心滿意足的睡了，全然不知抱著她的母親心如刀割，更不知道自己已經成了沒有父親的孤兒。村長田景已年過五十，與災民一同啃著饅頭鹹菜，力圖守住風雨飄搖的河堤。那個混亂的時刻，每一個男人都自覺地堅守在堤岸上，他們知道：到處都是水，生存的唯一出路就是誓死守住河堤，那個特殊的時刻，所有人心意相同，頭腦中只有一個念頭——守堤，守堤，還是守堤。在一些伸手不見五指的黑夜，許多人因為疲乏困倦栽倒在大堤上，被無情的波浪卷到無邊的洪水裡。

賑災是林家的傳統，到了漳州城，林爾嘉派梁安到漳州東門搭起賑災棚，施捨粥飯。他在室內踱來踱去，仰天長歎道：「施捨粥飯不是根本！今天喝了一碗粥，明天又餓了，要是年年發大水，老百姓年年要遭殃，我看最根本的辦法是築高漳州的西溪堤岸！」

一筆十萬元的捐款很快匯到了漳州市政中心的帳號裡。

等林爾嘉回到廈門，他馬上著手繼續與洋人打官司。案件轉呈到福州第二法庭那裡。侯禮威暗暗心驚，案件若在鼓浪嶼審判，有各國領事撐腰，自己勝券在握；如今案件轉至福州，若林爾嘉咬定「洋人稅務司無非中國政府雇員」，自己不可避免要受到懲處。該怎麼辦呢？他急得藍眼睛都變綠了，在稅務司裡團團轉，突然，他眼睛一亮：有了——

深夜，林氏府的人都在酣睡。風吹樹葉嘩啦響，還有夜蟲的鳴叫，在常人聽來的聲音，在賊人聽來卻格外心悸。一條黑影站在林氏府的牆根下，他遲疑了一下，似乎想退卻，又想到無路可退，心一橫，翻過牆來。只見一蒙面黑衣人悄悄潛入林爾嘉的書房，打開手電筒，借著微光急切地翻找著那份與洪天聲買賣土地的合同。蒙面人明知此舉極為危險，不到迫不得已不能下這步險棋，可他實在無力等下去。突然，他不小心碰到了一本書，書掉了下來，在深夜裡顯得格外響亮。蒙面人嚇了一大跳，本能地躲起來，過了一會兒，只聽四周寂靜無聲，林氏府的人依舊在周公夢裡酣睡。蒙面人一顆懸著的心才慢慢放了下來，自己給自己壯了壯膽，繼續翻找。他想，合同這樣要緊的東西，應該是鎖在抽屜裡。只見他拿出一根鐵絲，靈巧地伸進鎖眼裡捅了幾捅，「啪」地一聲，鎖頭應聲而開。蒙面人緊張地一一翻看，還是沒有，他很是失望，可就此甘休，實在不甘心。於是又從書架上逐一找起，翻到書架上左邊的最高層，突然，「合同」二字躍入眼簾，蒙面人心中一陣狂喜，將合同書放入懷裡，準備離開。不料，此時整個林氏府突然燈火通明，林爾嘉和一幫更夫、男傭出現在客廳裡。蒙面人見勢不妙，拔腿欲逃，早被七八個蜂擁而至的男傭摁倒在地上，用麻繩嚴

嚴實實地捆綁成一粒粽子。

蒙面人蒙在臉上的面巾被揭開，是一個誰也不認識的陌生人。林爾嘉哈哈大笑：「這侯禮威也是狡猾之輩，我原以為他會親自前來，沒想到來了個替身。」

下人把從蒙面人懷裡搜出來的合同交給少爺，林爾嘉揚著那份合同笑道：「這是合同副本，你拿去也沒用。我複製了許多份，你去告訴侯禮威，他若需要，我再多送他幾份也無妨。」

蒙面人驚慌失措，雙腿發軟，不知道林會長要如何懲戒他。他原以為會遭受一頓暴打，再被扭送見官，沒想到什麼也沒有，客廳裡異常平靜。林爾嘉拍了拍他的肩膀：「兄弟，我不打算為難你，看你穿戴，也是窮苦人家，若非家中為難，有一點兒良知與骨氣的人都不會做此下三濫的勾當。你受人之託，拿人錢財必然要替人做事。只是從今天起你要記住，邪門歪道的事，再也不能做了，否則常在河邊走必有濕鞋時。還是老老實實地做人為好。」

蒙面人被戳到了痛處，羞愧地點了點頭，像一隻倉皇的老鼠連滾帶爬離開了大廳。

侯禮威眼見偷竊合同的陰謀敗露，很是坐立不安。林爾嘉完全可以將那竊賊扭送法庭，再揪出幕後主使人，醜事大白於天下，到時他侯禮威必顏面掃地。可是林爾嘉沒有。他放了自己一馬。這官司還要不要繼續打下去呢？一時間，侯禮威心裡七上八下拿不定主意。如果硬撐下去，到福州開庭之日，恐怕自己吃不了兜著走。

正在為難之際，葉清池前來拜訪。聞聽葉先生前來，侯禮威心想：「臺階來了！」他裝出一副宰相肚裡能撐船的模樣：「葉先生，我與林會長的糾紛您大概也聽說了吧，打官司勞命傷財，不如私下和解。不知葉先生能否幫忙做個中間人傳個話？」

葉清池一聽，怎麼這西洋人反而比林爾嘉通情達理？他向侯禮威拍了胸脯：「既然侯主事這麼有誠意，這件事包在我身上。」

在一次酒宴上，葉清池瞅準機會對林爾嘉說：「大家都是有頭有臉的人，不要傷了和氣。這樣吧，我做個中間人，幫你們做個庭外調解，菽莊花園劃出一條通往海灘的狹長路徑歸海關稅務司使用，再由稅務司每年付給林家十元租金，這樣豈不是皆大歡喜？」

一聽葉清池轉告的話，林爾嘉斷然拒絕：「不行，官司一定要打下去，分出個青紅皂白。不然，阿關的手就白廢了？我的石橋就讓人白撬了？」

葉清池埋怨道：「你平日為人豁達，怎麼偏在這件事上鑽了牛角尖？洋人實力雄厚，今後數十年我們還要仰他們鼻息，人家既有意私下和解，何必硬打官司得罪人？」

「不是我硬要打這場官司，是洋人太過傲慢了。高等法院多次函請廈門海關委任代理人到庭應訴，侯禮威卻夜夜到萬國俱樂部逍遙，據說他拿著雞尾酒，將酒一滴滴滴到傳票上，揚言：誰有那閒功夫去理睬這無聊的中國人啊，生命這麼短暫，我還不如將出庭的時間拿來多喝幾杯雞尾酒。侯禮威甚至沒有提出答辯。太看不起人了。我一定要證明給鼓浪嶼人看看，也要讓那些洋人知道，在我們的國土上，不容他們肆意踐踏我們的尊嚴！」

葉清池搖了搖頭，話不投機半句多，他歎息著走了。

林會長打贏了官司！消息不脛而走。林爾嘉剛從法庭裡出來，就被興奮的人群蜂擁著抬起來，往空中拋了幾拋。林爾嘉還沒弄明白怎麼回事，他就在大片湧動的人頭之上了。震耳欲聾的歡呼聲從人群裡爆發出來，林爾嘉置身於人頭組成的海洋上，在聲音的洶湧波濤中漂蕩。一張張臉從他下

面閃過，像一片片樹葉從眼前漂走了，重新隱入了波濤中間。激動的人群架著他在鼓浪嶼上繞圈，陽光在鼓浪嶼的一草一木上滚動著，一浪又一浪，人潮卷著他衝向金色的海洋。林爾嘉也笑了，四十年來，他第一次笑得這樣驕傲，笑得這樣燦爛。

四十四橋繼續施建，相思樹順利地砍倒了。侯禮威躲在稅務司的窗口後面，痛苦地望著相思樹的枝椏躺倒在地上。官司輸了，他再也無權干涉四十四橋的進程。倘若這時候衝出去捍衛那棵相思樹，恐怕會被憤怒的民工剁成肉泥。他第一次閉上眼睛哀歎：「畢竟是踏在別人的國土上啊……」

金秋時節，菽莊吟社成員從四面八方趕來，有許南山、施士潔、陳衍、沈琛笙、林紓、陳培錕、孫道仁、許世英、周蓮等名流，詩友三百多人，濟濟一堂淺斟低唱。裝修一新的菽莊花園門口掛著「菽莊」燙金匾額，是林爾嘉花一萬銀元「潤筆」費請當時大總統徐世昌題寫的。文友相見，分外親熱，有的作揖，有的握手，許南山端著酒杯道：「林先生雅好詩詞，是我等幸事！菽莊吟社自一九一四年成立以來，幾乎囊括廈門名流和臺灣內渡詩人，成員遍及東南數省，相信詩社活動可持續數十年，人才之眾、佳作之多、影響之大，可與辛亥革命時期的上海南社相媲美。」

眾人紛紛叫好。金秋時節，濃綠的芳草襯托著鵝黃、紫紅、雪白的各色菊花，山水畫般好看。鑿成花式的女兒牆上爬滿了經秋色染成緋紅的老藤，牆角魚缸裡的紅鯉歡快地遊動著。文人墨客或坐在回廊一角看海，或三五成群坐亭子裡品茗，庭院裡充溢著濃濃的墨香花香酒香。眾人先觀賞了頑石山房，那是林爾嘉讀書之處，林爾嘉笑道：「在下一方頑石，希望通過攻讀，能夠聰明穎悟，故稱『頑石山房』。」

眾詩友均道：「爾嘉兄過謙了，過謙了。」

有初來乍到者駐足於壬秋閣前，品味周蓮先生題寫的楹聯：「園林既好推賢主，子弟多才本世家。」江春霖不禁讚道：「此聯實乃錦上添花！我也來一聯：有襟海枕山勝概，以栽花種樹怡情。」壬秋閣水陸各半，東西兩拱門，一背陸一朝水，在此可觀山賞海，山嵐流雲，帆影鷗鳥，盡收眼簾。此閣建於農曆歲次壬戌之秋而得名，落成之日，正逢久雨初晴，江山如洗，林爾嘉趁此良辰邀客吟詩，興致勃勃對眾道：「我也得了一聯：橫江鶴去笛聲在，未信消沉八百年。你們看此句如何？」

「好個未信消沉八百年！少年意氣，揮斥方遒，有大將風範！」

林爾嘉大喜，連命書童：「趕緊記下！將這佳句裱了掛起來！」

孫道仁大聲道：「若非林先生堅持與稅務司打官司，最終取得勝利，哪有這婀娜四十四橋，我們今日又怎麼可能站在這四十四橋上吟詩賞景？」

林爾嘉謙虛道：「道仁兄過譽了，我只不過替鼓浪嶼人爭得一份中國人應有的尊嚴而已。」

眾人各自挑了自己喜歡的亭子，或坐或站欣賞海景，細細品味菽莊花園「藏」、「借」、「巧」三大特色。誰能把大海藏在自己莊園之內，惟有林爾嘉能有此等氣魄！四十四橋把海水引入園內，變成大海、外池、內池，使海水不再揚波。此橋凌波臥海，按不同地形變化，依山壘石建亭，圍池砌階聯以曲橋，宛如游龍。孫道仁嘖嘖讚道：「長橋支海三千丈，明月浮空十二欄！若能在月夜，坐在亭裡，看皓月當空，靜影沉璧，令人浮想聯翩，月下濤聲，輕如細語。美景在前，實乃人生快事！」

林爾嘉忙道：「承蒙孫兄錯愛，孫兄可在此小住，盡情享受月夜海景。」

正高興間，沈琛笙望著大海蒼茫處長歎道：「補山補山，故國如千衲衣，也不知補得補不得？更不知故園臺灣，何時回我懷抱？」

氣氛陡然沉重起來，周蓮道：「不如今年詩會以懷臺灣為題如何？家國之恨，寄寓詩酒，正是中國的傳統文化。」大家熱烈贊成，林爾嘉高聲道：「每人吟詩數首，進行壽菊評獎，我懸金四百兩作為獎彩。此後每年成為定例，不知諸位意下如何？」

此言一出，叫好之聲不絕，有的已開始用心構思。陳培錕道：「久聞龔夫人是個才女，何不一起參與，為詩社助興？」

龔夫人今天打扮得雍容華貴，她雙手直搖：「眾位久負才名，我豈敢在眾位面前獻醜？」林爾嘉極力攛掇：「夫人，你就露一手，將他們全部比下去，讓他們汗顏一番！」於是龔夫人也潛心琢磨詩句去了。

林爾嘉獨自一人踏上四十四橋，每向東一步就靠近臺灣一步，走至盡頭，欄杆外是浩瀚的大海。可惜，縱使長橋支海三千丈，也到達不了自己的故鄉！在臺灣，唐山龍溪是自己的故鄉，可是當林家在板橋繁衍了一百多年，現在回到唐山，臺灣變成了自己的故鄉！斬斷血肉連著筋啊。今夜圓月分外皎潔，若是老態龍鍾、鬚髮皆白的阿爹能夠顫巍巍走上四十四橋，憑欄眺望著大海，夜海茫茫，該是何等心情！如今，在同一輪明月下，林爾嘉想到海那邊的彭壽也正在思念自己，隔海相望，團圓無日，林爾嘉即景賦詩曰：「登高望板橋，夢寐釣遊鄉。蒼蒼不可問，畏見東海桑。」吟完，林爾嘉搖著空酒瓶，仰天長歎一聲，將空酒瓶用力扔進海裡。官司雖打贏了，然而洋人在我民國國土上依舊傲慢，中華民國自強之路還何其漫長也！

第二十五章 尾聲：歸去來兮

在日本人的煽動下，林家分崩離析。林爾嘉在日本人的看押下走進了工商會大廳，大廳周圍軍警林立，一派森嚴。大廳內，一面碩大的太陽旗遮蔽了主席臺後面的牆壁。林爾嘉在商會上發表愛國演說，松下掏槍欲暗殺林爾嘉，一位西裝革履的義士以迅雷不及掩耳的速度扭住松下的手，並將一把手槍抵住松下的太陽穴：「松下，想活命的話，趕緊命令讓林爾嘉先生安全離開！」幾經周折，林爾嘉又回到了臺灣。他想把阿爹林維源的遺骸請回臺灣，幾次占卜均不得，一代紅頂商人林維源長眠在故鄉龍溪的南山上……

松下自接替了藤野太郎的職位後，三番五次要搶奪林爾嘉手中廈門銀行的股份。起初他還有所顧忌，隨著時局的發展，他越發肆無忌憚起來。他對林爾嘉下了最後通牒：「林先生，請你將手頭的股份轉讓給我們，希望你三天內給我一個滿意的答覆。」

龔夫人憂心忡忡：「不怕賊偷，就怕賊惦記。我們該怎麼辦呀？」她有些害怕地走到夫君身邊

去，依偎在他懷裡，「松下是一條毒蛇，隨時咬我們一口。」

林爾嘉顯得很平靜：「你別擔心了，他們又不是第一次來找茬，日本人在廈門一天，就不會給我一天安生日子過。放心吧，有我在，天塌不下來。」

龔夫人握著夫君的手：「可是這次情形看起來特別嚴重，日本人瞅準了咱們腹背受敵……」

聽到這句話，林爾嘉不禁歎了口氣。板橋林家內部狂瀾迭起，林彭壽掌權後，重心明顯地向三房偏移。林熊徵首先不滿：「所謂的林家後見人，即代理家政的監護人，並不是真正的林氏家族統管。若監護人行事不公，有必要改訂家法。」

林爾嘉被處處掣肘。他心中默歎：「彭壽以保護幼年為由，欲把持大權，存心叵測。」

在眾人提議下，林家將監護制改為統管制，免除第三房林彭壽的監護職責，推舉第一房林熊徵任統管，徹底更換林家執權者。林熊徵任統管後檢查各項帳簿，由精於計算的張松年核查林家各房各號所存銀錢尾項，發現第三房恣意動用公款甚巨，引起各房強烈不滿和爭議。至此，合同管理制事實上已無法實行，一向和睦的大家族，一時之間矛盾重重，財產糾紛日劇，析產、分家在所難免，林家子弟由財產糾紛激化至法律訴訟，全部財產悉數曝光，日本人正是要趁此機會從中漁利。

三天時間到了，松下找上門來了。幾輛摩托車前呼後擁，太陽旗在風中刺眼地晃動，日本兵氣勢洶洶從車上跳下來。松下全副武裝，身著日本黃呢子軍服，戴著白手套，腰上挎著短槍和刺刀，大搖大擺在沙發上坐了下來：「林先生，你想好了吧？希望你為東亞經濟繁榮盡自己綿薄之力。」

林爾嘉冷冷地答道：「別再提什麼東亞共榮圈了，我只知道，自你們日本人來了之後，我們林家被迫背井離鄉，有家不能回。」

松下咳嗽了一聲：「林先生，你不要對我們抱有這麼大的敵意嘛。我們日本人是出於真心來幫助你們的，你看，中國太落後了，我們要幫助你們，讓你們迅速強大起來，擺脫歐洲列強的控制。今天我親自登門，就表示了我最大的誠意。」

「誠意？」林爾嘉輕蔑地指了指周圍那些荷槍實彈的日本兵：「這就是你們的誠意？」

松下按捺著性子：「林先生，我今天來，是想與你合作，不是來跟你吵架的。」

林爾嘉將煙頭摁滅在煙灰缸裡，不慌不忙地說：「謝謝您的好意，恕我不能從命，廈門銀行的股份我至死也不會轉讓的。」

松下惱羞成怒：「林爾嘉，你別不識抬舉！你這股份，讓也得讓，不讓也得讓！你不要敬酒不吃吃罰酒！將股份轉讓給我們，你還能得到一部分賠償；你要是不識趣，我只怕你人財兩空，連小命都保不住！明天要舉行日本人接收廈門銀行儀式，希望你好自為之！」

天亮了。林爾嘉在日本人的看押下走進了工商會大廳，大廳周圍軍警林立，一派森嚴。大廳內，一面碩大的太陽旗遮蔽了主席臺後面的牆壁。大廳內已經坐滿了人，日本商團著裝整齊地坐在前排，正在高唱天皇之歌，恐怖的氣氛讓人不寒而慄。侯禮威坐在第二排，他臉上佈滿幸災樂禍的神色，關於菽莊花園地界的官司他打輸了，今天松下剛好幫他出了一口惡氣，他今天就是專門來落井下石的。林爾嘉厭惡地將眼移開，這時他看到了廈門銀行的幾位同仁，他們表情忐忑不安，猶如驚弓之鳥。林爾嘉被帶到了主席臺上，坐在台下的工商界人士面面相覷，悄悄交換著眼神，他們面色沉重，充滿了擔憂。

松下宣佈接收廈門銀行儀式開始，請林爾嘉簽字。林爾嘉接過筆，在紙上寫下了「永不屈服」

四個大字。他擲下筆，眼含熱淚：「諸位，我是絕不會轉讓廈門銀行股份的。我們都是中國人，都是中國的工商界人士，我希望我們都能像革命者一樣，永遠愛我們的國家，永遠愛這片生我們養我們的熱土。因為，祖國就是我們的母親，就是我們的靈魂和生命！」林爾嘉此番前來，早已抱定犧牲的決心，另一方面，他相信日本人對他還是有所忌憚的，不敢在民眾面前胡作非為。

嘩的一聲，台下爆發了持久而熱烈的掌聲。

松下的臉變成了黑紫色，「八格！」他惡狠狠地罵了一句，臉上湧起了殺氣。

人群騷動起來，對日本侵略者的反抗情緒像火焰澆油一樣越燃越旺。他們將林爾嘉緊緊擁在中間，振臂高呼：「抗議日本人強佔我廈門銀行！」

松下正要掏出槍來，突然，一位西裝革履

的義士以迅雷不及掩耳的速度扭住松下的手，並將一把手槍抵住松下的太陽穴：「松下，想活命的話，趕緊命令讓林爾嘉先生安全離開！」日本兵呆若木雞，不敢輕舉妄動，松下臉色慘白，被義士挾迫著連連後退，他的聲音顫顫發抖：「壯士，有話好商量！」廈門銀行的同仁趁機砍斷了牆上的太陽旗，掀翻了簽字的桌子。

松下還試圖做垂死的掙扎，義士將槍更緊地貼近松下的太陽穴：「你要想耍花招，只有死路一條！」

松下為求活命，只好氣急敗壞地下令：「讓林先生離開！」

多年以後，林爾嘉一直懷念著那位未曾謀面的義士。如果沒有那位義士，他早就血濺廈門。他為不曾當面向那位義士道謝而遺憾終生。上蒼冥冥之中自有安排，也許自己的言行感動了上蒼，上蒼派這位義士前來搭救他？廈門銀行風波過後，林爾嘉痛感廈門非久留之地，全家遷移到上海。一九四五年臺灣回到祖國懷抱，消息傳來，林爾嘉在上海的寓所喜極而泣！他第一時間內回到了臺灣。臺灣，臺灣，現在已變成了林家的故鄉。大海之上，一群海鷗盤旋飛翔，湛藍的天空萬里無雲，陽光燦爛。林爾嘉心潮澎湃，回想這二十年的遭遇，恍若隔世……

林爾嘉想把林維源的遺骸請回臺灣去。香霧嫋嫋中，林氏後人淨了手，虔誠地跪在林維源的靈前開始用杯茭占卜，數次不能圓杯——林維源不答應！後人不死心，再次占卜，還是不答應！林氏後人似乎有點明白先人的心意了，後人似乎可以聽到林維源輕輕而堅決的聲音：「不回臺灣。不去了。這裡才是我真正的故鄉。」這事很快就傳開了，聽的人無不嘖嘖稱奇：「甜不甜，故鄉水。親

不親，故鄉人。」血真的是濃於水啊，是永遠割捨不斷的情緣。

距林氏義莊一公里處的過井山麓，有一九九二年冬重修的林時甫墓園。墓園坐北朝南，占地二千平方米，墓碑鐫刻「皇清誥授光祿大夫督辦全台撫墾大臣侍郎銜太僕寺正卿林府時甫公之佳城」，墓前左右兩側置八件花崗岩雕製的翁仲、石羊、石虎、石馬，其中有六件是清代始置原物，墓園恢巨集肅穆，石雕造型精緻形象，伴隨主人看著凡塵世事於百年風雨中。

林維源睡在了自己家鄉的南山上。遊子終於躺在了故鄉的懷抱。這裡安靜、清幽、偏遠、富有野趣，最適合一顆不老的故鄉魂居住。迎著午後的陽光，風從南邊來，山上搖曳著白絮般的茅草，映出別樣的清新與明亮，山下西邊稻田裡整齊生長著綠油油的禾苗。稻田邊一壟水塘，五月的陽光下，荷花已經綻放，新生的荷葉以及新長出水面的荷枝互相交映，正是一副錯落有致的光與折線的美妙圖畫。風來，新綠的荷葉上滾動著明亮的水珠。青翠的竹林，枝葉縱橫交錯。站在堤上迎著風，看遠處麓山的清幽，九龍江的闊遠，田壟禾苗的蓬勃，天空是如此的高遠，林維源的在天之靈像鳥兒一樣飛翔在田野江水之上。

後記：邂逅板橋林家

無意中接觸到板橋林家這個題材，翻開板橋林家這一頁，我才知道我的故鄉人還有這轟轟烈烈的一番偉業！原來歷史並未遠去，而是因為現實的陽光太過強烈，而消失了歷史的背影。整個板橋林家鼎盛時期的產業相當於清朝政府一年的財政收入，這是何等驚人的財富！「富可敵國」這個詞放在板橋林家身上毫不誇張，這個家族是閩商與台商的傑出代表！板橋林家生活在搖搖欲墜的清朝末年，烽火連天，太平天國運動，鴉片戰爭，國家動盪不安。他們在時代的大風大浪裡，究竟如何踩上時代的節拍而積累起驚人的財富？這是一個謎。是勤奮嗎？也有人跟他們一樣勤奮。是智慧嗎？也有人跟他們一樣聰敏。是開拓進取的精神嗎？也有人比他們更富於冒險。是機緣嗎？可運氣好的人也很多啊。這諸多因素綜合在一起，鑄就了板橋林家的傳奇。假如林氏家族開基祖林平侯沒有橫渡臺灣海峽的勇氣，一直待在偏僻落後的龍溪山村，也許一代又一代林家子孫就會祖祖輩輩在山村裡寂寞地揮動鋤頭，穿著貧苦的衣裳，勞累時停下來喝一口水，望著天上的太陽抹一把汗？

我知道，這是家鄉龍溪饋贈給我的的寫作財富，正如南靖土樓之於何葆國，南平宋慈《洗冤錄》之於王宏甲一樣。板橋林家書寫傳奇，而我渴望記錄神奇。因為板橋林家見證了大陸與臺灣割捨不斷的情緣，滔滔臺灣海峽水阻擋不住閩商創業的激情，他們赤膊坐上小船前往臺灣這片廣闊的天地尋找金羊毛，成為臺灣首富。林家在中日甲午戰爭臺灣被割讓後不願受日本人的統治，毅然拋棄億萬家財回到廈門，第四代林家子孫林爾嘉繼續開展實業救國。

我要用文字鋪一條長長的曲徑，以通向時間深處的板橋林家。

我要用文字將時間深處的板橋林家拉回——就像從遙遠的星空拉回，讓板橋林家的悲歡離合一幕幕重新上演。

板橋林家成功的最重要因素是因為他們遵循人理，尊重時代，秉承「為富當仁，樂善好施，愛國愛鄉」的祖訓，這是一個流淌在幾代林家子孫血液裡的頑強信念。林家祖籍福建龍溪縣角美鎮白石堡村，乾隆末年隨墾荒洪流渡海去台，世代經商，亦農亦商，官商一體，四代精英努力打造臺灣第一家，我選擇了第三代林維源和第四代林爾嘉作為這部歷史小說的主角，因為中日甲午戰爭是林氏家族命運的轉捩點，臺灣割讓給日本後，林維源不願受日本人的統治，毅然拋棄在臺灣的億萬資財回到廈門，林爾嘉繼承父親的遺志在廈門繼續實業救國，開創電燈電話公司，建造漳廈鐵路，堅決不加入日本籍，凸顯了可貴的民族氣節。

我對我的同鄉產生了濃厚的興趣，周遭的晉商、徽商等宣傳得轟轟烈烈，而閩商這一塊卻一直沉默著，其實，面對無邊無際而又波濤翻滾的大海，閩商更具有拓展精神！我要為閩商發出自己的吶喊，我現在的工作是要為當代人描繪一幅板橋林家清晰的背影。先是拜託青禾老師帶我見了漳州市圖書館館長，館長熱情地介紹了幾本書，同時青禾老師推薦了連橫的《臺灣通史》。《臺灣通史》很厚，字如螞蟻，啃它費了老大的勁。由老皮帶著我到了他家鄉的角美鎮參觀了林氏義莊，因了他的面子才借到了《林氏族譜》。我還閱讀了臺灣許雪姬教授的《板橋林本源家傳》，在二〇一〇這整整一年裡，我變成了一個極端吝嗇時間的人。奔赴臺灣板橋林家花園的時候，我久久地望著林家三落大厝屋簷下彩繪的花朵發呆。林本源花園歷經多年才修建完成，我猜想，某個工匠他幾個月時間裡的任務就是完成這朵屋簷下的花，在這幾個月的時間裡，他的世界裡只剩下這一朵花，別的一切都不復存在。這是經過時間雕琢的藝術。臺灣歷史較短，所以這座存留一百多年的園邸也就變成了二級古蹟。

除了搜集材料東奔西跑的時間，我基本上蝸居在家裡，先生在外地上班，小孩送回外婆家，我一頭紮進書籍和電腦中。

收集資料十分困難，因為板橋林家的後代有的在臺灣（與福建隔著一條臺灣海峽，詩人余光中在詩中說是「淺淺的」，詩意的背後是「深深的」），有的活躍在世界各地，根本找不到第一手資料，我異常艱苦地收集著臺灣中央研究院許雪姬教授的資料。有時聽說誰誰誰那裡可能有什麼資料，卻一籌莫展，就如你聽說某人手裡有罕見的珍寶，你很想前去參觀，可人家憑什麼拿出那珍寶讓你看呢？更別說把玩了。於是就必須通過熟人的熟人的熟人的N次方，才能輾轉看一眼那資料。這些資料不一定稀有，但因為它是你的所求，所以它在你眼裡倍顯珍貴。有一次，我到另外一個城市去找一個人，我六點起床，八點多到了那邊，他剛好碰到臨時有急事要開會，從早上九點到下午三點，我只好在寒風中的大街上遊遊蕩蕩……就這樣艱難地收集著，所得都是一鱗半爪，而且在收集資料過程中會發現有很多重複，有時費了老大的勁所得的資料，翻開一看，毫無新意，還是那些老三篇。史料中的林家人只是一些乾巴巴的記載，找不到一絲血肉的影子。困難重重。

我從當當網上郵購了《霧峰林家》、《胡雪巖那些事兒》、《曾國藩那些事兒》、《李鴻章傳》、《盛宣懷》、《中日甲午戰爭》，在臺灣誠品書店買了十幾本書，人民幣一千多元（臺灣的書比大陸貴上一倍），從臺灣拎回漳州家裡。《茶、糖、樟腦業與臺灣之社會經濟變遷》、《林

本源家族與庭園歷史》、《臺灣五大家族》、《清法戰爭臺灣外記》、李乾朗的《板橋林本源庭園》、《臺灣路邊茶》（講述臺灣鄉土文化的）、《臺灣人的精神》……只要跟那一段歷史有關，中法戰爭、中日戰爭、太平天國運動、活躍於當時的朝廷要員，或者跟那一段商業活動有關的商業大鱷等資料，均不放過。接著，看了南飛雁的《大瓷商》、楊金遠的《下南洋》、祝春亭、辛磊的《大清商埠》，上網搜尋查看了各類經商之道，收集了一些經商故事。《客商一覽醒迷》、《生意世事初階》、《直指算法統宗》等，我都買來瘋狂地閱讀。

寫作《板橋林家》的第一收穫是學會了看豎排繁體字書籍，以前老是對錯行，看完一行往往會跑到第三行或者又回到第一行，現在可以很順暢地閱讀了。讀完這些類似的古書籍，感覺自己眼裡閃著類似於古老時光隧道中那樣的熒熒綠光。

我的牆上貼著大清歷代皇帝在位時間表，原本它湮沒在眾多資料中，要用了一時難以找到，找了幾次我乾脆將它貼在電腦右邊的牆上，有了第一張，我索性又貼了林家人物生卒年月表，以方便我計算當爺爺某某歲時，他的兒子應該是幾歲，他的孫子又應該是幾歲——還有臺灣地圖、臺灣地區大姓的姓氏次序表。寫作之時，有寫得順的時候，也有寫得不順的時候。寫得順，通常是在寫人物情感的時候，感覺林家人物的命運在我筆下開出了一朵花，那種感覺非常愉悅；寫得不順，通常是在寫林家從事商業活動的時候，雖然編織了商場上的爾虞我詐，但總感覺隔了一層厚厚的膜。於是就在那裡磨呀磨呀，就像河流遇到了泥沙，這時我就需要更多的水。有時確實沒有辦法，只好轉向，比如遇到哪個次要人物的名字想不起來，但資料太多一時又查找不到，只好在筆記上寫下第幾頁某某處人名空白需要查證等字樣。當我在凌晨兩三點時像夢遊者一樣從床上走到電腦前將頭腦

中剛剛閃過的一絲靈感敲打下來，我想起二〇〇九年十二月三十一日下午四點多去龍海市角美鎮過井社參觀林維源大墓時，那是雨後初晴的時刻，山路上的泥漿乾成一團一團的土塊，上面保留著車轍的明顯痕跡。林維源墓地十分開闊，當我拿起照相機時，太陽突然鑽出雲層射出耀眼的光芒，天空、大地為之一亮，像鋪上一匹金黃閃亮的綢緞，在那一刻，我知道，我告慰了林維源的在天之靈，我對得起臺灣首富板橋林家的歷史，同時，我也用文字撫慰了我自己。

星期六、星期天，我將兒子放逐回娘家（所幸他也很樂意這種放逐），我有時出去吃速食，有時一整天閉門不出，寫累了看書，看累了暈沉沉聽音樂看電視，我在漳州住所裡一字一字地將小說敲打下來，最終讓它從虛空中呈現。

這一段書寫的日子，是一生中值得銘記的日子。我在我的山洞裡，守候著我的燭光。

一些熱心的人在我尋找資料的過程中給予了我熱心的幫助，謹向他們表示衷心的感謝；眾多師長關心著小說的進度，在我深感壓力的同時獲得了動力；感謝我的母親幫我帶孩子，使我得以空閒執筆，母親給我的愛是不計回報的；感謝我的先生，他作為第一讀者，我之所為敢將亂糟糟的原稿給他看，是因為他的身份不是一個具有高素養的批評家，不會用一套套的術語將這部小說扼殺，另一面，他作為普通讀者用樸素話語提出的問題讓我感到一個病人遇到良醫般的喜悅。

二〇一〇年，我艱難而執著地在台海煙雲路中追尋板橋林家的蹤跡……

最後，我要鄭重聲明：出於小說藝術創作的需要，林家個別史實有更改，有些細節是虛構的，作為小說作者我絕對無意去傷害誰，請相關人士見諒，請歷史學家們見諒，因為小說要是完全順應了歷史，那小說就不成為小說了。

Collection 04

板橋林家

金塊文化

作　　者：葉子
發 行 人：王志強
總 編 輯：余素珠
美術編輯：JOHN平面設計工作室

出 版 社：金塊文化事業有限公司
地　　址：新北市新莊區立信三街35巷2號12樓
電　　話：02-2276-8940
傳　　真：02-2276-3425
E-mail：nuggetsculture@yahoo.com.tw

匯款銀行：上海商業銀行　新莊分行（總行代號 011）
銀行帳號：25102000028053
銀行戶名：金塊文化事業有限公司

總 經 銷：商流文化事業有限公司
電　　話：02-2228-8841
印　　刷：群鋒印刷
初版一刷：2012年3月
定　　價：新台幣320元

ISBN：978-986-87380-8-9（平裝）
如有缺頁或破損，請寄回更換

團體訂購另有優待，請電洽或傳真

國家圖書館出版品預行編目資料

板橋林家 / 葉子著. -- 初版.
-- 新北市 : 金塊文化, 2012.03
448面 ;15 x 21公分. -- (Collection ; 4)
ISBN 978-986-87380-8-9(平裝)
857.7　　　101002898

金塊文化

板橋
林家

聖旨

金塊文化